WIENER TODESMELODIE

Mina Albich ist Wienerin mit Leib und Seele. Aus der Reihe tanzen, sich in keine Schublade stecken lassen, so könnte ihr Motto lauten. Ihre Vielseitigkeit spiegelt sich in ihren Ausbildungen wider, unter anderem soziale Verhaltenswissenschaften, literarisches Schreiben, klassischer Gesang und Mentaltraining. Müsste sie ihre Hauptinteressen in drei Worte fassen, so wären dies Menschen, Sprache und Musik – am liebsten eine Verbindung aus allen dreien. So erklärt sich auch ihre Leidenschaft, in ihren Krimis Menschen psychologisch zu skizzieren und mit individuellen Sprachmelodien auszustatten.

MINA ALBICH

WIENER TODESMELODIE

Kriminalroman

emons:

Bibliografische Information der Deutschen Nationalbibliothek
Die Deutsche Nationalbibliothek verzeichnet diese Publikation
in der Deutschen Nationalbibliografie; detaillierte bibliografische
Daten sind im Internet über http://dnb.d-nb.de abrufbar.

© Emons Verlag GmbH
Alle Rechte vorbehalten
Umschlagmotiv: lookphotos/age fotostock
Umschlaggestaltung: Nina Schäfer, nach einem Konzept
von Leonardo Magrelli und Nina Schäfer
Umsetzung: Tobias Doetsch
Gestaltung Innenteil: DÜDE Satz und Grafik, Odenthal
Lektorat: Uta Rupprecht
Druck und Bindung: CPI – Clausen & Bosse, Leck
Printed in Germany 2023
ISBN 978-3-7408-1764-0
Originalausgabe

Unser Newsletter informiert Sie
regelmäßig über Neues von emons:
Kostenlos bestellen unter
www.emons-verlag.de

Für Nana, Papa –
und für dich

Prolog

April 1940

»So wenig?« Nur ein Hauchen. Sie sank in sich zusammen.

»Du hast die Wahl, Drecksgöre. Nimm es und kauf dir eine Bahnkarte. Oder steig in den Zug dort drüben ein, die Fahrt kostet nichts.«

Wie ihr sein Mundgeruch in die Nase stach! Zaghaft streckte sie die Hand aus. Er warf ihr zwei Scheine vor die Füße. Grunzte verächtlich, als sie sich danach bückte. Sein Tritt brachte sie ins Straucheln. Sie stürzte. Griff hastig nach den Scheinen, stopfte sie in die Jackentasche. Wollte sich davonstehlen.

»Und, wie sagt man?«

»Danke.« Ein Wispern.

»Danke … und weiter?«

»Danke, lieber Herr.«

»Geht doch. Und jetzt hau ab, Drecksgöre.«

Nur noch aus dem Augenwinkel sah sie, wie er gierig nach der Mappe griff. Mit dem Finger die Goldlettern auf dem Deckel befühlte. Er schnalzte mit der Zunge, als er seine Fracht vorsichtig in den Aktenkoffer legte.

Ein letzter wehmütiger Blick, bevor sie in die kalte Nacht hinausschlich.

Samstag, 14. Oktober

1

Träge zogen Nebelschwaden über das Wasser. Grohsman konnte den sumpfigen Geruch des Canal Grande fast riechen. Venedig. Eine schwarze Gondel, die den brackigen Kanal überquerte. Der Gondoliere hatte die traurige Aufgabe, einen Toten zur letzten Ruhestätte zu geleiten. Lautlos tauchte er das Ruder in die Wellen, der imposante Bug schnitt durchs Wasser.

»Trauergondel Nr. 1 – La lugubre gondola«, ein Spätwerk von Franz Liszt, wie Grohsman dem Programmheft entnahm. Welch düstere Stimmung die sanften Klaviertöne hervorriefen. Die Akkorde verhallten wie eine schaurige Vorahnung. Das intensive Spiel von Dorothea Zauner evozierte ein Venedig des ausgehenden 19. Jahrhunderts, den Totenzug Richard Wagners, dessen sterbliche Überreste nach Bayreuth überführt wurden. Ein gewagter Coup, dieses schwermütige Stück ans Ende eines Konzertes zu setzen. Eben diese Finessen waren es, die den Musiksalon der Kunstmäzenin Marie Rettenbach auszeichneten. Niemals das Alltägliche erwarten.

Die junge Pianistin zog ihr Publikum in den Bann. Sie war erst zweiundzwanzig und stand am Beginn ihrer Karriere. Grohsman zuckte zusammen, als sie einige Akkorde schonungslos in die Tasten schlug. Sofort wechselte sie wieder zu versöhnlichen Klängen. Das waren nicht bloß Töne, sie erzählte mit ihrer ausdrucksstarken Interpretation eine Geschichte.

Diese ausgereifte Kunstfertigkeit ... Nicky Witt hätte die Pianistin als »alte Seele« bezeichnet. Wieso fiel ihm die Psychologin ausgerechnet jetzt ein? Er hatte schon eine Weile nichts mehr von ihr gehört. Seit ... ach, war das schon so lange her?

Dorothea verharrte in der Bewegung. Warf Blicke in den Klavierkorpus und wieder zurück auf die Tasten, atmete schwer.

Diese Aufführung war die Generalprobe vor ihrem Debüt im Wiener Konzerthaus. Klar zeigte sie Nerven. Rund viermal im Jahr hielt Marie Rettenbach, Eigentümerin des eleganten Stadtpalais beim Resselpark, ihren Musiksalon ab. Bei ihr eingeladen zu werden – als Interpretin oder als Gast –, war eine Adelung erster Güte.

Bis vor zwei Jahren hatte Grohsman den Salon häufig besucht, mit seiner Frau. Seiner Caro. Und dann … Nur langsam hatte er sich nach ihrem Tod aus der Isolation herausgewunden. Seit letztem Jahr hatte er begonnen, sich wieder mit seinen Freunden zu treffen. Frau Rettenbach war ihm eingefallen, die »Gräfin«, wie sie von den Gästen hinter ihrem Rücken liebevoll genannt wurde. Die elegante Dame erinnerte nicht nur ihn an die »Madame« im Film »Aristocats«.

Ein Glitzern auf Dorotheas Wange. Tränen oder Schweiß? Wie bedrohlich die Bässe klangen. Gleich darauf perlten hohe Töne, wie Regentropfen, die gegen eine Fensterscheibe prasselten.

Da war er wieder, der gehetzte Blick der Pianistin. Mit schreckgeweiteten Augen sah sie sich nach Frau Rettenbach um, deutete mit spitzem Finger auf das Innere des Flügels. Ein Bösendorfer Imperial. Die Gräfin erhob sich und winkte Severin, ihrem Majordomus, wie sie ihn bezeichnete. Der huschte zum feudalen Instrument, zuckte kurz zurück und entfernte dann mit einer Kuchenzange ein Taschentuch aus dem Klavierkorpus. Hatte jemand im letzten Moment Fingerabdrücke auf dem schwarzen Hochglanzlack entdeckt? Dafür hätte es arge Sanktionen gegeben.

Langsam. Da waren doch einige roten Pünktchen auf dem Tuch. Blut? Blödsinn, schalt sich Grohsman. Sicher nur das Muster. Als Kriminalpolizist sah er schon Verbrechen, wo es weit und breit keine gab.

Dorothea griff sich an die Schläfen, betupfte sich Stirn und Lippen mit einem Tuch. Sie starrte auf die Spuren, die der Lippenstift hinterlassen hatte. Grohsman sah, wie ihr das Tuch aus den Händen glitt und zu Boden segelte. Sie guckte nervös zur

Seite, ihre Blicke trafen sich. Grohsman nickte ihr aufmunternd zu, scheu erwiderte sie das Lächeln. Sie legte die Finger auf die Klaviatur. Senkte und hob kurz den Kopf, als würde sie die Tasten als ihre Freunde begrüßen. »Trauergondel Nr. 2«. Wie im Rausch trieb sie das Tempo voran und hauchte das mahnende Thema wie ein delikates Seidengespinst in den Salon.

Ein leises Seufzen holte Grohsman zurück aus der Traumwelt. Sally. Seine Hündin, optisch eine Kreuzung zwischen Zwergschnauzer und Ziege. Ihr schmaler dunkelgrauer Kopf mit den Kippohren und der grauen Irokesenlocke lag auf den dunklen Pfoten. Nur die Pfotenspitzen lugten hervor, weiß, als wäre sie durch Mehl getrippelt. Hunde waren im Salon gestattet, wenn sie sich artig benahmen. Wie Sally, sein kleiner Klassikfan.

Wieder grollten die Basstöne. Grohsmans Gedanken wanderten zu dem Taschentuch. Für ein Muster waren die Punkte zu unregelmäßig gewesen. Doch Blutspuren? Auf die Distanz sah er allerdings nicht mehr scharf. Sicher kamen ihm diese Assoziationen wegen des sinistren Werkes.

Es dauerte einige Augenblicke, bis der Applaus der Gäste aufbrandete. Dorothea erhob sich und stürmte aus dem Salon. Erst nach einer Weile kam sie zurück und deutete einen Hofknicks an. Sie nahm ein weiteres Mal Platz und spielte als Zugabe Liszts »Liebestraum Nr. 3«. Ein versöhnlicher Ohrenschmeichler nach dem düsteren Epos.

Frau Rettenbach bedankte sich bei der jungen Pianistin mit einem Biedermeiersträußchen und eröffnete das Büfett.

Grohsman schlenderte zu den Delikatessen. Sie ließ sich nie lumpen, die Gräfin. Heute hatte sie eine steirische Biohofkäserei eingeladen, wie ein dezentes Schildchen hinter den silbernen Tabletts verriet. Grohsman sog genussvoll den Geruch der Brötchen mit Schilcherlandkäse ein. Oder doch vom Kürbiskernkäse kosten? Er griff bei beiden zu.

Grohsman entdeckte die Gastgeberin. »Ein glanzvoller Abend, vielen Dank, Frau Rettenbach.«

»Ich bitt Sie – Marie genügt. Schön, dass Sie wieder zu unserer kleinen Runde gefunden haben. Wir haben Sie vermisst!«

Kleine Runde? Um die fünfzig Gäste zählte er. Er bezweifelte, dass er den anderen abgegangen war. Obwohl, nicht nur Frau Rettenbach hatte ein Faible für Schauergeschichten. Einige der Gäste waren stets näher gerückt, wenn er von einem gelösten Mordfall erzählt hatte. Jedes Detail, wie er den Täter zur Strecke gebracht hatte, hatten sie aus ihm herausgepresst. Caro hatte gelacht. »Denen erzählst du an einem Abend mehr als mir während der kompletten Mordg'schicht!«, hatte sie ihn geneckt.

»Lieber Herr Felix, gönnen Sie sich doch ein Glas Wein. Wie immer vom Mayer am Pfarrplatz, meinem Lieblingswinzer.«

»Ach natürlich, Frau Marie. Der subtile Musikbezug, das Lokal ist doch im Beethovenhaus angesiedelt!« Ein beliebter Heuriger, nicht nur bei Musikbegeisterten. In diesem Haus in Grinzing hatte Beethoven einige Zeit gewohnt und an seiner neunten Symphonie gearbeitet, hatte Grohsman mal gelesen.

»Das auch. Aber die sind ja fast Nachbarn von mir!«

»Nachbarn?«

»Ja, wussten Sie gar nicht, dass hier gleich ums Eck am Schwarzenbergplatz Wiens kleinster Weingarten liegt? Dort bauen sie den Gemischten Satz an. Den sollten Sie kosten.«

Ein Weingarten im ersten Bezirk? Musste er unbedingt erkunden. Grohsman entschied sich für ein Glas vom Gemischten Satz. Eine urösterreichische Spezialität. Keine Cuvée, bei der man jede Traubensorte einzeln vergor und erst kurz vor der Abfüllung vermischte, nein. Hier wurden verschiedene Rebsorten gemeinsam angebaut, geerntet und vergoren. Grüner Veltliner, Riesling, Rotgipfler und Zierfandler, las er auf dem Schildchen, das neben der Flasche stand. Dieses Bouquet – köstlich! Er schnupperte Nuancen von Birne, Zitrusfrüchten und Apfel.

Die Gräfin begrüßte drei Männer neben ihm, die in ein angeregtes Gespräch vertieft waren. »Wolfgang, Bernhard, Klaus! Wie schön, dass Sie kommen konnten. Ich hoffe, es hat Ihnen gefallen?«

»Wunderbar, was Dorothea gezaubert hat«, meinte einer der drei, ein groß gewachsener Mann mit aristokratischem Antlitz. Grohsman fragte sich, ob es sich um Wolfgang, Bernhard oder Klaus handelte. Und ob er Schauspieler war. Mit der sonoren Stimme wäre er dafür prädestiniert.

»Ihr steht sicher eine schöne Karriere bevor«, meinte mit einem Nicken der zweite Mann, der Grohsman bekannt vorkam. Aus dem Fernsehen?

»Ich bin sehr gespannt auf ihr Debüt im Konzerthaus!« Der dritte Mann hob sein Glas und prostete den anderen zu.

Der Austausch mit anderen Gästen über Gott, die Welt und vor allem über die Musik hatte Grohsman gefehlt. Üblicherweise mischten sich die Interpreten unter die Fachsimpler, Dorothea Zauner war jedoch nicht zu sehen.

»Wo versteckt sich unsere Künstlerin?«, fragte Grohsman die Gastgeberin.

»Ich werde nach ihr sehen. Sie ist so ein sensibles Mädchen, man hört es in ihrem Spiel. Durch dieses alberne Tüchl hat sie völlig die Contenance verloren!«

Die Contenance, die Fassung … Hier im Palais war die Zeit jedoch nur scheinbar stehen geblieben. Eine hochmoderne Soundanlage integrierte sich unauffällig in den Barocksalon, und mit ihrem sicheren Sinn für Ästhetik hatte Frau Rettenbach für die Wände Gemälde zeitgenössischer Künstler ausgewählt. Das alles fügte sich perfekt zu einem zeitlos modernen Ensemble.

Ob er nachfragen sollte, was es mit dem »Tüchl« auf sich hatte? Nein. Wäre ihr sicher unangenehm.

2

Frau Rettenbach hatte die Tür zur Künstlergarderobe einen Spalt offen gelassen, Grohsman hörte dahinter ein heftiges Schluchzen.

»Kindchen, ist doch alles gut!«, tröstete die Gräfin.

»Nichts ist gut. Da will mich jemand … mobben!«

Grohsman klopfte leise und steckte seinen Kopf zur Tür herein.

»Kommen Sie, Herr Felix!«, winkte Frau Rettenbach.

Seine Neugierde siegte. »Frau Zauner, es war herrlich, was Sie gespielt haben. Und wie Sie gespielt haben!«, purzelte es aus ihm heraus. Echt pulitzerpreisverdächtig, amüsierte sich Grohsman über sein Gestammel.

»Danke. Sehr lieb von Ihnen. Aber … das war … die wollen …«

»Niemand will dir etwas Böses, Liebes, das mit dem Tuch war ein dummes Missgeschick. Das wird ein Nachspiel haben.«

»Und wieso liegt es jetzt hier?«, schrillte Dorotheas Stimme. »Es ist … schmutzig! Angerotzt!«

Grohsman linste zu dem antiken Frisiertisch. Auf der Glasfläche thronte das Papiertaschentuch. Zerknüllt. Er hatte sich nicht getäuscht. Kein Muster, sondern kleine rote Flecken. Blut? Wie war das Tuch im Klavier gelandet? Und jetzt hier auf dem Tisch? Zu gern hätte er …

»Sie können ruhig schauen, da drüben liegt es. Ich bin doch nicht deppert!« Dorothea schniefte.

Zögernd trat Grohsman vor das Tischchen. Er nahm seinen Stift aus der Jacketttasche und fischte damit nach dem hellen Tuch. »Hat wirklich jemand … verwendet.« Und die roten Punkte sahen eindeutig wie Blut aus.

»Schweinderln gibt's, das darf nicht wahr sein«, empörte sich Marie Rettenbach. »Ich werde sofort Severin fragen, wo er den Fetzen vorhin entsorgt hat. Sicher nicht hier. Wenn ich den erwische, der das war!«

»Die wollen mich fertigmachen«, zischte Dorothea Zauner.

Grohsman horchte auf. »Wer? Wie?«

»Ich weiß es nicht. Aber Mariusz ist nicht gekommen. Jetzt ist auch er gegen mich.«

»Wer ist Mariusz?«

»Mein Lebensgefährte.«

»Ein sehr talentierter Bursche.« Frau Rettenbach nickte. »Fast hätt ich ihn eingeladen, aber die Dorothea … Du spielst beseelter, Kindchen.« Aufmunternd tätschelte die Dame der Pianistin die Hand. Das Bild der faltigen Hand mit den Altersflecken auf Dorotheas glatter, junger Haut rührte Grohsman.

»Ihm ist sicher was dazwischengekommen, der ist dir doch nicht deinen Erfolg neidig«, beschwichtigte Frau Rettenbach.

Dorothea schüttelte heftig den Kopf. »Er wusste, wie wichtig dieser Abend für mich ist. Ich habe versucht, ihn zu erreichen – er geht nicht ran. Ständig Mailbox.«

»Merkwürdig … Aber du wirst sehen, das klärt sich auf. Jetzt komm mit und lass dich endlich von deinem Publikum feiern. Alle wollen dich bejubeln und mit dir Schampus trinken!«

Widerwillig ließ sich Dorothea aus dem Künstlerzimmer ziehen. Grohsman blieb zurück. »Kannst es wieder nicht lassen«, hätte Caro ihn geneckt. Und auch Magda hätte ihn ausgelacht. Die Tierärztin hatte letztes Jahr seine Hündin nach einer Giftattacke gerettet. Seither verband sie eine Freundschaft zwischen Hundenarren.

Grohsman starrte auf das Tuch. Dass es nun in der Garderobe lag … Hatte sich ein Scherzbold einen Streich erlaubt? Mit zwei spitzen Fingern griff er den Fetzen an einer Ecke. Die kleinen Blutflecken befanden sich deutlich neben eingetrocknetem hellen Sekret – nein, der Fachbegriff machte es nicht appetitlicher. Stammte also nicht von Nasenbluten, dazu waren die Fleckchen zu klein. Eher Blutspritzer, wie von …? »Du spinnst!«, schimpfte Grohsman mit sich selbst.

Er hörte, wie sich Schritte näherten, Damenstöckelschuhe. Reflexartig zog er einen Plastikbeutel aus seiner Jackentasche. Berufskrankheit. Flink versenkte er das Tuch in den Beutel und beförderte ihn in die Lade des Frisiertischs.

»Was machen Sie in der Garderobe meiner Tochter?« Selma Zauner, die Mutter der Pianistin, hatte sich schon zu Beginn des Konzertes in Szene gesetzt.

»Pardon. Grohsman, Felix Grohsman. Ich bewundere das Spiel Ihrer Tochter. Wie ärgerlich, dieser Zwischenfall.«

»Ach, das.« Wie eine Katze, die nach der Beute pratzelte, ließ die Mutter eine manikürte Hand vorschnellen. Blutrot lackierte Fingernägel, teure Ringe. »Dorothea regt sich so furchtbar schnell auf. Und nimmt alles persönlich. Bestimmt hatte jemand einen Niesanfall und ist hinausgeeilt, um das Konzert nicht zu stören. Dabei ist ihm das Tüchl aus der Hand gefallen. Eine Lappalie. Morgen lachen wir darüber.«

»Auch Ihre Tochter?«

»Aber ja. Sie ist so emotional! Deshalb spielt sie ja so himmlisch. Sie hat einen Spundus vor dem Auftritt im Konzerthaus. Wenn sie den erst mal geschafft hat, wird sie wieder klarer sehen.«

»Sie ist außergewöhnlich begabt, Ihre Tochter.«

»Vielen Dank! Ich werde es ihr weitersagen.« Das Feuer in ihren Augen ließ das Gesicht der Frau leuchten. Sollte er sie nach diesem Mariusz fragen? Nein. Es ist nicht dein Fall, mahnte er sich. Weil es gar kein Fall ist. Punkt.

3

Nickys Muskeln brannten. Sie hatte sich gewaltig verausgabt. Beim Rudern hatte sie die Anstrengung in Armen und Beinen nicht so arg wahrgenommen. Aber jetzt? Wie kleine Nadelstiche in den Muckis. Und es hatte sich voll ausgezahlt. Ehrfürchtig legte sie ihre Medaille auf den Wohnzimmertisch. Den dritten Platz hatte sie gewonnen, wie cool war das denn! Dabei war sie in den letzten Monaten nur selten zum Rudertraining erschienen. Ihr lag nicht die Bohne an Wettbewerben.

Paul, der Vereinsobmann vom Ruderclub Odysseus, hatte wieder einmal gepenzt. »Geh, komm, Nicky, wenn wir nicht genug Teilnehmer haben, streichen die unseren Bewerb aus der

Landesliste. Kriegst auch das beste Skiff.« Paul mit seinen wettergegerbten Lachfalten. Dass er demnächst in Pension ging, sah man ihm nicht an. Er war für sie zu einem väterlichen Freund geworden. War schon eine Weile her, dass er sie einfach ins Ruderboot geschnallt und mit seiner Begeisterung für diesen Sport angesteckt hatte. Paul, der ihr verständnisvoll zuhörte, wenn sie am Telefon eine Stunde absagte, weil sie keine Zeit hatte. Was in den letzten Monaten oft vorgekommen war. Viel zu oft.

Zunächst hatte sie sich geweigert, an dem Wettbewerb teilzunehmen. Vor vier Wochen hatte sie dann in ihrem Briefkasten eine Ansichtskarte von Daniel gefunden. Aus Japan. Vom Fujiyama, wie poetisch. Aufgegeben im Juni. Drei Monate hatte die Karte gebraucht, war offenbar mit der Schneckenpost gekrochen. Daniel hatte damals geschrieben, er vermisse sie. Wolle sie im Arm halten. Schnee von gestern, wie der auf dem Fujiyama.

Nicky hatte ihre Trainingssachen in ihren Rucksack gepfeffert. Und im Skiff, dem Einer-Rennruderboot, ihren Zorn mit den Rudern in das Wasser der Alten Donau gedroschen. Dabei war sie sonst so pingelig mit ihrem lautlosen Ruderstil. Zwei Stunden lang hatte sie damals das Boot traktiert. Saublöde Idee. Am Abend hatten die Muskeln gebrannt, als hätte sie Chilisoße injiziert.

Bei der nächsten Session hatte sie sich zum Wettbewerb angemeldet und die Karte vom Fujiyama zu jedem Training mitgenommen. Und sie beim Wettkampf ins Boot geklebt. Hatte funktioniert.

»Du bist spitze, Nicky!« Paul hatte ihr ein Krügel Bier in die Hand gedrückt. Halbisotonisches Getränk, scherzten sie immer wieder. Moni und Lisa, die begeisterten Ruderteenies, waren zu ihr gehüpft. »Das nächste Mal müssen wir gemeinsam im Vierer antreten. Die Sascha will auch. Girliepower! Oder ist dein Daniel schon zurück?«

Nicky hatte ihr Krügel in einem Zug geleert und mit einem Krachen auf den Tisch gestellt. Woher sollten die Teenies wissen, dass er nicht mehr ihr Daniel war? Ihre Antwort war knapp ausgefallen. »Sorry, bin hundemüde, hab morgen einen langen Tag ...«

Nun hockte Nicky daheim auf ihrem Ledersofa und nahm überlaut wahr, wie die große Wanduhr tickte. Die vom Urlaub mit Daniel in der Toskana stammte. Aus Carrara. Sie waren spontan eine Woche weggefahren, um zu testen, wie kompatibel sie waren. Hatte zunächst alles so harmonisch ausgesehen. Ein paar Unterschiede würzten doch das Zusammenleben, hatte sie damals gefunden. Weil sie die rosarote Brille nicht abnehmen wollte. Nachdenklich starrte sie auf das edle Ziffernblatt aus Alabaster.

Sie schaltete den CD-Player ein. Rebekka Bakken sang »Ghost in this House«. »Ich bin nur ein Geist in diesem Haus, ich bin nur ein Schatten innerhalb dieser Mauern. Still wie eine Maus spuke ich durch die Räume ...« Nicky drehte den Player schnell wieder ab. Sie öffnete das Fenster und atmete die laue Oktoberluft ein. Beobachtete ein Pärchen, das sich kichernd umarmte. Sie schluckte den dicken Kloß runter.

Mit Sonja herumalbern, den Frust weglachen, das wär's jetzt. Ihre Freundin war jedoch im Theater. »Muss das Turnier ausgerechnet an diesem Tag sein? Da hab ich Karten für Hamlet, den muss ich unbedingt sehen! Weißt du, der Yannick spielt den Horatio. So ein Schnuckel ...«

Trotzig griff Nicky nach ihrer Medaille. Hätte sie doch im Clubhaus vom Ruderverein bleiben sollen? Paul hatte auf die Karte gedeutet. »Ist von dem Burschi, stimmt's? Um den brauchst ned weinen. So ein sauberes Mädel wie du! Wenn der des ned sieht, ist er selber schuld. Weißt was? Nächste Woche gehen wir gemeinsam rudern. Dann polieren wir an deiner Technik, und du erzählst mir von deinem Kummer.«

Paul, der gutmütige Bär und Beschützer der Mitglieder des Ruderclubs. Immer noch ein exzellenter Ruderer, eine Zweierpartie mit ihm war eine Auszeichnung. Aber sie hatte die Nase voll von Reden. Hatte halt wehgetan, das Aus. Per WhatsApp. Nicht einmal angerufen hatte Daniel. Elender Feigling. Sie war sich vorgekommen wie ein Hund, den man auf dem Rastplatz aussetzte.

Nicky schnappte sich eine Flasche Chardonnay, schenkte sich ein Glas ein und inhalierte die noblen Aromen von reifer Birne und Tropenfrüchten. Sie legte die CD ihrer Lieblingssängerin Lisa Stansfield ein. *»Never, never gonna give you up«*, dröhnte es aus dem Lautsprecher. Passte grad nicht. Nächster Song. *»This is the right time to believe in love«* – okay, definitiv die falsche CD. Was lief im Radio? Phil Collins. *»You can't hurry love ...«* Na toll. Und was hatte der Fernseher zu bieten? »Tatsächlich ... Liebe«. Jetzt? Im Oktober? Das war doch ein Weihnachtsfilm! Mit einem Schnaufen drehte sie ab. Doofe Glotzkiste.

Sie nahm ihr Handy, scrollte in den Kontakten. Karin hob nicht ab – die war sicher mit ihrem neuen Freund im Kino. Waren die überhaupt noch zusammen? Nicky überlegte. War schon eine Weile her, der letzte Mädelsabend. Bernadette hatte unlängst verschnupft gemeint, dass Nicky nur anrufe, wenn sie was brauche. Hatte auch Siggi gelästert. Stimmte gar nicht. Überhaupt, wieso musste immer sie sich melden und nicht die anderen? Conny! Nein, die hatte doch ein Baby bekommen und ... oje.

Nicky trat mit dem Fuß gegen den Tisch. Ein Berg Skripten purzelte herunter. Auch das noch. Kostete jede Menge Zeit, das Studium Forensische Psychologie in Konstanz. Sie fand die Blockseminare dort eine willkommene Abwechslung zum Alltag. Praktische Studien und Arbeiten erledigte sie in Wien. Sie hob die Skripten auf und legte sie sanft zurück auf den Tisch. Liebevoll strich sie über eines der Bücher. Taugte ihr eben, diese Welt.

Sie schlich zum Fenster. Das erdige Aroma von Herbstlaub brachte ihre Lebensgeister in Schwung. Sie tippte eine Whats-App-Nachricht an Karin, Siggi, Bernadette und Conny. »Hey, hab den dritten Platz beim Rudern gewonnen! Würd gern mit euch feiern – habt ihr Zeit? Am 31. Oktober, kleine Halloween-party am Abend?«

Bing. Bingbing. Prompt kamen die Antworten. »Du bist so eine krasse Powerlady, Nicky! Halloween wär bombig!«, schrieb Karin. »Darf ich mein Baby mitbringen?«, fragte Conny. Und Bernadette meinte, dass das eine Superidee wäre, ein gemeinsames Treffen. Sie hätte dringend was zu erzählen …

Ging doch. Nicky nahm die Alabasteruhr von der Wand und legte sie in den Karton mit den Sachen für den Flohmarkt.

4

»Na komm, Kampfameise!« Grohsman zog sanft an der Leine seiner Hündin. Klar verstand er sie. Sally war beim Konzert mucksmäuschenstill unter dem Sessel geblieben, ziemlich langweilig für sie. Der Büfetttisch hatte ihr schon eher zugesagt, weil immer wieder ein Stückchen Käse runtergefallen war.

Jetzt widmete sie sich hoch konzentriert dem »Zeitungschnuppern«. Nicht ihre übliche Gegend, lauter unbekannte Hundegerüche. Sie schnüffelte mit halb offenem Schnäuzchen und verklärten Augen.

Grohsman flanierte über die Ringstraße. Die prächtigen Ringstraßenbauten nahm er in seiner Müdigkeit kaum wahr. Sally hatte sich einen ausgiebigen Spaziergang verdient, dennoch zog es ihn zurück in seine gemütliche Wohnung. Mal so richtig ausschlafen. Den Sonntag zelebrieren. Sein Neffe Lukas hatte sich für morgen angesagt. Nach einigen Jahren wieder einmal gemeinsam Fußball spielen!

Grohsmans Gedanken verselbstständigten sich. Dieses Taschentuch mit Blutspuren. Skurrile Erlebnisse waren beim Musiksalon im Palais Rettenbach eher selten. Bemerkenswert, wie Marie Rettenbach Haltung bewahrt hatte. Im Gegensatz zu

Dorothea Zauner, der jungen Pianistin, die später beim Stehbüfett wie ein aufgescheuchtes Huhn herumgelaufen war. Ihre ätherische Erscheinung auf dem Podium hatte sich verflüchtigt, ihre sanfte Stimme war in ein aufgeregtes Gackern gekippt.

Sallys Diskant riss ihn zurück in die Gegenwart. »Aha, genug getrödelt. Na, dann los!«

War ein ordentlicher Fußmarsch vom Palais beim Resselpark bis zur Oberen Augartenstraße, seiner neuen Wohnadresse. Nur einen Spaziergang von der Leopoldsgasse entfernt, wo sich die Polizeiinspektion befand, seine Dienststelle. Na, meistens fuhr er trotzdem mit dem Auto zur Arbeit, kam zu oft vor, dass er schnell zu einer Befragung musste. Das großzügige Apartment im Dachgeschoss hätte Caro gefallen, und der benachbarte Augarten war ein Hundeparadies.

Wie oft hatten sie über eine Übersiedlung gesprochen? Das für Kinder gedachte Zimmer hatten sie zu einem Atelier für Caro umfunktioniert, obwohl der Raum dafür zu dunkel gewesen war. Doch solange es leer stand, hatte es ihnen ständig vor Augen geführt, dass der Kinderwunsch ausgeträumt war.

Grohsman hatte sich erst geweigert, die Wohnung aufzugeben, die er so viele Jahre mit seiner Frau geteilt hatte. Bis er endlich begriff: Hier gab es keine tröstenden Erinnerungen, im Gegenteil. Die Leere jener Räume, in denen Caros Lachen noch widerhallte, ließ ihn seinen bitteren Verlust nur noch deutlicher spüren. Dann hatte er diese Maisonette gefunden. Hell, großzügige Dachterrasse … eine perfekte Junggesellenwohnung. Obwohl, groß genug war sie, falls doch irgendwann … »Komm, Sally. Dein Herrl denkt nur Blödsinn«, brummte er.

Lag sicher an dem Musikprogramm heute. Diese intensiven Musikstücke, die »Trauergondeln«, versetzten ihn in eine melancholische Stimmung. Magda fiel ihm ein, die Tierärztin mit dem prickelnden Lachen, das ihn an Champagner erinnerte. Gerne wäre er mit ihr zum Konzert gekommen, aber Magda hörte lieber Hip-Hop. Nicht seine Musik. Und das war nicht das einzige Thema, bei dem ihre Meinungen auseinandergingen.

Wolken zogen auf. Kam heute noch ein Gewitter? Grohsman überquerte die Augartenbrücke, unter der sich der Donaukanal wie ein schwarzes Ungeheuer durchschlängelte. Der Pensionist kam ihm in den Sinn, der sich vor vielen Jahren von dieser Brücke gestürzt hatte. Grohsman, damals neu bei der Kriminalpolizei, hatte den Selbstmord angezweifelt. War hartnäckig geblieben. Weil »ein komisches Gefühl« in seinem Magen rumorte. Er hatte recht behalten. Der reizende Sohn hatte sein Erbe nicht abwarten wollen. Oh, war der sauer gewesen auf den »frischg'fangten Krimineser«! Pech. Aus der Traum vom gemachten Nest. Schwedische Gardinen waren sicher nicht so einladend.

Sein Sturschädel hatte ihm zu einer respektablen Aufklärungsrate verholfen. Der Karriere stand sein Querdenken allerdings im Weg. Zwar war ihm bald die Leitung einer Einheit übertragen worden, befördert wurden dennoch andere Kollegen. Weil er nie kuschte. Diplomatie im Umgang mit den Chefitäten? Wozu? Wen kümmerte ein Dienstgrad? Die Beförderung zum Bezirksinspektor heuer, da war den Vorgesetzten nichts anderes mehr übrig geblieben.

Fast hätte er das Vibrieren seines Handys nicht bemerkt. War lautlos geschaltet.

»Herr Inspektor, können Sie kommen? Es ist etwas … passiert.«

Sofort erkannte Grohsman die Stimme der Gräfin. Wie sie um Fassung rang … Steckte doch mehr hinter diesem Taschentuch mit den Blutspuren? Er drehte am Stand um. Sally wüffte begeistert, als er in den Laufschritt fiel.

5

Vor dem Palais winkte ihm Frau Rettenbach hektisch entgegen. »Herr Felix, bitte hier entlang.«

Grohsman hastete der Dame nach. Niemand würde sie auf über siebzig schätzen. Ob sie den aufrechten Gang als Kind mit einem Buch auf dem Haupt geübt hatte? Keine Zeit für belangloses Zeugs, ermahnte er sich.

Die Gräfin führte ihn zur Tiefgarage gleich neben dem Palais, Grohsmans Schritte hallten im Kellergeschoss. Spärlich beleuchtet, es roch modrig. Und nach Benzin. Die grob verputzten Wände waren grau von den Abgasen. Hier standen verdammt wenige Autos. Okay, die Garage gehörte zu einem Bürogebäude, und es war lange nach Büroschluss.

Ein Schluchzen zerriss die Stille. Es kam von Dorothea Zauner. Ihre Mutter hatte schützend die Arme um sie gelegt und wiegte sie wie ein kleines Kind. Strich ihr beruhigend über den Kopf.

Da, hinter den beiden Frauen, stand ein alter, verkratzter VW Passat. Der geöffnete Kofferraum verhieß Unheil. Grohsman drückte Marie Rettenbach stumm Sallys Leine in die Hand und eilte zum Heck des Autos, starrte in den Kofferraum.

Er hatte es schon so oft gesehen. Der Anblick eines Toten schreckte ihn nicht. Gehörte eben zu seinem Beruf. Und dennoch … Tatortanalyse, spuckte sein Hirn aus.

Auf Mitte zwanzig schätzte er den Mann. Zusammengekauert wie ein Baby, den Kopf auf die linke Hand gebettet. Dunkles Haar, kinnlang, sorgfältig hinter das Ohr gestrichen. Seine Augen waren geschlossen. Als ob er bloß schliefe. Der Anblick hatte beinahe etwas Anrührendes, Friedliches. Wäre da nicht die dicke Blutkruste an der Schläfe, die die Harmonie zerschnitt.

»Weiß jemand, wer das ist?«, fragte Grohsman in die Runde.

»Das ist Mariusz …«, schniefte Dorothea Zauner.

»Kindchen, ich hab dir gleich gesagt, dass ihm etwas Ernstes dazwischengekommen sein muss«, meinte Frau Rettenbach unbeholfen.

»Mariusz … und wie noch?« Grohsman zückte seinen Block. Ohne den verließ er nie das Haus.

»Ich schreib's Ihnen auf, Herr Felix.« Frau Rettenbach nahm

ihm Block und Stift aus der Hand, notierte schwungvoll einen Namen und reichte ihm beides zurück.

»Mariusz Lión«, las Grohsman laut.

»Er ist mein Lebensgefährte. Na ja, Freund. Also … war er …« Wieder schluchzte Dorothea.

Wie ferngesteuert griff Grohsman zum Handy. Spurensicherung, Amtsarzt. Und seine Kollegin Joe Kettler.

6

Joe stampfte den Groove mit. Cooler Gig. Die gaben ordentlich Gas, die Jungs. The Flying Monkeys – eine Freundin hatte ihr den Tipp gegeben. Funky Rock vom Feinsten. Ein bisschen wie die Red Hot Chili Peppers. Überhaupt die letzte Nummer, die fetzte gewaltig!

Kurze Pause zum Durchschnaufen. Sie ließ sich auf einen der Barhocker fallen und stemmte die Ellbogen auf den polierten Tresen. Lässiges Plätzchen. Wie viele Stunden hatte sie in diesem Szenelokal verbracht? Taugte ihr, die gediegene Atmosphäre mit hippen Einflüssen. Die Plakate vergangener Events und Konzerte erzählten von der Geschichte des Lokals. Lauter angesagte Bands und Comedians, die schon auf dieser Kellerbühne aufgetreten waren.

Vom Mitjohlen war Joes Kehle rau, da half sicher ein gepflegtes Bier.

»Hey, wollt dich grad fragen, ob du was trinken willst«, tönte eine Stimme neben ihr. Männlich. Sehr männlich, wie Joe fand. Der Gitarrist! Wie genial war das denn? Gänsehaut. Sie grinste ihn an. Wow, diese Augenfarbe, wie … Waldhonig. Goldpunkte schimmerten darin. Passten zu seinen frechen goldbraunen Locken, die er sich aus dem Gesicht strich.

»Schnapp dir halt auch ein Bier und heben wir gemeinsam einen!« Sie nahm ihr Glas. »Ich bin übrigens die Joe.«

»Joe? Abgefahren. Ich heiß Ronnie.«

»Coole Gitarrenriffs, die Fender hat einen spitze Ton. Und dass du eine Dobro hast, total stark. Voll krasser Klang.«

»Hey, du kennst dich aus – spielst du auch?«

»Nö. Aber ich steh auf Funkrock.«

»Dann musst du zu unserem nächsten Gig kommen. Am Donnerstag sind wir in Perchtoldsdorf, in der Burg. Das wird so was von funky!«

»Die Burg? Da sind doch bloß klassische Konzerte.«

»Nicht nur. Burg, Felsen, auf Englisch *rock*, haben die auch behirnt, dass sich das matcht.«

Joes Handy vibrierte. Grohsman. Ein Einsatz? Ausgerechnet jetzt? »Bin auf dem Weg«, seufzte sie ins Telefon. Sie schüttelte den Kopf. »Sorry, ich muss los. Dienst.«

»Um die Zeit? Was ist das für eine Hack'n?«

»Kripo«, erwiderte Joe knapp.

»Boah, echt? Geil.«

»Geht so. Die Dienstzeiten sind nicht immer lustig.«

»Na, als Musiker hab ich auch keine fixen Bürozeiten. Und jetzt musst du zu einem … Mord?«

»Zu einem Toten.«

»Hammer!«

»Hätt mir lieber das zweite Set angehört.« Sie schob ihr Bier zu Ronnie und nickte ihm zu. »Na dann, bis Donnerstag … vielleicht …«

»Hey, ruf mich an, kriegst ein Gratisticket!«

Joe starrte auf den Zettel, den Ronnie ihr entgegenhielt. Mit einer Telefonnummer. »M-mach ich!«

7

Verflogen war Grohsmans Müdigkeit. Er war selten als Erster vor Ort. Konzentriert scannte er die Umgebung. Der Garagenboden war mit einer schmierigen Staubschicht überzogen. Nirgends Schleifspuren. Auch kein Blut. Der Kofferraum war ebenfalls relativ sauber. Schläfenverletzungen bluteten heftig, das hätte eine ordentliche Sauerei gegeben. »Ist also nicht der Tatort«, murmelte Grohsman. Ein Gewaltverbrechen in jedem Fall.

Selma Zauner stand auf und kam näher. Frau Rettenbach pflanzte sich demonstrativ in einigem Abstand zum Auto auf. Grohsman dankte ihr mit einem Kopfnicken. Seine Hündin ahmte die Gräfin nach und reckte ihr Köpfchen in die Höhe. Die Stille wurde nur von gelegentlichen Schluchzern unterbrochen. Und von der monotonen Stimme der Mutter.

»Wer hat den Toten gefunden?«, fragte Grohsman.

»Severin, mein Majordomus. Er ist dort drüben.« Frau Rettenbach deutete zur Wand, wo ein Häufchen Elend auf dem Boden hockte. »Er hat Frau Zauner geholfen, die Blumen, die Noten und das Kleid zu tragen. Severin wollte alles im Kofferraum verstauen … und dann das …«

»Herr Severin, war der Kofferraum versperrt?«

Der Mann betupfte sich die Stirn. »Nein. Der war offen. Ganz sicher.«

»Wir möchten jetzt gehen«, herrschte die Mutter Grohsman an.

»Einen Moment Geduld, ich bin gleich bei Ihnen.«

»Geduld, Geduld«, keifte sie und stampfte mit dem Fuß auf.

Grohsman bemühte sich, die Frauen auszublenden. Mit seinem neuen Handy fotografierte er den Kofferraum und das unversehrte Schloss. Unbemerkt schoss er auch ein Foto von Selma Zauner, die mechanisch die Schulter ihrer Tochter streichelte und auf sie einredete.

Endlich tauchten die Kollegen der Kriminaltechnik auf, im Affentempo riegelten sie den Bereich ab. Grohsman hörte ein Schuhklappern. Joe im Laufschritt. Mit Pumps? Hatte er an ihr noch nie gesehen. Sie bildeten einen erfrischenden Kontrast zu ihrer schwarzen Lederkluft.

Joe ordnete ihre zerzausten, kurzen Locken und wischte

sich über die geröteten Wangen. »'tschuldigung, Boss, ich bin so schnell gekommen wie möglich …«

»Passt schon. Der Tote heißt Mariusz Lión und ist der Freund der jungen Frau hier. Dorothea Zauner, Pianistin, ist heute in Marie Rettenbachs Musiksalon aufgetreten.« Grohsman deutete auf die Gräfin. »Er wurde im Kofferraum von dem VW Passat gefunden. Ihr Auto?«, fragte er die Pianistin.

Dorothea nickte.

»Tag!«, grüßte Joe knapp und drehte sich zum Auto. »Kann ich mal schauen?« Sie ging zum Kofferraum. »Wie ist er da hineingekommen?«, flüsterte sie.

»Also, von selber ist er nicht hineingekraxelt«, meinte Frau Rettenbach. Das Zittern ihrer Stimme verriet Grohsman, dass der Tod des jungen Mannes ihr an die Nieren ging.

Die gespenstische Stille von vorhin war einem Treiben wie in einem Termitenbau gewichen. Dorothea schniefte in ihr Taschentuch, ihre Mutter klopfte genervt mit der Fußspitze. Nicht nur die stickige Luft engte Grohsman ein. Sein Kopf dröhnte. Er musste die Frauen loswerden.

»Frau … Marie, Sie können jetzt alle zurück ins Palais gehen. Wir sehen uns später im Salon.«

Frau Rettenbach klatschte in die Hände. »Kommen Sie, meine Damen. Trinken wir ein Glaserl Wein auf den Schock und lassen den Herrn Felix arbeiten.« Sie reichte der verdutzten Joe die Hundeleine. Dann drehte sie sich um und schritt energisch davon. Ihr langer Samtrock schwang elegant mit.

Grohsman atmete durch. Schon besser.

8

»Was war das jetzt?« Joe starrte erst auf den Hund, dann hinter den drei Frauen und dem älteren Mann her, die fluchtartig die Tiefgarage verließen.

»Ich war heute im Konzert von Dorothea Zauner, das Marie Rettenbach organisiert hat. Dorotheas Gemüt war den ganzen Abend schon, sagen wir mal, ›umwölkt‹. Ein deplaziertes Taschentuch hat sie aufgeregt. Da fällt mir ein ... das hab ich oben in die Lade gegeben.«

»Boss, du sprichst in Rätseln.«

War ihm klar. »Ich war schon am Heimweg, da hat mich Frau Rettenbach zurückgerufen. Und jetzt ...« Er brach ab. Deutete auf das Auto. Wieder kein Wochenende. Keine freien Abende. Er schüttelte den Gedanken ab. Sah den Kollegen zu, wie sie Scheinwerfer justierten, Fotos schossen. Und die Leiche auf eine Plane auf den Boden legten. Die Arme des Toten fielen schlaff zur Seite. Die düsteren Akkorde der »Trauergondel« klangen in Grohsmans Kopf nach.

Der Kollege aus der Gerichtsmedizin kniete sich neben den Toten.

»Schlesinger, du kommst persönlich her?«, fragte Grohsman überrascht. »Welche Ehre!«

»Na ja, hat sich nach einem gewaltsamen Tod angehört, da haben die Kollegen mich gleich direkt verständigt. Die Leiche landet ja sowieso auf meinem Tisch. Je weniger Dilettanten vorher dran herumfingern, umso besser für mich. Ist sowieso alles befremdlich.« Wie bedächtig und leise Schlesinger sprach. Als ob er den Toten nicht erschrecken wollte.

»Was ist seltsam?«

»Na, das ist eindeutig nicht der Tatort.«

»Hab ich mir schon gedacht.«

»Ah, ja? Dann hätt ich mich ja gar nicht herbemühen müssen.« Mit einem Stupser rückte Schlesinger seine Nickelbrille zurecht. Obwohl schon über vierzig, wirkte er immer noch wie ein Student. Knopfaugen wie ein Koboldmaki, nur dunkel. Das kupferfarbene Haar sauber in der Mitte gescheitelt. Joe hatte mal gemeint, er erinnere sie an Percy Weasley, den Oberstreber aus »Harry Potter«. Schlesinger ging im Zweifelsfall immer von einem Gewaltdelikt aus. Ein weiterer Grund, warum Grohsman sich mit ihm verstand, selbst wenn er den Humor des Leichenaufschneiders nicht teilte. Der war nicht tiefschwarz, sondern lichtabsorbierend.

»Geh, Schlesinger, spiel doch nicht gleich beleidigte Leberwurst. Ich wollte doch nur beweisen, dass deine Schnelleinführungen bei mir Wirkung zeigen.«

»Ja, ja, so ein Crashkurs ist fein, stimmt's?«

Joe stemmte die Hände in die Hüften. »Fehlendes Blut deutet darauf hin, dass das Opfer woanders gestorben wurde.« Sie richtete ihre ganzen ein Meter fünfundsechzig auf und streckte das Kinn vor.

»Gestorben wurde, haha, der könnt von mir sein!«, lachte Schlesinger.

»Darf ich euch einen Kaffee bringen, oder wenden wir uns wieder dem Fall zu?«, grantelte Grohsman. »Kann das hier ein Unfall gewesen sein, der vertuscht werden sollte?«

»Soweit ich das ohne Obduktion beurteilen kann: nein. Wäre er unglücklich gestürzt, würde die Wunde anders aussehen. Ich will mich noch nicht festlegen, gehe aber von einem vorsätzlichen Tötungsdelikt aus.«

Das deckte sich mit Grohsmans Vermutung. »Und was ist dir sonst noch aufgefallen?«

»Die Körpertemperatur.«

»Aha. Geh, Schlesinger, lass dir die Würmer nicht aus der Nase ziehen.«

»Nein, nein, Grohsman. Würmer gibt's da noch keine. Die Leiche ist tadellos intakt. Nur ein bisserl kalt. Der Tote hat grad mal zwölf Grad.«

»Wie viel? Zwölf? Draußen hat es siebzehn Grad, und hier in der Garage kommt es mir noch wärmer vor. Der Körper ist also gekühlt gelagert worden?«

»Ist anzunehmen. Wird dadurch ein bisserl haarig mit dem Feststellen des Todeszeitpunkts.«

Grohsman stöhnte. »Wie schön. Und ob die Schädelverletzung die Todesursache war, weißt du auch erst später.«

»Richtig gemutmaßt.«

»Dann ruf bitte an, sobald du mehr sagen kannst.«

»Oder ich schick dir den Bericht per E-Mail. Oder die Kollegin holt ihn bei mir ab? Dann gibt's auch ein Crashkurserl. Wollen S', Frau …?«

»Kettler. Na ja, also … tät mich schon interessieren …«

»Ja bravo, Frau Kollegin! Sehr lobenswert, wenn die Jugend Interesse zeigt! Aber das Hunderl können Sie leider nicht mitnehmen!«

Grohsman sah auf Sally, die sich zu Joes Füßen zusammengerollt hatte und döste. »Die könnte vielleicht helfen, was Verdächtiges zu erschnüffeln.«

»Hundekekse?« Joe kicherte.

Grohsman nickte Joe zu. Anerkennend. Steile Entwicklung seit letztem Jahr, als er sie erstmals zu Tatorten mitgenommen hatte. Sie war anfangs noch blass ums Näschen geworden. Musste jeder seinen Weg finden, mit Leichen umzugehen. Und mit Morden. Sein eigener Zugang? Er hatte die Fähigkeit entwickelt, Tote als »vom Leben Abwesende« zu betrachten. Als »Beweisstück Nummer eins«, das es zu untersuchen galt.

Zwei Männer der Kriminaltechnik näherten sich. »Der Kofferraum wurde nicht aufgebrochen. Fingerabdrücke gibt's jede Menge, die meisten verwischt. Wenigstens ist das noch ein Auto mit Schlössern, da findet sich vielleicht was Verwertbares.«

Grohsman blätterte in seinem Block. »Der Hausangestellte hat den Kofferraum geöffnet, seine Fingerabdrücke findet ihr sicher. Laut ihm war der Deckel unversperrt.« Hatte Dorothea Zauner schon aufgeschlossen? Er notierte sich die Frage.

»Der Tote hat übrigens nichts bei sich. Kein Handy, Schlüssel, Geldbörse oder Ausweise. Nur diese Eintrittskarte.«

Eine Eintrittskarte für die Sammlung alter Musikinstrumente in der Neuen Burg. Nicht gerade bahnbrechend. Er schoss ein Foto der Karte. »Also sind seine Taschen geleert worden, bevor er hier deponiert wurde. Leider nicht ungewöhnlich.«

Grohsman betrachtete den Toten. Lión hatte fein gemeißelte

Gesichtszüge, hohe Wangenknochen, dunkle Haare. Ein fescher junger Mann. Vorsichtig hob Grohsman ein Augenlid. Augen wie Steinkohle. Oder sahen sie nur hier so dunkel aus?

Er stand auf. »Joe, komm, wir befragen die Zeuginnen. Dann siehst du das mondäne Stadtpalais, in dem Frau Rettenbach ihren Musiksalon abhält. Wenn du dich beeindruckt zeigst, hast du sie auf deiner Seite.«

»Und wenn sie …?«

»Was, den jungen Mann erschlagen hat? Und ins Auto gelegt? Sie ist sehr gut in Form – aber das traue ich ihr in keiner Hinsicht zu.«

9

Sie hätte heute echt im Ruderclub bleiben sollen. Nicky beendete nachdenklich den Anruf vom Hanusch-Krankenhaus, wo sie arbeitete. Ihr Patient Moritz Nieheim musste wieder künstlich ernährt werden.

»Wieso habt ihr mich nicht sterben lassen?«, hatte er geschrien, als er vor zwei Wochen im Spital das Bewusstsein wiedererlangt hatte. Nach einem Suizidversuch. Seither schwieg er beharrlich. Er sah Nicky in den Therapiesessions nicht einmal an. Erinnerte sie an eine Patientin im Vorjahr, ebenfalls ein missglückter Selbstmordversuch. Im Krankenhaus war die Patientin in einen katatonischen Zustand gefallen. Nur einmal hatte sie das Zimmer verlassen. Nicky hatte die Patientin damals gefunden, im Raum mit den Putzmitteln. Die Frau hatte sich erhängt.

Nicky war Klinische Psychologin. So was Ähnliches wie Psychotherapeutin, nur ganz anders, wie sie oft scherzhaft erklärte. Dieser Beruf bedeutete für sie viele Ups, aber natürlich auch einige Downs. Bei Patienten wie Moritz Nieheim kamen ihr Zweifel, ob sie diesen Job bis zur Pensionierung ausüben wollte. Mal sehen, wie sich das mit der Forensischen Psychologie entwickelte.

Sie strich über ihre Skripten. Wenn sie Gas gab, schaffte sie nächstes Jahr ihren Studienabschluss. Im Vorjahr war sie in einen Mordfall verwickelt gewesen. Ziemlich gruselig, wie sie damals mitten in der Nacht eine Tote entdeckt hatte. Der Inspektor, Felix Grohsman, hatte sie sogar kurz verdächtigt. Also hatte sie selbst recherchiert. Hatte ihr voll getaugt.

Okay, Forensische Psychologie hatte nichts mit Recherche im eigentlichen Sinn zu tun. Sie fand dieses Feld dennoch faszinierend. Ja gut, die Fotos, die sie im Rahmen des Studiums analysierten? Tatorte. Und Opfer von Gewaltverbrechen. War definitiv was anderes, ob jemand im Film tot »spielte« oder ob das Leben tatsächlich aus einem Menschen gewichen war. Bevor sie mit dem Studium angefangen hatte, war sie eine Runde durch das Wiener Kriminalmuseum gegangen. Echt heftig. Bis sie die Bilder im Analysemodus betrachtete. Das funktionierte.

Schon wieder das Handy. Unbekannte Nummer. »Ja bitte?«

»Spreche ich mit Frau Witt? Hier ist Pascal Vignaud vom Hanusch-Krankenhaus.«

Der neue Arzt. Vor ein paar Monaten war er in Nickys Abteilung gekommen. Bitte nicht die Nachricht, dass Moritz Nieheim verstorben war. »Ja …?«, sagte sie zaghaft. Ihr Herz trommelte gegen das Brustbein. »Wenn es wegen Herrn Nieheim ist …«

»Nur am Rande. Ich habe erfahren, dass die Pflegerin Sie angerufen hat. In Ihrer Freizeit. Das ist inakzeptabel von ihr.«

»Nein, das … Ich hatte sie gebeten, mich anzurufen, wenn sich sein Zustand drastisch ändert. Er ist mein Patient.« Nicky schluckte. »Sieht so aus, als würde ich bei ihm alles falsch machen.« Wieso war sie so schräg drauf? Sie war doch sonst nicht so pessimistisch.

»Das stimmt nicht, Frau Witt, Ihre Behandlung hat *superb* angeschlagen. Dank Ihnen hat er zuletzt wieder selbstständig gegessen. Bis heute. Der Besuch eines Arbeitskollegen hat ihn aus der Bahn geworfen und Ihre Erfolge zunichtegemacht. Deshalb der Rückfall. Und aus dem Grund wollte ich nicht, dass die Pflegerin Sie direkt anruft.«

»Danke.« Nicky ließ das Handy sinken. Wie aufmunternd die Worte von Dr. Vignaud klangen. Total nett von ihm, dass er extra anrief. Er stammte aus Frankreich und hatte den melodiösen Akzent nicht abgelegt. Einer der Gründe, warum er bei den Patienten beliebt war. Und bei den Patientinnen.

10

Im Palais Rettenbach herrschte nun Stille. Noch vor einer Stunde hatte es hier wie in einem Bienenstock gesummt. Grohsman sah zwei schwitzenden Männern zu, die im Salon Sessel auf einen Transportwagen stapelten. Zerstört war die feierliche Stimmung. Das Klavier stand verloren im Eck.

Marie Rettenbach kam ihm entgegen. Ihre Augen waren umschattet. »Ich habe alle Gäste hinauskomplimentiert. Dorothea und ihre Mutter sind im Kaminzimmer.«

Grohsman nickte. »Ich gehe sofort zu ihnen. Mit wem kann ich wegen der Videoüberwachung der Tiefgarage sprechen? Ich habe eine Kamera gesehen, die Aufzeichnungen brauche ich.«

»Darum kümmere ich mich, Herr Felix.« Sie entfernte sich.

»Danke.«

Grohsman schlug seinen Block auf und legte ihn auf eine Mahagonianrichte. Der Geruch der Möbelpolitur mit Bienenwachs weckte Kindheitserinnerungen. Hatte seine Mutter ebenfalls benützt.

»Feudaler Schuppen«, riss ihn Joe aus den Gedanken.

»Ich bin mir nicht sicher, ob Frau Rettenbach deine Wortwahl billigt, aber dem Inhalt würde sie sich anschließen.«

Grohsman schwirrte der Kopf. Jeder neue Fall begann schwarz. Leer. Hohl. Das Zusammentragen der Daten war eine

Art Puzzle. Es dauerte oft sehr lange, bis die Teile irgendeinen Sinn ergaben. Und nicht selten mogelten sich falsche Steinchen dazu. Wo sollte er anfangen? Mit der Gästeliste von heute Abend. Wer war wann gekommen und gegangen? In welchem Zusammenhang stand die Tat mit Dorothea Zauner? Welche Rolle spielte die unsägliche Taschentuchepisode?

Das Taschentuch!

»Ich komme gleich«, murmelte er und schlich ins Künstlerzimmer. Vorsichtig ließ er das Plastiksäckchen mit dem Tuch in seiner Jackentasche verschwinden. Sein Blick fiel auf den Spiegel. »Das werden wieder lange Tage«, grummelte er seinem müden Spiegelbild zu und eilte ins Kaminzimmer.

Er nickte Joe zu. »Los geht's.«

»Wem gehört der Laden?«

»Dieser ›Laden‹, das Stadtpalais Rettenbach, ist in Familienbesitz. Frau Rettenbach ist reich verwitwet, mit viel Liebe hält sie das Haus instand. Und mit ihrem legendären Kunstsalon bietet sie vor allem jungen Künstlern eine Bühne. Ein echtes Privileg, hier Gast sein zu dürfen.«

»Mich hat sie noch nie eingeladen.« Joe rümpfte die Nase.

»Ich wusste nicht, dass Sie klassische Musik mögen«, meinte Marie Rettenbach, die leise hinzugetreten war. »Herr Felix, bringen Sie Ihre Kollegin das nächste Mal mit. Eine Frischzellenkur würde dem Salon nicht schaden. Wir benötigen junges Blut!«

»Sind das Vampirpartys?«, wisperte Joe Grohsman zu.

Die Gräfin lachte schallend. »Keine Sorge, Blutsauger schmeiß ich sofort raus. Wie heißen Sie?«

»Joe. Joe Kettler.«

»Lassen Sie mich raten. Johanna? Da klingt das französische Jeanne doch viel kräftiger.«

Joe schnaubte. »Erinnert mich an Jeanne d'Arc. Auf dem Scheiterhaufen will ich nicht landen.«

»Ah, Sie sind belesen? Hervorragend. Johanna war eine mutige Kämpferin. Ich wette, Sie lassen sich auch nichts gefallen!«

Grohsman räusperte sich. »Meine Damen, können wir die linguistischen und historischen Fragen auf ein anderes Mal verlegen? Frau Marie, wie gut kannten Sie den Toten?«

»Ach, Herr Felix … Am Klavier war er ein impulsives Jüngelchen. Feuer und Eis. Wenn er gespielt hat, ist er in eine Welt abgetaucht, zu der niemand außer ihm Zutritt hatte. Da war ein Lodern in seinen Augen, das besonders auf die Damen einen unwiderstehlichen Reiz ausgeübt hat. Eine Faszination. An wen erinnert Sie sein Gesicht?«

Grohsman sah auf eines der Fotos auf seinem Handy. »Hm, die langen dunklen Haare, der Mittelscheitel, das hagere Gesicht – ein bisschen wie Franz Liszt in jungen Jahren, oder?«

»Genau. Mariusz war ein charismatischer Teufel. Schauen Sie ins Internet. Auf seiner Seite hat er Musikvideos. Wenn Sie ihn spielen sehen, werden Sie verstehen, was ich meine.«

Internet. Die Frau überraschte ihn immer wieder. Er versuchte, sich vorzustellen, wie sich die Gräfin YouTube-Clips hineinzog. Sein Mundwinkel zuckte. »Danke, Frau Marie, werde ich machen. Und nun zu Mutter und Tochter Zauner.«

Frau Rettenbach nickte. »Dann störe ich nicht länger. Sie finden mich im Salon.«

Grohsman lächelte milde. Auch wenn Frau Rettenbach neuen Technologien gegenüber aufgeschlossen war, wusste er: Die Frau lebte gedanklich in einer Zeit, in der Musiksalons nicht als exotisch und ausgefallen galten. Vieles hatte sich seitdem geändert – aber nicht alles. Gemordet wurde damals ebenso wie heute.

»Da sind Sie ja endlich.« Selma Zauner war aufgesprungen. »Meine Tochter ist müde. Völlig fertig mit den Nerven.«

»Frau Zauner, bitte nehmen Sie wieder Platz.« Grohsman deutete auf ein sofaähnliches Möbelstück. Eine Chaiselongue, wie die Gräfin sagen würde.

Dorothea hatte ihre Konzertrobe gegen Jeans und einen bequemen Pulli mit ausladendem Wasserfallkragen gewechselt.

Stand ihr gut, das jugendliche Outfit. Mit hängenden Schultern lümmelte sie auf dem Sofa und rutschte hin und her, bis ihre Mutter sie am Arm packte.

»Frau Zauner.« Grohsman sah die Pianistin an. Ihre Augenlider waren gerötet, die Schminke verschmiert. Ihre Unterlippe bebte. »Mariusz Lión ... wenn ich das vorhin richtig verstanden habe, war er Ihr Freund?«

Sie nickte mit einem Schniefen und fuhr sich durch die kastanienbraunen Haare. Ihr achtlos gebundener Haarknödel rutschte bedenklich.

»Wie lange waren Sie ein Paar?«

»Meine Tochter kennt Mariusz schon länger. Sie sind sich beim Klavierspielen begegnet. Er spielte nicht schlecht.«

Eislaufmama?, überlegte Grohsman. Aus dem Augenwinkel bemerkte er, wie Joe die Mundwinkel verzog. »Frau Zauner, kann bitte Ihre Tochter ...?«

»Mit Fragen, die ich auch beantworten kann, müssen Sie nicht Dorothea quälen. Haben Sie gar kein Mitgefühl?«

Grohsman entging nicht, wie sich Dorothea aus dem Arm der Mutter herauswand. »Eben aus Mitgefühl möchte ich verstehen, was in Ihnen, Dorothea, vor sich geht.«

Wieder nickte die junge Frau stumm und zog die Nase hoch. Ein unappetitliches Geräusch, das nicht zu ihr passte. Er hielt ihr ein Päckchen Taschentücher hin, langsam zog sie eines heraus und schnäuzte sich geräuschvoll.

»Also. Zurück zu Herrn Lión.«

»Wir sind beide am Mozart-Konservatorium. Er ist mir sofort aufgefallen. Wie er Chopin spielt ... oder Liszt ...«

»Kein Wunder, dass er die Ostblöckler spielen kann. Kommt selber aus Polen. Und hat eine polnische Lehrerin.« Selma Zauner schien ihn nicht unbedingt für den idealen Schwiegersohn zu halten. Weil er Konkurrenz für die Tochter bedeutete? Grohsman notierte »Eifersucht« und setzte ein Fragezeichen dahinter.

»Mama, das stimmt nicht. Er kann auch wunderbar Ravel spielen. Konnte ...« Wieder schluchzte sie laut.

»Seit wann sind Sie zusammen?«

»Seit letztem Jahr. Er war in unserem Klassenabend und fand meinen Schubert toll. Wir haben schon davor viel über Musik diskutiert, aber diesmal war es … intensiver. Bei einem Konzert haben wir dann mal vierhändig gespielt, das war wie …« Dorothea brach ab. Sie knetete mechanisch das Taschentuch. »Irgendwann sind wir in seine Wohnung gefahren, er hat zwei Flügel. Die ganze Nacht haben wir musiziert. Seitdem ist er mein Freund.«

»Sie wohnten zusammen?«

»Nein, dazu sind unsere beiden Wohnungen zu klein. Da würden wir uns ums Klavier streiten. Aber wir haben uns oft gesehen. Wenn wir uns nicht auf einen Auftritt vorbereitet haben, wie jetzt.«

»Heute Abend, war er da vorher in Ihrer Wohnung?«

»Nein. Ich bin furchtbar nervös vor einem Auftritt, da halte ich niemanden um mich aus. Er wollte später zum Konzert kommen.«

»Wann haben Sie ihn zuletzt gesehen? Oder gehört?«

»Zuletzt … das letzte Mal … Nie wieder …« Dorothea heulte hemmungslos.

»Jetzt ist Schluss, Herr Grohsman. Er hat die Nacht bei ihr verbracht, wenn Sie's schon so genau wissen müssen, und dann ist er heimgefahren. Hat ihr noch eine Nachricht geschickt. Alles Gute und bis später oder so. Das hat mir Dorothea erzählt. Können wir jetzt gehen?«

»War es so, wie Ihre Mutter gesagt hat, Dorothea?«

Sie nickte wortlos.

»Eines noch. Wer hat einen Schlüssel zu Ihrem Auto?«

»Das lässt sie vor Auftritten immer unversperrt, wenn sie in einer Garage parken kann. Sie vergisst immer irgendwas, die Sachen hole dann meistens ich.«

»Wann haben Sie zuletzt in den Kofferraum gesehen?«

»Na, vor dem Auftritt. Ihr Kleid lag drin.«

»Nein, Mama, das Kleid hatte ich auf die Rückbank gelegt.«

Zusammen mit den Schuhen. Der Kofferraum klemmt, den hab ich ewig nimmer aufgemacht.«

»Und Sie, Frau Zauner?«

»Diesmal hatte sie nichts vergessen, ich war erst jetzt vorhin unten. Mit dem Butler von Frau Rettenbach, der wollte das Kleid in den Kofferraum legen. Hat aufgemacht und ... na ja. Sie wissen schon. Furchtbar.«

Es klang, als hätte man ihr gesagt, der Champagner sei aus. Als würde ihr der Tod des jungen Mannes persönlich Unannehmlichkeiten verursachen.

Nicky Witt kam ihm in den Sinn. Zum zweiten Mal heute. Hatte sie ihr Studium Forensische Psychologie beendet? Ob sie aus den beiden Frauen schlau würde?

Die Augen, Spiegel der Seele. Was las Grohsman in denen von Selma Zauner?

Nichts. Nicht einmal Müdigkeit oder Ärger. Auch nicht in ihrer Mimik. War vielleicht das Botox. Dass dieses faltenlose Gesicht nur an den erstklassigen Genen lag, konnte er sich nicht vorstellen. Irrelevant, seufzte er innerlich.

»Sagen Sie mir, was mit Mariusz passiert ist?« Dorothea sah Grohsman mit ihren großen grauen Augen an. Eine einnehmende junge Frau. Nicht unbedingt Kandidatin für das Cover eines Modemagazins. Aber eine Klassikzeitschrift würde sie veredeln mit ihrem frischen Gesicht. Wobei der verspielte Kragen ihres Pullis von der Strenge ihrer Mimik ablenkte und ihre Schlüsselbeine kaschierte. Achtete sie übertrieben auf ihre Figur oder vergaß sie über ihrer Musik aufs Essen?

Grohsmans Blick wanderte zwischen den Frauen hin und her. Die Mutter war einen guten Kopf größer als Dorothea. Gleiche Augen. Und Haarfarbe. Nicht das Einzige, wobei die Mutter der Natur etwas nachgeholfen hatte, vermutete er.

»Ja, Dorothea. Ich rufe Sie an. Sie können beide gehen.«

11

»Und jetzt?« Joe klappte die Hülle ihres Tablets zu. Erwartungsvoll inspizierte sie ein Tablett mit Häppchen. Mit hungrigem Magen konnte man doch keinen klaren Gedanken fassen. Marie Rettenbach reichte Joe einen Teller. »Die Lachsbrötchen sollten Sie probieren. Edler schottischer Lachs, kein so billiges Zeug. Und ein Bier dazu? Oder Schampus?«

Fast schon stylish, die aufwendige Hochsteckfrisur der alten Frau. Das Make-up stammte auch von einer Könnerin. Zart und elegant. Joe verwendete kaum Schminke, ihr gefiel ihr frischer Teint. Das Haar hatte sie sich früher auch gelegentlich hochgesteckt. Bevor sie es ratzeputz abschneiden ließ. Obwohl, mittlerweile lockten sich die blonden Haare wieder. »Im Dienst weder noch, danke …«, meinte Joe sehnsüchtig. Schampus? Champagner? Davon konnte sie bei ihrem Lohnzettel bestenfalls träumen. Das Bier im Lokal hatte sie an Ronnie weitergegeben. Ließ er es sich mit einer anderen schmecken? Ihre Hand glitt in die Hosentasche, wo sie den Zettel mit seiner Handynummer ertastete.

Ihr Boss winkte ebenfalls ab. »Frau Marie, haben Sie eine Liste der Gäste, wenn möglich mit Kontaktdaten?«

Frau Rettenbach legte ein paar Blätter auf den Tisch. »Die Liste hab ich bereits ausdrucken lassen. Hier, mit Adresse, Telefonnummer und E-Mail. Ja, schauen S' nicht so. Glauben Sie, ich weiß nicht, was eine E-Mail ist? Ach ja, bevor ich's vergesse: Der Garagenwart hat sich gemeldet. Die Kameras haben nicht aufgezeichnet, Fehler im System, hat er gemeint. Ärgerlich.«

Ärgerlich? Das war ein absoluter Schmarren! »Kann das Sabotage gewesen sein?«, fragte Joe. »Schon auffällig, wenn die komplette Anlage ausfällt.«

»Den Verdacht hatte ich auch. Er hat versprochen, die Angelegenheit zu prüfen und Bescheid zu geben.«

»Danke, Frau Marie.« Wie müde der Boss aussah.

»Also, was ist jetzt, meine Lieben? Der Tag war ganz schön aufregend, da könnt ich ein Glaserl vertragen. Und Sie, Herr Felix, Frau Johanna?«

»Okay. Ich meine ... ja bitte, gnädige Frau!«, besserte sich Joe rasch aus.

»Ah, Manieren – Sie sind goldrichtig! Aber Frau Rettenbach reicht völlig aus. So, und jetzt hol ich unsere Getränke!«

Abrupt war sie aufgestanden. Joes Blick fiel auf ein riesiges Gemälde.

»Das ist die Gräfin als junge Frau mit ihrem Gemahl. Ein stattlicher Mann, findest du nicht?«, flüsterte Grohsman.

»Und wie innig sie sich ansehen ...«, antwortete Joe.

Frau Rettenbach stellte ein Tablett mit den Getränken auf den Tisch. Joe griff nach einer Champagnerschale. Oh, das kitzelte lustig auf der Nase, dieses Blubberwasser. Joe zog grinsend das Näschen kraus.

Die Gräfin lachte. »Ja, ja, Champagner trinkt man aus Schalen, weil die Kohlensäure die Gesichtshaut belebt. Fanden die Herren damals schon aufregend, Damen mit roten Bäckchen.«

Joe nickte. Aufregend. Wie die Begegnung mit Ronnie? Oder wie der neue Fall? Lachsbrötchen mit Champagner. Na, es gab sicher Schlechteres, um sich auf die nächsten schlafarmen Tage und Nächte einzustellen. Sie musste sich von Beginn an ordentlich reinhängen. »Frau Rettenbach, diese Gästeliste ... kann ich die per E-Mail haben?«

Joe hatte schon Ideen, wo sie einhaken würde.

12

Nicky schaltete den Fernseher aus und wischte sich mit dem Handrücken über die Augen. So rührend, der Film »Best Exotic Marigold Hotel«. »Am Ende wird alles gut. Und wenn noch nicht alles gut ist, ist es noch nicht das Ende.« Stammte angeblich von Oscar Wilde, dieses Bonmot. Einer ihrer Leitsprüche.

Das Handy! Lass es bitte nicht das Krankenhaus sein, grummelte sie. Immer wieder hatte sie die Nachrichten gecheckt.

Nein, es war Felix Grohsman! Wie lange hatte sie nichts von ihm gehört? Wenn er jetzt anrief, nach elf Uhr in der Nacht, bedeutete das nichts Gutes. »Hallo, Felix! Was treibt dich in die Leitung, um diese Uhrzeit?«

»Hallo, Nicky. Ich wollte mich längst mal melden, tut mir leid, dass es so spät ist. Hab ich dich eh nicht geweckt?«

»Nein, alles gut.«

»Wie geht es dir? Was macht das Studium?«

Nicky hörte den nervösen Unterton. »Ganz okay, danke. Aber deshalb rufst du doch so spät nicht an?«

»Nein. Ich bin grad auf dem Heimweg ... Wir haben wieder mal einen Mordfall. Da habe ich gleich zwei Mal an dich gedacht.«

»Ein Mordfall – benötigst du eine kriminalpsychologische Expertise?« Ihr Magen vibrierte wohlig.

»Das wär noch zu früh. Wir wissen selbst noch nicht, was genau passiert ist. Keine Ahnung, wie der Tote in den Kofferraum gelangt ... und wie er gestorben ist. Den Obduktionsbericht krieg ich frühestens am Dienstag.«

»Kofferraum?« Wie mysteriös!

»Ja. Ich war grad auf dem Weg nach Hause von einem Nachmittagskonzert und wurde noch einmal zurückgerufen.«

»Und wen ... also ... wer ...?« Nicky schüttelte den Kopf über ihr Stottern.

»Ein junger Mann. Mariusz Lión, Pianist. Der Freund von Dorothea Zauner, der Pianistin, die ich heute im Konzert gehört habe. Er ist in ihrem Auto gefunden worden, im Kofferraum.«

Na bravo. »Das ist ja ziemlich speziell. Ist er dort erstickt?«

»Er hat eine Kopfverletzung.«

»Du machst mich neugierig, Felix. Warum treffen wir uns nicht, wenn du mehr über deinen Toten weißt?«

»Hast du am Montag Zeit? So gegen vierzehn Uhr? Da ist die Teambesprechung sicher vorbei. Vielleicht im Café Schwarzenberg?«

»Am Montag hab ich im Krankenhaus Frühdienst, vierzehn Uhr passt perfekt. Aber sag, der Tote war im Kofferraum der Freundin? Auch nicht leicht für die Frau. Oder hast du den Verdacht, dass sie …?«

»Ich weiß es nicht. Heute hab ich nicht viel aus ihr herausbekommen, weil die Mutter ständig dazwischengequatscht hat. Wir werden sie sicher am Montag noch einmal befragen, vielleicht kannst du mitkommen? Wird aber sicher erst am späteren Nachmittag sein. Das ist nicht sehr praktisch für dich.«

»Ach, keine Sorge, ich muss am Montag sowieso auf die Unibibliothek. Außerdem kann ich mich nach deinem Briefing auf die Zeugin vorbereiten.« Nicky hörte ein leises Kläffen. »Bist du mit Sally unterwegs?«

»Ja. Sie musste beim Konzert leise sein. Und jetzt telefoniere ich auch noch. Sie könnte ja herumlaufen, findet sie aber nicht so lustig, wenn ich ihr nicht meine Aufmerksamkeit schenke.«

»Verstehe ich. Dann gib ihr ein Krauli von mir!«

Ein neues Abenteuer. Perfekt. Nicky war reif für eine Veränderung. Und wenn sie sich im Team der Kripo bewährte … Nein, langsam, ein Schritt nach dem anderen.

13

Der feuchtkalte Herbstwind ließ selbst Sally verdrossen neben Grohsman hertrotten. Er überquerte die Augartenbrücke in strammem Tempo, um den Windböen zu entgehen. Kurz blieb er stehen und starrte in den dunklen Nachthimmel. Aus der Ferne hörte er ein Donnergrollen. Düstere Vorzeichen? Sally hockte sich hin und winselte leise. »Kannst du Gedanken lesen, Kleine?« Grohsman bückte sich, um sie zu kraulen.

Sally hob den Kopf und lauschte. Abrupt sprang sie auf und tapste immer flotter. Sie wollte zur Grünanlage am Ende der Brücke. Kläffend zog sie an der Leine.

»Was ist los? Hat dir ein fescher Rüde sein Duftbriefchen hinterlassen?« Niemand hier, also ließ Grohsman die Hündin von der Leine. Sally rannte hinter ein Gebüsch und gab einen Laut von sich, der ihm durch Mark und Bein fuhr.

Vorsichtig hob er die Zweige an. Zwei riesige Pupillen glühten ihm entgegen, er vernahm ein leises Maunzen. Eine … Katze?

Er bückte sich. Tatsächlich. Das Fell war derart mit Schlamm und Dreck verkrustet, dass er nicht einmal die Farbe erkannte. Das Tier zitterte am ganzen Leib. Sally stupste es an und leckte sein Köpfchen.

Und jetzt? Magda anrufen. »Magda? Tut mir leid, dass ich dich aufgeweckt habe … Sally hat eine Katze gefunden, völlig durchnässt und verdreckt … Wo? In dem kleinen Park bei der Augartenbrücke, Richtung Obere Donaustraße … Nein, ich bin nicht mit dem Auto hier … Du kommst vorbei? Danke. Was soll ich in der Zwischenzeit machen? … Alles klar.«

Grohsman zog seine Wolljacke aus. Ignorierte die Kälte. Er legte die Jacke über die Katze und zog sie behutsam unter dem Busch hervor. Sie maunzte leise, als er sie trocken rieb. Unter der Dreckschicht schimmerte graues Fell durch. »Magda kommt gleich. Sie ist Tierärztin, die kann dir bestimmt helfen«, redete er beruhigend auf das Tier ein. An den Krallen der Vorderpfoten hing etwas fest. Sah aus wie Jutefäden. Er strich über den Kopf der Katze. Nur ein kümmerliches Schnurren.

Endlich hörte er das Zuschlagen einer Autotür. »Magda? Wir sind hier unten!«

»Hallo, Felix. Was haben wir denn …? Oh mein Gott, Kätzchen, wie siehst du denn aus? Du armes Ding … Die nehme ich gleich mit. Hilfst du mir, sie in den Transportkorb zu heben? Gleich mit deiner Jacke? Dann hat sie etwas Weiches drin. Wobei … du schaust auch etwas zerknittert aus.«

Grohsman hob das Kätzchen sanft in den Korb und verschloss den Deckel. »Ja, für heute reicht es wirklich. Erzähle ich dir ein andermal.«

»Soll ich euch heimbringen?«

»Danke, geht schon. Sind nur noch ein paar Minuten. Und danke, dass du so schnell gekommen bist.«

»Kein Ding. Ich ruf dich morgen an. Gute Nacht, Felix.«

»Nacht … Fahr vorsichtig.«

»Immer.«

Was für ein Tag.

Sonntag, 15. Oktober

1

»Hey, Onkel Fefi, das war eine echte Granate!«

Grohsman nickte seinem Neffen zu. Lukas, sein Patenkind, mit zweitem Vornamen Felix. Seine Freunde nannten ihn Lucky, was wieder passte. Felix oder Lucky, beides bedeutete »der Glückliche«. Als der Bub klein gewesen war, hatte »Onkel Felix« eher nach »Fefi« geklungen. War ihm lange geblieben. Vor allem wenn sie miteinander Fußball spielten. Später war mit dem gemeinsamen Ballestern auch der Kosename verschwunden. Das »Schlafwagentempo vom Onkel« hatte den Buben gelangweilt.

Und jetzt? Sechzehn war Lukas mittlerweile, ein Spargel, einen halben Kopf größer als Grohsman, bei halbem Gewicht. Zugegeben, in dem Alter war er ebenfalls ein Strich in der Landschaft gewesen. Nicht die einzige Ähnlichkeit. Die eisblauen Augen, die dunklen, welligen Haare – na gut, die von Grohsman waren mittlerweile silbrig.

Zu seiner Überraschung hatte sich der Junge vor ein paar Wochen gemeldet, »Zoff mit der Mama«. Mit Emilia, Grohsmans Schwester, zwölf Jahre jünger als er. Und »weil der Papa immer zur Mama hält«, hatte Lukas ihn angerufen. Grohsman hatte ihn in den Eissalon eingeladen, wie früher. Hatte seinem Neffen einfach nur zugehört. Klar war es um die erste Freundin gegangen.

»Es nervt, wenn die Mama ständig nach Semira fragt. Was ihre Eltern machen, wann ich sie ihnen endlich vorstelle ...«

Hatte Grohsman verstanden. Beide Seiten. »Du bist deinen Eltern wichtig. Wenn deine Semira ein anständiges Mädel ist, hast du doch nichts zu verbergen, oder? Erzähl ihnen halt ein bisserl von ihr, zeig ihnen ein Foto und mach ihnen klar, dass du sie selbst erst besser kennenlernen musst. Dann geben sie schon Ruh.«

Grohsman hatte sich für diesen 08/15-Tipp geschämt, doch sein Neffe war ihm um den Hals gefallen. Mitten im Eissalon. Hatte sich wieder hingehockt und ernst genickt. »Bist echt der Beste, Onkel. Sag, können wir mal wieder ein paar Bälle schießen?«

Ein Ball traf Grohsman am Kopf und brachte ihn wieder in die Gegenwart. »Sorry, Onkelchen. Hab nicht damit gerechnet, dass du plötzlich stehen bleibst!«, entschuldigte sich Lukas.

Am Kopf getroffen werden. Wie der Tote von gestern. Gleich in der Früh hatte er mit den Damen Zauner telefoniert. Die Mutter hatte sich allen Ernstes aufgeregt, dass er sie am »heiligen Sonntag« störte. »Wissen Sie, mir kommt der Mord auch ungelegen. Unverschämtheit, am Samstag tot aufzutauchen«, hatte er zurückgeknurrt. Sie habe es nicht so gemeint, hatte Selma Zauner daraufhin gestammelt.

Dorothea hatte verkatert geklungen. Verheult. »Ich kann es noch immer nicht glauben, dass er nimmer da ist«, hatte sie gemurmelt. Dann das Übliche. »Mariusz hat keine Feinde.«

Irgendwen offenbar doch.

»Er war ein Loner. Aber wenn er gespielt hat, waren keine Worte notwendig. Sein Liszt war überirdisch. Seinetwegen hab ich gestern die ›Trauergondeln‹ gespielt. Ich wollte wissen, was er von meiner Interpretation hält. Da hatte ich ja keine Ahnung …« Wieder war sie verstummt.

Immerhin hatte sie die Telefonnummer von Mariusz' Eltern. Und seine Wohnadresse. Wielandgasse 38. Zehnter Bezirk. Na, es gab elegantere Wohngegenden.

»Spielst du jetzt endlich ab, oder schlägst du Wurzeln?«, zog ihn sein Neffe auf.

»Ist ja gut. Ein alter Mann ist kein D-Zug!«, keuchte Grohsman.

»Macht ihr bei der Kieberei, äh, ich mein, bei der Polizei kein Ausdauertraining oder so? Was passiert, wenn du einem Verbrecher hinterherlaufen musst?«

»Dann spring ich ins Auto und wetze ihm nach.«

»Über den Gehsteig und durch die Fußgängerzone?«

»Na, was sonst? Wofür hab ich das Blaulicht?«, scherzte Grohsman.

»Cool. Darf ich mal mitfahren?«

»Das fragst du mich, seit du fünf bist. Die Antwort bleibt die gleiche: Nur wenn du etwas angestellt hast. Und dazu rate ich dir nicht.«

»Na geh. Jetzt hörst du dich wie die Mama an. Immer schön brav bleiben.«

Hatte Grohsman in seiner Jugend auch gehasst. Dieses Maßregeln mit dem erhobenen Zeigefinger. Man war doch nur einmal jung. Grau und vernünftig wurde man von selbst.

»Sag mal, Onkelchen, du hast ja einen argen Kratzer am Arm. Seh ich jetzt erst. Wo kommt der denn her?«

Grohsman rieb sich den Unterarm. »Hab gestern ein halb ersoffenes Kätzchen gefunden. Ich wollte ihm den Bauch abtrocknen.« Ein Pfauchen, ein Hieb mit der Pfote. Guter Reflex, hatte Magda später gemeint. Und angemerkt, dass die Katze ein Kater war. Sie hatte das Tier in die VetMed gebracht, wo sie arbeitete. Um acht Uhr in der Früh hatte sie angerufen, dass das Kätzchen außer Gefahr war.

»Die Tierärztin hat mein mieses Gefühl bestätigt. Der Kater hatte Jutefäden an den Vorderpfoten, den hatte sicher jemand in einen Sack gesteckt, um ihn zu ertränken. Der kleine Kerl hat sich befreien und an Land retten können, ungefähr ein Dreivierteljahr ist er alt.«

»Ich wollt immer eine Katze haben. Erlaubt die Mama nicht. Aber wer macht so was? Diesen Vollkoffer sollte man ...« Lukas ballte die Faust.

Grohsman seufzte. Dass seine Jacke hinüber war, kümmerte ihn wenig. Ein verschmerzbarer Verlust. Magdas Satz klang ihm in den Ohren. »Ohne Sally hätte der Kleine die Nacht nicht überlebt.«

Nicht überlebt. Mariusz Lión. Gleich nach Dorothea hatte er die Eltern des Toten angerufen. Sie hatten ihn kaum verstanden, sprachen kein Deutsch und nur ein paar Brocken Englisch.

»*Your son*, Mariusz … *dead … morto* …«

Stille am anderen Ende der Leitung. Dann leise etwas, das wie »martwi« geklungen hatte, fragend. Die Mutter hatte das Wort wiederholt. Lauter und lauter, schließlich wie ein Schrei. Grohsman hatte im Computer nachgesehen. Tot – polnisch. *Martwy.*

»*Yes. Tak. Martwy. Sorry* …«

Ein Kreischen der Mutter, dann hatte der Vater tonlos gefragt: »Mariusz? *On nie żyje?*« Er hatte einen Wortschwall hinterhergesetzt.

»*I cannot understand you* … wir telefonieren später … morgen …« Grohsman hatte im Computer nachgesehen. »*Zadzwoni jutro* … mit Dolmetscher … *tłumacz.*« Er hatte keine Ahnung, wie er die Worte aussprechen sollte.

»*Tak. Zadzwoń do mnie jutro. Z tłumaczem.*« Verschwommen hatte die Stimme vom Vater geklungen. Dann hatte er aufgelegt. Ohne Gruß und ohne auf Antwort zu warten.

»Onkel Felix? Alles okay? Du bist so ernst – denkst du an den Kater?«

»Ja. Nein. 'tschuldigung. Ich … Das war ein heftiger Tag gestern. Es hat einen Toten gegeben, und heute hab ich den Eltern mitteilen müssen, dass ihr vierundzwanzigjähriger Sohn tot ist.«

»Scheiße.«

»Kannst du laut sagen.«

»Und wie? Also, woran?«

»Keine Ahnung.« Grohsman hob den Ball auf und dribbelte ein paarmal. »Komm, spielen wir. Das bringt mich auf andere Gedanken.«

Grohsman sah Emilia herbeieilen, seine kleine Schwester.

Kamen ihre rot geränderten Augen von zu wenig Schlaf, oder hatte sie …?

»Hallo, Bruderherz!« Sie hauchte ihm einen Kuss auf die Wange. »Kann ich dich kurz sprechen? Allein?«

Bevor er antworten konnte, stürmte Lukas zu ihnen. »Was darf ich nicht hören?«, fragte er bockig. »Dass ihr euch trennen wollt?« Er versetzte dem Ball einen heftigen Tritt.

Grohsman starrte Emilia an.

»Nein, so ist es nicht, Schatz«, stotterte sie. »Das haben wir doch gestern besprochen. Dein Papa fährt auf eine Tagung nach Hamburg. Für zwei Wochen. Er hat mich eingeladen mitzukommen. Jetzt wollte ich deinen Onkel fragen, ob du so lange bei ihm wohnen kannst. Damit du nicht allein bist. Deine Schule ist ja nicht weit weg von ihm.«

Hatte Grohsman richtig gehört? Hamburg, zwei Wochen, Lukas bei ihm? Während er einen Mord aufzuklären hatte? Wie stellte sie sich das vor? »Emilia, das …«

Da pflanzte sich Lukas vor ihm auf, mit scheuem Lächeln. »Onkel Felix, das wäre … episch. Bitte sag Ja. Ich bin auch ganz brav, versprochen!«

Emilia zog Grohsman ein paar Meter weiter. »Felix, es stimmt, Egon und ich haben Schwierigkeiten. Er ist fremdgegangen. Ich wollte ihn verlassen, aber … man wirft eine Ehe doch nicht gleich weg. Ich glaube ihm, dass es bloß ein Ausrutscher war. Irgendwie müssen wir wieder zusammenfinden. Dafür brauchen wir Zeit für uns. Bitte hilf uns. Ich würde heute Nachmittag vorbeikommen, und in vierzehn Tagen hole ich Lukas wieder ab.«

Hilflos hob Grohsman die Arme. »Das ist etwas kurzfristig … Außerdem kenn ich mich nicht aus mit Teenagern, und wir haben grad …«

»Egon hat mich erst heute gefragt. Ich hab ihm vorgeworfen, dass er für zwei Wochen abhaut, da meinte er, ich soll doch mitkommen. Es klang so … hoffnungsvoll. Bitte, Felix …« Hastig wischte sich Emilia eine Träne von der Wange. Grohsman nahm sie wortlos in den Arm.

Lukas·kam zu ihnen. »Also, Windeln wechseln musst du nicht mehr, und essen kann ich auch schon alleine«, witzelte er. »Dein neuer Fall, das Mordopfer ... du hast gesagt, der ist vierundzwanzig? Also nicht viel älter als ich. Vielleicht hilft es dir, mit einem Teenager zu quatschen.«

Als ob sich Grohsman privat mit jemandem über einen Fall unterhalten würde. Na, mit Caro hatte er sich gelegentlich besprochen. Ein Sechzehnjähriger in seiner Junggesellenbude? Andererseits hatte er Lukas in den letzten Jahren vermisst. Mit ihm Zeit zu verbringen wäre pfundig. »Also schön. Versuchen wir es.«

»Du bist der Beste!« Seine Schwester drückte ihn an sich. »Ist drei Uhr für dich in Ordnung?«

2

Dieser Mordfall ... Nickys erster offizieller Einsatz! Dr. Habermann, ihr Chef im Hanusch-Krankenhaus, war echt cool. Zusätzliche Qualifikationen begrüßte er. »Forensische Psychologie klingt vielversprechend. Dann können wir Sie verstärkt bei der Opferbetreuung einsetzen, sehr wertvoll. Und solange es nicht mit den Aufgaben und dem Dienst im Krankenhaus kollidiert, können Sie natürlich auch für die Kripo arbeiten.«

Nicky blätterte in ihren Skripten. Kofferraum. Kopfwunde. Und weiter?

Fotomaterial zum Auswerten würde sie erst morgen bekommen, den Befund der Gerichtsmedizin sicher noch später. Brachte leider nicht viel, ohne stichhaltige Daten nachzudenken. Hirnwichserei. Aber ihre Hirnzellen tanzten gerade den Limbo, fühlten sich unterbeschäftigt. Sie googelte den Namen des Toten. Lión – Klavier. Sofort fand sie seine Website. Wow. Diese dunklen Augen, durchdringend und voller Seele, da wollte man nicht wegsehen.

Ausgerechnet jetzt läutete es an der Tür. Sie erwartete doch niemanden? »Sonja! Was machst du denn hier?« Nicky sah auf die Uhr. Ein paar Minuten vor elf. Ihre Freundin war eine Nachteule, am Wochenende schlief sie sonst bis Mittag.

»Soll ich wieder abhauen?« Sonja lachte, warf die roten Locken dramatisch über die Schulter und drehte sich um.

»Auf keinen Fall! Sag, was schleppst du da an?«

Mit Schwung wuchtete die Freundin ihren Rucksack auf den Tisch. »Was steht heute Mittag auf deinem Menüplan?«

Nicky überlegte. »Weiß noch nicht, muss schauen, was der Kühlschrank hergibt …«

»Sicher nichts G'scheites. Und was seh ich da auf dem Tisch? Skripten. Immer nur büffeln und strebern. Du nimmst dir viel zu wenig Zeit für dich selbst. Schaust auch schon ganz zauselig aus.«

»Na, jetzt übertreibst du aber!« Im Gegenteil, durch das Fast Food, die Fertiggerichte und das ständige Herumhocken musste sie aufpassen, nicht zuzulegen. Ihre Lieblingsklamotten sollten noch länger passen.

»Wie auch immer. Jedenfalls hab ich mir gedacht, ich koch für uns beide.«

Sonja … in der Küche? Das war neu. Sie kannten sich aus dem Gymnasium, wo sie seit der ersten Klasse gemeinsam die Schulbank gedrückt hatten. Und Blödsinn ausgeheckt. Wahnsinn, die Matura war auch schon etwas über fünfzehn Jahre her … »Seit wann kannst du kochen?« Ganz gelang es Nicky nicht, den zweifelnden Ton zu unterdrücken.

»Tja, sei halt mal mutig. Lass dich überraschen.«

»Okay … Was brauchst du?«

»Einen großen und einen kleinen Topf. Es gibt nichts Spektakuläres, nur Spaghetti Sonjonara.«

Nicky stellte die Utensilien auf den Herd, legte Schneidbrett und Messer daneben und hockte sich auf den Küchensessel. Ihre Augen wurden immer größer, als ihre Freundin souverän Schinken mit geschnittener Zwiebel, Paprika und Zucchini anbrutzelte. »Ich peppe die Carbonarasoße gerne auf, deshalb Sonjonara«, kommentierte Sonja. Sie goss mit Obers und einem Schuss Weißwein auf, schnappte sich zwei Weingläser und schenkte ein. »Damit du testen kannst, ob der Wein in Ordnung ist. Prösterchen!«

»Prost …« Mmh, roch verführerisch, Mayers Asia Cuvée. Nicky nippte an ihrem Glas. »Raus mit der Sprache, gibt es etwas zu feiern? Oder hast du was angestellt?«

Konzentriert rührte Sonja Eigelb in die Soße, goss die Nudeln ab und richtete die Spaghetti auf zwei Tellern an. »Muss es immer für alles einen Grund geben?«, feixte sie.

Sonjas Kreation duftete köstlich. Nicky wickelte einen Happen auf ihre Gabel. »Das schmeckt hervorragend!«, meinte sie verwundert. »Aber jetzt rück schon raus. Womit hab ich dieses Festmahl verdient?«

»Na, ich wollte wissen, wie es gestern gelaufen ist. Da dachte ich, ich guck gleich bei dir vorbei. Und weil ich am Nachmittag ein Vorsprechen habe, für das ich gestärkt sein muss, und weil du sicher nur irgendein Fertigfutter in die Mikrowelle wirfst, hab ich meinen Rucksack geschnürt.«

»Was für ein Vorsprechen?«

Sonja schüttelte den Kopf. »Zuerst das Ruderturnier.«

»Okay, also, gestern … ich bin echt Dritte geworden!«

»Wu-huuu, stark!«, jubelte Sonja. »Und welchen Ungusteln muss ich nächstes Mal die Schuhbänder zusammenschnüren, damit du den ersten Platz gewinnst?«

Nicky lachte. »Nützt beim Rudern nicht sehr viel, außerdem sind die beiden Berger-Brüder ehrgeizig bis zum Abwinken. Denen müsstest du schon Rizinusöl einflößen. Und selbst dann starten die mit Maxipampers, weil sie dem anderen Bruder einen Sieg noch weniger gönnen als einer fremden Person.«

»Reizende Kerlchens. Die haben bestimmt einen mega Fanclub.«

»Na ja, hässlich sind sie nicht, einige Mädels stehen auf die beiden.«

»A-haaa! Hast mit ihnen noch ausgiebig gefeiert? Oder trinken die zwei nur Wasser, um nicht vor dem nächsten Wettkampf in drei Monaten illuminiert zu sein?«

»Das trifft es ziemlich genau. Nein, ich war hundemüde und hab daheim gefeiert. Wie war es bei dir? Ist Hamlet schön gestorben? Und hat Horatio seinen ›Sweet Prince‹ ehrenvoll verabschiedet? War eine englische Aufführung, oder?«

»Genau. *And flights of angels sing thee to thy rest*«, hauchte Sonja. »Sehr poetisch. Ich hab geheult wie ein Schlosshund. Yannick hat sich total gemausert! Bin nachher zum Bühnentürl, um ihm zu gratulieren. Er war zwei Jahre in England, die haben ihn bei der RADA genommen, unglaublich. Danach hat er sich einer kleinen Company angeschlossen. Der hat echt was aus sich gemacht …«

Lag ein Hauch Wehmut in Sonjas Stimme? Der Traum vom Schauspielen. So richtig glücklich war sie mit ihrem Job bei der Versicherung nicht. Nicky nahm ihre Freundin in den Arm. »Zwicken die Zweifel wieder?«

Sonja nickte. »Ich frag mich halt, was wäre gewesen, wenn ich damals … Ach, ich weiß eh, dass das überflüssig ist. Aber vielleicht hätte ich nicht so feig sein sollen. Sicherer Job, und einmal im Jahr davon träumen, auf einer Bühne zu stehen. Echt toll.«

»Und das Vorsprechen heute? Hab ich da was verschwitzt?«

»Nein. Hat sich gestern ergeben, Yannick spielt nächste Saison ›Don Karlos‹. Schiller. Die suchen noch jemanden für eine der Nebenrollen, die Herzogin von Olivarez. Wäre eine zweimonatige Tournee durch Deutschland. Ich weiß nicht … Selbst wenn das was wird, krieg ich nie zwei Monate plus Probenzeit, also vier Monate, frei. Für eine Nebenrolle kann ich aber nicht den Job hinwerfen. Am liebsten würd ich gar nicht zur Audition gehen.«

»Hey, seit wann bist du so zurückhaltend?« Nicky hockte sich vor ihre Freundin. »Jetzt geh hin, mach deine Sache super, und dann wirst du weitersehen. Sicher spielst du sie so an die

Wand, dass sie dir die Hauptrolle geben. Mit einer Mördergage und Aussicht auf weitere Engagements.«

»Die Prinzessin Eboli, das wär's echt ...« Über Sonjas Gesicht blitzte ein Lächeln. Sie drehte ihre roten Locken zu einem Knoten und steckte einen sauberen Kochlöffel hinein. Bei ihr sah sogar die zusammengewurschtelte Frisur stylish aus. »Recht hast du. Wer nicht wagt, der nicht gewinnt.«

»Eben. Wenn ich nicht gewagt hätte, deine Spaghetti zu kosten ... was mir da entgangen wäre!«

Sonja warf lachend ihre Serviette nach Nicky. »Und wie ist das jetzt, wann ist der Zinnober endlich vorbei?« Sonja deutete mit dem Kinn in Richtung Wohnzimmer. Wo sich auf dem Tisch die Studienskripten stapelten.

»Nächstes Jahr. Ging schneller als befürchtet, weil ich mich voll reingehängt hab, um die vielen Themen der Forensischen Psychologie zu behirnen.«

»Und dann? Doktoratsstudium?«

»Weiß ich noch nicht ... überlegt hab ich's schon ...«

Sonja stöhnte. »Das war eine Scherzfrage! Übertreibst du es nicht ein bisschen? Lebenslanges Lernen ist ja schön, aber wofür ein Doktortitel?«

»Was ist daran schlimm, wenn man sich weiterbilden will?«

Sofort war Nicky in den Verteidigungsmodus gegangen. Wie so oft im letzten Jahr. Wenn Daniel wieder mal etwas an ihr kritisierte. Bevor er sich nach Japan vertschüsst hatte.

Schluss. Nach vorne blicken. »Gestern hat Felix Grohsman angerufen, er will meine Meinung zu einem neuen Mordfall hören.«

»Echt? Was ist passiert?«

»Weiß ich selbst noch nicht. Ein junger Musiker.«

Sonja drehte den Sessel um und setzte sich rittlings drauf. »Ist ja stark. Dein erster Einsatz!«

»Möglich. Bin schon ziemlich kribbelig.«

»Hm. Freut mich echt für dich, aber ... Beschäftigung mit Mord, das ständige Büffeln von so grauslichen Themen? Früher warst du so eine Lachwurz'n. Jetzt bist du zwider und rennst herum wie drei Tage Regenwetter.«

»Vielen Dank auch! Das liegt aber an einem Patienten, der einen Rückfall hatte. Erinnert mich an einen Fall, der in einem Desaster geendet hat. Ich bin dem Vignaud echt dankbar für seine tröstenden Worte.«

»Wem?«

»Pascal Vignaud. Ein neuer Arzt bei uns. Ein echter Kapazunder.«

»Hast du gar nicht erzählt.«

»Na, so ein spannendes Thema ist die Personallage bei uns auch nicht.«

»Ist er nett? Attraktiv?«

»Also … darüber hab ich noch nicht …« Na ja, hässlich war Pascal definitiv nicht. Groß, schlank, und der Schalk blitzte oft in seinen Augen. Und seine Stimme!

»Oh, wenn du zu stottern beginnst, ist das ein gutes Zeichen. Gefällt mir. *Adieu*, Daniel, *bonjour*, Pascal!«

Nicky fand Sonjas perlendes Lachen echt ansteckend. »*Adieu*, Daniel gefällt mir schon mal gut«, meinte sie nachdenklich.

Sonja legte ihre Hand auf Nickys. »Hey, wenn du mit dem Studium fertig bist, feiern wir mal so richtig, ja? Und jetzt muss ich los. Halt mir die Daumen, ich sag dir, wie es gelaufen ist. Aufräumen musst leider du …« Sonja hauchte Nicky ein Küsschen auf die Wange, schnappte sich ihren Rucksack und eilte davon.

Nicky warf sich auf die Couch. Wie drei Tage Regenwetter. Sonja hatte leider recht. Wann hatte sie zuletzt was richtig Durchgeknalltes angestellt? »Do more of that crazy stuff«, stand auf einer der Tafeln, die sie mal im Urlaub gekauft hatte. Mach mehr verrücktes Zeug. Die Tafel hatte Staub angesetzt. Nicky pustete darauf, prompt bekam sie einen Niesanfall. »Das kann nur mir passieren!«, spöttelte sie. Und griff entschlossen zum Handy.

»Paul, was machst du heute Nachmittag? Dein Angebot für

eine Ruderrunde im Zweier, steht das noch? Um vier? Das passt super!«

3

Wieso hatte Grohsman von den Problemen seiner Schwester nichts mitbekommen? Die Brösel zwischen ihr und ihrem Mann gab es schon seit über einem Jahr! »Du hattest dich nach Caros Tod grad halbwegs wieder gefangen, da wollte ich dich nicht belasten«, hatte Emilia ihm zugeflüstert. Den Seitensprung hätte er seinem Schwager Egon nicht zugetraut. War der nicht zu bequem für solche Aktionen? Na, zwei Wochen mit Lukas, das würde Grohsman schon schaukeln.

Das Gästezimmer im oberen Stock seiner Maisonette war rasch geputzt. Echt nicht teenagertauglich, die Einrichtung. Sogar er fand die graue Schlafsitzbank öde. Hatte er vom Vormieter übernommen, ebenso wie die Möbel in Eiche furniert und die Gardine mit dem scheußlichen Blumenmuster. Wieso hatte er sich nie die Zeit genommen, das Zimmer neu zu gestalten?

Lukas war pünktlich gekommen, hatte voller Elan seine Tasche ausgepackt. Nicht einmal über die Möbel hatte er gemeckert.

Nun knotzte sich Grohsman zum Schreibtisch und starrte auf die Tastatur. Lukas rumorte in der Küche. »Kann ich dir helfen?«, rief er seinem Neffen zu.

»Nö, danke, du hast mir ja gezeigt, wo der Kühlschrank ist.« Lukas kam mit einem Glas Milch und hockte sich neben Grohsman. »Was machst du denn grad?«

»Recherche. Ich suche im Internet nach dem Mordopfer.« Er fuhr die Homepage von Mariusz Lión hoch. Auf der Startseite schritt der junge Pole dem Betrachter durch eine aufsteigende Nebelwolke entgegen, wie der Auftritt eines Magiers. Passte zu dem Mann mit der geheimnisvollen Aura.

»Das ist der Tote?« Lukas zeigte auf den Bildschirm. »Der ist ja echt noch voll jung ...«

»Mhm.« Durfte sein Neffe überhaupt mitgucken? Warum nicht. War keine Polizeiakte, sondern eine öffentliche Website. Grohsman klickte auf »Biografie«. Dauerte etwas, bis sich die Seite aufbaute.

»Alter, das ist ja voll die Bambusleitung«, jammerte Lukas.

»Lässt mir Zeit zum Nachdenken. Muss nicht immer alles ratzfatz gehen«, konterte Grohsman. Die paar Sätze über Lión halfen ihm nicht viel weiter. Geboren in Polen, nach Wien übersiedelt. Masterstudium Klavier am Mozart-Konservatorium letztes Jahr beendet. An einigen Wettbewerben erfolgreich teilgenommen, bla, bla, mit namhaften Künstlern konzertiert – na, die Namen konnten sich sehen lassen. Eine CD mit Werken von Friedrich Smetana stand vor der Veröffentlichung. Klaviermusik? Grohsman kannte von diesem Komponisten hauptsächlich Orchesterwerke. »Die Moldau«, ein Geniestreich. Eine weitere CD war in Planung, mit Werken von Franz Liszt. Alles nicht sonderlich aufschlussreich.

»Suchst du nach etwas Bestimmtem?«, fragte Lukas.

»Nein. Ich muss mir ein Bild von dem Toten machen.«

»Warum interessiert dich das?«

»Weißt du ... Einfach nur Alibis überprüfen, damit komm ich nicht weiter.« Außerdem, von welchen Verdächtigen denn, überlegte er verärgert. »Also forsche ich nach möglichen Motiven.«

»Verstehe. Sieht steil aus, der Typ. Der hatte sicher viele Groupies. Vielleicht war eines der Girlies eifersüchtig? Oder ihr Hapschi.«

»Vielleicht.« Grohsman klickte auf die Fotos. Lión hatte Charisma. Spielte selbstbewusst mit der Kamera. Klassische Pose, an einer halbhohen Mauer lehnend, die Lederjacke lässig über die Schulter geworfen. Eine Augenbraue spielerisch gehoben, fixierte er den Betrachter. Oder die Betrachterin? Die leicht schräg stehenden Augen nahmen seinem Gesicht etwas von der Ebenheit, ohne die Harmonie zu zerstören. Eine minimale Dissonanz, die Würze verlieh. Ein Schnappschuss zeigte den jungen Mann beim Spielen am Klavier. Das Notenpult des Flügels war kunstvoll geschnitzt, ein Rautenmuster. Das nächste Bild war ein Close-up im Halbprofil, sehnsuchtsvoll in die Ferne blickend. Erinnerte Grohsman an ein berühmtes Gemälde von Franz Liszt. Immer wieder stolperte er über diesen Komponisten. »Ich druck mal ein paar Bilder aus.«

»Hängst du die bei dir im Büro auf? Wie in den Fernsehserien?«

»Ja, manchmal. Gesichter machen einen Fall weniger abstrakt. Das hilft mir beim Denken.«

Einige der Fotos sahen professionell aus, er notierte sich den Namen der Fotografin, Konstanze Leutgeb. Ob sie den Pianisten näher kannte? Morgen Telefonnummer recherchieren, kritzelte er auf den Block.

Frau Rettenbach hatte ihm geraten, die Videos anzusehen, um Lión zu begreifen. »Magst du klassische Musik?«, fragte er seinen Neffen.

»Geht so. War eher langweilig, was wir in der Schule gemacht haben.«

»Und was hörst du?«

»Ich steh total auf Funkrock. Da geht echt die Post ab. Red Hot Chili Peppers und so.«

»Was? Die kenn sogar ich! Ich dachte, ihr steht mehr auf neues Zeug?«

»Na ja, Incubus ist auch voll Hammer. Hauptsache, ordentlich Drive und groovy Gitarren. Bei der Luschimusik im Radio schlaf ich ein.«

Grohsman schmunzelte. »Wusstest du, dass Franz Liszt zu seiner Zeit wie ein Rockstar verehrt wurde? Er hat das Publikum zum Toben und Kreischen gebracht mit seiner – wie würdest du's nennen? – krassen Performance.«

»Kein Scheiß?«

Grohsman prustete los. »Kein Scheiß. Kannst ja mitschauen.«

Er scrollte sich durch die Videos. »La lugubre gondola« – warum nicht? Die düsteren Klänge erfüllten den Raum.

»Woah, das ist ja urgruselig! Ist das aus einem Horrorfilm?« Wohliges Schaudern in der Miene von Lukas.

»Nein, kein Horrorfilm. Würde sich aber perfekt eignen.« Bei Dorothea hatte es Grohsman an Wagners Trauerzug zur letzten Ruhestätte erinnert. Das hier? Klang wie die Überfahrt eines Verstorbenen in die nächste Dimension. Ins Jenseits. Oder hatte Grohsman diese Assoziation, weil der Pianist tot war? Lións Blick schien gemeinsam mit der Gondel in unergründliche Sphären abzudriften. »Du spielst subtiler«, hatte Frau Rettenbach Dorothea getröstet. Grohsman war sich nicht sicher.

Er klickte auf den berühmten »Rákóczi-Marsch«. Diese Kraft, die von seinem Spiel ausging!

»Hey, das ist steil!« Lukas rückte näher. »Das muss ja urschwierig sein. Die Finger von dem sind doppelt so lang wie meine!«

Grohsman betrachtete seine Hand. Nein, zum Klavierspiel waren seine »Pratzen« auch nicht geeignet. Er spielte das nächste Stück an, den »Liebestraum Nr. 3«.

»Boah, die schwarze Rose auf dem Klavier, die ist *too much*.« Lukas hatte recht, diese Requisite haute einem das Auge ein.

Ein Video von »Für Elise« fiel ihm auf. Das einzige Stück von Beethoven, das Lión hochgeladen hatte. Ausgerechnet diesen Alptraum jedes Klavierlehrers? Grohsman durchsuchte das Internet nach »Lión + Beethoven«. Als Video nur »Für Elise«, obwohl er laut Konzertprogrammen die »Appassionata« oder die »Waldsteinsonate« ebenfalls gespielt hatte. Grohsman staunte, was man im Netz entdecken konnte.

Für heute schloss er den Laptop. »Ich versteh nicht, wer einen Pianisten umbringt ...«, murmelte er.

Telefon. Joe klang aufgeregt. »Boss, ich hab kurz mit Dorothea gesprochen, wegen der Adresse von Lión. Die war total genervt, weil sie sagt, dass sie dir die Adresse schon genannt hat. Tut mir leid, wollte mich gleich bei dir melden, war besetzt. Die Homepage von dem Jüngelchen habe ich mir auch angesehen. Fescher Kerl. Die Profifotos von ihm, alle Achtung! Und weil die gar so elegisch sind, habe ich gleich die Fotografin herausgesucht.«

»Konstanze Leutgeb«, unterbrach Grohsman ihren Redeschwall. Die Kollegin sprudelte doch sonst nie so?

»Ja genau. War völlig easy, die zu googeln. Die kann sich an ihn erinnern. ›Man hat nicht so oft ein so lässiges Fotomotiv‹, hat sie gemeint. War aber bloß ein Auftrag vom CD-Label, ein einziges Fotoshooting. Sonst hatten sie keinen Kontakt. Ja, und dann war ich in der Wielandgasse.«

Aha. Daher wehte der Wind. Joe hatte einen riskanten Alleingang gestartet. Ging das schon wieder los? »Mal halblang ... wo warst du? In der Wohnung vom Opfer? Du, bei so was muss ich dabei sein.« Er erinnerte sich an seine eigenen Anfänge. Zugegeben, er hatte auch gelegentlich übers Ziel geschossen, wenn ihm was nicht schnell genug gegangen war.

»Sorry, Boss.« Sie klang ehrlich zerknirscht. »Ich wollt auch gar nicht reingehen, sondern mir die Umgebung ansehen. Auf mich wirken lassen. Aber dann ist die Tür aufgegangen.«

»Die Wohnungstür. Ach, Joe. Ich wollte heute ohnehin noch in die Wielandgasse. Wenn ich grad telefoniere, dann schicke mir eine SMS.«

»Ihr könnt ja eine Messenger-Gruppe gründen«, funkte Lukas dazwischen.

Grohsman hörte Joes nervöses Lachen. »Das wär natürlich obercool. Aber ich störe dich gerade, du hast Besuch, Boss ...«

»Das war mein Neffe.«

»Wer?«

»Na, ich habe für zwei Wochen meinen Neffen Lukas zu Besuch. Der zeigt mir sicher auch, wie das mit dem, ähm, Messenger geht. Und jetzt erzähl, was war in der Wielandgasse?«

»Das wirst du jetzt nicht glauben ...«

4

»Ehrlich, Paul, bin ich wirklich so eine Zwiderwurzen geworden?«, endete Nicky ihren Monolog. Wie lange hatte sie auf den Vereinsobmann des Ruderclubs eingeredet, während sie kraftvoll die Ruder durchs Wasser zog? Sie saß vorne im Zweier und warf kurz einen Blick über die Schulter. Paul hatte die ganze Zeit geschwiegen. Genauer gesagt, sie hatte ihn nicht zu Wort kommen lassen. »Klar war ich fokussiert, ich will das Studium so schnell wie möglich hinter mich bringen. Und das mit Daniel hat mich mehr mitgenommen, als ich mir selbst eingestanden habe. Aber das Turnier gestern, da hatten wir doch unsere Gaudi, nicht wahr?«

»Hast schon recht, Nicky. Musst übrigens nicht so Gas geben ...«

Na, so schnell waren sie nicht unterwegs. Es belebte total, Tempo zu machen. Ruderblätter vorne raus, waagrecht zum Wasser drehen, mit dem Ausleger nach vorne gleiten, Ruderblätter aufstellen, ins Wasser eintauchen, Beine durchstrecken. Danach mit Schwung die Arme an den Körper heranziehen. Alles in einem einzigen flüssigen Bewegungsablauf, immer und immer wieder. Wie sie es von Paul gelernt hatte.

»Und dann war da die Sache im Krankenhaus, na, die erspare ich dir. Aber heute kommt Sonja – du weißt schon, meine beste Freundin, die mit der Lockenmähne! – und redet so richtig Tacheles mit mir. Na ja, dafür sind Freundinnen da ...«

»Nicky ...«

»... und wenn wir uns das nächste Mal sehen, lachen wir darüber.«

»Nicky!«

»Ich kann nämlich noch lachen, auch wenn Sonja was anderes behauptet.«

»NICKY!«

Boah, war das Wasser kalt! Mit einem satten Platsch war der Zweier gekentert. Aber wieso? So eng hatte Nicky die Kurve doch gar nicht genommen! Und das bisschen Schlingern fing Paul sonst mühelos auf.

»Scheiße!«, japste Nicky und versuchte, das Boot umzudrehen. Allein hatte sie keine Chance. Sie hielt sich bibbernd am Kiel fest und scannte die Wasseroberfläche. Doppelscheiße, wo war Paul?

Da, mit zwei Kraultempi war er bei ihr. »Schnell, wir müssen den Kahn umdrehen und hineinklettern, bevor wir hier absaufen!«

Leichter gesagt als getan. Paul und sie mussten eine ordentliche Portion Wasser der Alten Donau schlucken, bis das Boot mit seiner Länge von rund zehn Metern endlich wieder richtig herum auf dem Fluss lag. »Klettere du zuerst rein, während ich gegenhalte!«, rief Nicky Paul zu.

Mit einem Satz – elegant für sein Alter! – hievte sich ihr Ruderpartner ins Boot, reichte ihr seine Pranke und zog sie aus dem Wasser. Paul hatte sich auf die vordere Position gesetzt, Nicky hockte sich auf den hinteren Ausleger. »Danke! Puh, sorry, das hätte echt böse ausgehen können«, meinte sie kleinlaut. »Ich war so in Gedanken … ich wollte uns echt nicht in Gefahr bringen … Das ist so arschkalt, das Wasser!« Sie versuchte, die Oberarme durch Rubbeln aufzuwärmen.

»Na ja, ist nicht das erste Mal, dass ich unfreiwillig baden gegangen bin. Belebt den Kreislauf.« Paul guckte über die Schulter. Erst zuckten seine Mundwinkel, dann fing er zu lachen an. Schallend.

»Was ist jetzt?«, fragte Nicky verlegen.

»Du siehst aus … 'tschuldigung … wie ein begossener Pudel. Nein, eher wie ein Panda. Und ich bin bestimmt auch ein Bild für Götter, ein gebadeter Ratz.«

Wie eine Ratte sah er zwar nicht aus, aber die grauen Haare hingen ihm klatschnass ins Gesicht, das Poloshirt und die Hose tropften vor sich hin. Nicky sah an sich herunter. Wischte sich über die Augen – oje, der Finger war schwarz. Wer war so blöd, vor dem Rudern Eyeliner und Wimperntusche aufzutragen?

»Ja weißt du, ich trainiere für den Alice-Cooper-Lookalike-Contest!« Sie fiel zaghaft in sein Lachen ein. Noch saß ihr der Schreck in den Gliedern.

»Und jetzt auf nach Hause!« Paul griff sich die Ruder. »Wie gut, dass die festgeklemmt sind, sonst müssten wir heimschwimmen. Tut mir leid, wenn ich dir meinen Rücken zukehre ...«

»Wir können schnell Plätze tauschen.«

»Ganz sicher nicht. Ich will nicht noch mal im Wasser landen. Und beim Heimfahren gebe ich das Tempo vor. Sonst fangen die Ruderscharniere noch zu qualmen an, bei deiner Schlagzahl! Also wirklich, Nicky, wenn du gestern so gezogen wärst, hättest du locker den ersten Platz gemacht!«

Paul lachte noch immer, nachdem sie das Boot aus dem Wasser gezogen und in der Bootshalle verstaut hatten. »Du bist ein verrücktes Huhn!« Er klopfte Nicky gutmütig auf die Schulter. »Jetzt kommst mit ins Vereinsstüberl auf einen heißen Tee. Und dann erzählst mir deine G'schicht noch einmal.«

5

»Aber wenn ich's dir sage, Boss, der Lión wohnt seit fünf Monaten nicht mehr in der Wielandgasse.« Joe versuchte, mit dem Redeschwall ihr schlechtes Gewissen wegzusprudeln. Saublöde Idee, die Wohnung vom Mordopfer ohne den Boss aufzusuchen. »Schon auffällig, dass Dorothea nicht einmal seine richtige Adresse weiß. Der neue Mieter ist ein Mann in Lións Alter. Na, der ist tierisch erschrocken, wie ich ihm den Polizeiausweis vor die Nase gehalten hab. Aber er weiß nicht, wer der Vormieter war. Hat die Wohnung über eine Anzeige gefunden und ist vor drei Monaten eingezogen. Er weiß bloß, dass der Vormieter Klavier gespielt hat. Eine Nachbarin hat ihn angesprochen, ob er auch so ein Lärmbruder ist.«

»Lärmbruder, na ja. Wobei, Joe, so viel zum Thema ›Ich wollt nur schauen‹. Du hast mit dem Mieter gesprochen.«

»Nur weil die Tür grad aufgegangen ist.« Lahme Entschuldigung. »Ja, da war ich echt zu voreilig.«

»Schwamm drüber, ist ja noch mal gut gegangen. Hängen wir morgen aber lieber nicht an die große Glocke, dass du allein dort warst.«

»Okay. Dann bis morgen!«

Uff, wenigstens war der Boss nicht stocksauer. Ein toughes Jahr lag hinter ihr. Sich im Team beweisen. Dafür sorgen, dass die Kollegen Pospischek und Kienzle in ihr nicht die »kleine Blondie« sahen, die »einen auf Kripo« macht. Parallel dazu die Unkenrufe ihrer Mutter abwehren, die anfangs der Meinung war, dass Joe lieber den netten Nachbarn heiraten sollte. Wenigstens das Thema hatte sich erledigt, der Kotzbrocken hatte eine vom Ort geschwängert und sitzen gelassen.

Und dann hatte das Bezirksblatt ihrer Heimatgemeinde Amstetten von Joes Volltreffern bei der Kripo berichtet und ein Porträt von ihr gebracht. Worauf ihre Mama, die nach wie vor in Amstetten lebte, eine Hundertachtzig-Grad-Wendung gemacht hatte. Sie führte sogar ein »Polizeialbum« von Joe, mit Fotos vom Zeugnis, von der Uniform, der Polizeiinspektion und was sie sonst noch in die Finger bekam.

So harmonisch war es im Dienst nicht immer gelaufen. Karl Pospischek, der Dienstälteste, war in Pension gegangen, und der Boss, Gregor Kienzle und sie hatten zu dritt die Arbeit für vier erledigt. Demnächst gab es sicher einen Ersatz für den Kollegen. Wahrscheinlich jemand Ranghöheren, nicht einen Neuling wie Joe selbst. Wenn sie Pech hatte, hieß das für sie zurück zum Aktenschupfen. Das musste sie verhindern. Indem sie zeigte, was sie bei eigenständiger Recherche und Außendiensten draufhatte.

Marie Rettenbach hatte ihr die Gästeliste gestern per E-Mail geschickt. Ausgedruckte Zettel waren Zeit- und Papierverschwendung. So tippte sie ihre Notizen gleich in die Datei und speicherte sie für den Polizeiserver. War doch viel praktischer, wenn alle in der Abteilung darauf zugreifen und Änderungen eintragen konnten.

Eine illustre Gästeschar, über die es im Internet jede Menge zu lesen gab. Zwei Kommilitonen von Dorothea, wie ein Programm von einem Klassenabend belegte. Außerdem ein paar Rechtsanwälte, erstaunlich viele Ärzte, ein Schriftsteller, eine Malerin und sonstige Personen der gehobenen Bildungsschicht. Weiters einige Musiker. Eine Geigerin, ein Organist. Sie stolperte über den Namen von ihrem Boss. Hatte er eine Website? Oder Facebook? Nein. Hätte sie auch gewundert.

Doro Zauner hatte sie noch nicht gecheckt. Na, der Webauftritt war nicht so gigantisch wie der von Mariusz Lión. Bieder. Besser gesagt, stinklangweilig. Wer war verantwortlich für das Webdesign? Echt jetzt, Selma Zauner, die Mutter? Die Pianistin stand offenbar unter der Fuchtel der Frau.

Joe gähnte. Eine Runde Punchingball war jetzt angesagt. Wofür hatte sie sich letzten Monat das coole Set zugelegt?

Montag, 16. Oktober

1

Später als sonst trudelte Grohsman im Büro ein. Er hetzte an seinen Schreibtisch. In der Früh hatte er seinen Neffen zum Piaristengymnasium begleitet, neuer Schulweg, da war der sonst selbstbewusste Sechzehnjährige kleinlaut geworden. Grohsman war mit ihm mit der Straßenbahn gefahren, Lukas hatte während der ganzen Fahrt geschwiegen. Worüber hatte er gegrübelt? Über Hamburg und seine Eltern? Gab's was in der Schule? Musste Grohsman mal nachhaken. Oder würde Lukas das als Einmischung empfinden?

Danach war Grohsman mit Sally ins Büro geeilt. Während er noch schnaufte, hatte sie sich unter dem Schreibtisch zusammengerollt. Jetzt schlief sie. Hoffentlich hörte niemand ihr leises Schnarcheln. »Im nächsten Leben werde ich Hund bei mir«, seufzte er.

Wer hatte ihm das U-Bahn-Gratisblatt auf den Tisch gelegt? Grohsman warf einen Blick darauf. Ach du Sch…ande! »Starpianist erschlagen«, stand da mit großen Lettern. Darunter das enigmatische Foto von Lións Website. »Partnerin verdächtigt«. Auch das noch. Grohsman schnappte sich das Handy.

»Tag, Kripo, Grohsman am Apparat. Wer ist verantwortlich für die Schlagzeile über den erschlagenen Pianisten? – Das waren Sie selbst? Und woher haben Sie die Information? – Anonym. Verstehe. Und Sie prüfen Ihre Quellen natürlich nicht. Und schon gar nicht die Fakten. Zum Beispiel, dass Sie mehr wissen als wir. – Oh, da muss ich wohl noch dankbar sein?« Grohsman warf das Handy auf den Tisch. Der Kerl hatte Chuzpe. Jemand hatte der Zeitung sogar ein Foto vom Kofferraum zugespielt. Gestern Vormittag. Das hatten sie dann doch nicht abgedruckt, wie gnädig. Wer war dieser anonyme Absender? Wer hatte bereits am Sonntag Fotos vom Opfer gehabt? Sein Team plus die Kriminaltechniker. Und der Täter …

Schon wieder das Handy. Selma Zauner. »Haben Sie das gelesen? Das ist Rufmord! Dagegen müssen Sie etwas unternehmen!« Ihr Geschrei malträtierte sein Trommelfell. Okay, die Aufregung war nachvollziehbar.

»Schon dabei. Wir müssen heute übrigens noch einmal mit Ihrer Tochter sprechen, wir kommen am späteren Nachmittag. Wenn das nicht passt, soll uns Ihre Tochter Bescheid geben. Auf Wiederhören.«

Grohsman nahm einen Schluck Kaffee – pfui Teufel! Diese braune Brühe schmeckte wieder einmal wie Abwaschwasser. Sah auch so aus. Wurde Zeit, dass er sich endlich auch für den Dienst einen ordentlichen Espressokocher leistete, eine Bialetti. Bevor er endgültig in Pension ging. Na ja, er war fünfundfünfzig, da hatte er noch ein paar Jährchen. Doch über einer Versetzung in den Innendienst brütete er immer wieder. Speziell am Anfang eines Falles, wenn er wie eine Tanzmaus im Kreis lief. Sobald er Spuren verfolgte und die involvierten Personen dadurch so was wie ein Profil bekamen, verschwanden diese Versetzungsgedanken. Bis sie ihn wieder aus dem Nichts überfielen, wenn die Ermittlungen im Chaos versanken, weil die vielen Mosaiksteinchen keinen Sinn ergaben. Wie oft hatte er in diesen Momenten überlegt, alles hinzuwerfen. Bis er auf ein Puzzleteilchen stieß. Eine Kleinigkeit, die meist vor seiner Nase gelegen hatte. Durch die mit einem Mal alles logisch wurde.

Von Puzzleteilchen war er im Moment meilenweit entfernt. Bis jetzt waren die Ergebnisse höchstens Fliegenschisse. Er hasste das leere Whiteboard zu Beginn eines Falles. Fakten hinterherzuhecheln, die nach näherer Überprüfung wie Sand durch die Finger rieselten. Grohsman kramte nach seinem Handy und suchte das Ladekabel. Fotos auf den Computer kopieren. Das schaffte er mittlerweile, ohne nachzufragen. Wie oft hatten die IT-Kollegen ihn aufgezogen, er sei ein Fossil aus dem letzten Jahrtausend? Pah.

Er klickte sich durch die Fotos von gestern. Ein junger Mann, im Kofferraum abgelegt. Mit angezogenen Knien und gebogenem Rücken. Was sagte das über den Täter aus? »Nicky fragen«, notierte er. Wirkte inszeniert, wie der Tote gebettet war. Warum? Sollte er im Kofferraum von Dorothea Zauner entdeckt werden? Täter hatten üblicherweise kein Interesse daran, dass ihre Opfer an einem Ort auftauchten, der mit ihnen direkt in Verbindung gebracht werden konnte. Wie das eigene Auto. Gegen die Möglichkeit, dass der Tote noch woanders hingebracht werden sollte, sprach aber die Positionierung.

Wäre Dorothea rein körperlich in der Lage, einen Mann zu erschlagen, der einen Kopf größer war als sie? Und ihn später in den Kofferraum zu legen? Sicher nicht ohne Komplizen. Und überhaupt, er traute ihr die Kaltschnäuzigkeit nicht zu, ein Konzert zu geben, während ihr Freund tot in der Garage lag. Dennoch fügte er den Punkt zur Frageliste für Nicky.

Eines der Fotos von Lión, die Grohsman gestern von dessen Website ausgedruckt hatte, klebte er auf das Whiteboard. Neben den Schnappschuss von Dorothea Zauner schrieb er ein Fragezeichen. Ein kleines Foto von Selma, ihrer Mutter, hängte er ebenfalls auf. Welche Rolle spielte sie in dem Ganzen? Er druckte ein paar der Fotos von seiner Handykamera aus und legte sie in eine Mappe, die er mit »ML« beschriftete. Die Initialen des Toten. Dünn war er, der Umschlag. Würde sich rasch ändern.

Die richtige Adresse von Lión musste er herausfinden. Er öffnete das Melderegister. Was, kein Eintrag zu Mariusz Lión?

2

Nachdenklich schlich Nicky durch den kahlen Gang des Hanusch-Krankenhauses. Ein paar bunte Bilder an den Wänden sollten für eine aufgelockerte Stimmung in der Abteilung Psychische Gesundheit sorgen. Gelang nur teilweise. Vielleicht eine Duftlampe gegen den typischen Geruch nach Desinfektionsmitteln? Kurz musste sie schmunzeln. Na, das würde was geben, die Streiterei, welches Öl akzeptabel war. »Nicht an Daniel denken«, mahnte sie sich. Der am liebsten rund um die Uhr Räucherstäbchen brennen hatte. Zitrusdüfte mochte Nicky. Oder Zirbelkiefer. Aber Räucherzeugs? Danke, nein.

Ihre Visite bei Moritz Nieheim hatte sie hinter sich gebracht. Weiterhin künstliche Ernährung und Schweigen. Er lag einfach da. Lethargisch. Scheiße. Einundzwanzig Jahre war ihr Klient. Nach einem missglückten Suizidversuch war er hier eingeliefert worden. Autoabgase. Er hatte Glück gehabt, zufällig hatte die Nachbarin bemerkt, wie Rauchwolken aus der Garage entwichen. »Bloß eine depressive Verstimmung, nichts Gravierendes«, so die Diagnose seines Therapeuten. Und dann diese Wahnsinnstat. Hatte er finanzielle Probleme oder eine unglückliche Beziehung? Beides?

Nicky sah aus dem Fenster. Dunkle Wolken zogen über den Himmel. Sie war eindeutig reif für eine Tasse Tee. Mist, wer werkte denn ausgerechnet jetzt in der Teeküche herum? Dr. Vignaud! Dann konnte sie sich bei ihm gleich für seinen Anruf am Samstag bedanken. Der Arzt versuchte, verschütteten Zucker vom Tisch auf eine Schaufel zu fegen. Und warf dabei den offenen Zuckerstreuer noch einmal um.

»*Merde*«, zischte er.

»Guten Tag, Dr. Vignaud!« Nicky legte ihre Mappe auf die Anrichte.

»*Salut*, Frau Witt.« Er blickte kurz auf. »Der Zuckerstreuer war schlecht verschlossen. Den Kaffee kann ich vergessen, wenn ich Diabetes vermeiden will. Na, so toll schmeckt er ohnehin nicht.«

Charmant, wie sich gelegentlich französische Wörter in Pascal Vignauds Sprache schlichen, fand Nicky. »Ich mache mir einen Tee, wollen Sie auch einen?«

»Das wäre sehr nett, *merci*!«

Sie machte sich am Teekocher zu schaffen. »Übrigens, danke für Ihren Anruf am Samstag.«

»Das ist doch selbstverständlich. Unser Beruf ist schon so schwierig genug.«

Nicky füllte das Tee-Ei mit Assam Golden Melange, ihrem Wohlfühltee von Haas & Haas, und tauchte es in die Teekanne. Sie sah kurz zum Arzt hinüber. Sein lockiges dunkelblondes Haar trug er kurz geschnitten, die Silberfäden konnte er damit nicht kaschieren. Blaue Augen, wie der Attersee an einem stürmischen Tag. Wie schafften es Ärzte, dass ihre weißen Mäntel immer wie frisch gebügelt aussahen? Ihrer wirkte nach spätestens zwei Stunden, als hätte sie darin geschlafen. Weil sich ein Klient buchstäblich an ihrer Schulter ausgeweint hatte. Oder ein Kind mit ihr lieber auf dem Boden spielte.

Schließlich schenkte Nicky die großen Teehäferl voll und stellte einen der Becher vor den Arzt.

»Mmh, riecht gut.«

»Nicht wahr? Jetzt noch ein Löffel Zucker und drei Tropfen Milch – für Sie auch?«

»Danke, nur Zucker.« Er überprüfte grinsend, ob der Verschluss des Zuckerstreuers saß.

»Moritz Nieheim ist auch Ihr Patient, richtig?« Nicky rührte in ihrem Tee.

»Ja. Keine Ahnung, ob sein Suizid ein Versuch war oder ernst gemeint.«

»Er spricht nicht. Auch die Mutter schweigt sich aus.«

»Dr. Habermann meinte, dass er diese Fälle gerne Ihnen übergibt. Weil Patienten sich Ihnen irgendwann öffnen.«

»Falls ich das Guckloch in den Mauern finde, die sie hochgefahren haben.«

»Nicht immer einfach.«

Sein dunkles, weiches Timbre strahlte Souveränität aus. So was wie »Daddy macht das schon«. Wobei »Daddy« nicht ihre erste Assoziation war. Vignaud, der Arzt, dem Patienten vertrauen. Hatte es nicht mal eine Fernsehserie mit ähnlichem Titel gegeben? Die hatte ihre Omi gerne gesehen. Vignaud kam bei den Klienten an, weil er für jeden Zeit und ein freundliches Lächeln hatte. Nicky hörte oft die Krankenpflegerinnen tuscheln und kichern, wenn er die Station verließ. »Und, haben Sie sich in unserem Krankenhaus schon eingelebt? Wie lange sind Sie jetzt hier?«

»Seit zwei Monaten. Danke, ja, das Klima hier ist sehr freundlich. Es gefällt mir gut.«

»Waren Sie nicht vorher in einer Privatklinik? Warum haben Sie hierher gewechselt?«

Pascal Vignaud stellte seinen Becher hastig ins Abwaschbecken und sah auf die Uhr. »So spät? Entschuldigung, ich muss weiter«, versetzte er knapp.

Nicky blieb verdattert zurück. Hatte sie etwas Falsches gesagt?

3

»Ja Wahnsinn, Boss, deine Fotos sind gestochen scharf.« Joe versuchte, einen Blick auf Grohsmans Bildschirm zu werfen. »Auf dem Stick hab ich die Fotos der Spurensicherung.«

»Schau mal, die Position, der Tote ist fast liebevoll drapiert worden. Da, der Kopf in die linke Hand gebettet, der rechte Arm schützt seinen Körper, die Beine, sauber Knie auf Knie gelegt. Als ob der Täter es ihm bequem machen wollte.«

Hatte Joe bemerkt. »Also suchen wir jemanden, der den Toten eigentlich mochte, aber irgendwie doch nicht so ganz? Liebe, die in Hass umschlägt? Beziehungstat oder zumindest Familienumfeld?«

»Das kläre ich mit Nicky Witt, ich treffe mich nachher mit ihr.«

»Die Witt! Ist sie fertig mit ihrem Studium?«

»Ja. Also, bald.«

Die Tür flog auf. Oberstleutnant Ungerböck, der Oberchef höchstpersönlich, stürmte herein, im Schlepptau Gregor Kienzle und eine Frau, die Joe nicht kannte.

»Bezirksinspektor Grohsman, Inspektor Kettler, darf ich Ihnen Ihre neue Kollegin vorstellen? Sie wird den Kollegen Pospischek ersetzen. Gruppeninspektor Ursula Manz, die sich vom EB 03, Einsatzbereich Sexualdelikte, hierher versetzen lässt. Sie hat dort zehn Jahre lang hervorragende Arbeit geleistet. Jetzt, wo Ihr neuer Fall überall in der Zeitung steht, brauchen Sie Verstärkung.«

Was, Zeitung? Am Tisch vom Boss lag das Gratisblatt. »Starpianist erschlagen«. Na toll. Während die Manz ihre neuen Kollegen begrüßte, hörte Joe, wie der Oberstleutnant dem Boss etwas zuraunte. »Sagen S' einmal, Grohsman, können Sie nicht wenigstens einmal eine normale Leich haben? Sie ziehen das ja an wie eine Schallplatt'n den Staub!« Er schickte sein blechernes Lachen hinterher. Scherzbold. Als ob sie sich die Mordfälle aussuchten. Und was, bitte schön, war an einem Mord normal?

Ungerböck drehte sich wieder dem Team zu. »So, Kollegen, und jetzt dalli, dalli an die Arbeit. Ich will Ergebnisse sehen. Merken Sie sich, bei mir wird Effizienz großgeschrieben!«

»Kein Wunder, ist ja auch ein Substantiv«, ätzte Grohsman leise. Joe rettete sich in einen Huster, um ihr Lachen zu kaschieren.

So abrupt, wie Ungerböck hereingestürmt war, verließ er den Raum. Joe musterte Ursula Manz. Statur einer Hammerwerferin, mausbraune glatte Haare, der strenge Zopf unterstrich die kantigen Züge. Wenigstens milderte die Stupsnase das herbe Gesicht. Wache dunkle Augen, ein harter Zug um den Mund. Hatte sicher schon einiges miterlebt, die Kollegin.

»Na dann, willkommen im Team, Frau Manz. Das sind Inspektorin Johanna Kettler und Revierinspektor Gregor Kienzle. Zum Kennenlernen bleibt uns keine Zeit, wir haben am Samstag einen neuen Mordfall bekommen. Steht leider wirklich schon in dem Schmierblatt. Quelle anonym.«

Ins kalte Wasser geworfen, genau wie sie selbst damals, erinnerte sich Joe. Vor knapp drei Jahren. War nicht bei allen Kollegen gut angekommen, dass sie sofort eigene Ideen eingebracht hatte. Nur bei Grohsman. »Frischer Wind, sehr gut, sehr gut«, hatte er gemurmelt.

Dem Boss brannte es unter den Fingern. Er wetzte zwischen Schreibtisch und Whiteboard hin und her und fasste knapp zusammen. Der Tote hieß Mariusz Lión, vierundzwanzig. In Polen geboren, vor vier Jahren nach Wien gekommen. Sein Studium Klavier im Konzertfach hatte er am Mozart-Konservatorium letztes Jahr mit Auszeichnung abgeschlossen. Lión hatte keine Familie in Wien. Einzelkind, seine Eltern lebten in Polen, in Tylwica. Bei Białystok, nahe der weißrussischen Grenze.

»Die Eltern sprechen weder Deutsch noch wirklich gut Englisch. Sie haben mich gestern dennoch verstanden. Also, den Inhalt der Worte. Den Sinn ... den werden sie wohl nie begreifen. Sie haben gefragt, wie er gestorben ist. ›Nie wiem‹, habe ich ihnen geantwortet. Ich weiß es nicht.«

»Sie sprechen Polnisch?«, hakte Ursula Manz ein.

Grohsman schüttelte den Kopf. »Im Computer gibt's Übersetzungshilfen. Und Sie?«

»Ein bisschen. In meinem Ex-Metier waren Grundkenntnisse in Polnisch und Russisch ganz praktisch. Und ich hatte einmal ... ich war mal länger auf, ähm, Urlaub in Polen.«

»Ist Ihr Polnisch gut genug, um mit den Eltern zu telefonieren? Vielleicht können wir sie vom Flughafen abholen?«

»Ich versuche es.«

»Danke. Hier ist die Telefonnummer.«

Joe schmunzelte. Sie erinnerte sich an ihren »Ähm-Urlaub«, dem sie ihre mehr als passablen Spanischkenntnisse verdankte. Carlos, Flamencogitarrist und Kitesurfer ...

4

Grohsman pflanzte sich vor seinem Whiteboard auf. »Lión wurde am Samstag im Kofferraum von Dorothea Zauners Auto gefunden. Aber seht selbst.« Er reichte die Fotos herum. Kienzle sog scharf die Luft ein, die Manz gab die Bilder schnell an Joe weiter.

»Frau Zauner trat an dem Abend bei einem Konzert im Palais Rettenbach auf, das ich besucht habe. Seit zwei Jahren hatte sie einen losen Kontakt zu Lión, seit einem Jahr eine Beziehung mit ihm. Wobei ziemlich auffällig ist, dass Dorothea seine richtige Adresse nicht kannte, wie Kollegin Kettler und ich gestern festgestellt haben.«

Grohsmans Ärger über Joes Alleingang hatte nicht lange angehalten. In seinen ersten Jahren hatte er ähnliche Aktionen geliefert. Weil ihm sein damaliger Chef zu lahmarschig gewesen war. Und er? Wurde er zu langsam?

»Woher weiß Joe schon wieder, wo der wohnt, wenn ich nicht einmal informiert bin, dass wir einen Mordfall haben?«, raunzte Kienzle.

Wärst eben an dein Handy gegangen, wollte Grohsman ansetzen. Halt. Er hatte Kienzle nicht verständigt. »Weil es genügt, wenn zwei von uns ihr Wochenende opfern. Es gibt für dich noch genug Überstunden, keine Sorge.«

»Eh klar, die Joe hat wieder Extrawürscht.«

»Gregor, können wir die Kindergartenspiele vertagen? Danke.« Wo war er stehen geblieben? »Lión ist schon vor fünf Monaten von der Adresse ausgezogen, die Frau Zauner angegeben hat.«

»Irgendeine Verbindung der neuen Bewohner zu dem Toten?«, schaltete Ursula Manz sich ein.

»Nein. Der Nachmieter, Herbert Bauer, hat nichts mit Musik zu tun. Hat seinen Vormieter nie kennengelernt. Frau Zauner hat angemerkt, dass sie sich mit dem Opfer zuletzt nur in ihrer Wohnung getroffen hat. Aber jetzt kommt der Clou: Ich finde keinen Eintrag zu Mariusz Lión im Melderegister. Auch kein Lionski, falls er den Namen abgekürzt hat.«

»Ein U-Boot?«, fragte Joe.

»Der in Wien studiert und auftritt? Eher nicht. Wird sich sicher irgendwie aufklären.« Grohsman klappte seinen Notizblock auf. »Frau Zauner beschreibt Herrn Lión als Einzelgänger, nein, als ›Loner‹. Ohne sein Klavier wäre er wie ein Fisch ohne Wasser, sagt sie, deshalb sind sie so gut miteinander ausgekommen. Wartet, wie hat sie es genau ausgedrückt?« Er suchte in seinen Notizen. »Hier hab ich's: ›Wenn wir beisammen waren, haben wir uns am Klavier vorgespielt, oft nur Phrasen, um zu experimentieren. Das Detail ist das Interessante.‹« Details … Grohsman wusste, wovon die junge Frau sprach. Nuancen, die ein Gesamtbild veränderten. Egal, ob es sich um Musik oder um das Aufdecken eines Verbrechens drehte. Erschütternd, diese Parallelen. »Sie tut also schwer verliebt, kann aber nicht einmal sagen, wann sie Mariusz zuletzt gesehen hat.«

Grohsman überlegte. Ein Musikbeispiel vorzuspielen, brachte das etwas? Wieso nicht. »Frau Rettenbach meint, man müsse Lión am Klavier erleben, um zu wissen, wer er war. Das will ich euch nicht vorenthalten.« Er drehte den Computerbildschirm zum Team, öffnete Lións Website und startete das Video mit Liszts »Liebestraum Nr. 3«. Alle drei Teammitglieder waren auf ihren Sesseln vorgerückt und lauschten konzentriert.

»Seinetwegen hätt ich vielleicht auch mal ein Klassikkonzert riskiert«, meinte Joe anerkennend. Ursula Manz nickte und zwinkerte Joe zu.

»Ein charismatischer Teufel«, hatte Frau Rettenbach gesagt. Und wenn Grohsman die Reaktion seiner Kolleginnen beobachtete, musste er ihr recht geben.

Grohsman beendete das Video. »Frau Zauner meinte jedenfalls, dass Lión nicht gern über sich gesprochen hat, deshalb könne sie kaum etwas über ihn sagen.«

»Die waren ein Jahr zusammen? Klingt unglaubwürdig. Nach so einer langen Zeit weiß man doch irgendwas über den Partner.« Kienzle verdrehte die Augen.

Grohsman nickte dem Kollegen zu. »Ich nehm es ihr auch nicht ganz ab. Sie sagt, ihr war egal, was er machte, wenn er nicht bei ihr war. Und dass sie keine Zeit hat, sich über andere Menschen den Kopf zu zerbrechen. Na, außer über Komponisten.«

»Die können nicht mehr zurückreden ...«, ätzte Joe.

Der Seitenhieb war Grohsman auch eingefallen. »Die Mutter hat sich dann eingemischt. Sie managt die Tochter, scheint als Webmaster von Dorotheas Homepage auf. Sie gibt an, Lión kaum gesehen zu haben, weil ihre Tochter vor zwei Jahren ausgezogen ist.«

»Vor zwei Jahren – das war genau die Zeit, als sie Lión kennengelernt hat«, stellte Joe fest.

»Ganz genau. Die Begegnung mit Lión habe Dorothea vor Augen geführt, wie eingesperrt sie war. Sagt sie.«

»Das passt doch hinten und vorne nicht zusammen«, warf Kienzle ein. »Sie ist von ihm so beeindruckt, dass sie auszieht, die beiden werden ein Paar – und sie kann über ihn nichts als Phrasen dreschen.«

»Ihre Bestürzung über den Tod ihres Freundes schien mir glaubhaft. Sie war in der Garage völlig durch den Wind. Wie der Angestellte von Frau Rettenbach den Kofferraum geöffnet hat, ist sie angeblich fast zusammengebrochen.« Grohsman runzelte die Stirn. »Wobei Selma Zauner, ihre Mutter, erstaunlich gefasst schien ...«

»Die Mutter war nicht wirklich superhappy über die Beziehung, oder?«, merkte Ursula Manz an.

»Nein, war sie definitiv nicht. Ihr Kommentar gestern war schaurig. ›Ein junger Mensch braucht etwas, um den Hormonhaushalt zu regeln.‹ Wohlgemerkt, ›etwas‹, nicht ›jemanden‹.« Grohsman hockte sich auf den Schreibtisch. »Ich werde heute noch einmal mit Dorothea Zauner sprechen.«

Joe meldete sich. »Ich hab gestern noch die Gästeliste ge-checkt. Mehr die soziale Oberschicht, die meisten sind im Internet zu finden. Anwälte, Ärzte, ein Neurologe, der sich auf die Behandlung von Künstlern spezialisiert hat. Und jede Menge Künstler, Schauspieler und Musiker. Und -innen natürlich. In den sozialen Netzwerken sind mir keine Verbindungen zu Lión aufgefallen. Die Videos von seinen Auftritten sind größtenteils Solosessions. Und die paar Musiker, mit denen er aufgetreten ist, waren nicht bei dem Konzert. Von Dorothea waren zwei Mitstudenten da. Also, eine Studentin und ein Student. Die waren auf Facebook auch mit Lión befreundet.«

Grohsman nickte Joe zu. »Das sind wichtige Hinweise, danke. Jetzt warten wir auf den Obduktionsbericht. An der Zeitungssache bin ich dran. Meines Wissens hatten am Sonntag nur wir von der Kripo Fotos. Und der Täter. Frau Rettenbach hab ich zur Sicherheit angerufen, Severin, ihr Angestellter, der den Toten entdeckt hat, besitzt nicht einmal ein Smartphone.«

»Ich überprüfe Handy, Bankkonto, Unidaten und so«, meldete sich Kienzle.

»Und ich übernehme das Meldeamt«, setzte Joe nach.

»Dann recherchiere ich in seinem Umfeld. Von irgendwas muss er schließlich gelebt haben«, meinte Manz.

Die Zahnräder setzten sich in Gang. Hoffentlich warf niemand einen Prügel ins Getriebe.

5

Vorsichtig öffnete Joe die Tür. »Boss, war nicht einfach, die Adresse herauszufinden. Melderegister, Sozialversicherung, Finanzamt – alles Fehlanzeige. Und weißt du, warum?«

»Weil Lión sein Künstlername war, in Wirklichkeit hieß er Lionitzkowacki?«

»Na geh, das macht echt keinen Spaß mit dir. Lión hieß in

Wirklichkeit …«, Joe vergrößerte den Ausschnitt auf ihrem Tablet, »Dzie…ciel…ski. Echt catchy.«

»Ein idealer Name für die große Karriere. Wieso ist mir das beim Telefonat mit den Eltern nicht aufgefallen? Ah, jetzt weiß ich's wieder: Die haben sich mit irgendeiner Floskel gemeldet, und ich hab nur gefragt, ob sie die Eltern von Mariusz Lión sind. Das haben sie gerade noch verstanden und bejaht. Wie ist er auf Lión gekommen? Irgendwelche Verwandten?«

»Das weiß ich noch nicht, aber immerhin hab ich seine neue Adresse. Er wohnte in der Löwengasse. Dort ist er seit vier Jahren hauptgemeldet. Also, seit er nach Wien übersiedelt ist.«

»Und die Wohnung in der Wielandgasse?«

»Vielleicht ein preiswerter Proberaum? Das Haus in der Wielandgasse hat urdicke Mauern, im Erdgeschoss ist ein Geschäft, die Wohnung liegt gleich darüber.« Seit ihrer letzten Beziehung mit Jacky, dem Rockmusiker, kannte sich Joe mit Preisen von Proberäumen aus. Und mit lärmempfindlichen Nachbarn.

»Könnte sein. Aber wie konnte er sich zwei Wohnungen leisten? Vielleicht hat er in der Löwengasse nicht allein gewohnt. Wobei … Löwe heißt doch *lion* auf Englisch. Oder Französisch.«

»Stimmt, Boss.«

»Na, kann Zufall sein. Ich treffe mich jetzt mit Nicky Witt. Danach sehen wir uns vor dem Haus vom Lión. Wohlgemerkt, davor, Joe. Nicht in der Wohnung.« Er zwinkerte ihr zu.

Botschaft angekommen, zwinkerte sie zurück.

6

Als Nicky das Café Schwarzenberg betrat, umschmeichelte der heimelige Geruch von Kaffee und Mehlspeisen ihre Nase. Edel und lauschig zugleich, dieses traditionelle Ringstraßen-Kaffeehaus. In einer Fensternische entdeckte sie Grohsman. »Echt schön, dich wiederzusehen, Felix!«

»Grüß dich, Nicky. Bevor ich es vergesse, wir treffen Dorothea Zauner heute gegen achtzehn Uhr. Sie wohnt in der Kolingasse, gleich bei der Votivkirche. Tut mir leid, dass ich mit der Tür ins Haus falle.«

Nicky hockte sich auf die gemütliche dunkelbraune Lederbank, kramte den Kalender aus der Tasche und notierte sich den Termin. Sie sah den Inspektor an. Grohsman hatte sich nicht verändert. Die welligen Silberhaare locker aus der Stirn gebürstet, mit seinen eisblauen wachen Augen schien er alles und jeden zu beobachten. Hatte er etwas abgenommen? Vielleicht sportelte er mit seinem Hund. Apropos … »Ist Sally auch hier?«

»Ja, die sitzt ganz brav unter dem Tisch.« Wie auf Kommando trippelte die kleine Hündin zu Nicky und wedelte mit dem Stummelschwänzchen.

»Och, die ist so süß! Irgendwann hätte ich auch gerne so einen Hund.« Nicky fand den Ziegenminischnauzer mit den Kippohren zum Knuddeln. »Ist Sally weiterhin in exklusiver tierärztlicher Betreuung?« Die Hündin war letztes Jahr vergiftet worden, erinnerte sich Nicky. Danach hatte Felix einen engeren Kontakt zu der behandelnden Ärztin auf der VetMed gepflegt.

»Sie schon«, seufzte Grohsman, »aber Magda Sievernegg ist eher auf Vierbeiner spezialisiert. Wir sind ein paarmal gemeinsam spazieren gegangen. Aber das war's auch schon. Und dein Buchhaltungs-Shiatsu-Freund? Daniel?«

Ach der. »Das ist ein paar Monate gut gegangen. Bis er zu einer Shiatsu-Intensivausbildung nach Hokkaido geflogen ist. Er konnte zwar nicht Japanisch, aber mit einer der Ausbildnerinnen hat er sich dennoch so gut verstanden, dass sie nun gemeinsam ein Shiatsu-Zentrum eröffnen. Irgendwo in den USA. Da kann man viel mehr Kohle machen.«

»Also sind wir beide Single.«

»Genau. Mutterseelenallein.« Nicky lachte bitter.

»Nein, ich hab jetzt für zwei Wochen meinen Neffen zu Besuch. Lukas. Ein lieber Teenager. Seine Eltern sind im Ausland, um ihre Ehe zu kitten.«

»Wahnsinn, bei dir tut sich was!«

»Nicht wahr?«

Der Ober kam, um die Bestellung entgegenzunehmen. Nicky guckte schnell in die Karte. »Ich hätte gerne Omas Häferlkaffee und einen Milchrahmstrudel!« Die Lieblingskombination ihrer Omi. Und Nicky war zwar passionierte Teetrinkerin, aber ein Schlückchen Kaffee mit ganz viel Milch ab und an mochte sie. Und den Strudel mit warmer Vanillesoße.

Grohsman kratzte sich am Kinn. »Was ist ein ›Überstürzter Neumann‹?«

»Sozusagen ein verkehrter Einspänner. Schlagobers in einer großen Kaffeetasse und ein doppelter Espresso in einem Kännchen. Der Gast gießt den Espresso dann nach Belieben über das Obers.«

»Das hört sich gut an! Dazu bitte einen Apfelstrudel.«

Nicky lachte. »Dann sind wir beide wunderbar gestärkt. Und jetzt rück raus, was gibt es zu dem Toten?«

Grohsman schob ihr eine Mappe zu. »Wo fange ich an? Dass der Tote im Kofferraum gefunden wurde, hab ich dir schon gesagt. Die Stellung, das musst du dir ansehen.«

Nicky stellte den Deckel der Mappe auf, um die Bilder vor vorwitzigen Spechtlern abzuschirmen. Denen würde der Appetit auf den Kaffee sicher flott vergehen. Sie studierte das erste Foto. »Embryonalstellung. Hm, deutet oft darauf hin, dass der Täter sich wünscht, dass das Opfer gar nicht tot ist. Das Verbrechen aus einem Gefühl der Reue symbolisch ungeschehen machen. Ein ›Undoing‹, wie das in der Fachsprache heißt, quasi eine ›emotionale Wiedergutmachung‹. Wenn ich das richtig sehe, wurde der Tote außerdem gesäubert?«

»Zumindest das Gesicht. Und die Jacke wurde ihm ebenfalls post mortem angezogen, sie weist zumindest außen keine Blutspuren auf.«

»Jedenfalls existiert in solchen Fällen oft eine vordeliktische Beziehung zwischen Täter und Opfer.«

»Also eine Beziehungstat?«

Nicky schüttelte den Kopf. »Nicht notwendigerweise.«

»Aber ein sehr persönliches Tatmotiv.«

»Davon gehe ich aus. Was weiß man sonst? Ist er an der Kopfverletzung gestorben? Gab es eine sexuelle Konnotation?«

»Kann ich alles nicht sagen, der Obduktionsbericht steht noch aus.«

»Ist jedenfalls ziemlich außergewöhnlich.«

»Auch ein Grund, warum ich dich heute zu Dorothea Zauner mitnehmen möchte. Kann eine Frau diese Tat begehen und dann seelenruhig ein Konzert geben, zwei Häuser entfernt? Na ja, nervös war sie schon. Aber meiner Meinung nach alles im Rahmen einer klassischen Auftrittssituation.«

»Möglich ist alles, würde aber beträchtliche Rückschlüsse auf ihre Psyche zulassen.« Nicky schlug schnell die Mappe zu, als der Ober Kaffee und Strudel servierte.

Grohsman goss den Kaffee über das Schlagobers und nahm einen Schluck. »Es gibt noch eine Diskrepanz in der Sache. Dorothea und das Mordopfer wohnten nicht beisammen. Sie trafen sich meistens bei ihr. Aber warum hat er ihr verschwiegen, dass er aus seiner Wohnung ausgezogen ist?«

»Ich habe mir das Opfer im Internet angesehen. Ein echter Eyecatcher. Vielleicht hatte er im Lotto gewonnen, will ihr aber seinen Palast nicht zeigen? Oder er schämt sich, weil er gar keinen Cent hat und zurück zu den Eltern gezogen ist – da gäbe es viele Gründe.«

»Zu den Eltern – nein, die leben in Polen.«

Nicky kam mit dem Schreiben kaum nach. »Vielleicht hat es mit einer veränderten Lebenssituation zu tun? Eine Frau, die ihm Freiheiten lässt. Oder mit seiner Wohnsituation. Weil er dort etwas macht, das sie nicht sehen soll. Vielleicht baut er Marihuana an. Oder er hat ein SM-Studio.«

»Ich mag deine blühende Phantasie.«

emons: Tel. 0221-5697 7-0 · info@emons-verlag.de

Bitte senden Sie mir das aktuelle Verlagsprogramm zu

Ich möchte den Newsletter von emons: **per E-Mail erhalten**

Ich habe Interesse an Krimis aus folgender Region:

f Besuchen Sie uns auch auf www.facebook.com/EmonsVerlag

Name

Straße

PLZ/Ort

E-Mail

emons: **verlag**
Cäcilienstraße 48

50667 Köln

Nicht blühende Phantasie. Um die Ecke denken. Hatten die Vortragenden im Studium zunächst belächelt. Bis sie manchmal als Einzige zielführende Schlüsse gezogen hatte. Weil sie nicht in eine Denkfalle getappt war.

Sie blätterte die Fotos in der Mappe weiter durch. »Ist das die Freundin von ihm?«

»Genau. Dorothea Zauner.«

Nicky betrachtete das aparte Gesicht der jungen Frau, die verträumt in die Kamera blickte. »Ist das ein Künstlerporträt?«

»Richtig. Irgendwie bezweifle ich, dass sie rein körperlich die Tat überhaupt begehen konnte.«

»Starke Emotionen rufen in einem Menschen ungeahnte Kräfte hervor. Na, warten wir den Besuch bei ihr ab.« Nicky schob sich ein Stück Milchrahmstrudel in den Mund. Mmh, der zerging auf der Zunge! »Übrigens, finde ich cool, dass du wieder in Konzerte gehst.«

»Und kaum geh ich, passiert ein Mord.«

»Ist dir das vorher schon einmal untergekommen? Also, dass in deinem Umfeld jemand ermordet wird?«

»In meinen fünfundzwanzig Jahren bei der Kripo noch nie. Komisches Gefühl.«

Konnte sie sich vorstellen. Wenn sich der Tod so unmittelbar im Privatleben abspielte … Immer seltener dachte Nicky an die tote junge Frau, die sie letztes Jahr entdeckt hatte. Aber wenn sie einen schlafenden Menschen auf einer Parkbank bemerkte, checkte sie zur Sicherheit, ob bei ihm oder ihr alles in Ordnung war.

Grohsman sah auf die Uhr. »Was, so spät? Dann zahle ich schnell, bist eingeladen! Ich muss zum nächsten Termin … Und vorher sehe ich mir Wiens kleinsten Weingarten an, der ist hier gleich ums Eck.«

Nicky staunte. »Was? Von wem?«

»Vom Mayer am Pfarrplatz, da bauen sie Gemischten Satz an. Der müsste dir schmecken, solltest du mal kosten!«

»Mach ich! Na dann, bis später!« Nicky schielte in die Karte.

Den Wein gab's hier tatsächlich. Am frühen Nachmittag Wein trinken? Wieso nicht. Carpe diem oder so.

7

Ruckartig blieb Sally stehen. Sie drehte sich um und knurrte.

»Hey, Kleine, was ist los mit dir?« Grohsman blickte um sich. Bis auf ein paar Passanten in einiger Entfernung war die Straße leer. Na, vielleicht hatte die Hündin eine Ratte gesehen.

Er brachte Sally in die Wohnung. »Ich komm bald wieder!« Zum Abschied kraulte er ihr den Nasenrücken. Auf Lukas hatte er fast vergessen! Schnell tippte er eine SMS an den Jungen, ob alles okay war. Und erhielt prompt ein »Daumen hoch« von seinem Neffen. Hatten die gerade Pause? Nicht darüber nachdenken.

Grohsman stieg aus der Straßenbahn. Nahm dieses Kribbeln im Nacken wahr. Beobachtete ihn jemand? War das der Grund, warum Sally vorhin angeschlagen hatte? Er scannte seine Umgebung. Niemand zu sehen, der ihm auffiel. Langsam ging er weiter, drehte sich abrupt um. War da ein Schatten in einen Hauseingang gehuscht? Er versteckte sich in einer Einfahrt, verweilte einen Augenblick. Trat rasch hervor. Nichts. »Du siehst Gespenster«, brummte er und eilte zur Löwengasse 27. Joe stand bereits vor dem Haus.

»Hallo, Joe! Na sieh an, Lión hat gar nicht weit vom Hundertwasserhaus gewohnt.«

»Er muss reiche Eltern haben. Oder spezielle Beziehungen. Oder in zwielichtige Geschäfte verwickelt sein. Oder alles drei. Du, was war das für ein Tanz, den du grad gemacht hast?«

»Das hast du beobachtet? Ich hatte kurz den Eindruck, mir folgt jemand. Falscher Alarm.«

»Sicher? Vielleicht …«

»Alles in Ordnung, Joe.« Grohsman drückte gegen die Haustür. »Ist sogar offen. Wir müssen zu Tür Nummer sieben. Kaum zu glauben, der wohnt in der Beletage!« Der war offenbar wirklich in Geld geschwommen, der Junge.

»In der was?«

»Diese Wohnung erstreckt sich über das gesamte Stockwerk. Die Beletage ist meistens höher als die anderen Stockwerke, die Fassade und Fenster sind oft prunkvoller. Deshalb ›bel‹, also ›schön‹. Sag mal, du interessierst dich doch für Architektur?«

»Schon. Aber eher für moderne Bauten.«

»Wie das Hundertwasserhaus?«

»Klar, das gibt schon was her!«

»Ich finde es scheußlich.«

»Aber Boss, das darfst du in Wien nicht zu laut sagen!«

»Ich sage, was mir passt. Dann läuten wir mal.«

»Sie wünschen?« Ein hochgewachsener Mann in türkisfarbenem Seidenhemd baute sich vor ihnen auf. Stiernacken, breite Schultern, Rautenfigur – ein »Cornetto«, wie Joe diese Typen bezeichnete. Die samtige Stimme konterkarierte sein scharfkantiges Gesicht und die schmalen Lippen.

»Wir möchten zu Herrn Lión«, antwortete Grohsman knapp.

»Herr Lión ist im Augenblick unabkömmlich.«

Interessante Wortwahl. Grohsman meinte, einen leichten Akzent herauszuhören. Polnisch? »Und wann wird er wieder … abkömmlich sein?«

»Das lässt sich noch nicht sagen.«

»Jetzt hören Sie mal …«, zischte Joe.

»Grohsman, Kripo Wien. Können wir hineinkommen?« Er zeigte seinen Ausweis, worauf der Muskelmann ihn und Joe eintreten ließ. Das Anwesen erinnerte ihn an das Palais von Marie Rettenbach, wobei diesem Raum trotz Kristalllüster, Ölgemälde und Perserteppich das Flair fehlte. »Und mit wem haben wir es zu tun?«

»Tadeusz Olinski.«

»Sie sind aus Polen?«

»Genau.«

»Und Sie wohnen hier?«

»Genau.«

»Zusammen mit Herrn Lión?«

»In der gleichen Wohnung. Aber nicht … zusammen … wenn Sie wissen, was ich meine.« Grohsman hörte ein Naserümpfen in Olinskis Stimme.

»Schön. Sind Sie auch Pianist?«

»Keinesfalls!«

Klang fast, als hätte Grohsman ihn gefragt, ob er ein Stricher sei. »Herr Olinski …«

»Was wollen Sie überhaupt von mir? Sie kommen unangemeldet und stellen Fragen, die Sie nichts angehen!«

Grohsman machte sich eine Notiz zu dem Ausbruch. »Nun, Herr Lión wird gar nicht mehr ›abkömmlich‹ sein. Er ist … tot.«

»Aha. Das wissen Sie schon.« Olinski verschränkte die Arme.

Grohsman hob eine Augenbraue. »Scheint Sie weder zu wundern noch zu bestürzen, dass ein junger Mensch tot ist.« Keine Reaktion. »Und woher wissen Sie von seinem Tod?«

»Von Andrzej. Er hat mit den Eltern von Mariusz gesprochen.«

»Wer ist Andrzej?«

»Mein Chef. Der Hausherr. Sozusagen.«

Grohsman wechselte einen Blick mit Joe, die genervt die Luft ausblies. »Ist der sozusagene Hausherr hier und kann sich vielleicht zu uns bemühen?«

»Andrzej? *Policja*«, rief Olinski über die Schulter.

Ein Mann um die fünfzig tauchte auf, nein, erschien. Das aschblonde Haar betonte die intensive Farbe der saphirblauen Augen. Er war gerade mal eine Handbreit größer als Joe, die Grohsman bis zur Schulter reichte. Dabei war Grohsman auch kein Riese. Dieser Andrzej schien jedenfalls schon öfters einen Fitnessclub von innen gesehen zu haben. Eine Watschen brauch ich von dem nicht, stellte Grohsman fest. War der leicht spöttische Ausdruck Andrzejs Standardmimik? Würde die eingemeißelten Linien um die Lippen erklären.

Grohsman streckte ihm Ausweis und Dienstmarke entgegen und gab Joe einen sanften Schubs, worauf auch sie ihren Ausweis zückte.

Andrzej, oder wie immer er in Wirklichkeit hieß, studierte beide Ausweise und rieb sich das Kinn. »Bitte, Herr Bezirksinspektor, Frau Inspektorin, kommen Sie weiter.«

»Danke. Sie sind Herr Andrzej …?«

»Bosko. Ich bin in der polnischen Botschaft angestellt.«

Und genieße Immunität, schien im Raum zu schweben. Erklärte das Erscheinungsbild des Mannes. Sein Rasierwasser roch elegant und teuer.

Sie betraten einen kleinen Salon. Die Oktobersonne, die durch die großen Doppelfenster fiel, tauchte den Raum in ein freundliches Licht, machte ihn dennoch nicht behaglich. Da halfen weder die kirschroten Vorhänge und Polstermöbel noch der dicke elfenbeinfarbene Spannteppich. Weiß und rot, fiel Grohsman auf. Angelehnt an die Farben der polnischen Flagge? Wie die von Wien, nur umgedreht?

»Bitte setzen Sie sich. Darf ich Ihnen etwas zu trinken anbieten? Nein? Gut.«

Grohsman nahm auf einer Polsterbank Platz, Joe huschte rasch neben ihn.

Der Gastgeber ließ sich auf der Sitzbank gegenüber nieder. »Schrecklich, was da passiert ist«, meinte er leise. Für einen Augenblick bemerkte Grohsman einen traurigen Schatten in den Augen des Diplomaten. Dann schüttelte Bosko den Kopf und hüstelte seine Verlegenheit weg. »Was können Sie mir über den Tod von Mariusz sagen?«

»Bin ich im falschen Film?«, grummelte Grohsman. »Mit Verlaub.« Er betonte jede Silbe. »Wir stellen hier die Fragen. Woher kannten Sie Herrn Lión?«

»Ich kenne seine Eltern. Seine Mutter und ich waren …

Nachbarn in Tylwica. Kasia erzählte mir vor einigen Jahren von den Träumen ihres Buben. Ich hörte mir seine Aufnahmen an und wollte ihn fördern. Ein großartiges Talent. Also ließ ich ihn bei mir wohnen.«

Ob diese kurze Pause vor »Nachbarn« etwas zu bedeuten hatte? Grohsman machte eine Notiz und setzte ein Fragezeichen hinter das Wort. »Von den Eltern erfuhren Sie auch von seinem Tod?«

»So ist es. Sie kommen morgen Abend her.«

»Morgen erst? Ihr Sohn ist seit Samstag tot«, murmelte Joe. Wunderte Grohsman ebenfalls.

»Der Vater ist … indisponiert. Sie konnten nicht früher kommen. Glauben Sie mir, Mariusz' Tod trifft uns … schwer.« Kurz brach ihm die Stimme weg. Bosko betupfte sich die Stirn mit einem Taschentuch, stopfte es in die Hosentasche. Fahrig. Das Tuch fiel zu Boden und landete unter der Sitzbank. Er bemerkte es nicht.

Für einen Diplomaten ein höchst emotionaler Ausbruch, schoss Grohsman durch den Kopf. Er beschloss, auf die »Indisposition« des Vaters nicht einzugehen. »In dieser Liegenschaft dürfen Sie beherbergen, wen Sie wollen?«

»Im Prinzip ja. Tadeusz wohnt ebenfalls hier. Er ist mein Assistent.« Bosko hatte sich wieder gefangen.

»Also leben drei Personen hier?«

»Mit Irena vier. Sie ist Malerin und studiert an der Akademie der bildenden Künste. Bevor Sie fragen: Auch ihre Eltern kenne ich noch aus Tylwica. Sie wohnt hier nur, wir stehen in keinerlei sonstiger Beziehung.«

»Warum?«, rutschte es Joe heraus.

»Warum was?« Bosko hob amüsiert die Augenbraue.

»Warum Irena hier wohnen durfte … wie heißt sie mit Nachnamen?«

»Perewska. Weil auch sie ein enormes künstlerisches Potenzial hat.«

Ein echter Kunstfreund, der Herr Diplomat. Oder steckte

mehr dahinter? »Und Frau Perewska und Herr Lión? Waren sie befreundet? Hatten sie eine Beziehung?«

»Nicht dass ich wüsste.«

»Ich muss sie ebenfalls befragen.«

»Gerne. Wenn sie aus Paris zurück ist. Das soll, glaube ich, in den nächsten Tagen sein.«

»Und … seit wann ist sie weg?«

»Seit letztem Monat. Sie absolviert einen Kurs über die Kunst der Aktmalerei.«

Die Frau konnte Grohsman also von der Liste der Verdächtigen streichen. Wenn sich der Aufenthalt in Paris bestätigen ließ. »Wann haben Sie Herrn Lión das letzte Mal getroffen?«

»Ich bin gestern von einer Dienstreise heimgekehrt, zwei Wochen war ich unterwegs. In Madrid und in London. Vor meiner Abreise habe ich Mariusz eine SMS geschrieben, auf die er geantwortet hat.«

»Ihr Assistent hat Sie begleitet?«

»Nein, er war bei seiner Familie in Polen. Ist einen Tag nach mir weggefahren und kam ebenfalls gestern zurück.«

Grohsman seufzte. »Kann uns irgendwer sagen, wann Herr Lión hier zuletzt gesehen wurde?«

»Ist sicher eine Weile her. Wissen Sie … Mariusz hatte wieder einmal eine seiner Phasen.« Bosko zeichnete mit den Fingern Anführungsstriche in der Luft. »Er schottet sich alle paar Monate für einige Tage ab. Um seine Batterien aufzutanken. Fragen Sie mich bitte nicht, wo er da immer hinfährt. Irgendwohin, wo es weder Handynetz noch WLAN gibt. Das ist ihm wichtig. Er, die Einöde und die Musik.«

»Und … wann genau ist er abgetaucht?«

»Irgendwann nach meiner Abreise. Er wusste selbst nicht, wann er wieder zurückkommt.«

Wie praktisch für den Mörder, grummelte Grohsman innerlich. »Eine andere Frage: Hat Herr Lión hier Klavier geübt?«

»Ja, wenn ich nicht gerade Gäste hatte. Wenn er ungestört üben wollte, hatte er eine kleine Wohnung im zehnten Bezirk.

Die konnte ich der Botschaft in Rechnung stellen, dafür hat er kleine Gefälligkeiten geleistet.«

Grohsman horchte auf. »Gefälligkeiten?«

»Er hat bei offiziellen Veranstaltungen der Botschaft gratis konzertiert.«

»Hört sich nach einem Liebkind der Botschaft an, gleich zwei Gratiswohnungen?«, hakte Joe ein.

»Polen fördert Ausnahmetalente«, versetzte Bosko knapp.

»Er ist doch aus der Wielandgasse ausgezogen. Ist er in Ungnade gefallen?«, stichelte Grohsman.

Bosko überkreuzte energisch die Beine. »Nun, wie sage ich das? Nicht alle Gäste der Botschaft schätzten seine Kunst. Da wurde einfach drauflosgequatscht. Während seines Spiels. Dass seine Darbietung dadurch zum Hintergrundgeplätscher verkam, widersprach seinem Kunstsinn. Also streikte er, worauf die Zahlung der Miete eingestellt wurde. Meine hauseigenen Veranstaltungen hat Mariusz jedoch weiterhin bereichert.«

»Und wo übte er, nachdem ihm die Wohnung nicht mehr zur Verfügung stand?«, fragte Joe.

»Wenn nicht hier, dann am Konservatorium.«

»Das hat er vor einem Jahr abgeschlossen«, setzte Grohsman rasch nach.

»Sie sind gut informiert. Dann hat Ihnen Ihre Informationsquelle sicher gesagt, dass Mariusz einen Sonderstatus genoss. Er war der Vorzeigestudent seiner Professorin, Grażyna Taras.«

Grohsman notierte den Namen. »War die Freundin von Herrn Lión jemals hier?«

»Freundin?«

»Partnerin. Dorothea Zauner.«

»Ach. Mariusz hatte einige Gelegenheits… nun, Bekanntschaften. Nie etwas Ernstes. Mir ist niemand im Gedächtnis geblieben. Stört es Sie, wenn ich rauche?«

Grohsman sah zu Joe, beide schüttelten den Kopf. Bosko stand auf, holte eine Schachtel Davidoff Gold Slim, ein goldfarbenes Feuerzeug mit eingraviertem Monogramm und einen schwarzen Aschenbecher. Er bot Grohsman und Joe eine Zigarette an, wieder verneinten beide wortlos. Grohsman hatte sich das Rauchen an dem Tag abgewöhnt, an dem seine Frau mit der Diagnose Lungenkrebs heimgekommen war. Der Gusto auf eine Zigarette war nach ihrem Tod nicht wiedergekommen.

Bosko zündete die Zigarette an, zog daran und blies den Rauch langsam aus.

Grohsman qualmte der Kopf. Lag nicht an der Zigarette. »Eine künstlerische Frage habe ich noch. Gehört nicht unbedingt zum Fall.«

»Bitte. Fragen Sie.«

»Herr Lión scheint ein großer Verehrer von Franz Liszt zu sein. Polens Nationalheld ist allerdings Frédéric Chopin. War das der Botschaft nicht … nun, unangenehm?«

War das ein anerkennendes Aufblitzen in Boskos Augen? »Selbstverständlich spielte Mariusz auch ausgezeichnet Chopin. Aber Liszt lag ihm näher. Noch ein Grund für die Entzweiung mit der Botschaft.«

Allerdings kaum ein Mordmotiv. Grohsman überflog missmutig seine Aufzeichnungen. Magere Ausbeute. »Gut. Ich möchte mich nun im Zimmer von Herrn Lión umsehen.«

Bosko zögerte. »Ohne Durchsuchungsbeschluss könnte ich Ihnen das verweigern. Ich lasse es dennoch zu. Sehen Sie es als Zeichen meiner Kooperation.«

Zugegeben, der Diplomat hatte kein einziges Mal seinen Status ins Spiel gebracht. Was Grohsman erstaunte. »Selbstverständlich.«

»Nachdem seine Eltern morgen Abend kommen, ersuche ich Sie, in seinem Zimmer nichts zu verändern.«

Ein Befehl, in der Höflichkeitsform verpackt. »Auch das verstehe ich. Persönliche Unterlagen – Kalender, Laptop, sein Handy, falls es hier ist – müssen wir allerdings mitnehmen. Sobald die Daten ausgewertet sind, retournieren wir die Sachen den Eltern. Ich wäre Ihnen sehr verbunden, wenn Sie uns nicht daran hindern.« Floskeln zu dreschen hatte Grohsman mindestens genauso drauf wie der Herr Diplomat. Er plagte sich oft genug mit diversen Obrigkeiten herum.

»Gut. Sehen wir nach.«

8

»Wo bleibst du, Joe?«

»Bin schon da, musste nur was fertig schreiben.« Ob der Boss ihr das abnahm? Joe hatte kurz gewartet, bis sich alle getrollt hatten, sich dann die Latexhandschuhe übergezogen und das Taschentuch eingesammelt, das Bosko heruntergefallen war. In einen kleinen Plastikbeutel gesteckt und in ihrem Rucksack verschwinden lassen. Die Kriminaltechnik untersuchte das Tuch vom Konzert, da konnte sie denen doch auch dieses Relikt unterjubeln. »Kasia« statt des Nachnamens der Mutter. Der »indisponierte« Vater. War Bosko mehr als bloß ein Förderer?

Sie eilte zu Grohsman, vorbei an Olinski, der in der Tür stehen blieb. Irre, das Zimmer war kaum kleiner als ihre gesamte Wohnung. War im Unterschied zum restlichen Anwesen ohne Schnickschnack eingerichtet. Gefiel Joe schon besser. Zwei große Metallregale waren vollgesteckt mit Notenbüchern, fein säuberlich alphabetisch geordnet, wie die Reiter mit Buchstaben zeigten. Eine Miniaturgipsbüste, auf der »Franz Liszt« eingraviert war. Erinnerte sie an Mariusz, die Frisur und die Nase. In einem kleineren Regal standen Musikbücher. Nichts Auffälliges.

Halt. Der Boss checkte immer nach Objekten und Kontexten, die vom Standard abwichen. Studentenbude? Normal. Ordentlich? Nicht ungewöhnlich. Was stach in diesem Zimmer heraus? Bei einem Pianisten, der für seine Musik lebte? »Boss, hier gibt es kein Klavier. Oder Keyboard. Nichts, womit er schnell mal was durchspielen konnte. Das Zimmer wäre definitiv groß genug«, flüsterte sie Grohsman zu.

»Stimmt. Hier hätte er sogar einen kleinen Flügel unterge-
bracht. Was ist mit den beiden Instrumenten in der Wielandgasse? Dem gehen wir noch nach. Schau, da ist ein Laptop.«
Grohsman schaltete das Gerät ein. »Mist. Passwortgeschützt.
Hoffentlich kann Gregor dieses Problem lösen.« Ihr Chef inspizierte die Regale und Kästchen. »Keine CD-Sammlung?«

»Geh, Boss, der hatte sicher Spotify oder so.« Ehrlich, wer
hatte heute CDs? Sie nicht. Dafür hatte sie weder Platz noch Geld.

»Er nimmt selbst CDs auf«, gab Grohsman zu bedenken.

Joe nahm den Schreibtisch ins Visier. In einem schlichten
Rahmen steckte ein Foto, das ein Paar um die fünfzig zeigte.
»Das könnten die Eltern sein. Bei der Frau entdecke ich jeden-
falls Ähnlichkeiten.«

»Stimmt, die Augenpartie, das kommt hin!«

Sie guckte amüsiert zu, wie sich der Boss auf den Boden legte.
Er zog eine Schreibtischlade nach der anderen heraus.

»Was machst du da?«

»Kontrollieren, ob er etwas versteckt hat. Auf die Laden-
unterseite geklebt oder so. Ist eh für die Fische!«, knurrte er.

»Wonach suchst du?«

»Sag ich dir, wenn ich es gefunden habe.«

Joe kniete sich neben Grohsman. Sicher kein alltäglicher Anblick, zwei Polizisten, die auf dem Boden herumkrochen. Joe
sah etwas aufblitzen, ganz hinten an der Rückwand des Schreib-
tischs. »Da klebt was!« Sie riss den Gegenstand herunter. Ein
Schlüssel mit rundem Metallanhänger, auf dem »517« stand.

»Vielleicht ein Schließfach?«

»Werden wir noch herausfinden«, murmelte er.

»Hoffentlich«, ergänzten beide simultan.

Joe stand auf und öffnete eine der Schreibtischladen. »Hey,
da ist ein Handy!« Sie fischte es heraus und steckte es mitsamt
Ladekabel in einen Beutel. »Wieso hatte er das nicht bei sich?«,
überlegte sie laut.

»Weil er es in seinem ›Retreat‹ nicht brauchte? Oder weil der
Mörder Zugang zu Lións Zimmer hatte.«

Sie durchforstete die nächsten Laden. Bürokram, Papier, nichts Interessantes. Moment, was war das? »Boss, schau mal, ein Typenschein. Demnach besaß Lión einen Jaguar.«

Grohsman drehte sich ruckartig zu ihr. »Was war das?«

»Einen silberfarbenen Jaguar XJ 6 L 4,2 Serie 2 Limousine«, las Joe vor. »Baujahr 1995. Dann kann der Knabe nicht so arm gewesen sein.«

»Na ja, in der Anschaffung nicht so wild. Teuer ist was anderes. Der Wagen schluckt Benzin wie ein Quartalssäufer.«

»Und so was kann er sich leisten?«

»Vor allem, wo ist das Auto?«

Konnten weder Tadeusz Olinski noch Andrzej Bosko beantworten. Die Klaviere in der Wielandgasse? Waren bloß gemietet gewesen.

»Danke, wir haben genug gesehen. Komm, Joe.«

Sie nickte Bosko und Olinski zu und schloss die Wohnungstür.

9

»Und jetzt?«, fragte Joe, als sie wieder auf der Straße standen.

Grohsman steckte seine Notizen ein. »Ich gehe eine Runde um den Block, ob ich das Auto irgendwo sehe. Wenn nicht, erteile ich einen Auftrag zur Fahrzeugfahndung. Bis zum Termin bei der Zaunerin haben wir noch Zeit. Du kannst dir das Museum vom Hundertwasserhaus ansehen, wenn du Lust hast. Damit du geistig und seelisch gestärkt bist, wenn du morgen zur Gerichtsmedizin gehst.«

»Ich?« Wow. Ein bisschen Spundus hatte Joe zwar. Hoffentlich war das nicht zu grauslich. Doch die Neugier überwog.

»Na, du hast gesagt, dass dich das interessiert. Der Schlesinger freut sich bestimmt, wenn du dich an seinen Weisheiten delektierst.«

Ein Mann trat auf den Boss zu. »Griaß di, Meister! Aha, hast einen Zauberlehrling mit?«

Joe betrachtete den Mann skeptisch. Der hatte sicher schon bessere Zeiten gesehen. Ein ordentlicher Haarschnitt und eine Rasur wären kein Fehler. Er hatte Fältchen um die hellbraunen Augen und um die Mundwinkel. Sicher nicht nur vom Lachen.

Der Chef schien ihn zu kennen, nickte ihm freundlich zu. »Dir auch einen schönen Tag, Leopold. Das ist meine Kollegin, Inspektor Kettler. Joe, das ist der Branntweiner-Poldi. Nein, Abstinenzler-Poldi, stimmt's?«

»Ganz genau. Ich rühr keinen Tropfen mehr an, seit ich des Hunderl damals mit meinem Radl fast z'sammg'führt hätt, des schwör ich.« Er legte seine rechte Hand aufs Herz und hob die linke zum Schwur.

»Tag, Herr … Poldi …« Joe war unschlüssig, wie sie den Mann anreden sollte.

»Das ›Herr‹ können S' weglassen. A Herr bin i schon lang nimmer.« Er lachte wehmütig.

Grohsman klopfte ihm auf die Schulter. »Trifft sich nicht schlecht, dass wir dich treffen. Der Poldi ist Auge und Ohr in dem Grätzel. Ist dir in der Gegend ein Jaguar aufgefallen, einer aus den neunziger Jahren?«

»Tut mir leid, Meister! Wenn du dir meinen Schlitten ausborgen willst, der ist leider grad in der Werkstatt.« Wieder lachte er schelmisch. »Naaa, Scherz beiseite. Was für ein Auto suchst denn?«

Joe wischte auf ihrem Tablet. »Einen Jaguar XJ 6 L 4,2 Serie 2 Limousine in Silber.«

Poldi pfiff leise. »Der is ja ned so leicht zu übersehen. Ich werd mich umhören. Falls einer den verklopfen will, sag ich's euch.«

»Danke. Mach's gut, Poldi!«

»Du auch, Meister. Und Frau Inspektor.« Er tippte zum Gruß an die Stirn und verschwand. Lautlos wie ein Geist.

»Wer war das?«, fragte Joe leise.

»Der Branntweiner-Poldi? Eine arme Haut. Er hat sich verspekuliert, Geld weg, Frau weg, zum Saufen angefangen, Job weg. Er war ein hohes Tier in irgendeiner Bank. Jetzt wohnt er in einem Miniapartment statt in seiner früheren Riesenwohnung.«

»Und woher kennst du ihn?«

»Er ist einmal stockbesoffen in einen Streit geraten. Plötzlich hat er mit einem Messer vor einer Nase herumgefuchtelt.«

»Vor wessen Nase?«

Grohsman seufzte. »Vor meiner. Er war so sternhagelvoll, dass er mich mit dem Gspusi seiner Ex-Frau verwechselt hat. Ich hab ihn einkassiert und in die Ausnüchterungszelle gesteckt. Am nächsten Tag hat er mir seine Geschichte erzählt. Die vielen Antiquitäten in seiner früheren Wohnung gehören jetzt seiner Frau. Die hatte den besseren Scheidungsanwalt. Aber mit antiken Möbeln und so kennt er sich aus. Ich hab ihm einen Job bei einem Trödlerladen verschafft. Beim Seidler, im dritten Bezirk. Seither versorgt er mich immer wieder mit Informationen aus der Halbwelt. Ganz stubenrein ist der Trödlerladen auch nicht.«

»Du kennst Leute … Aber solche Connections sind cool. Wie im Film«, meinte Joe bewundernd.

»Na, ist nicht wirklich spektakulär.« Grohsmans Handy läutete. »Oh, das ist Magda Sievernegg! Da geh ich schnell ran.« Er wandte sich von Joe ab. »Wie geht es dem Kater?«, fragte er.

Joe spitzte die Ohren. Magda, das war doch diese Tierärztin. Lief da was zwischen den beiden? Und, Kater – einen über den Durst getrunken oder ein Miezekätzchen?

»Heute Abend … Was soll ich mit einem Kater?«, hörte sie ihren Boss sagen. »Ich weiß schon nicht, wie ich Sally beschäftigen soll … Nein, das geht nicht.«

Offenbar doch eine Fellnase.

»Ich überleg's mir …« Nachdenklich steckte Grohsman sein Handy in die Hosentasche.

»Kater?«, fragte Joe.

»Ach, am Samstag hat Sally auf dem Heimweg ein halb ertrunkenes Kätzchen gefunden.«

»Hab ich immer gesagt, dein Wauzi ist ein verkappter Polizeihund. Die wäre der Renner als Drogenhund! Jeder würde sie für ein harmloses Schoßhündchen halten, und zack, beißt sie denen ein Gewinde ins Knie!« Hätte Joe irgendwie getaugt, selbst einen Fellball daheim zu haben. Aber bei ihren Dienstzeiten? Außerdem war sie ein kleiner Adrenalinjunkie. Wenn ihr die Decke auf den Kopf fiel, düste sie zum Staudamm an der Pyhrnbahn auf eine Runde Bungee-Jumping. Oder in den Kletterpark nach Graz. Der hielt, was der Name versprach. Adrenalinpark.

»Kann sein. Magda hat jedenfalls den Kater auf der VetMed versorgt und will ihn mir anhängen. Ich hab aber keine Zeit. Hund, Mordfall, und seit gestern ist mein Neffe für zwei Wochen zu Besuch.«

»Ah, den ich am Telefon gehört habe? Der lenkt dich vielleicht ab. Wie alt ist dein Neffe?«

»Sechzehn.«

»Gratuliere! Wenn er Ärger macht, schick ihn zu mir in den Karateclub. Da vergehen ihm alle Flausen.«

Der Boss als Aufpasser für einen Jugendlichen. Stark.

10

Dorothea Zauner öffnete die Tür einen Spalt. Verquollene Augen, die Nase gerötet. Das Schild neben der Tür fiel Grohsman auf. Eine kleine Kreidetafel, auf der er »Hier wohnen Dorothea Zauner« las. Wohnen, nicht wohnt. Darunter war etwas weggewischt, hieß das »und«? Geblieben war ein kleiner Doppelbogen, der Rest nicht mehr zu entziffern.

»Guten Tag, Frau Zauner. Dürfen wir hineinkommen?«

Wortlos öffnete sie die Tür und schlurfte in die Wohnung.

Grohsman ließ Joe und Nicky den Vortritt und schoss ein Foto von dem eigenwilligen Türschild.

»Hier geht's lang.« Dorothea deutete vage ins Wohnzimmer. »Ich hole uns Wasser, was anderes kann ich nicht anbieten.«

Hier musste dringend gelüftet werden. Außerdem hatte Dorothea offenbar weder Zeit noch Lust zum Putzen oder Staubwischen. Nur der schwarze Flügel, der den Raum dominierte, war blank poliert. Grohsman betrachtete das Klavier. Ein Blüthner mit aufwendig verziertem Notenpult. Woran erinnerte ihn das? Schnell notieren. Nicht nur auf den beiden Klavierbänken türmten sich Notenbücher. Überhaupt, dieses Chaos – in Lións Zimmer hatte alles seinen Platz. Hatten sie deshalb nicht zusammengewohnt?

Die Wände quollen über mit Fotos. Von Dorothea. Und ein paar Komponistenporträts, Schubert, Mozart und Chopin. Bilder von Mariusz, teilweise die von seiner Homepage. Das eine hier, ein geschnitztes Notenpult – das war's, woran er bei Dorotheas Klavier gedacht hatte. Nein, definitiv nicht das gleiche Pult. Dorothea war abgelenkt, also schoss Grohsman ein paar Fotos.

»Konnten Sie die Zeitungssache aufklären?«

Die Stimme von Selma Zauner bohrte sich in Grohsmans Trommelfell. Er verstand ihren Beschützerinstinkt. Trotzdem nervig.

»Ich wollte eigentlich mit Ihrer Tochter alleine sprechen.«

»Sie tauchen mit einer ganzen Armada auf und erwarten, dass ich meine Tochter Ihren Fragengeschützen aussetze?«

»Mama … ist schon gut«, beschwichtigte Dorothea. »Nehmen Sie Platz.« Sie stellte ein Tablett mit Plastikbechern und einem großen Wasserkrug auf das fleckige Tischtuch, blickte gehetzt durch den Raum. Sie legte die Noten von den Klavierbänken sachte auf den Boden und rückte die Bänke polternd zum Tisch. »Mama, holst du einen Sessel aus der Küche?«

Widerwillig verließ die Frau das Zimmer, kam mit einem Klappsessel wieder, den sie lärmend hinstellte. Dorothea schenkte die Becher ein.

»Frau Zauner, darf ich Sie fragen ...? Sie meinten, Sie hätten vor dem Konzert die Nacht mit Mariusz verbracht. Richtig?«
Dorothea senkte den Kopf. »Nein. Er wollte kommen, musste dann aber selbst üben. Wir haben nur telefoniert. Nein, gewhatsappt. Wir haben im Moment beide sehr viel zu üben. Ich fürs Konzert, er für die CD-Aufnahme. Scheiße, die wird es jetzt nicht mehr geben.« Sie wischte sich die Tränen von der Wange.

»WhatsApp ... was hat er Ihnen geschrieben?«

»Das Übliche. Er vermisst mich und wünscht mir Glück.«

»Darf ich die Nachricht sehen?«

»Auf keinen Fall. Verdächtigen Sie meine Tochter?«, warf sich Selma Zauner dazwischen.

»Wir müssen die letzten Tage von Herrn Lión rekonstruieren. Wer ihn zuletzt vor ... vor Ihrem Konzert gesehen hat.« Und wann er von seinem Exil in Niederösterreich zurückgekehrt war. Ob überhaupt ...

»Nun ...«, setzte Dorothea an, »dieser Auftritt im Konzerthaus übernächste Woche, der macht mich total fertig. Deshalb bitte ich Sie auch, dass wir das hier kurz halten. Ich muss mich vorbereiten.« Sie nahm einen Schluck Wasser. »Ich weiß nicht mehr so genau, wann Mariusz zuletzt hier war. Er zieht sich öfters komplett zurück und vergräbt sich in seinen Noten.«

»Davon haben wir gehört. Wissen Sie, wo dieser Rückzugsort ist?«

»Nein. Er will dort ganz für sich sein. Keine Ablenkungen. Ich durfte nie mit. Hier war er ... hm, vor vier Tagen? Fünf? Also, vor dem Konzert. Wenn ich aufgeregt bin, kapsle ich mich ab und vergesse die Zeit. So wie er.«

»Mir hast du gesagt ...«, meldete sich ihre Mutter.

»Weil du immer gegen ihn wetterst. Ich wollte beweisen, wie glücklich wir miteinander sind«, zischte Dorothea. »Vor zwei Monaten erst hat er mir sogar ein Stück vorgespielt. Eine Eigenkomposition. ›Dla Elunia‹ oder so. Na ja, ich fand das Stück etwas schwülstig, da war er beleidigt.«

Ob es von »Dla Elunia« ein Video auf der Website gab? Konnte er später überprüfen. »Ihr Handy, bitte.«

Wortlos reichte Dorothea ihm das Telefon.

Grohsman wischte sich durch die Nachrichten. Von beiden Seiten nur kurze Texte, mit vielen Abkürzungen. LOL, Gn8, FYEO. Kannte er mittlerweile. *Laugh out loud, good night, for your eyes only.* Mit Letzterem assoziierte er eher den Titelsong aus dem James-Bond-Streifen. Das war ein Song! Tat jetzt nichts zur Sache. Pro Tag etwa eine Nachricht. Nicht gerade üppig. Er scrollte weiter. Vor ein, zwei Monaten war der Kontakt offenbar häufiger und länger – da wurden schon mal brennende Musikfragen geklärt. Und heiße Botschaften geschickt. »Ich denke an dich, wie du mich …«, na hallo, das ging ordentlich zur Sache! Was ihm auffiel: Vor zwei Monaten hatten beide sicher glühende Augen, Wangen und sonst was. Danach ein leichter Bruch, und vor etwa vierzehn Tagen waren die Nachrichten überhaupt wesentlich nüchterner geworden. »Hab heut keine Zeit, muss üben – xxx M.«, stand da lapidar. »Ich auch. CU! D.« Ah, *»See you«.*

Was hatte Nicky auf den Block geschrieben, den sie ihm hinhielt? »Hast du das Zittern der Hände bemerkt?«

Hatte er. Sie war eben nervös, die junge Frau. Verständlich. Er nickte so unauffällig wie möglich.

»Frau Zauner, wann haben Sie Mariusz das letzte Mal in seiner Wohnung besucht?«

Dorothea strich verlegen eine Haarsträhne hinters Ohr. »Ist sicher länger her … Mariusz kam lieber zu mir. Hat sich daheim wahrscheinlich das Heizen gespart.«

»Hatte er Geldnot?«

»Nein, das nicht. Aber sparsam war er schon. Ich hab's auch nicht gerade dicke, aber ich gehe trotzdem mal zum Macky oder so.«

»Hat er Ihnen erzählt, dass er vor fünf Monaten aus der Wohnung in der Wielandgasse ausgezogen ist?«

»Was? Nein! Er … Aber wo hat er dann gewohnt?«

»Im dritten Bezirk.«

»Aha …« Dorothea nahm den Becher in die Hand und spielte damit. Schien sie weder zu überraschen noch zu interessieren.

»Wie oft war er hier? Ungefähr.«

»Weiß nicht, viermal pro Woche? Also, wenn wir nicht wie jetzt intensiv geprobt haben.«

»Nein, mein Kind. Ich würde eher zweimal sagen. Manchmal war er eine Woche gar nicht hier«, schaltete sich ihre Mutter ein.

»Na ja … kann sein …«, gab Dorothea zu. »Es ist auch nicht wichtig, wie oft man sich sieht.« Sie schnäuzte sich geräuschvoll.

»Die zwei waren *friends with benefits*, wenn Sie's unbedingt wissen müssen«, fuhr Selma Zauner dazwischen.

»Das stimmt nicht, Mama. Ich hab ihn geliebt.« Dorothea schniefte trotzig. »Und er mich auch.« Das kam zögerlich. War sie sich doch nicht so sicher?

»Na schön, dann lasse ich Sie weiterüben.« Grohsman verabschiedete sich und verließ mit Joe und Nicky die Wohnung. Wofür hatte er die beiden eigentlich mitgenommen? Einfach stumm danebenhocken, das war er von Joe nicht gewohnt. Und Nicky hatte nur kurz mit einer Allerweltsbemerkung zwischengefunkt.

»Meine Damen, kleine Nachbesprechung?« Grohsman deutete auf ein Lokal, das nach einem Alt-Wiener Kaffeehaus aussah.

»Wenn ihr glaubt, dass das sinnvoll ist …«

Warum klang Nicky so verärgert?

11

Der Tee begeisterte Nickys verwöhnten Gaumen nur mäßig. So wie die Befragung zuvor.

»Wieso hast du meine Frage zum Zittern der Hand ignoriert?«, platzte sie heraus.

Joe schüttelte den Kopf. »Dorothea ist offenbar ein Nerverl. Also, ich glaub echt nicht, dass die fähig wäre, mit einem Toten im Kofferraum aufzutreten. Die ist ja jetzt schon ausgeflippt ...«

»Das war kein nervöses Zittern«, meckerte Nicky. Sollten die anderen doch hören, wie sauer sie war.

»Was meinst du damit?«, fragte Grohsman alarmiert.

»Habt ihr das nicht bemerkt? Nervosität greift auch auf die Stimme über. Hat ihre Stimme geflackert? Nein. Die Frau war nicht sooo flippig. Sind euch Übersprunghandlungen aufgefallen? Mir nicht.«

Ja, jetzt machten Grohsman und Joe große Augen. Nicky goss Milch in ihren Tee. Dadurch wurde er nur unwesentlich schmackhafter. »Ihre Hände ... das waren zwischendurch kleine Episoden, wie ein leichter Tremor.«

»Echt? Woher kommt das?« Joe war auf ihrem Sessel vorgerückt.

»Weiß ich nicht. Stress? Vielleicht eine Krankheit? So oder so, wenn sie das öfters hat, frag ich mich, wie sie ihren Beruf ausüben kann.« Tja. Jetzt hatten die beiden Polizisten was zum Grübeln.

»Schmarren.« Grohsman stellte seine Kaffeetasse mit einem Klirren ab. »Hab ich übersehen. Warum hast du nicht gefragt?«

»Hab ich doch. Du hast mich abgekanzelt.«

»Zu dritt ist es echt strange. Ich hab mich auch nicht getraut zu reden«, flüsterte Joe.

Genau deshalb hatte auch Nicky ihren Schnabel gehalten. Fünf Menschen, von denen nur zwei miteinander kommunizierten. Völlig sinnlos, diese Aufstellung.

Grohsman räusperte sich. »Ihr seid doch sonst nicht auf den Mund gefallen, ich dachte ... ach, egal. Tut mir ehrlich leid. Machen wir nächstes Mal besser. Dann rückt mal raus, was ist euch sonst aufgefallen?«

Na, er entschuldigte sich wenigstens. Nicky sah auf ihren Block. »Die Wand ist zugekleistert mit Fotos. Aber keines zeigt ihre Mutter oder ihre Freunde. Außer dem Toten. Den dafür in allen möglichen Posen. Hat sie sonst keine sozialen Kontakte? Punkt zwei: Sie ist extrem schlank. Sieht noch nicht pathologisch aus. Dennoch, gefällt sie sich so, vergisst sie aufs Essen oder geht das in Richtung Essstörung?«

»Was hat das damit zu tun, ob sie den Mord begangen haben kann oder nicht?« Joe runzelte die Stirn.

»Ihre Fotos haben nur mit Musik zu tun oder zeigen Mariusz. Keine Freizeitaktivitäten, nichts. Hat sie sich in ihrer eigenen Welt verloren? War das eine normale Leidenschaft oder schon Besessenheit?«

»Na ja, so oft hat sie Lión nicht gesehen. Das wär ein Widerspruch«, gab Grohsman zu bedenken.

»Im Gegenteil. Vielleicht wollte er sich nicht häufiger mit ihr treffen, und sie ist ausgerastet. Ich halte sie weder für kaltblütig noch für so psychopathisch, dass sie mit einer Leiche im Auto spazieren fährt und dann Klavier spielt, als wäre nichts gewesen. Aber irgendetwas macht mich bei ihr stutzig.« Hey, die Besprechung lief total konstruktiv.

Grohsman blätterte in seinem Notizblock. »Das Türschild war seltsam. ›Hier wohnen‹. Mehrzahl. Lión hat laut ihr nie dort gewohnt. Und darunter war etwas weggewischt.«

Joe drehte ihr Tablet zu Nicky und Grohsman. Ein Foto vom Türschild. »Seht ihr den Doppelbogen? Vielleicht stand da ›Mariusz‹, und sie hatte statt eines i-Punktes ein Herzchen gemalt. Wobei, die *Friends with benefits*-Bemerkung von der Mutter, die war total schräg. Meine Mutter würde sich lieber die Zunge abschneiden, bevor sie so was sagt.«

»Meine würde mich ins Kloster schicken.« Nicky kicherte. Und mit Weihwasser besprenkeln, um den Teufel auszutreiben.

»Meine Damen …« Grohsman rutschte auf seinem Stuhl hin und her. »Sie hat schon am Telefon etwas von ›Hormonhaushalt in Ordnung bringen‹ gefaselt. Gruselig. Die Bilder von Mariusz habe ich übrigens fotografiert.«

Joe reckte den Hals. »Schickst du sie mir? Dann können wir auf meinem Tablet schauen.«

Grohsman fummelte an seinem Handy. »Moment … wir könnten eine WhatsApp-Gruppe gründen.«

»Wo hast du das gelernt?«, rutschte es Nicky heraus. Sie beobachtete die beiden belustigt.

»Von meinem Neffen.«

»Und ist das erlaubt? Ich meine, ist das sicher?«, hakte sie nach.

»Wird nicht gerne gesehen, ist aber nicht verboten. Mit Fotos müssen wir höllisch aufpassen. Die löschen wir, sobald wir sie auf den Polizeiserver geladen haben. So, Gruppe gegründet, inklusive Kienzle und Manz. Fotos geteilt. Dann zeig mal her.«

Zu dritt hingen sie über Joes Gerät. »Er ist echt ein attraktiver Kerl«, meinte Nicky.

»Mhm«, stimmte Joe zu.

Grohsman wischte zwischen den Bildern hin und her. »Seht mal. Auf allen Fotos spielt er aus einem Tablet. Aber hier, der Schnappschuss mit dem auffällig gekreuzten Notenpult. Das schaut nach antiquarischen Noten aus. Kannst du das mal vergrößern?«

Joe rückte den Ausschnitt mit dem Notenblatt ins Zentrum. »Ganz schön geschmiert … aus so was kann man spielen?«

»Wenn man kann, dann kann man. Das Papier ist völlig vergilbt. Eine alte Handschrift. Hat aber wahrscheinlich nichts mit dem Mordfall zu tun.« Grohsman kritzelte in seinem Block. »Lión scheint ein Faible für Altehrwürdiges zu haben. Sein Jaguar ist auch ein Oldtimer.«

Ein alter Jaguar? Nicky fand diese Autos kultig. »Vielleicht in British Racing Green, mit Holzarmatur?«

Grohsman lachte. »Nicht ganz so nobel.«

Joe tippte herum. »Sein Wägelchen ist silbern. Wir haben es noch nicht gefunden. Aber ich stell ein Foto von dem Modell in die Gruppe. Den Typenschein geb ich auch gleich dazu, dann haben wir alles beisammen.«

Nicky scrollte kurz durch den Typenschein. »Seit einem Jahr

besaß der Mann das Gefährt. Wie lange ist er mit Dorothea zusammen?«

»Seit einem Jahr ungefähr.«

Nicky überlegte laut. »Wollte er ihr imponieren? Und sie war davon ebenso wenig beeindruckt wie von seiner Eigenkomposition? Möglich. Aber kein Grund, ihn umzubringen. Das ist alles nicht wirklich einleuchtend.«

»Willkommen bei der Kripo. Für uns ergibt vieles erst Sinn, wenn der Fall gelöst ist.« Grohsman klappte seinen Block zu.

»Wobei, von Sinn ergeben kann oft auch keine Rede sein«, murmelte Joe.

1

»Tag, Boss! Haben die Kollegen von der Fahndung schon Lións
Auto entdeckt?« Joe wollte endlich mit ihrem Bericht loslegen,
aber ihr Chef war ins Lesen vertieft.

»Nein.«

»Mit deinem Neffen ist alles okay?«

»Ja.«

»Und diese Katze, hast du die gestern noch geholt?«

»Kater. Ja.«

Na, ihr Chef war sehr kurz angebunden. Wegen der Lek-
türe? Oder hatten ihm die neuen Bewohner den Schlaf geraubt?
»Hoffentlich rauft sich Sally mit dem Kater zusammen.« Wobei
die Hündin unter dem Schreibtisch lag. Würde wieder ein langer
Tag werden, wenn der Boss die Kleine mitnahm.

»Ist nicht gerade die passende Zeit, über Hund und Katz
nachzudenken«, brummte Grohsman und las mit Ziehharmo-
nikastirn weiter im Bericht der Gerichtsmedizin.

Joe wusste bereits, was drinstand, sie hatte einiges live gesehen. Okay, nicht von Anfang an, das Herumschnippeln hatte
Schlesinger ihr erspart. War dennoch nicht ohne gewesen. »Tapfer, tapfer, Frau Kollegin. Hätt ich mir nicht gedacht!«, hatte
der Mediziner gemeint und ihr auf den Rücken geklopft, dass
sie beinahe auf den Tisch mit den Behältern für die Organe gekippt wäre.

Ihren Schiss hatte sie mit einer Handvoll Mentholcreme in
der Schutzmaske weggewischt. Leichen bezeichnete ihr Boss als
»Beweisstück Nummer eins«. Jetzt verstand sie, was er damit
meinte. Objekte, die untersucht, gemessen, gewogen wurden.
Sie hatte vermieden, das Gesicht des Toten zu betrachten. Nur
kurz hingesehen, als Schlesinger sie auf Rachenraum und Au-

genlider hingewiesen hatte. »Keinerlei Einblutungen oder Rötungen, im Prinzip ein kerngesunder Mann«, hatte Schlesinger gemurmelt. Bis auf die Tatsache, dass Lión auf dem Seziertisch der Gerichtsmedizin lag.

Es klopfte. Grohsman eilte zur Tür. »Ah, fein, ihr seid alle drei hier. Kommt rein! Gregor, Frau Manz, darf ich euch Nicky Witt vorstellen? Ich ziehe sie für eine kriminalpsychologische Expertise hinzu.«

»Tag, allerseits!« Nicky winkte in die Runde. Joe nickte ihr zu. Na klar, für die beiden Frauen schob Kienzle Sessel heran. Und für sie? Joe blieb unschlüssig stehen.

Grohsman breitete den Obduktionsbericht auf dem Schreibtisch aus. »Also, Todesursache wie vermutet eine schwere Kopfverletzung mit dem berühmten stumpfen Gegenstand, abgerundet und massiv genug, um einen Teil des rechten oberen Schläfenbeins einzudrücken. Der Schlag kam von hinten, der Täter war also Rechtshänder. Keine Anzeichen für ein Sexualdelikt. Der Kofferraum von Frau Zauner ist tatsächlich nur der Fundort. Auf Lións Jacke befanden sich außen kaum Blutspuren, die wurde ihm also post mortem angezogen. Auf DNS-Spuren wird die Jacke noch untersucht. In der Seitentasche steckte ein Museumsticket vom 28. September.«

Der Boss kritzelte »Temperatur« auf das Whiteboard. Seine Schrift war echt stylish, fand Joe. »Dem Schlesinger ist schon in der Tiefgarage die niedrige Körpertemperatur des Toten aufgefallen. Joe, bevor du platzt, bitte lass uns an euren Erkenntnissen teilhaben.«

»Die Joe war beim Schlesinger?«, fragte Kienzle genervt.

»Ja, die Kollegin hat heute in der Gerichtsmedizin Teilen der Obduktion beigewohnt. Dafür hat sie eine ziemlich gesunde Gesichtsfarbe, findet ihr nicht?«, lockerte der Chef die Spannung auf.

Joe ging auf Kienzles Stichelei nicht ein. »Die Leiche wurde zwischenzeitlich tiefgefroren. Erkennt man an den starken Hautverfärbungen. Aber keine Hämatome.«

»Bist jetzt wohl eine Expertin der Gerichtsmedizin«, ätzte Kienzle.

»Du interessierst dich für Computer und Technik, ich mich für Naturwissenschaften. Hast du damit ein Problem?«, konterte Joe. Unbeirrt fuhr sie fort: »Todeszeitpunkt fraglich, weil sich nicht feststellen lässt, wie lange der Körper gefroren war. Dauert aber einige Tage, bis ein Körper komplett durchgefroren und wieder aufgetaut ist.«

»Erschlagen, einfrieren, ablegen im Kofferraum, sehr außergewöhnlich«, warf Nicky Witt ein.

»Ganz genau.« Der Boss fuhr fort. »Also Tatort und Tatzeit unbekannt. Laut dem Wohnungseigentümer, Andrzej Bosko, hatte Lión sich die letzten Tage zurückgezogen. An einen Ort ohne Handynetz und WLAN.«

»Was? Das ist eine Katastrophe! Dann können wir den Todeszeitpunkt überhaupt nicht eingrenzen«, stöhnte Kienzle.

»So ist es«, bestätigte Joe. »Und nachdem die Bewohner der Löwengasse bis vor Kurzem im Ausland waren, kann bis jetzt niemand bestätigen, ob und wann Lión wieder in Wien war. Lebend.«

»Wer wusste von diesem Rückzug?«, meldete sich Ursula Manz.

»Die in der Löwengasse und Dorothea.« Grohsman stand auf. »Unsere Kernfragen im Moment: Wer hat Lión zuletzt lebend gesehen? Und wer hatte Motiv und Gelegenheit für diese Tat? Joe, du kannst fortsetzen.«

Joe blätterte den Bericht der Kriminaltechnik durch. »Am Tuch, das im Klavier gefunden wurde, befand sich Lións Blut. Keine Rückstände von Betäubungsmitteln.« Sie überflog den Bericht. Noch nichts über Boskos Taschentuch …

»Fragt sich, wer das Tuch im Klavier und später im Künstlerzimmer deponiert hat«, stellte der Boss in den Raum. »An dem Abend hat erst ein Streichtrio gespielt, Dorothea war im zweiten Teil des Konzerts dran, nach der Pause. Der Klavierdeckel wurde erst unmittelbar vor ihrem Auftritt geöffnet.«

Joe nickte. »Die drei Musiker und die Liste der Lieferanten, Caterer und so weiter hab ich schon geprüft. Zumindest keine offensichtlichen Verbindungen zu Dorothea und zum Opfer.« Sie holte sich einen Sessel und setzte sich. Obwohl sie Kienzle zu gerne mit der Schilderung der Scharnierbrüche des Schädels geschockt hätte. Der wurde doch schon käsig, wenn jemand Nasenbluten hatte.

Grohsman ging zum Schreibtisch und schnappte sich seinen Notizblock. »Gregor, was haben deine Recherchen ergeben?«

Joe sah verstohlen zum Kollegen, der umständlich in den Unterlagen kramte.

»Die Bankdaten kommen heute Nachmittag. Hat sich wegen des Realnamens verzögert. Am Laptop und Handy bin ich dran. Sein E-Mail-Verkehr ist dürftig. Er ist weder ein Vielschreiber noch ein Vieltelefonierer. Das Bewegungsprofil vom Handy hab ich ausgewertet. Er war neun Tage offline, bis auf ein paar kurze Momente, da war er in der Nähe von Eisgarn eingeloggt. Dort hat er wahrscheinlich die E-Mails erledigt. Das Handy war erst am Freitag wieder in Wien eingeloggt, also einen Tag vor seinem Auffinden.«

Grohsman seufzte. »Zu dem Zeitpunkt war er mit Sicherheit bereits tot. Wo war Lión vor diesen neun Tagen?«

»Meistens in Wien, in einigen Bezirken regelmäßig. Gelegentlich auch außerhalb von Wien. Tulln, Linz, Klosterneuburg. Einmal war er in Polen. Am 2. Oktober.«

»Bei seinen Eltern? In Tylwica?«

»Nein, in Zielonka. Das ist in der Nähe von Warschau. Bei den SMS, WhatsApp und Fotos ist einiges gelöscht worden. Mal sehen, was ich rekonstruieren kann.«

Joe wischte auf ihrem Tablet. Hey, der Kollege hatte alle Infos schon auf den Server gestellt, cool.

Der Chef wetzte zurück zum Whiteboard und ergänzte die Daten. »Okay, bleib dran, Gregor. Danke. Joe, geh der Sache mit dem Museum alter Musikinstrumente nach. Wird sich wahrscheinlich niemand an ihn erinnern, aber wer weiß? Und versuche, die beiden Studienkollegen von Dorothea zu erreichen, die bei dem Konzert waren. Frau Manz, Sie finden bitte heraus, ob der Tote zu seinen Studienkollegen noch Kontakt hatte. Und nun zu dir, Nicky. Irgendwelche kriminalpsychologischen Theorien?«

2

Nicky blickte in vier erwartungsvolle Gesichter. Fühlte sich vertraut an, die Runde, obwohl sie zum ersten Mal bei einem laufenden Ermittlungsverfahren dabei war.

»Also, wie ihr schon festgestellt habt: Mit Fallanalyse und Rekonstruktion des Tathergangs sieht es düster aus. Ich werde mir noch die sonstigen relevanten Handlungsorte des Falls ansehen, um die örtlichen Gegebenheiten unter fallanalytischem Blickwinkel einzuschätzen.« Oje, sie musste aufpassen, nicht allzu geschraubt daherzureden.

»Das trifft sich gut, Nicky«, warf Grohsman ein. »Kommst du heute mit zu Frau Rettenbach? Halb fünf, Maderstraße? Dann kannst du dir den Salon und die Tiefgarage, also den Fundort, ansehen. Außerdem kennt sie sowohl das Opfer als auch Frau Zauner.«

Nicky sah auf die Uhr. Ging sich aus. »Klar!« Sie atmete durch. Jetzt keine zu verschwurbelten Sätze. »Was wir bisher über den Tathergang sagen können, spricht meiner Meinung nach für ein geplantes Vorgehen. Ein Mensch wird genau in jenem Zeitraum getötet, in dem sein Verschwinden nicht auffällt. Das Tiefkühlen verschleiert die Tatzeit zusätzlich. Und die Auffindung im Kofferraum der Freundin nach ihrem Konzert – das scheint alles kein Zufall zu sein. Wobei meiner Einschätzung nach nicht bloß eine Person beteiligt war. Was sagt ihr dazu?«

»Das sehen wir auch so.« Grohsman nickte. »Wenn es zwei waren, stellt sich die Frage, wer was gemacht hat.«

»Genau darauf wollte ich hinaus. Hat einer die Tat geplant und ein Zweiter den Mord begangen? Oder hatte der Täter lediglich einen Handlanger, der beim Transport geholfen hat? Jetzt kommt ein bisschen Fachchinesisch, sorry. Wenn es zu viel wird, bremst mich bitte.« Nicht zu viel klugscheißen, würde Sonja sie aufziehen. »Unter Straftätern finden sich oft Menschen mit dissoziativen oder mit emotional instabilen Persönlichkeitsstörungen. Oft gibt es Komorbiditäten. Sprich, zusätzlich treten Phänomene wie Angststörungen oder so auf. Na, keine Sorge, darüber halte ich jetzt keinen Vortrag.«

Die vier lachten. Und folgten konzentriert ihren Worten, machten sich Notizen.

»Wie auch immer, beim Mastermind hinter dem Ganzen vermute ich einen planenden Täter, das weist auf eine dissoziative Persönlichkeitsstörung hin.«

Der jüngere Kripobeamte hakte nach. »Wie äußert sich diese diss…?«

Wie hieß er? Nicky und ihr Namensgedächtnis. *He's keen«, war ihre Eselsbrücke. Keen – Kienzle! »Dissoziative Persönlichkeitsstörung zeigt sich durch Mangel an Empathie, oft eine geringe Frustrationstoleranz und vor allem fehlendes Schuldbewusstsein.«

»Fallen die irgendwie auf? Durch bestimmte Verhaltensmuster oder so?«, wollte Joe Kettler wissen.

Nicky hatte diese Polizistin letztes Jahr kennengelernt. Toughe Frau, manchmal etwas ruppig. Doch sie schätzte ihren scharfen Verstand.

»Diesen Menschen fällt es schwer, persönliche Grenzen zu respektieren und auf andere Menschen Rücksicht zu nehmen. Da ihr eigenes Gefühlsrepertoire meist beschränkt ist, imitieren sie Gesten und Mimik anderer Personen. Sie nehmen also die Gefühle anderer wahr und spiegeln sie, bleiben aber in Wahrheit völlig kalt. Das macht sie gefährlich, weil es ihnen oft verdammt gut gelingt, Emotionen vorzutäuschen. Sie können Charme ausstrahlen und verfügen nicht selten über eine intellektuelle Begabung. Das lässt sie unter Umständen geistreich, witzig und unterhaltsam wirken.«

»Klingt nach Bosko«, stellten Grohsman und Joe unisono fest.

»Wobei, egal war ihm der Tod von Lión nicht«, setzte Grohsman nach. »Jedenfalls verhalten sich diese Personen nicht wirklich auffällig, oder?«

»So ist es. Solche Menschen üben oft einen qualifizierten Beruf aus. Ah, und noch etwas: Sie verfolgen überdurchschnittlich oft über die Medien den Stand der Ermittlungen.«

»Inklusive Beeinflussung der Medien, wenn es ihnen zu langsam geht?« Grohsman rutschte ruckartig auf die Sesselkante vor.

»Schließe ich nicht aus. Warum?«

»Der erste Bericht im U-Bahn-Blatt kam zu einem Zeitpunkt, als nur ein Insider die Information haben konnte. Inklusive Foto.«

Das durfte doch nicht wahr sein! Echt ätzend. »Ja, das passt ins Bild. Umgekehrt, wenn ihr mich zu Dorothea Zauner fragt: Falls bei ihr überhaupt eine Persönlichkeitsstörung vorliegt, tippe ich eher auf emotional instabil. Impulsen nachgehen, ohne über die Konsequenzen nachzudenken, unvorhersehbare und launenhafte Stimmungen. Diese Menschen sind oft streitsüchtig, besonders, wenn sie nicht bekommen, was sie wollen. So extrem habe ich sie nicht wahrgenommen. Aber ich möchte sie gern noch einmal gezielt abklopfen.«

»Schon eine spannende Frage, warum und wie der Tote in ihrem Kofferraum gelandet ist«, überlegte Grohsman.

Nicky kaute an der Unterlippe. »Genau mein Punkt. Jedenfalls werde ich das ViCLAS checken und die Handlungsorte mit bereits vorliegenden Materialien vergleichen.«

»Oooh, Frau Kollegin, nicht schlecht!« Grohsman lachte. »Das Violent-Crime-Linkage-Analysis-Datenbanksystem kommt aber nur bei Serientätern zum Einsatz. Wir wollen doch hoffen, dass das ein Einzelfall bleibt.«

»Falls ein ähnlicher Fall schon mal aufgeklärt worden ist, könnten wir mit Hilfe aller Daten versuchen, die Tat Schritt für Schritt zu rekonstruieren. Sie in eine chronologische Ordnung zu bringen. Dadurch kann ich das Verhalten des Täters besser beurteilen. Schauen, ob sich eine ›Handschrift‹ abzeichnet.« Grohsman stand auf. »Da ziehen wir an einem Strang, Nicky. Vielleicht hilft uns der Besuch bei Frau Rettenbach weiter.«

Wenn sie diesmal die Fragetaktik in der Gruppe hinbekamen, dachte Nicky schmunzelnd.

3

Grohsman beschloss, Sally vor dem Termin im Palais Rettenbach rasch heimzubringen. Er leinte die Hündin gerade an, als Ursula Manz die Bürotür aufriss.

»Oh, Verzeihung, ich hätte anklopfen sollen«, entschuldigte sie sich. »Ich war total in Gedanken.«

»Kann vorkommen. Haben Sie die Eltern erreicht?«

»Ja. Endlich. Hat mich ganz schön mitgenommen, das Gespräch. Also, Eltern beibringen zu müssen, dass ihr Kind auf den Strich geht, war auch nie lustig. Aber die Dziecielskis waren total von der Rolle. Vor allem der Vater, der hat auf einmal wirres Zeug geredet.«

Grohsman betrachtete die Manz nachdenklich. War seine Abteilung das Richtige für sie? Würde sich herausstellen. »Bei mir hat der Vater auch ziemlich undeutlich gesprochen. Bosko sprach von ›indisponiert‹. Was immer das heißt.«

»Die Verständigungsschwierigkeiten lagen jedenfalls nicht nur an meinen bescheidenen Polnischkenntnissen. Das war merkwürdig. Als ob sie ohne Zustimmung von Bosko nicht reden wollen. Oder dürfen. Der Herr Botschafter hole sie ab, meinten sie. Aber sie kommen am Mittwoch hierher. So gegen zehn Uhr, ist das in Ordnung?«

»Hört sich gut an.« Grohsman notierte sich den Termin.

»Die Eltern haben übrigens nicht die beste Meinung von Dorothea. Sie sei schlecht für ihren Jungen, weil wahnsinnig eifersüchtig, auf seine Kunst, auf seine Zeit, auf andere Frauen. Habe ihn ständig kontrolliert. Deshalb hat er ihr nichts vom Auszug aus der Wohnung im Zehnten gesagt.«

»Eifersucht ist natürlich ein starkes Mordmotiv. Danke, Frau Kollegin.«

Auf dem Heimweg führte Grohsman Sally eine Runde durch den Augarten. Plötzlich erstarrte die Hündin. Wie gestern. Wie bedrohlich ihr Knurren klang! Grohsman beugte sich zu ihr.

»Was ist los mit dir? Da ist doch niemand!« Außer einem Hundebesitzer, der kopfschüttelnd vorbeiging. Sally beachtete dessen Hund nicht. Sie fixierte einen Punkt in der Ferne. Grohsman entdeckte dort bloß ein paar Bäume.

Mit einem Mal drehte Sally sich um und trippelte weiter. »Versteh einer die Hunde«, murmelte Grohsman.

Grohsman betrat das Wohnzimmer. Welche Idylle! Lukas knotzte auf dem Sofa. Kater Smoky machte einen Satz auf den Boden und legte sein Köpfchen schief. Grohsman hob den Kater hoch und kraulte ihn. Seine Gedanken waren noch bei Sallys Knurraktion.

Lukas legte ein Buch zur Seite und sah auf. »Hi, Onkel Felix! Hab heute früher ausgehabt. Hab aber schon in der Schule gegessen.«

Grohsman warf einen Blick auf das Buch. »Quantenphysik? Das liest du?«

»Ja, warum nicht? Man muss doch seine Mental Map erweitern.«

Mental Map. Auch recht. »Ist dir langweilig in der Schule?«, fragte Grohsman lachend.

»Manchmal schon.« Lukas stand auf. »Soll ich mit Sally eine Runde gehen?«

»Gerne. Na dann, bis später, ich muss wieder los und …«
Was? Einem mulmigen Gefühl nachgehen? Grohsman war kein
Feigling. Er hasste jedoch unklare Verhältnisse. War ihm nun
jemand auf den Fersen? Oder bildete er sich das nur ein?

Er lief zur Haustür hinunter, riss sie auf. Ein Mann mit Zeitung eilte gerade davon. Grohsman trat auf ihn zu. »Entschuldigen Sie …«

Der Mann senkte die Zeitung. »Ja bitte?«

Grohsman kannte ihn nicht. Und konnte ihn schlecht fragen,
ob er ihm folgte. »Tut mir leid, ich habe Sie verwechselt.«

Er sprang ins Auto – na ja, für seine Verhältnisse stieg er flott
ein und fuhr eilig in die Sensengasse, wo sich bezeichnender-
weise die Gerichtsmedizin befand.

4

Was war dem Kollegen Kienzle bloß über die Leber gelaufen?
Joe schüttelte den Kopf. Gregor ätzte wieder mal wie Königs-
wasser. »Was haben die Kommilitonen schon Wichtiges zu
melden? Wirst sehen, der Grohsi schubst dich aufs Abstell-
gleis, jetzt, wo die Manz da ist.« Wie blöd er dabei gegrinst
hatte!

Joes Konter, dass sie immerhin Außendienst mache, hatte
ihm gar nicht geschmeckt. Hatte seinen Kalender nach ihr geworfen. Na, getroffen hatte er nicht. Im Karatetraining lernte
man, blitzschnell zu reagieren. Würde sich schon weisen, was
die Studenten über die Zaunerin ausplauderten. Wobei Dorothea es doch nie geschafft hätte, Lión zu erschlagen und den
Körper herumzuschleppen. Oder hatte die Frau eine Macke?
Das Zittern der Hände? Dann stellte sich die Frage, wozu sie
fähig war.

Die Sache mit dem Tiefkühler ging Joe nicht aus dem Kopf.
Der Täter musste im wahrsten Sinn des Wortes ein eiskaltes

Gemüt haben. »Dissoziative Persönlichkeitsstörung.« War beim nächsten Party-Small-Talk sicher der Megaburner.

Joe setzte sich mit den Studenten an einen Tisch im Pausenraum vom Mozart-Konservatorium. Zum Glück war niemand dort außer ihnen. Briana Fried und Valentin Binder studierten beim gleichen Klavierprofessor wie Dorothea Zauner, zwei Jahrgänge darunter.

»Die spielt schon super, die Doro. Aber echt befreundet sind wir nicht«, meinten beide einstimmig und grinsten verschwörerisch.

»Hat sie gesundheitliche Probleme?«

Briana Fried zuckte mit den Achseln. »Na ja, sie ist ein Nerverl. Früher hat sie Atemprobleme gehabt. Ich weiß noch, wie sie mal mitten im Vortrag abbrechen musste. Vor zwei Jahren, ich hab mich grad auf mein erstes größeres Konzert vorbereitet. Die wär bald erstickt, es war wie ein Asthmaanfall.«

Asthma. Kein Tremor. Nicht das Ergebnis, das Joe erwartet hatte. »Wie war die Beziehung zwischen Dorothea und Mariusz?«

»Toxisch«, antwortete Briana Fried kryptisch. Mit einem theatralischen Schnauben.

»Die ist doch eine echte Klette. Und träumt von heißen Eislutschern. Keine Ahnung, wie Mariusz es mit ihr ausgehalten hat.« Valentin Binder verdrehte die Augen.

»Kanntet ihr Mariusz näher?«

»Na klar. Der ist eine ultracoole Socke«, nickte Valentin. Sein Strahlen wandelte sich schlagartig in Betroffenheit um. »Er hatte letztes Jahr fertig studiert, danach hab ich ihn nicht mehr so oft gesehen. Geht mir echt nahe, dass er gar nimmer … also, dass er …« Briana Fried legte ihm mit einem Schniefen die Hand auf die Schulter.

»Was war an ihm so ultracool?«

»Na, wie er gespielt hat. Da konnten andere doch einpacken. Pure Magie.« Er senkte den Kopf. »Das ist so ein verdammter

Mist, wieso trifft es immer die Falschen? Er hat ursteile Tipps gegeben, wie man eine Performance so hinkriegt, dass das Publikum kocht und nicht die eigenen Nerven.«

Briana Fried nickte dazu so eifrig, dass Joe schon befürchtete, ihr würde der Kopf abfallen. »Wobei, sobald man ihm das Klavier wegnimmt, ist er ziemlich introvertiert.«

»Auch Frauen gegenüber?«

»Bei denen ganz besonders. Dieses Diabolische, das war alles bloß Show!«

Joe rätselte. Wenn Mariusz so genial war, wieso studierte er an einem Privatkonservatorium, für das er nicht zu knapp Semestergebühren zahlte? War er mal an der Uni gewesen und von dort geflogen, weil er was Übles angestellt hatte? Musste sie checken. Aber selbst wenn er seine Uninoten manipuliert oder eine Professorin geschwängert hatte, war das kein Grund, ihn abzumurksen. Überhaupt ging grad ihre Phantasie mit ihr durch. Klarer Fall von Koffeinmangel.

5

»Damit hab ich nicht gerechnet, dass du persönlich vorbeischaust, Grohsman!« Oskar Schlesinger rückte seine Nickelbrille zurecht.

Grohsman betrachtete den Gerichtsmediziner amüsiert. Schlesinger reagierte grantig, wenn seine Arbeit nicht entsprechend gewürdigt wurde. Am besten mit Orden und Urkunde. Und er ließ sich anfangs gerne die Einzelheiten aus der Nase ziehen, um danach minutenlange Referate darüber zu halten, wie er neue und selbstverständlich bahnbrechende Erkenntnisse gewonnen hatte. Aber er war ein vifer Kerl, dem man Fragen stellen konnte, ohne vorher fünf Bittgesuche einzureichen. »Also, was hast du für mich?«

»Ich konnte in der Wunde des Toten Holzpartikel sicherstellen. Fast schon mikroskopisch klein, war alles andere als simpel. Ein weniger erfahrener Gerichtsmediziner hätte die übersehen.« Kunstpause. Jetzt hatte gefälligst ein Lob für seine Wundertaten zu folgen. »Schlesi, du bist der Größte. Und mit deinem grenzenlosen Wissen hast du sicher herausgefunden, von welchem Baum der Ast stammte und in welchem Wald er früher gestanden hat.«

»Ahorn. Aber kein Ast. Keine Rinde, sondern bearbeitetes Holz. Regelmäßige Form, es gibt auch Lackpartikel, Klarlack. Vielleicht eine große Pfeffermühle oder ein sehr großer Kegelpin.«

»Also müssen wir nur Restaurants und Kegelbahnen abklappern? Das schränkt den Radius gewaltig ein.«

»Sei froh, dass ich überhaupt etwas gefunden habe.«

Grohsman überlegte. »Vielleicht der Fuß eines Holznotenständers …«

»Etwas unhandlich, aber wenn der nicht ziseliert war, durchaus möglich. Aufgrund der Verletzung lässt sich feststellen, dass das Opfer zum Zeitpunkt der Tat eine sitzende Position hatte. Wär er gestanden, dann wär der Schädelknochen anders eingedrückt.«

Grohsman schluckte, als Schlesinger ihm die Röntgenaufnahme zeigte. »Ungewöhnlich. Kann der Tote gelegen sein?«

»Nein. Da hätte der Kopf nicht nachgeben können … na, ich spare dir die Details, bevor du mir meinen schönen Saal vollreiherst.«

Wer ließ sich im Sitzen niederschlagen, ohne zugedröhnt oder besoffen zu sein? Jemand, der vertieft ist. Zum Beispiel ins Klavierspiel, in einem Kaff ohne WLAN und Handynetz, wo er sich allein wähnt. »Wie groß war der Täter?«

»Hab ich grad ausgerechnet, wart mal … mindestens um die ein Meter fünfundachtzig. So groß wie du, oder?« Schlesinger zwinkerte Grohsman zu.

»Ja, damit scheidest du mit deinen ein Meter fünfundfünfzig schon mal aus«, erwiderte Grohsman grinsend.

»Also bitte, Grohsi, eins fünfundsiebzig.«

»Echt? Okay. Und was meinst du, suchen wir nach einem männlichen Täter?«

»Tendenziell ja. Oder nach einer großen, durchtrainierten Frau. Apropos Training, Kollegin Kettler hat sich sehr patent angestellt. Die kannst du öfter vorbeischicken.«

»Richte ich ihr aus. Danke, Schlesi. Jetzt muss ich nur noch herausfinden, wer Lión zuletzt gesehen hat. Und wann.«

»Für dich ist das doch easy-peasy, Grohsman. Du schnappst den Täter sicher schneller, als der Staatsanwalt Haftbefehl sagen kann!«

Grohsman staunte. Das war für Schlesingers Verhältnisse eine Lobeshymne.

6

Grübelnd betrachtete Joe die Eintrittskarte für die Sammlung alter Musikinstrumente vom 28. September. Und jetzt? Mit einem Bild von Lión ins Museum spazieren? Darauf bauen, dass sich irgendjemand an ihn und an das Datum erinnerte? Da könnte sie ebenso auf Schnee im Juli hoffen. Oder auf einen Anruf von Ronnie. War ja klar, dass er sich nicht meldete. Wieso dachte sie überhaupt an ihn?

Weil sie heute schon mit ihrer Mutter telefoniert hatte, die in Lichtgeschwindigkeit beim Thema Hochzeit gelandet war. Mama wollte sie wieder mal mit einem »Traummann« verkuppeln. Joe hatte darauf gekontert: »Warum suchst du nicht für dich selbst? Ist fünf Jahre her, dass Papa tot ist ...«

»Also, Kind, du hast Ideen. Dafür bin ich schon zu alt«, hatte Mama kokett geantwortet. Dabei war ihre Mutter bloß etwas älter als Grohsman. Der ebenfalls Single war. Fast hätte Joe sich verschluckt vor Lachen. Allein die Vorstellung der beiden! Ihre Mutter war liebenswert. Aber ihre Lieblingsbeschäftigung war das Abklappern von Modeboutiquen. Und der regelmäßige Besuch beim Friseur, zum Informationsaustausch. Durch das Studieren der Zeitschriften konnte ihre Mutter die Mitglieder der europäischen Königshäuser bis zurück zu Napoleon aufzählen. Oder bis Karl dem Großen? Würde ihren kauzigen Boss sicher tief beeindrucken, dachte sie und grinste.

Schluss, ermahnte sie sich. Zurück zur Eintrittskarte vom Museum. Wer war der Leiter der Sammlung? Website checken: Bernhard Klinger. Den Namen hatte sie doch schon mal gehört. Moment, war der nicht auf der Gästeliste der Rettenbach? Korrekt. Mit Handynummer. Wieso war ihr beim Überprüfen nicht aufgefallen, dass ein Museumsdirektor unter den Gästen gewesen war? Weil das kein seltener Name war. Wie auch immer, da lohnte sich doch ein Anruf.

»Klinger.«

»Tag, Kripo Wien, Inspektor Kettler. Sie kennen sicher nicht alle Besucher Ihres Museums. Aber wissen Sie zufällig, ob ein Herr Mariusz Lión am 28. September dort war? Der Pianist, der …«

»… auf so tragische Weise ums Leben kam, ich weiß. Ja, der war hier.«

Okay, damit hatte Joe nicht gerechnet. Er klang betroffen, aber nicht überrascht. Als ob er auf den Anruf gewartet hätte. »Darf ich fragen, wieso Sie sich so genau daran erinnern?«

»Weil wir ein Konzert mit Herrn Lión planten. In unserer Sammlung befindet sich der letzte Flügel von Franz Liszt, ein Hammerklavier aus dem Jahr 1862. Mariusz beschäftigte sich mit Originalklang. Wie die Werke des Meisters auf Instrumenten aus dessen Lebenszeit klingen.«

Joe tippte hektisch in ihr Tablet. »Für wann war das Konzert geplant?«

»Für nächstes Jahr. Im Frühling.«

Wenn Lión nicht mehr spielte … »Besteht die Chance, dass Dorothea Zauner einspringt? Oder sonst jemand?«

»Nein, das Projekt legen wir auf Eis. Frau Zauner ist eine

ausgezeichnete Pianistin für moderne Klaviere. Aber diese historischen Instrumente muss man spielen können. Das war bei Herrn Lión in überragender Weise der Fall. Wir wollten uns übrigens am … lassen Sie mich nachsehen … ja, am 2. Oktober treffen. Das Meeting hat er am Vortag abgesagt. Er musste unerwartet zu seinen Eltern.«

Zu viele Informationen auf einmal. Mariusz, der Spezialist für Historisches. Er musste dringend nach Polen? Deckte sich mit dem Handybewegungsmuster. Allerdings Warschau-Umgebung, nicht Tylwica. Weil die Eltern umziehen wollten? Weil er gar nicht bei den Eltern war, sondern …? Ach, das brachte nichts. »Danach hatten Sie keinen Kontakt mehr? Anruf oder SMS?«

»Nein. Er wollte sich melden, wenn er wieder in Wien ist. Letzten Samstag war ich beim Konzert von Frau Zauner. Frau Rettenbach hat mir am nächsten Tag die furchtbare Nachricht übermittelt. Ein unwiederbringlicher Verlust.« Leise fügte Klinger hinzu: »Leider ist damit auch unser CD-Projekt passé.«

»W-welches Projekt?«

»Herr Lión wollte Kompositionen von Liszt auf historischen und modernen Instrumenten einander gegenüberstellen. Eine Kooperation mit dem Klavier-Atelier Wiesinger.«

Der Name sagte ihr doch auch was. Joe blätterte. Klar, der stand ebenfalls auf der Gästeliste der Rettenbach.

Wolfgang Wiesinger bestätigte die Aussage von Bernhard Klinger. »Nein, für dieses CD-Projekt haben wir Frau Zauner nicht in Betracht gezogen. Herr Lión wusste, wie man mit historischen Instrumenten umgeht.«

Hatte sie schon von Klinger gehört. War das echt so ein riesiger Unterschied, neue und alte Klaviere? Das Bild mit den vergilbten Noten fiel Joe ein. Das Instrument darauf sah ebenfalls älter aus. Da bestand vielleicht ein Zusammenhang. »Herr Wiesinger, ich würde Ihnen gerne ein Foto zeigen. Ob Sie das Klavier darauf erkennen.«

»Kommen Sie doch vorbei, Frau Kettler. Bei mir stehen viele Instrumente, vielleicht findet sich ein ähnliches.«

Das Foto zu schicken wäre zwar schneller gegangen. Egal.

»Kann ich morgen früh vorbeischauen?«

»Gerne. Ich bin ab acht Uhr im Atelier. Übrigens, falls das wichtig ist ... Herr Lión wollte ein Instrument erwerben.«

Bitte was? »Und ... wie viel kostet so ein Klavier?«

Um die sechsundzwanzigtausend Euro. Joe fiel die Kinnlade herunter.

7

So ein Mist! Nicky hatte sich den kompletten Inhalt des Plastikbechers über den Pulli gekippt. Na, war bloß Wasser. Sie eilte zu ihrem Garderobenkasten.

Das unfreiwillige Wasserbad erinnerte sie wieder mal an die missglückte Ruderpartie vom Sonntag. Sie hatte sich bei Paul den Frust von der Seele geredet. Dass sie zu lange in die gleichen idiotischen Muster gefallen war, wie viele ihrer Klientinnen mit Trennungsschmerz. Ständig durchkauen, was wann schiefgelaufen war. Dabei hatte sich doch Daniel so drastisch verändert, nicht sie!

Er hatte plötzlich auf strictly öko gemacht. Wenn es ihm in den Kram gepasst hatte. Bei oberwichtigen Vernissagen seiner Kundinnen hatte er die neuen Prinzipien dann völlig über Bord geworfen. Diese Schickimickigesellschaft, zum Abgewöhnen. Und die streng vegane Ernährung, von einem Tag auf den anderen? Zeitweise hatte sie mitgemacht. Aber eben nicht immer. Dann hatte er die Augenbrauen gehoben, bloß weil sie ein Schinkenbrot verdrückte.

Und das Shiatsu-Seminar? Dass das in Japan war, hatte er ihr erst kurz vor seiner Abreise gesagt. Was er später vehement bestritten hatte. »Weil du mir nie zuhörst«, hatte er sie angeblafft. Sie war definitiv nicht unfehlbar, aber Unaufmerksamkeit? Sicher nicht. Und so kurios die Beziehung sich angelassen hatte – Daniel war mit einem ihrer ehemaligen Patienten befreundet –, so seltsam hatte sie geendet. Immer seltener hatten sie geskypt. Wegen der Zeitverschiebung, hatte er gesagt. Blödsinn. Die Gespräche waren jedes Mal kürzer ausgefallen, dafür hatte er immer häufiger den Namen Noriko erwähnt. Sein Lehrer, angeblich. Doch Nickys Studienkollegin Kimiko hatte ihr mal erklärt, dass japanische Namen auf -ko weiblich sind. Noriko – »Kind des Lebensgesetzes«. Zauberhaft. Daniel hatte diese Deutung zu wörtlich genommen, die Japanerin wurde zu seinem Lebensgesetz. Hatte er Nicky dann per WhatsApp mitgeteilt. Mistkerl.

Paul hatte mit ihren Hirngespinsten aufgeräumt. »Hör auf mit dem Grübeln, was du falsch gemacht hast. Wenn er sich nicht einmal traut, dir ins Gesicht zu sagen, dass es aus ist, hat er Dreck am Stecken. Nicht du.« Genau das, was Nicky sonst ihren Klienten vermittelte. Danach war irgendeine Synapse wieder dorthin gesprungen, wo sie hingehörte.

Gestern hatte Nicky in ihrer Wohnung alles zusammengepackt, was sie an Daniel erinnerte. Und es heute vor dem Dienst zum 48er-Tandler, dem Wiener Altwarenmarkt, gebracht.

8

Noch immer keine Spur von dem Jaguar, ärgerte sich Joe. Überhaupt, woher hatte Mariusz so viel Geld? Sie konnte sich grad mal einen Golf leisten. Und der hustete schon gewaltig.

Nein, mit Sudern kam sie nicht weiter. Wie hieß der Informant vom Boss? Branntweiner-Poldi. Arbeitete bei Altwaren Seidler, hatte sie sich notiert, im dritten Bezirk. Wahnsinn, der hatte eine Homepage! Mit Telefonnummer. »Tag, hier spricht In… Joe Kettler. Hat der …« Mist, wie hieß er mit Nachnamen? Sie konnte schlecht nach dem Branntweiner-Poldi fragen. »… der Herr Leopold heute Dienst?«

Schallendes Lachen am anderen Ende. »Oooh, da möchte eine Dame den Herrn Leopold sprechen!«, johlte ein Mann mit rauchiger Stimme.

»Hier spricht Herr Leopold, mit welcher Dame hab ich denn das Vergnügen?« Er meldete sich mit urwienerischem Singsang.

»Joe Kettler. Die Kollegin von Inspektor Grohsman.«

»Der Zauberlehrling! Na, das ist fesch. Rufen S' wegen dem Jaguar an? Da wollt ich mich grad beim Meister melden. Die Mirella vom … na, wurscht, eine gute Bekannte hat g'sagt, dass sie vor mehr als zehn Tagen von einem silbernen Jaguar fast über den Hauf'n g'fahren worden wär. In der Custozzagasse. Knapp nach Mitternacht. Das weiß sie deshalb so genau, weil sie grad aus ihrem … Massagesalon gekommen ist. Wie eine ang'sengte Wanz'n ist der auf die Weißgerber Lände abzischt.«

Endlich eine Spur! »Wow! Hat die Mirella einen Nachnamen?«

»Schon. Aber sie redet nicht so gern mit der Kieberei …«

»Keine Sorge, ich überprüfe eh nicht, was und wen sie genau massiert.«

Poldi lachte schallend. »Sie g'fallen mir, Zauberlehrling. Ich frag sie. Vielleicht ruft sie zurück.«

»Super. Und … ich bin die Joe.«

»Passt, ich bin der Leopold. Ich geb Ihnen meine Nummer, dann müssen S' ned den Seidler anrufen.«

Mit Affentempo unterwegs? Das Auto war vielleicht geblitzt worden! – Fehlanzeige. Das letzte Speedticket vom Jaguar lag schon zwei Monate zurück.

Joes Handy läutete. Leopold.

»Grüß Ihnen, Joe. Also, die Mirella wär jetzt im Café Seven Up. Das ist …«

»Ja, das kenn ich. Danke!«

Joe sprang in ihren giftgrünen Golf GTI und brauste im Rekordtempo zum Kaffeehaus. Hatte nicht den allerbesten Ruf, der Laden. Früher als Streifenpolizistin hatte sie dort öfters Streitereien geschlichtet.

Sie betrat das abgefuckte Lokal. An der Theke stand ein schmieriger Typ und polierte ein Glas. Im Eck hinten saß eine Frau, die mürrisch den Eingang beobachtete. Ihre Kurven präsentierte sie in einem eleganten pinken Kleid. Sie war nicht zu knallig geschminkt, pfiffige Frisur. Ob die langen brünetten Haare echt waren? Joe hätte sie nicht für eine professionelle »Masseurin« gehalten.

Joe trat näher. »Frau Mirella?«, fragte sie höflich.

»Frau Mirella hat schon lang kein Kieberer mehr zu mir gesagt. Ihr werdet auch immer jünger, ihr Krimineserinnen. Was wollen S' denn von mir?«

»Der Jaguar, haben Sie den zufällig wiedergesehen?«

»Naaa. Hätt ich doch gesagt. Wieso ist der Kübel interessant?«

»Er gehörte einem Mordopfer.«

»Dem jungen Polen?«

Joe riss die Augen auf. »Woher wissen Sie das?«

»Hat der Poldi erzählt. Ich war ein-, zweimal in dem Laden, wo der Pole gewohnt hat.«

»B-beim Bosko?« Tablet zücken und notieren? Besser nicht. Sonst verschreckte sie die Frau.

»Sicher. Bei einer Soiree, wie er seine Festln nennt. Ich war früher bei einem Escortservice. Bevor ich mich selbstständig gemacht hab. Ganz seriös natürlich.« Sie zwinkerte Joe zu.

»Na was denn sonst! Und … was war bei diesen Soireen? Irgendwas Illegales?«

»Nicht wirklich. Na ja, meine und Ihre Ansicht von Illegalität sind vielleicht nicht ganz gleich. Aber da ist nix Arges gelaufen.«

Joe betrachtete die kunstvoll lackierten Fingernägel der Frau. »Steiles Design«, rutschte es ihr heraus.

»Ich kann Ihnen die Adresse vom Nagelstudio geben!« Ein rauchiges Lachen.

»Lange Nägel sind bei meinem Beruf nicht wirklich vorteilhaft.« Joe grinste.

»Ah, bei mir passt des ganz gut. Und jetzt muss ich gehen. Dienstbeginn!« Mirella nickte verschwörerisch.

Joe gab ihr ihre Visitenkarte. »Falls Sie den Jaguar noch einmal sehen. Und vielleicht kann ich helfen, wenn Sie ein Ticket für Falschparken kriegen.« Joe war sich nicht sicher, ob sie da zu viel versprach.

»Hey, der Poldi hat recht g'habt. Sie sind in Ordnung. Da haben S' meine Nummer.«

Als Joe den Laden verließ, pfiff ihr der Typ am Tresen hinterher. Sie verbiss sich eine ätzende Bemerkung.

9

Auf zum nächsten Einsatz, in die Maderstraße, gleich bei der Karlskirche. Luxusgegend. Mit ihrem Einkommen konnte sich Nicky dort bestenfalls eine Besenkammer leisten. Sie grübelte. Orte, die mit der Tat in Zusammenhang standen … Sie suchten also eine Person, die sich nahtlos in einen Musiksalon einfügte. Die unbemerkt ein Taschentuch im Klavier und später in der Garderobe deponieren konnte.

SMS von Pascal Vignaud, wegen einer Patientenfrage. Ob ihr heute Morgen bei der Klientin von Zimmer 718 etwas aufgefallen war? Leicht zu beantworten, das war ein Highlight gewesen, bevor sie zu Grohsman gefahren war. Babsi, die in Minischritten ihren Waschzwang bewältigte. Waschzwang? Mit einer Drahtbürste hatte sie sich blutig geschrubbt, bevor sie zu ihnen auf die Station gekommen war. Hatte der Frau wohl nicht geholfen, die Erinnerung an den sexuellen Missbrauch abzuwaschen. Doch heute hatte sie während der kompletten Therapiesession auf Reinigungstücher verzichtet, mit denen sie sich sonst in diesem Zeitraum gezählte fünf Mal die Hände säuberte. – Was schrieb Pascal weiter? »Tut mir leid, dass ich Sie in Ihrer Freizeit störe. Vielleicht darf ich Sie als Entschädigung auf einen Tee einladen? Ich verspreche, den Zuckerstreuer ganz zu lassen!« Dahinter drei Smileys. Warum nicht? Ob er ihr dann erzählte, wieso er von der Privatklinik weggegangen war? »Hört sich gut an!«, simste sie zurück, mit einem Zwinkersmiley.

Nicky schlenderte durch den Resselpark in Richtung Karlskirche. Das Herbstlaub ließ den Platz leuchten. Am Boden breitete sich bereits ein dicker Blätterteppich aus. Schulkinder liefen kreischend durch die Wiese vom Spielplatz, spielten Fangen. Nicky sog das Aroma von feuchter Erde ein.

Ein Vogel mit knallroter Brust flog vor Nickys Füße. Fast traurig klang sein »Pjiu, pjiu«. »Na du? Du bist doch viel zu hübsch und bunt für diese Töne!« Nicky blieb stehen. Erinnerte sich daran, wie sehr ihre Großmutter diese gefiederten Freunde geliebt hatte. Der Kleine legte das schwarze Köpfchen schief. Was hatte sie mit der Omi gesungen? »Wer uns getraut, wer war's?« – »Sag's du!« – »Der Dompfaff, der hat uns getraut!« Richtig, Dompfaff hieß der Vogel. »Und mild sang die Nachtigall ihr Liedchen in die Nacht: Die Liebe, die Liebe ist eine Himmelsmacht!«, hörte sie in Gedanken die schon brüchige Stimme ihrer Großmutter. Die Liebe. Dorothea Zauner fiel ihr ein. Und der Tote. Nicht wirklich eine »Himmelsmacht«, die Liebe der beiden.

Der Vogel flog davon und setzte sich auf einen Ast. Da, neben ihm, saß ein ähnlicher Piepmatz, das Brustgefieder eher graubraun. Sicher das Weibchen.

»Na, dann ist wenigstens irgendwer verliebt!« Nicky kickte einen Ast weg, der vor ihren Füßen lag.

10

»Schau, schau, lieber Herr Felix, heute haben Sie gleich zwei Damen mitgebracht. Das ist ja reizend.« Frau Rettenbach klang trotz der beschwingten Worte schaumgebremst. Grohsman sah ihr an, dass der Tod des jungen Pianisten sie bedrückte. »Ich lass uns Tee und Kaffee in den Blauen Salon bringen. Bitte, machen Sie sich's bequem.«

Grohsman führte Joe und Nicky in den Salon, wo für eine Jause gedeckt war. Er sah sehnsüchtig auf den duftenden Apfelstrudel auf dem Tisch. Erst die Arbeit, ermahnte er sich. »Frau Rettenbach, meine Kollegin hat herausgefunden, dass Herr Lión eine CD mit historischen Klavieren plante?« Vor dem Besuch hier hatte er Joes Nachrichten gelesen. Beachtlich, ihre Ergebnisse. Er nickte Joe zu.

Frau Rettenbach antwortete zögernd. »Ja, das ist mir bekannt. Ich schäme mich fast ... Ich hatte Wolfgang und Bernhard extra zum Konzert eingeladen, damit sie sich Dorothea anhören. Wie hätte ich denn wissen sollen ...?« Sie brach ab. »Hat das mit seinem Tod zu tun?«, fragte sie leise.

»Sicher nicht direkt«, beruhigte Grohsman die Gräfin. »Wie sind Sie eigentlich auf Herrn Lión und auf Frau Zauner aufmerksam geworden?«

»Wissen Sie ... ich hab meine Verbindungen zu den Musikunis und zu Musikerkreisen, die gefördert werden wollen. Richtig unangenehm, wie die sich oft um mich bemühen und in Wahrheit nur mein Geld meinen. Aber Talente zu entdecken, das begeistert mich.« Ein Lächeln blitzte über das Antlitz der Gräfin. »Diese beiden Künstler ... Vor rund zwei Jahren haben die Unis und Konservatorien ein riesiges Klavierspektakel veranstaltet, ›Junges Wien‹, da haben sie ihre Elitestudenten vorgeführt wie die Tanzbären. Na ja, war ziemlich gemischt. Manche waren eher dressierte Afferln, aber wie immer waren ein paar Perlen darunter. Oder Rohdiamanten. Dorothea hat etwas sehr Berührendes in ihrem Spiel. Und der Mariusz, der hat schon was los. In ihm lodert es. Haben Sie sich die Videos angesehen?«

»Ja!«, antworteten alle drei gleichzeitig. Grohsman schmunzelte.

»Oh, alle? Was hat Ihnen am besten gefallen?«

»Sein Feuer und seine Intensität.« Grohsman bedauerte, dass er den jungen Mann nie live gehört hatte.

»Ja, genau, Feuer!« Joe hatte glühende Wangen. »Sein Mephisto-Walzer ist der blanke Wahnsinn. Ich hab gelesen, dass es in dem Walzer darum geht, dass Faust das Gretchen in den Wald entführt. Soll der erste komponierte Orgasmus sein. Wenn ich ihm so zuhöre …« Joe lief knallrot an und hielt sich erschrocken die Hand vor den Mund. »Hoppla, hab ich das jetzt wirklich ausgesprochen?«

Die Gräfin lachte schallend. »Liebe Frau Kettler, gute Musik weckt tiefe Emotionen. Für lauwarmes Gewäsch sind die Schlagerfritzen zuständig. Der Liszt Franzl war ein Mensch aus Blut und Feuer, genau wie der Mariusz. Ich glaube, Ihre Generation würde die beiden als ›Sexsymbol of the thinking women‹ bezeichnen.«

Joe und Nicky kicherten, Grohsman räusperte sich amüsiert.

»Der lässt niemanden kalt, der Mariusz.« Frau Rettenbachs Gedanken drifteten kurz ab. »Wo war ich? Ach ja. Da war dann dieser Smetana-Klavierwettbewerb. Weil dessen Klavierwerke nicht so bekannt sind wie die symphonischen, hat das Tschechische Kulturforum einen Bewerb ins Leben gerufen und das CD-Label Allegra ins Boot geholt. Ich war zum Finale des Wettbewerbs eingeladen.«

»Den Wettbewerb hat Mariusz gewonnen.« Hatte Grohsman auf der Website gelesen. Er nahm seine Tasse. Mmh, ein anständiger Kaffee.

»Und Dorothea wurde Zweite.«

Er stellte die Tasse krachend ab. »Was? Frau Zauner?«

»Ja. Sie hätte fast gewonnen. Die Nerven haben ihr wieder einmal einen Streich gespielt.«

»Hat sich das über ihre Hände gezeigt?«, fragte Nicky sanft.

»Ihre Hände? Was meinen Sie?«

»Haben die … gezittert? Unkontrolliert?«

Die Gräfin seufzte. »Sie wissen von ihrem Problem.«

»Nein, wir wissen eben nicht, was los ist«, platzte Joe heraus.
Die alte Dame musterte die beiden Frauen mit anerkennendem Lächeln. »Mir ist das beim Wettbewerb sofort aufgefallen.
Dennoch wollte ich Dorothea eine Chance geben. Bei Mariusz
wusste ich, dass er seinen Weg ohne Unterstützung machen wird.
Oder … gemacht hätte …« Ein Schatten huschte über ihre Augen. Energisch wischte sie mit einer Handbewegung die trüben
Gedanken weg. »Ich habe die Zauner-Damen gezwungen, die
Karten auf den Tisch zu legen. Weil ich bei meinem Musiksalon kein unnötiges Risiko eingehe. Selma Zauner hat dann
zugegeben, dass ihre Tochter selten, aber doch an diesen kurzen
Episoden leidet. Und dass sie deswegen bei Klaus Breunig in Behandlung ist. Das hat mich beruhigt, Klaus ist ein guter Bekannter von mir. Felix, Sie könnten ihm am Samstag begegnet sein.
Ein großer schlanker Mann, sonore Stimme, sehr kultiviert.«

Grohsman erinnerte sich an einen der Männer beim Büfett,
mit denen er gesprochen hatte. »Ein Stammgast bei Ihnen?«

»Das kann man so sagen. Und eine Koryphäe im Bereich der
Neurologie, obwohl er noch ziemlich jung ist, gerade mal etwas
über vierzig. Klaus hat einen besonderen Draht zu Musikern,
weil er Musik liebt. Er war am Samstag sehr zufrieden mit seiner
Patientin.«

»Frau Fried, eine von Dorotheas Kolleginnen, hat mir von
einem asthmaartigen Anfall während eines Klassenabends berichtet«, meinte Joe.

Frau Rettenbach winkte ab. »Die Fried neigt zu Übertreibungen. Dorothea hat zwar ein Spray. Aber am Samstag war alles
in Ordnung, kein Husten, kein Zittern. Bis auf diese Einlage
mit dem Tüchl im Klavier. Da hat ihr jemand einen dummen
Streich gespielt. Vielleicht eh die Fried.«

Dummer Streich. Theoretisch möglich, wäre da nicht die
DNS von Lión auf dem Tuch. Grohsman behielt das für sich.
Nicht nötig, die Dame damit zu belasten. Er zog das Foto von
Mariusz mit dem vergilbten Manuskript aus seiner Aktentasche.
»Wissen Sie zufällig, was er da spielt?«

Frau Rettenbach inspizierte das Foto. Legte die Brille ab und holte eine Lupe. »Ich weiß nicht … vielleicht hat das mit seinem CD-Projekt zu tun? Fragen Sie doch Hannes Edwards. Er ist der Intendant vom Liszt Festival in Raiding und kennt sich mit Komponistenhandschriften aus. Ein reizender, blitzg'scheiter Mann.«

»Edwards … ein Engländer?«

»Nur die Vorfahren. Wenn es seine Zeit erlaubt, besucht auch er meinen Musiksalon. Ich schreib Ihnen seine Nummer auf.«

»Danke.« Grohsman steckte das Foto wieder ein. »Andere Frage … Haben Sie Kontakte zu den diplomatischen Kreisen von Polen?«

»Natürlich.« Die Gräfin lachte. »Verzeihen Sie. Ich tu so, als würd ich überall ein und aus gehen. Ganz so ist es nicht.«

»Waren Sie bei einem Empfang in der Löwengasse?«

»Ich bekomme zwar immer wieder Einladungen, aber ich war noch nie dort. Das ist nicht meine Welt. Freiwillig in die Höhle des Löwen zu gehen, das reizt mich nicht so besonders.«

Grohsman horchte auf. »Wie darf ich das verstehen?«

»Also, ich suche mir die Gäste aus, die ich bei mir im Haus haben will. Das macht der Herr Diplomat auch. Aber er hat nicht ganz die gleichen Auswahlkriterien wie ich. Für ihn ist das Wichtigste, wie er seinen Einfluss erhöhen kann.«

»Sie sprechen von Andrzej Bosko? Woher kennen Sie ihn?«

»Weil er nach dem Wettbewerb als Erster an meine Tür geklopft hat. Er hat spitzgekriegt, dass ich Künstler in meinem Salon auftreten lasse. Und war ziemlich pikiert, dass meine Wahl nicht auf Mariusz gefallen ist.«

»Und wieso ›Höhle des Löwen‹?«, fragte Joe.

»Ein Wortspiel, wegen der Löwengasse. Manche Damen sind richtig erpicht darauf, dorthin eingeladen zu werden. Sind fesche Kerle, sowohl der Lión als auch der Bosko. Auch der Assistent, sein Name fällt mir grad nicht ein. Hinter vorgehaltener Hand sagt man, dass diese Soireen zu später Stunde zu einem Swingerclub mit Glücksspiel mutieren.«

Joe gelang es nicht, ein Kichern zu unterdrücken.

»Was amüsiert Sie daran, meine Liebe?«, hakte die Gräfin sofort nach.

»Verzeihen Sie … aber das Wort ›Swingerclub‹ aus Ihrem Mund … Ich hätte nicht angenommen, dass …« Joe errötete leicht.

»Was? Dass ich nicht weiß, was ein Swingerclub ist? Ich bin zwar alt, aber nicht von gestern. Übrigens lädt Herr Bosko auch zu Nachmittagsveranstaltungen ein, zu Tanzcafés. Ich sag immer Kaffeekränzchen. Die sind harmlos. Am Donnerstag ist das nächste. Er hat von mir wieder einen Korb bekommen.«

Tanzcafé? Eine Gelegenheit, sich verdeckt umzuhören?

»Frau Rettenbach, könnten Sie eventuell jemanden einschleusen?«

11

Mist, schon nach sechs Uhr. Grohsman war noch einmal ins Büro gefahren, um die Fallakte und das Whiteboard zu ergänzen. Und hatte komplett auf Lukas vergessen. Genau das hatte er befürchtet. Zu viele »Baustellen«. Wenn er an einem neuen Fall arbeitete, hatte ihm früher Caro den Rücken freigehalten. Die letzten Monate hatte er sich daran gewöhnt, nur sich und den Hund zu versorgen. Aber Neffe und Kater auch noch? Schnell rief er Lukas an. »Tut mir leid, ich bin noch im Büro, wird heute später. Alles okay bei dir?«

»Hey, kein Stress, Onkel Felix. Smoky ist voll die Gaudi, der ist vorhin den Garderobenständer raufgekraxelt. Dann hat er sich in einer Jacke festgekrallt und konnte nimmer runter. Der Kater hat gemaunzt, der Hund ist unten gesessen und hat gewinselt. Hab ihn dann befreit. Mit Sally war ich eine Runde joggen. Hat ihr voll Spaß gemacht. Wenn du noch vor Mitternacht heimkommst, bestell ich uns eine Pizza.«

Was für ein fürsorglicher Junge. Fast schon zu brav? Grohsman schüttelte den Gedanken ab. »Das hört sich perfekt an. Ich schätze, ich bin in zwei Stunden daheim. Ich melde mich vorher!«

Eigentlich wollte er heim. Andererseits war ihm das Büro zu einem zweiten Zuhause geworden. Was das Holz seines alten Schreibtisches schon miterlebt hatte! Die Einkerbung an dem einen Ende? Da hatte er den Locher auf den Tisch geschleudert, nachdem ein Kindermörder freigekommen war. Wegen eines Verfahrensfehlers. Hatte dem Kerl in letzter Konsequenz nichts genützt, denn das ganze Team hatte sich in die Recherchen verbissen und das Schwein doch noch zu Fall gebracht. Vom Jubel über diesen Erfolg stammte die kleine Schramme in der Wand. Nur haarscharf hatte der Sektkorken das Fenster verfehlt. Ob er diesen Fall jetzt auch bald abschließen konnte? Sah nicht danach aus. Grohsman trottete ins Teambüro.

Kienzle klang so müde, wie Grohsman sich fühlte. »Chef, hier ist der WhatsApp-Thread mit der Zauner von Lións Handy. Die letzten sieben Tage sind gelöscht.«

Grohsman setzte seine Brille auf. »Komplett? Bei Frau Zauner habe ich gestern Nachrichten gesehen, wie geht das?«

»Offenbar wurden die Nachrichten nur ›für mich‹, nicht ›für alle‹ gelöscht. Vielleicht absichtlich, damit sie nichts merkt.«

»Hat was. Einige der Nachrichten stammen von einem Zeitpunkt, zu dem Lión aller Wahrscheinlichkeit nach bereits tot war.« Grohsman dachte nach. »Hat der Löschzeitraum mit seinem Todeszeitpunkt zu tun? Ist er vor sieben Tagen umgekommen? Und wer hat die WhatsApps geschrieben? Vielleicht der Täter? Der sie dann wieder gelöscht hat? An Nachrichten aus dem Jenseits glaube ich jedenfalls noch nicht.«

»Wie ist denn das Handy überhaupt in der Löwengasse gelandet?«, fragte Joe.

Kienzles Mundwinkel zuckten giftig. »Bin leider kein Hellseher. Die Kriminaltechnik kann keine verwertbaren Fingerabdrücke auf dem Handy sicherstellen. Nicht einmal auf der

SIM-Card. Da war jemand gründlich. Bankdaten hätt ich übrigens auch noch im Angebot.«

Langsam streikten Grohsmans Hirnwindungen. Konnten die Bankauskünfte bis morgen warten? Nein, sonst war Kienzle beleidigt. »Dann schieß mal los.«

»Na ja, die werfen zusätzliche Fragen auf. Lión hat in unregelmäßigen Abständen Bargeld eingezahlt. Größere Summen. Einmal fünftausend Euro, in der Woche davor dreitausendfünfhundert, vor rund zwei Monaten waren es gar zwölftausend Euro. Immer runde Beträge. Und gegen Monatsende hat er Geld abgehoben. Ebenfalls höhere runde Beträge, aber in keiner Relation zu den Einzahlungen. Weder in der Höhe noch zeitlich.«

Stammte das Geld von Klavierstunden? Grohsman überschlug kurz. Wenn Lión einen Hunderter pro Einheit verlangte, hätte er in der einen Woche fünfunddreißig Stunden gegeben. Unwahrscheinlich. »Erpresste er jemanden?«

»Weiß ich nicht. Ich wollte checken, ob die Zahlungen mit irgendwelchen Terminen korrespondieren. Kein Kalender. Weder auf Lións Handy noch auf dem Laptop.«

»Ich habe auch in seinen Unterlagen nichts gefunden.« Joe setzte sich auf ihren Schreibtisch. Es gelang ihr nur halb, ein Gähnen zu unterdrücken.

»Könnte jemand die Kalendereintragungen vom Handy gelöscht haben?«, fragte Grohsman.

»Prüfe ich noch. Am Laptop hab ich allerdings eine Liste entdeckt, passwortgeschützt. War natürlich kein Problem, das zu knacken. Aber die Liste ist so was von strange, die besteht bloß aus Ziffern. Langsam reicht's mir echt.« Kienzle pfefferte missmutig einen Kugelschreiber in den Ablagekorb.

Willkommen im Club. So richtig taufrisch sah in der Runde niemand mehr aus. »Nicht nur dir. Dann überprüf halt morgen, ob die Einzahlungen zu irgendwelchen Anrufen oder E-Mails passen«, grummelte Grohsman.

»Hätt ich sowieso gemacht. Ich sitz auch nicht den ersten Tag hier«, raunzte Kienzle zurück.

Kienzle, wie er leibte und lebte. Seine Laune schlug blitzschnell um, wenn er sich auf den Schlips getreten fühlte.

»Ich grantle nicht dich an. Ich bin sauer, weil wir nicht weiterkommen.« Für Grohsman war die Welt der Musik sonst ein Zufluchtsort. Wie ein Zuhause. Aber hier? Alle Türen verriegelt.

»Weiß ich. Trotzdem motzt du nur mich so an. Die heiligen Damen machen natürlich immer alles richtig.«

»So ein Blödsinn«, schimpfte Joe.

Schon wieder diese Sticheleien zwischen den beiden. Mussten sie untereinander ausdiskutieren. »Wenn es dir eine Beruhigung ist, ich hab die Damen gestern auch angeschnauzt. Also krieg dich ein.«

»Gibt's Ärger?« Ursula Manz trippelte ins Büro und brachte einen zarten Duft nach einem Parfüm mit. Das zitronig-mediterrane Aroma hatte Grohsman in Herz und Hirn abgespeichert. Versace Versense. Caros Lieblingsparfüm. Er hatte immer noch ihre angebrochene Flasche daheim stehen. Mittlerweile schnupperte er nur noch selten daran.

»Nein. Wir sind nur ungeduldig.« Grohsman sah in drei erschöpfte Gesichter. »War ein langer Tag. Wir schlagen uns gut, auch wenn es uns nicht so vorkommt. Denkt dran, am Schluss hängt alles zusammen. Also gibt es wichtig und unwichtig vorerst nicht. Irgendwo versteckt sich der Schlüssel zu dem Ganzen, wir müssen ihn nur finden.«

Der Schlüssel in Lións Zimmer, den hatte er fast vergessen. Wie konnte er herausfinden, wozu der passte? »Ich werde morgen noch einmal eine Audienz beim Bosko beantragen.« Das Lächeln der anderen zeigte, dass sie die Ironie seiner Worte überrissen hatten. »Idealerweise, wenn Irena Wieauchimmersieheißt anwesend ist. Falls sie wieder in Wien ist. Wär vielleicht nicht unpraktisch, wenn Sie mitkommen, Frau Manz. Falls die sich irgendwas auf Polnisch zuraunen.«

»Gerne! Hoffentlich ist mein Polnisch gut genug. Wenn die nicht wollen, dass ich was mitkriege, dann werden sie Wege finden. Das war schon bei der Sitte so.«

»Hat was. Na, werden wir sehen. Dann wünsche ich euch allen einen schönen Abend. Bis morgen.«

Grohsman marschierte zurück in sein Büro. Er massierte sich die pochenden Schläfen. Jetzt läutete auch noch das Handy. »Hallo, Magda!«, meldete er sich geistesabwesend.

»Stör ich dich grad?«

Nicht wirklich, ihm war bloß nicht nach Reden. »Nein. Der Mordfall ist nur zäh.« Kurz hatte er ihr gestern von dem toten Pianisten erzählt, als er mit Lukas den Kater geholt hatte.

»Oje … keine neuen Erkenntnisse?«

»Nein.« Er sprach nicht gerne über seine Arbeit.

»Was macht der Kater? Hat er schon einen Namen?«

»Ja, Smoky. Weil er ein graues Fell hat.«

»Oh, das passt. Wie hat Sally reagiert?«

»Sie hat sofort Mama gespielt und ihm das Fell geputzt. Er hat geschnurrt wie ein Dieselmotor.«

»Habe ich dir gleich gesagt. Hast du Lust, heute gemeinsam mit den Hunden spazieren zu gehen? Ich muss dir etwas erzählen.«

Vor ein paar Monaten wäre er der Einladung sofort gefolgt. Trotz Müdigkeit. Heute? Er musste noch Bürokram erledigen. »Du, ich hatte echt einen langen Tag. Außerdem habe ich Lukas versprochen, dass ich bald heimkomme.«

»Ich verstehe. Kein Problem. Dann ein andermal.«

Magda klang eingeschnappt. War doch nicht seine Schuld, dass er viel um die Ohren hatte. Er lenkte dennoch ein. »Willst du mir nicht wenigstens am Telefon erzählen, was du auf dem Herzen hast?«

»Nein. Das muss persönlich sein.«

Persönlich? »Jetzt machst du mich neugierig.«

»Tja, Pech gehabt«, versetzte Magda kurz angebunden.

»Ich melde mich, wenn ich wieder mehr Zeit habe, okay?«

»Ja, warum nicht. Vielleicht nächsten Frühling?«

Grohsman schnaufte. »So arg bin ich auch wieder nicht.«

»Na ja. Du hast halt einen intensiven Beruf, den du sehr ernst nimmst. Versteh ich ja. Hab ich auch. Lassen sich offenbar schwer bis gar nicht vereinbaren, unsere Zeitpläne. Außer wenn du grad eine Katze findest.«

Das saß. Er hatte aber keinen Bock auf lange Diskussionen.

»Rufen wir uns am Wochenende zusammen?«

»Melde dich, wenn du magst.«

Nachdenklich sah Grohsman auf sein Handy. Genau, sein Beruf war intensiv. Bis jetzt hatte er jeden Fall geknackt.

Aber es gab auch Tötungsdelikte, die nie als solche bemerkt wurden … Stopp. Was für krude Gedanken! Wie war das mit Pizza? Er eilte zu seinem Auto.

Halt. Was steckte da an der Windschutzscheibe? Ein Strafzettel?

12

Nicky war drauf wie ein Kind zu Silvester, das nicht ins Bett will, obwohl die Augen schon zufallen. Nach der Kripo-Teamsession liefen ihre Gedanken immer noch auf Hochtouren. Weil das Mordopfer sie faszinierte. Aber auch Dorothea beschäftigte sie. Diese Mischung aus Elfe und Elliot Reid, der hypernervösen Jungärztin aus »Scrubs«. Elliot hatte echt was drauf, und davon war Nicky auch bei Dorothea überzeugt.

Sie öffnete ihren Laptop und zog sich ein paar Videos von Dorothea rein. Ein komplett anderer Künstlertyp als Lión, aber deshalb nicht weniger anziehend. Dorothea war … silbriger. Doofes Wort. Ätherisch? Schon besser.

Nach dem Gespräch mit Frau Rettenbach hatte Grohsman Nicky den opulenten Salon gezeigt, in dem das Konzert stattgefunden hatte. Und die Künstlergarderobe. Sie war sich vorgekommen wie in einem Ankleidezimmer aus den Sissi-Filmen, die ihre Mutter so liebte. Gemeinsam hatten sie sich die Zugänge zu den Räumen angesehen, um den Zwischenfall mit dem Taschentuch zu rekonstruieren. Wegen der Blutstropfen mit der DNS von Mariusz. Als ob der Fall nicht so schon komplex genug war.

Dann hatte Grohsman sie zur Seite genommen. Ob sie Bosko bei dessen »Kaffeekränzchen« psychologisch abklopfen konnte? Auf Tätertauglichkeit? Klang aufregend, dabei waren diese Events so gar nicht ihre Kragenweite. War eher Sonjas Welt. Nicky rief ihre Freundin an. Die jubelte. »Jaaa! Ich will unbedingt zu diesem verruchten Festl! Treffen wir uns morgen? Dann können wir einen Schlachtplan entwerfen!«

Klasse Idee. »Frau Rettenbach? Entschuldigen Sie die späte Störung. Meine Freundin Sonja Janowski und ich würden gerne zu diesem Tanzcafé am Donnerstag kommen.«

»Na, das ist prächtig! Eine Männerbegleitung wäre noch vorteilhaft. Einer, der was hermacht, mit Charisma. Vielleicht finden Sie jemanden? Ich melde zur Sicherheit drei Personen an, absagen kann man noch immer.«

»Vielen Dank! Gute Nacht.«

Männliche Begleitung. Vielleicht der Kollege von der Kripo? Kienzle? Schien nicht der Umgänglichste zu sein. Na, sie hatte ja noch Zeit.

Und jetzt Schluss, sie hatte Feierabend!

Nicky kam dennoch nicht zur Ruhe. Moment, die Buchhaltung! Vorbereitung für die Einkommenssteuererklärung. Allein bei dem Wort döste sie sofort weg. Her mit den Rechnungen vom Vorjahr. Fein säuberlich hatte sie die nach Rubriken in Mappen abgelegt. Erster Posten: Fachliteratur. Sie tippte in ihren Taschenrechner. Ganze dreihundertfünfzehn Euro waren da zusammengekommen, immerhin. Noch fünf Mäppchen, auweia.

Sie stand auf, um sich ein Hirter Morchl-Malzbier zu holen. Trank einen Schluck gleich aus der Flasche. Der bittere Geschmack passte gerade. Als Nicky zu ihrem Schreibtisch zurückkam, fiel ihr Blick auf den verkehrt herum liegenden

Taschenrechner. »SIE« war da zu lesen, mit eckigen Buchstaben. Sie starrte auf das Display. Die Zahnräder in ihrem Kopf rotierten.

Mit einem Mal griffen sie ineinander. Hektisch fummelte sie an ihrem Handy. Der Typenschein von Mariusz ... das war ja ... ob das etwas zu bedeuten hatte?

13

Mitternacht war es nicht geworden, aber zehn Uhr abends, als Grohsman endlich heimkam. So sauer hatte er Lukas noch nie erlebt. Hätte er seinem Neffen von dem Foto erzählen sollen? Hatte er unter dem Scheibenwischer seines Autos entdeckt, als er einsteigen wollte. Das Foto zeigte ihn vor dem Haus, wo Dorothea wohnte. Grohsman war sofort zur Kriminaltechnik gehetzt, hatte etwas gedauert, die Untersuchung. Keine Fingerabdrücke außer seinen, war ja klar. Er wusste selbst nicht, was er von der Sache halten sollte. Wenigstens ein Beweis, dass er nicht unter Verfolgungswahn litt. Sein Jubel hielt sich in Grenzen.

Lukas hatte seine Entschuldigung, dass er die Zeit übersehen hatte, nicht geschluckt. »Immer das Gleiche mit euch Erwachsenen. Ihr verkauft mich für blöd. Du glaubst wohl auch, dass ich noch ein Kind bin? Hab echt gedacht, dass du anders bist.« Wortlos war Lukas aus dem Zimmer gestürmt.

Nun starrte Grohsman auf die Schlieren im Cognacschwenker. Den Claude Chatelier XO Extra hatte er zu seinem Fünfziger geschenkt bekommen. Er verströmte ein Aroma von Bourbonvanille, Honig und einem Hauch Eiche, das ihn sonst versöhnlich stimmte. Klappte heute nicht wirklich. Smoky saß vor ihm und maunzte. Er mochte es, hochgehoben zu werden. Seufzend stellte Grohsman das Glas ab und setzte das Kerlchen auf seinen Schoß, wo sich der Kater sofort zusammenrollte. Gedankenverloren kraulte ihn Grohsman. Beruhigend, dieses

Schnurren. So tun, als ob nichts wäre. Ein bisschen Zweisamkeit genießen … Was war los mit ihm?

»Alter Depp«, schimpfte er sich.

»Alles okay, Onkel Felix?« Lukas schlich in seinem Pyjama herein. »Ich kann nicht schlafen.«

»Ich auch nicht. Komm, setz dich. Hey, tut mir leid wegen vorhin. Hat einfach länger gedauert im Büro, unser Fall ist ein Schmarren. Und bei dir?«

»Jaaa … Mir tut es auch leid, dass ich dich so angegangen bin. Ich hab Stress in der Schule. Nichts Aufregendes. Die anderen ziehen mich halt auf, dass ich ein Streber bin. Nur weil ich nicht ständig Handy und so im Kopf hab und mir einen Screenitus hole?«

»Einen … was? Ah, versteh schon, eine Kombination aus Tinnitus und Screen. Und die anderen spotten, weil du gute Noten hast und dir so fad ist, dass du zusätzlich schwere Kost liest?«

»Das wissen die nicht einmal. Geht die nichts an. Aber sie nölen doof herum, dass ich ein Gutmensch bin. Weil ich mit Semira abhänge. Einer Ausländerin.«

Hatten die einen Dachschaden? »Semira – geht sie auf deine Schule?«

»Nö. Sie macht die Textilschule, will später Modedesignerin werden oder so.«

»Willst sie mal mitbringen?«

»Weiß nicht. Mal sehen.«

Lukas malte unsichtbare Kringel auf die Sessellehne. Grohsman wagte einen Vorstoß. »Das mit deinen Eltern ist dir auch nicht wirklich egal, stimmt's?«

»Nein. Hab heute mit ihnen telefoniert. Immer ist alles ›eh in Ordnung‹. Schwachsinn! Gar nichts ist in Ordnung! Denen gefällt es so gut in Hamburg, dass sie sich überlegen, dorthin zu ziehen. Ich will aber nicht weg von Wien! Deshalb bin ich vorhin so ausgezuckt.«

Grohsman setzte den Kater zur Seite, ignorierte dessen

Protest und stand auf. Er legte dem Jungen eine Hand auf die Schulter. »Na komm, es gibt für alles eine Lösung. Warten wir ab, wie die beiden entscheiden.«

Lukas sah ihn an. Mit großen, kummervollen Augen. »Aber mitten im Jahr Schule wechseln? Das ist voll ätzend!«

»Ich spreche morgen mit deiner Mama, okay?«

»Okay. Danke. Gute Nacht!« Lukas trottete in sein Zimmer. Smoky folgte ihm.

»Gute Nacht, Lukas.«

Sally winselte sanft. Schlafenszeit, hieß dieser Ton. Recht hatte sie.

1

»Nicky, was bist du denn schon so früh auf?«, nuschelte Grohsman ins Handy und schluckte den Bissen vom Kipferl runter. Er stellte sein Handy auf Lautsprecher, um weiter zu frühstücken. Und um Smoky vom Tisch zu vertreiben. So ein Frechdachs! Lukas setzte den Kater auf den Boden und kraulte ihn mit der linken Hand und Sally mit der rechten. Die Hündin warf sich in Positur wie ein Löwe in einem chinesischen Restaurant, Smoky versuchte, es ihr gleichzutun. Ein Bild für Götter, die drei.

»Ich bin Frühaufsteherin, schon vergessen?« Nicky lachte. »Meine Freundin Sonja und ich besuchen am Donnerstag das Tanzcafé in der Löwengasse.«

»Wunderbar, danke! Aber deshalb rufst du doch nicht um halb sieben in der Früh an?«

»Stimmt. Ich hab gestern was Merkwürdiges entdeckt. Hast du einen Taschenrechner?«

Taschenrechner. Lukas lief zu seiner Schultasche und kam mit einem De-luxe-Modell zurückgesprintet. Na, wenigstens fand Grohsman den Einschaltknopf. »Ja, hab ich.«

»Tipp mal ›35173,0‹ ein.«

»Ist das dein Wunschgehalt?«

»Würde mir gefallen. Dreh den Rechner um. Also so, dass du die Ziffern verkehrt siehst.«

Nicky und mathematische Spielchen? Er stellte das Gerät auf den Kopf.

O'ELISE.

Grohsman runzelte die Stirn. »Woher hast du diese Zahl?«

»Das ist das Autokennzeichen von Lión. Mein Gedächtnis für Namen ist eine Katastrophe, aber das für Bilder und für spezifische Auffälligkeiten funktioniert top. Du hast doch Lións Typenschein in die WhatsApp-Gruppe gestellt. Lauter ungrade Zahlen, ist mir sofort eingeschossen. Gestern am Taschenrechner ist mir bei einer ähnlichen Zahl aufgefallen, dass sich auf den Kopf gestellt ein Wort ergibt. Keine Ahnung, ob das mit dem Kennzeichen Zufall ist. Oder wichtig.«

Endlich fand Grohsman seine Sprache wieder. »Unglaublich, Nicky. Danke, dem geh ich nach.« Er legte auf. Hatte der Tote ein Faible für Codes? Oder für Namen, die etwas bedeuteten? Lión und Löwengasse. Und jetzt Elise. Zu auffällig, um es zu ignorieren. »Merkwürdige Ziffern hatten wir gestern schon mal …«, murmelte er.

»Was hast du gesagt?« Lukas drehte den Rechner hin und her.

»Ach, der Fall. Da zieh ich dich sicher nicht hinein.«

»Nicht schon wieder, Onkel Felix! Ich bin kein Kind mehr. Und mit Ziffern und Zahlen bin ich ganz gut. Mathe und so, da hab ich immer Einser.«

»Nicht nur Quantenphysik, sondern auch komplexe Zahlen? Das waren nie meine Fächer. Na schön. Gestern hat ein Kollege auf dem Computer vom Opfer eine elendslange Liste entdeckt, die nur aus Ziffern besteht.«

»Aus Ziffern? Dann ist das vielleicht ein Polybius-Code.«

»Was ist ein … wie heißt das?«

»Polybius-Code. Eine Tabelle mit fünf Spalten und fünf Zeilen, die man durchnummeriert. Jedem Feld ordnet man einen Buchstaben zu, I und J sind ein Buchstabe. Dann wird jeder Buchstabe umgewandelt in eine zweistellige Zahl, die sich aus Zeilen- und Spaltenzahl ergibt.«

»Warte … erst die Zeile, dann die Spalte … dann wäre B zum Beispiel zwölf?«

»Genau! Lässt sich aber leicht knacken. In der verschärften Variante stellt man ein fünfstelliges Codewort in die erste Zeile, erst danach wird das restliche Alphabet angehängt.«

Grohsman kam aus dem Staunen nicht heraus. »Ich muss meinen Kollegen anrufen.« Er wählte Kienzles Nummer. »Gregor? Sag, diese Liste von gestern …«

»Was ist damit? Hab den Laptop vom Lión heimgenommen und sitze schon die ganze Nacht darüber. Damit du siehst, dass nicht nur die Joe eine Streberin ist.«

Kienzles miese Laune von gestern war noch nicht verflogen. Der Hitzkopf hätte wegen seines Temperaments vor ein paar Monaten fast den Dienst quittiert. Grohsman hatte mit dem jungen Kollegen lange Gespräche geführt. Er schätzte Kienzle dafür, dass er sich in Bankauszüge, E-Mails oder Telefonlisten verbiss wie ein Bluthund. Mit einem höllischen Sinn dafür, wenn etwas zum Himmel stank.

»Und jetzt hast du herausgefunden, dass er im Darknet unterwegs war? Oder bist du in seine Cloud gelangt?« Joe hatte Grohsman mal als »Digital Immigrant« bezeichnet. Aber er lernte dazu. Die Zeiten waren vorbei, als die Nerds in der IT-Abteilung über ihn gelacht hatten, weil er BIOS für umweltschonend angepflanztes Gemüse gehalten hatte und unter einem Hub die Kolbenbewegung eines Zylinders im Auto verstand.

»Seine Cloud habe ich längst gehackt. Was ist jetzt mit der Liste?«

»Kann das ein Polybius-Code sein?«

»Donnerwetter, hast du einen Crashkurs in Kryptografie gemacht?«

»Nein. Mein Neffe hatte die Idee.«

»Hatte ich auch, ergibt aber keinen Sinn.«

»Und die Variante mit einem fünfstelligen Codewort?«

»Also, ich hab's mit ›MARIO‹ probiert. Hat nicht gepasst. Auch ›FRANZ‹ oder ›LISZT‹ ergaben nur Nonsens. War eine völlig unnötige Nachtarbeit.«

»Gregor, nichts ist unnötig.«

»Schlaf wäre nicht schlecht gewesen.«

»Kannst du mit ›O ELISE‹ etwas anfangen? Ich weiß schon, das sind sechs Buchstaben.«

»Aber nur fünf verschiedene! Woher hast du das Wort?«

»Von Nicky Witt. Das Autokennzeichen vom Lión in den Taschenrechner tippen und umdrehen.«

»Die Welt auf den Kopf stellen, ja, das muss man manchmal. Ich check das gleich. Bis später!«

Grohsman gab Lukas ein Daumen-hoch-Zeichen. Bei »Elise« klingelte irgendetwas. Er durchsuchte seinen Notizblock. Fand nichts. Der blaue Ameisenbär aus dem rosaroten Panther war's jedenfalls nicht.

Kienzle rief eine halbe Stunde später zurück.

»So schnell hast du was gefunden?«, fragte Grohsman verwundert. Er stellte wieder auf Lautsprecher, um sein Frühstück fortzusetzen.

»Hab ein kleines Programm geschrieben, da tippe ich nur das Codewort ein, den Rest macht der Computer.«

»Ich pack's nicht, wir haben unsere eigene IT-Abteilung … Was hat dein Programm ausgespuckt?«

»Ja, also, die Liste, das sind Namen, Daten und Medikamente. Vielleicht eine Bestellliste. Zeig ich dir, wenn du im Büro bist.«

»Gregor, wenn du mir noch verrätst, von wem er die Medikamente bezogen hat, dann verleihe ich dir den Goldenen USB-Stick.«

»Da bin ich noch dran. Ich habe einige strange E-Mails gefunden. Auffällige Buchstabenkombinationen zwischen belanglosen Inhalten, zum Beispiel ANXY. Könnte für Anabolikum XY stehen oder so.«

»Oder für Anxiety …«, warf Lukas ein. Grohsman bereute, dass er automatisch auf Lautsprecher geschaltet hatte. Musste er sich Sorgen machen, weil Lukas diese Assoziation wie aus der Pistole geschossen hatte?

»Anxiety … Angst … ja, könnte auch passen«, antwortete Kienzle, als ob diese Konferenzschaltung selbstverständlich wäre.

Grohsman deaktivierte die Lautsprecherfunktion und wechselte in sein Arbeitszimmer. »Zurück zu den E-Mails: Diese Adressen sind natürlich nicht zuzuordnen.«

»Ganz genau. Scheint zwar, als ob er nur mit einer einzigen Person korrespondiert, weil sich der Schreibstil nicht ändert. Aber die Adressen. Provider nicht auffindbar, Adressen mittlerweile alle gelöscht.«

»Alle? Vielleicht der Dealer, der aus erster Hand weiß, dass Lión nichts mehr bei ihm bestellt?«

»Weil er Lión umgebracht hat. Der Gedanke liegt nahe.«

Eine erste Spur. Die den Weg aus dem Labyrinth zeigte? Wie der Ariadnefaden? Und im Umkehrschluss zum Kern des Verbrechens führte? »Welche Mittelchen stehen auf der ominösen Liste?«

»Ziemlich spannend. Ein paar Anabolika. Die sagen mir etwas von einem früheren Fall. Außerdem Diuretika.«

»Abführmittel? Die kriegt man doch völlig legal?«

»Es sei denn, man verwendet sie exzessiv. Als Schlankmacher.«

»Woher weißt du so was?«

»Von deiner heiligen Nicky. Die habe ich angerufen.«

Grohsman lachte. So heilig war sie gar nicht. »Reich wird man mit dem Zeugs nicht. Sonst noch was auf der Liste?«

»Betablocker. Frau Witt meinte, dass Künstler die oft gegen Lampenfieber einsetzen. Außerdem ist noch Ritalin auf der Liste.«

»Wird als Ersatzspeed gehandelt. Kiddy Coke oder Vitamin R.«

»Ganz genau. Zusammengefasst: Mittelchen, um schön zu werden oder zu bleiben, und Künstlerbedarf.«

Womit sie wieder bei den Empfängen von Bosko waren? Lións Leiche war allerdings beim Palais Rettenbach entdeckt worden. »Müssen wir nur noch überprüfen, ob die Namen auf der Gästeliste von Marie Rettenbach auftauchen.«

»Muss man. Habe ich. Joe hat die Liste auf unseren Server gestellt. Für einen flotten Namensabgleich gibt es auch Programme.«

»Hut ab, Gregor!«

»Leider Fehlanzeige.«

Wäre auch zu glatt gegangen. »Ein Punkt mehr, den wir ausschließen. Bis die Lösung übrig bleibt.«

Keine Übereinstimmungen. Andererseits, wer versteckte eine Leiche und besuchte danach seelenruhig ein Konzert? Also die Suche auf den Kreis der geladenen Gäste ausweiten, die nicht gekommen waren? Klang das plausibel? Du verzettelst dich, mahnte sich Grohsman. Erst abklären, ob diese Sache überhaupt mit Lións Tod zusammenhing.

Grohsman sah auf die Uhr. Um Himmels willen! Er wetzte in die Küche zum Frühstückstisch. »Lukas, wir müssen los!«

»Alles easy, Onkelchen, ich fahre alleine zur Schule.« Lukas schulterte seine Tasche und stapfte zur Tür.

»Sag, wieso hast du so schnell auf ›Anxiety‹ getippt?«

»Schiss vor Prüfungen ist bei uns in der Klasse totales Thema. Die tun zwar obercool, Noten sind egal und so. Aber vor dem Zeugnis schieben die Panik. Einige werfen sicher Hilfsmittelchen ein. Brauch ich nicht. Hab genug Grips in der Birne.«

Grohsman klopfte Lukas wortlos auf die Schulter.

Medikamente. Dorotheas Zittern. War sie Kundin von Lión? War es deshalb zu einem Eklat gekommen?

2

Wolfgang Wiesinger referierte über den Liszt-Flügel in der Sammlung alter Musikinstrumente. Ein Hammerflügel aus dem Jahr 1862. Erst hatte Joe befürchtet, dass das urlangweilig werden würde. Aber dann? Boah, steile Geschichte. Dass das Instrument nach Liszts Tod in Rom in einer religiösen Institution gelandet war, fand Joe mäßig prickelnd. Aber in den 1990er Jahren war ein italienischer Pianist auf Entdeckungsjagd nach dem Klavier gegangen. Erfolgreich. Das Kurioseste war der

Beweis für die Echtheit. Ein Frachtaufkleber, und noch krasser, bei der Renovierung hatte man im Flügel Kugeln eines Rosenkranzes gefunden. Und die hatten zu einem unvollständigen Rosenkranz im Liszt-Museum in Budapest gepasst. Solche Geschichten konnte man nicht erfinden, dachte Joe staunend.

Wiesinger führte sie durch sein Klavier-Atelier. Diese edlen Instrumente waren wie eine Reise in die Vergangenheit. Joe überlegte, wer auf diesen Flügeln wohl schon gespielt hatte. Zum Beispiel Mariusz … »Wie ist die Zusammenarbeit mit Herrn Lión entstanden?«

»Wir protegierten ihn mit seiner Vision, die Werke auf jenen Instrumenten einzuspielen, für die sie geschaffen worden sind. Seine Tüftelei dabei war einmalig. Sie müssen dazu wissen, dass es zwei Punkte zu bedenken gilt. Liszt hat lange gelebt und komponiert, und in dieser Zeit hat sich das Klavier rasant entwickelt. Diesen Aspekt wollte Mariusz einbeziehen und Flügel auswählen, die aus den Kompositionsjahren stammten.«

Jetzt war Joe klar, warum Mariusz sich zurückgezogen hatte. Werke auswählen, Kompositionsjahre heraussuchen, ein passendes Klavier finden, eine Knochenarbeit! »Und der zweite Punkt?«

»Es gab damals viele Klaviermanufakturen. Und selbst Starpianisten wie Liszt konnten sich die Instrumente nicht aussuchen, im Gegensatz zu heute. Liszt musste alles spielen, was man ihm unter die Finger schob.«

Von Klavieren hatte Joe keinen blassen Schimmer. Aber sie erinnerte sich, wie mäkelig ihr Ex mit Gitarren war, weil seiner Meinung nach die Riffs nur auf einer Fender so richtig knackig rüberkamen. »Zeugt von spielerischer Exzellenz, wenn er mit allen Marken zurechtkam, oder?« Sie war kurz über ihre Wortwahl irritiert. Die Umgebung färbte echt ab.

»Absolut. Das hier ist die Liszt-Ecke, hier stehen Flügel, die er bevorzugte. Solche hat Liszt später selbst besessen. Instrumente von Streicher oder Erard.«

»Erard, den Namen hab ich schon gehört …«

»Die stellten damals eine Revolution in der Klavierentwicklung dar. Liszt machte diese französische Manufaktur berühmt. Ein Erkennungsmerkmal ist die Anordnung der Saiten. Nicht über Kreuz wie bei den heutigen Klavieren.« Fast schon zärtlich öffnete er den Klavierdeckel und setzte sich an den Flügel. Wie intensiv das klang! »Das ist aus den ›Années de Pèlerinage‹«, erklärte er, »den ›Pilgerjahren‹.« Gänsehaut pur, obwohl das sonst nicht Joes Musik war.

Wiesinger stand auf und schloss den Klavierdeckel. »Wenn es für Sie wichtig ist, wir haben eine Probeaufnahme von Herrn Lión. Ich spiele sie Ihnen vor!«

Dieses Werk hatte Joe schon einmal gehört. Auf der Homepage von Lión. Welches Stück war das? Es klang total düster. Traurig. »Ist das … die ›Trauergondel‹?«

»Sehr gut, Frau Inspektor!«

»Hab ich von ihm auf YouTube gehört. Aber hier klingt das …« Sie suchte nach Worten. »Transparenter. Kristalliner, falls das ein Ausdruck in der Musikwelt ist. Da schwingt etwas mit, was mich noch … trauriger stimmt.«

»Diese Instrumente haben eine Seele. Das Projekt, die Gegenüberstellung von originalem und modernem Klang, die Mariusz vorschwebte, wäre eine Sensation gewesen.«

Joe nickte. »Welches Klavier wollte er eigentlich kaufen?«

»Einen Erard 248 aus dem Jahre 1862. Ein wundervolles Instrument. Ich bin eigens nach Berlin gereist, um das Instrument zu begutachten.«

Joe zeigte Wiesinger das Bild mit Lión am alten Flügel. »Dieses Foto, hat das mit dem CD-Projekt zu tun?«

Er betrachtete den Ausdruck. »Das wurde hier aufgenommen. Sehen Sie, an diesem Flügel. Ein Erard aus 1847. Ich habe Mariusz bei einem seiner Besuche allein gelassen, Frau Zauner war dabei. Da wird dieses Foto entstanden sein.«

Nachdem sie das Klavier-Atelier verlassen hatte, brauchte Joe eine Weile, um sich wieder an den Straßenlärm zu gewöhnen.

In die Jetztzeit zurückzukehren. Echt abgefahren, der Laden!
War das Klavier auf dem Foto für den Fall relevant? Und die
Noten? Hatte der Boss wieder einmal recht mit diesem Bild?

Er war schon ein Fuchs. »Immer auf das achten, was aus dem
Gesamtbild heraussticht.«

3

Das Türschild an Dorotheas Wohnung war unverändert.

»Ich weiß nicht, wofür das Reden gut sein soll. Hoffentlich
dauert das Ganze nicht zu lange«, empfing die junge Frau Nicky
müde.

»Frau Zauner, ich bin hier, um aus psychologischer Sicht zu
ermitteln. Das kann Ihnen vielleicht helfen, diese Erfahrungen
zu verarbeiten.«

»Ich brauche keine Therapie. Ich will nur meine Ruhe. Glauben Sie, es schläft sich gut, wenn ständig diese Bilder auftauchen,
sobald ich die Augen zumache?«

»Genau das meine ich. Sie müssen diese Dinge nicht in sich
vergraben.«

Dorothea trottete ins Wohnzimmer. »Wenn Sie schon mal da
sind, können wir's ja versuchen«, murmelte sie über die Schulter.
Nicky folgte ihr.

»Und jetzt?« Dorothea kauerte sich in einen Lehnstuhl.

Nicky nahm auf einem Klappsessel Platz. »Erzählen Sie mir,
was Ihnen zu dem Thema in den Sinn kommt.«

Dorothea sah starr auf den Boden, als würde sie dort die
passenden Worte finden. Spielte mit einer Strähne ihrer glatten
Haare. »Wissen Sie, wie das ist, als Teenager, wenn man nur das
Klavier und die Musik im Schädel hat? Und man sich weder
mit Eltern noch mit Schulfreunden darüber austauschen kann?
Mama hat mich unterstützt. Aber sie hat alles von mir fernge-
halten, was nicht mit Klavier zu tun hatte!«

»Ihre Mutter hat Sie nicht ermutigt, sich mit Freundinnen zu treffen?«

»Nein. Sie hat Treffen mit anderen Studentinnen oder mit Klavierlehrern organisiert. Das war super! Aber ... manchmal wollte ich einfach mit einer Freundin shoppen gehen. Wenn ich Klamotten gebraucht habe, ist sie selbst ausgerückt. Das war mir zu siebzig Prozent sehr recht. Aber die anderen dreißig ... wie sagt man das einer Mutter?«

Indem man gemeinsam Grenzen setzt, wollte Nicky einwerfen. Nicht der richtige Zeitpunkt. »Was hielt sie von Mariusz?« Nicky hatte die Reaktion von Selma Zauner miterlebt. Aber wie sah das die Tochter?

»Mama hat keinen Schimmer, in was sie mich hineintheatert hat. Mariusz ist ein Hammer am Klavier. Er hört sofort siebzehn verschiedene Phrasierungsmöglichkeiten mit jeweils drei möglichen Fingersätzen. Sorry, ich langweile Sie mit den Details ...«

»Nein, im Gegenteil.«

»Also, jedenfalls ... sich mit ihm in dieser Tiefe über Musik auszutauschen, das war grenzgenial.« Welche Leidenschaft in Dorotheas Augen. Sie knotzte nicht länger im Stuhl, sondern saß aufrecht und unterstrich ihre Sätze mit fließenden Handbewegungen. Dann stoppte Dorotheas Redefluss abrupt.

Nicky setzte behutsam nach: »Aber irgendwann ging es nicht mehr nur um die Musik ...«

Die Pianistin ließ sich zurückfallen. Da war es wieder, das Zittern. Heute nur in der linken Hand. Reflexartig packte Dorothea ihre Hand. Keine Veränderung in ihrer Mimik. Also ein Handlungsmuster, das zur Gewohnheit geworden war. »Na ja ... jeder Mensch hat Bedürfnisse. Ich bin ja nicht aus Marmor!«

»Ganz genau, Dorothea. Welche Rolle spielte Mariusz in Ihrem Leben?«

Dorothea stand auf, nahm eines der Fotos von der Wand und strich darüber. Sie hockte sich wieder hin. »Viele Tussis haben Mariusz angehimmelt. War ihm meistens egal. Na klar hab ich auch gesehen, dass er voll smash ist. Ich bin ja nicht blind. Aber für mich war er ein Typ, mit dem man sich ursuper über Musik unterhalten kann.«

»Wann hat sich das geändert?«

Ein Lächeln erhellte Dorotheas Gesicht. Fast schon verschmitzt. »Vor einem Jahr. Bei einem Auftritt in Hintertupfing. Weiß nimmer, wie der Ort geheißen hat. Wir sollten vierhändig spielen. In allerletzter Minute ist er hereingeschneit und hat sich umgezogen. Ich hab die Tür verwechselt und bin in seine Garderobe geplatzt. Da ist er vor mir gestanden. Splitterfasernackt. Mir ist ganz heiß geworden. Ihm offenbar auch. Bei ihm hat sich nicht nur der Blutdruck geregt ...«

Dorothea sah bezaubernd aus mit den knallroten Wangen und der Sehnsucht in den geweiteten Pupillen. Ihre linke Hand war jetzt komplett ruhig. »Ich ... er hat einen unheimlich ästhetischen Körper.« Ihr Blick wanderte zurück in eine weit entfernte Sinnlichkeit, in der sie irgendwann glücklich gewesen war.

Sie räusperte sich. »Ich bin natürlich sofort rausgegangen. Aber ... dieses Intermezzo hat mein Spiel berauscht. Mariusz hat nach dem Konzert meine Hand genommen. Sie gestreichelt. Und dann hat er gesagt, dass er gar nicht wusste, welch Zauber meinen Fingern innewohnt. Ehrlich, genau mit diesen Worten, in seinem süßen Akzent. Jedenfalls – das war's dann. Ich bin mit ihm mitgefahren, und ... Den Rest können Sie sich denken.«

Nicky stellte sich die beiden Frischverliebten vor, das Prickeln unter der Haut. »Das war also der Beginn einer Liebesbeziehung?«

»Nein, eigentlich nicht. Wir hatten uns zeitweise mehr zu geben als nur Gespräche. Das lief völlig unkompliziert. Manchmal reichten Worte nicht aus, um Gefühle in der Musik auszudrücken. Mama dachte sofort, Mariusz würde mich ablenken. Und mich unglücklich machen.«

»Das tat er aber nicht.«

»Nein! Wir passten gut zusammen. Endlich sich nicht ständig

rechtfertigen zu müssen, warum man schon wieder stundenlang am Klavier hockt.«

»Und die anderen weiblichen Fans, was haben Sie da empfunden?«, fragte Nicky sanft.

Dorothea kicherte. »Er hat doch mit seinem Image gespielt. Ein bisschen lasziv in die Kamera schauen, einen auf Bad Boy machen … In Wirklichkeit war er ohne sein Klavier ein Schüchti.«

Nicky guckte auf das Foto, das Dorothea auf die Lehne ihres Sessels gelegt hatte. Lässige Körperhaltung. Aber der Ausdruck seiner Augen? Darin schimmerte eine Verletzlichkeit, die Nicky auf den anderen Fotos nicht aufgefallen war. »Haben Sie versucht, Ihrer Mutter Ihren Standpunkt klarzumachen?«

»Ja. Hat nichts gebracht. Aber ich habe den Spieß umgedreht. Je mehr sie ihn mir ausgeredet hat, umso mehr habe ich eine Liebesbeziehung inszeniert.«

»Wie das Herzchen auf dem Türschild draußen?«

»Das haben Sie gesehen? Das war der blanke Protest. Ging blöderweise nach hinten los.«

Weshalb Dorothea die untere Hälfte weggewischt hatte. Warum nicht gelöscht und neu geschrieben? »Inwiefern nach hinten los?«

»Er war an einem Abend total schräg drauf. Hat mir seine glorreiche Komposition vorgespielt und war sauer, dass ich nicht gejubelt habe.«

»Die, von der Sie letztes Mal erzählt haben? Die Sie zu kitschig gefunden haben?«

»Genau. Dieses ›Dla Elunia‹. Dann hat er mich auf das Türschild angesprochen. Dass ich seinen Namen hingeschrieben habe. Hab ihm erklärt, dass ich damit doch bloß meine Mutter ärgern wollte. Mariusz war trotzdem voll angepisst. Wir haben uns richtig befetzt, bis er aus der Wohnung gestürmt ist und seinen Namen weggewischt hat.«

Das … war nicht Dorothea, sondern Mariusz gewesen? Und sie hatte es so gelassen? »Wie lange ist das Schild nun so?«

»Weiß nicht … drei, vier Wochen wird das schon her sein. Wir haben uns ja nachher wieder versöhnt. Also, so richtig versöhnt.« Sie guckte vielsagend. »Außerdem schau ich nicht auf das Schild. Ich kenne ja meinen Namen.« Ihr Lachen klang schrill.

»Dorothea, ich möchte ein anderes Thema anschneiden«, setzte Nicky behutsam an.

»Oje, was kommt jetzt?«

»Ihre Hände …«, Nicky wartete, ob von der jungen Frau eine Reaktion kam.

Die Pianistin streckte die Hände aus, drehte sie hin und her und betrachtete sie aufmerksam. Als würde sie die zum ersten Mal sehen. »Ja? Was ist damit?«

»Kommt das Zittern von einer inneren Anspannung?«

Dorothea schob die Finger unter ihre Oberschenkel. Sie schwieg. Die Stille breitete sich im Zimmer aus. Wie kochende Milch, die überschäumte. Dorothea starrte nur vor sich hin. Ganz leicht bewegten sich die Lippen. Kein Beben, sondern ein innerer Monolog, der seinen Weg nach außen suchte. Nach einer Ewigkeit versetzte Dorothea mit rauer Stimme: »Das geht niemanden etwas an.« Ihre Augen wurden glasig. Ein Rollladen, der sich schloss.

Dann sprang Dorothea auf. Sie lief durch das Zimmer, auf und ab. Immer wieder. Der abgetretene Teppich dämpfte ihre Schritte, was ihrer Bewegung etwas Gespenstisches verlieh. »Ich möchte nicht mehr sprechen. Gehen Sie. Ich brauche Ruhe. Ruhe!« Die Stimme war hart geworden. Und piepsig. Wie ein kleiner, keifender Hund.

Nicky erhob sich langsam. »Darf ich mir die Hände waschen?«

»Das Bad ist da drüben.«

Das Badezimmer war sicher nicht nach dem Geschmack einer jungen Frau eingerichtet. Einige der Fliesen in hochglänzendem Weiß waren zersprungen. Der Spiegel hatte Korrosionsflecken. Ob noch etwas von Mariusz in dem Schrank war? Nicky schlich zur Tür, lauschte – nichts zu hören. Vorsichtig öffnete sie das Kästchen. Schminkzeug, Zahnpasta, Pflaster, ein elastischer Verband, ein paar Medikamente – Aspirin, Halswehtabletten, die Pille, eine Gurgellösung, das Übliche. Kein Rasierzeug. Auf dem Waschtisch stand ein Becher mit einer Zahnbürste.

Nicky war dabei, das Kästchen wieder zu schließen, als sie etwas stutzig machte. Da, hinter der Gurgellösung versteckt, eine Packung Trazodon. Ein Antidepressivum, das auch gegen Angststörungen half. War verschreibungspflichtig. Die Wirkung setzte erst nach zwei bis drei Wochen regelmäßiger Einnahme ein. Und was war da hinter der Schachtel Pflaster? Da blitzte ein gelber Streifen hervor. Sie schob das Päckchen vorsichtig zur Seite. Ritalin. Eine Stimulanz. Bremse und Gas gleichzeitig. War die Frau noch bei Trost? Und was war in dem Inhalator? »Salbutin«, stand drauf. Wahrscheinlich das Spray gegen die asthmaähnlichen Anfälle, von dem Frau Rettenbach gesprochen hatte.

Nicky ging zurück ins Wohnzimmer. Sie hielt Dorothea ihre Hand hin. Keine Reaktion.

Nicky zückte ihre Visitenkarte. »Wenn Sie doch reden wollen, hier ist meine Nummer. Gerne auch in meiner Praxis. Oder in einem Kaffeehaus.«

Sie legte die Karte auf den Tisch, griff nach ihrer Tasche und bewegte sich langsam zur Tür. Drehte sich noch einmal um und beobachtete, wie Dorothea sich auf die Klavierbank setzte. Die Hände hatte sie wieder unter die Pobacken geschoben, sie starrte auf die Klaviatur und schaukelte leicht vor und zurück. Als würde sie sich in den Schlaf, ins Vergessen schaukeln.

Leise zog Nicky die Tür zu.

4

»Wir telefonieren ein andermal weiter, Emilia.« Grohsman legte das Handy weg. Seine Schwester hatte bestätigt, was Lukas ihm gestern erzählt hatte. Der Plan von der Übersiedlung nach Hamburg war real, Lukas müsse sich daran gewöhnen. Fahrig hatte Emilia geklungen, als Grohsman mit den Schulproblemen von Lukas rausgerückt war. Dass er als Streber und als Gutmensch gehänselt wurde. »Ein weiterer Grund, Wien den Rücken zu kehren«, hatte die Schwester gegiftet.

Davonlaufen war doch keine Lösung. Und die Verzweiflung in der Stimme von Lukas gestern? Hörte sie ihrem Sohn überhaupt zu?

Kopfschüttelnd drehte Grohsman den Computer in der Polizeiinspektion auf. Sally döste neben seinem Schreibtisch. Die hatte ein Leben! Er blätterte die Zeitungen durch: »Pianist unter mysteriösen Umständen ums Leben gekommen. Die Ermittlungen laufen.« Nur das Gratisschmierblatt wusste es besser. »Verdacht gegen Freundin erhärtet sich«, las er.

»Woher nehmt ihr schon wieder eure Weisheit?«, schimpfte er ins Handy.

»Sie haben die Frau doch am Montag mit vollem Polizeiaufgebot verhört.«

So ein selbstgefälliger Schnösel. »Von wem haben Sie das?«, zischte Grohsman.

»Kein Kommentar. Wir berichten aber gerne über andere Spuren, wenn Sie uns Infos geben.«

Mist. Ein Maulwurf in den eigenen Reihen? Aber wer? Wann hatte die Manz ihren Versetzungsantrag abgegeben? Jetzt drehst du komplett durch, ärgerte er sich. Das lenkte ihn jedoch von dem Gedanken ab, dass da draußen jemand auf der Lauer lag. Ihm Fotos an die Windschutzscheibe steckte. Er hatte heute gekontert und diesem »Schatten« unter dem Scheibenwischer des Autos eine Nachricht hinterlassen. »Danke, ich weiß, wie ich aussehe. Könnte ich bitte ein Foto vom Täter haben?«

Die Aktion war natürlich Nonsens. Mal sehen, wie dieser Beschatter reagierte.

Joe betrat voller Elan sein Büro. Als hätte sie Olympiagold gewonnen. »Ich wollte noch einmal über die Sache mit dem

CD-Projekt sprechen. Sowohl der Direktor vom Museum, Bernhard Klinger, als auch der Besitzer vom Klavier-Atelier, Wolfgang Wiesinger, waren bei Dorotheas Konzert am Samstag.«

Grohsman erinnerte sich an die drei Männer, mit denen er sich kurz beim Büfett unterhalten hatte. Bernhard, Wolfgang und Klaus. Der eine war ihm doch gleich bekannt vorgekommen. Er fuhr die Website der Sammlung alter Musikinstrumente hoch. Na genau, Bernhard Klinger, der Leiter des Museums, den er gelegentlich in TV-Dokumentationen gesehen hatte.

»Und heute war ich in dem Klavier-Atelier und hab ihm das Foto mit den Noten gezeigt. Wurde tatsächlich auf einem seiner Flügel aufgenommen. Und er hat mir ein Video vom Lión an einem Erard-Flügel geschickt, sieh mal! Und so ein Klavier wollte Lión sich zulegen. Hätte ihn rund sechsundzwanzigtausend Euro gekostet. Ohne Transport.«

»Bitte, wie viel? Na, andererseits – ein neuer Flügel kostet wesentlich mehr.« Grohsman setzte seine Brille auf. Was für ein Instrument! Palisander? Und dieser seelenvolle Klang, kam sogar über die Minilautsprecher von Joes Tablet rüber. »Da bleiben wir dran. Danke. Wenn wir jetzt noch irgendwo diese Noten entdecken … und wenn es bloß dafür ist, um das Thema abzuhaken.«

Nachdenklich schrieb Grohsman das Wort »Erard« aufs Whiteboard, mit Fragezeichen, als Kienzle die Tür aufriss.

»Wie wär's mit Anklopfen, Gregor?« Grohsman konnte sich schon denken, was los war. Ungerböck hatte ihn heute bereits zum Rapport gerufen. Ob er sein Team überhaupt nicht unter Kontrolle hätte? Besonders diesen Kienzle, also, wenn der noch einmal … mehr hatte der Oberstleutnant nicht von sich gegeben. Hatte nicht zur Steigerung von Grohsmans Laune beigetragen.

»Sorry. Chef, ich hab eine Verwarnung bekommen. War blöd von mir. Ja, ich weiß, der Fall lässt uns keine Zeit für Kindereien, wie du zu sagen pflegst. Hast du noch nie etwas gemacht, was eigentlich nicht ganz okay ist?«

Grohsman starrte Kienzle stoisch an, wie er sich in einen Wirbelsturm redete. »Jetzt mal halblang. Was ist passiert?«

»Oberstleutnant Ungerböck hat mich gestern zu sich beordert. Als ihr nicht da wart. Wieder einmal. Alle außer mir, irgendein Depp muss ja Bürodienst schieben.«

»Nicht künstlich aufpudeln, komm zum Punkt.«

»Er wollte über den letzten Stand informiert werden. Da hab ich ihm nicht viel sagen können. Wir sind doch erst am Anfang! Da drückt der mir glatt einen Ordner in die Hand, der durchgearbeitet werden müsse. Hat nichts mit dem Fall zu tun, sei aber von eminenter Wichtigkeit. Hat der jetzt ein Fremdwörterbuch verschluckt? Ich hab mir den Einwand erlaubt, dass das ein Widerspruch in sich ist. Wenn ich auch noch andere Aufgaben erledigen muss, dann fehlt mir die Zeit zur Recherche. Das kam beim Ungerböck gar nicht gut. Ich soll aufpassen, sonst muss er ein strengeres Auge auf mich haben. Faulenzerei duldet er nicht. Echt jetzt? Faulheit? Hast du dich bei ihm beschwert, dass ich zu lange gebraucht habe für die Bankdaten?«

»Ganz im Gegenteil, Gregor. Außerdem, wenn mir was nicht passt, mach ich mir das mit dir persönlich aus.«

»Ja. Weiß ich eh. Ich hab mir nur gedacht, in letzter Zeit … na ja, vielleicht willst du mich ersetzen.«

»Wie kommst du denn auf diese Idee? Na, egal. Rück schon raus, was war los beim Ungerböck?«

»Der hat immer weitergemotzt, dass ich mich in Acht nehmen soll, wenn ich meinen Job behalten will. Hat mich sicher fünf Minuten lang im Dauersermon angesudert und zur Sau gemacht. Irgendwann hat es mir gereicht.« Kienzle blickte zu Boden. »Ich hab ihm die Akten auf den Tisch geworfen und gesagt, er soll sich seinen Scheiß selber machen.«

»Du … hast … was?« Es kam nicht oft vor, dass Grohsman der Mund offen blieb.

»Ja! Verdammt noch mal, das war falsch, weiß ich auch! Muss ich jetzt in einen Kurs über Impulsstörungen? Bei deiner Psychotante?«

Wäre gar keine blöde Idee, Kienzle der Witt zu überlassen. Grohsmans größtes Problem war jedoch, nicht in schallendes Lachen auszubrechen. Das Gesicht vom Ungerböck hätte er zu gerne gesehen, inklusive fröhlichem Farbspiel von leichenblass bis purpurrot. Konnte er Kienzle natürlich nicht sagen. Oder? »Jetzt pass mal auf. Dienstlich gesprochen war das kompletter Schwachsinn. Du musst schleunigst deine Aggressionen in den Griff kriegen. Aber unter uns gesagt: Ich bin gegenüber dem i-Tüpferlreiter nicht nur einmal ausgerastet. Ich finde ihn und seine lupenreine Amtsschimmelzucht zum Kotzen. In der nächsten Zeit hältst du den Ball aber besser flach. In meinem Team muss niemand kuschen. Aber ...«

Ursula Manz klopfte. »Chef, die Lións sind jetzt da. Pardon, die Dziecielskis.«

»Bringen Sie sie bitte in fünf Minuten herein.« Bevor Grohsman sich den Eltern von Lión widmete, wollte er die Angelegenheit mit dem Oberstleutnant klären.

»Grohsman hier. Kienzle hat mir von seinem Ausrutscher berichtet. – Ja, ich bezeichne das als Ausrutscher. Wir stehen wegen dieses Falls ziemlich unter Strom. Da bitte ich höflichst darum, Extraarbeiten mit mir abzuklären.« Grohsman hielt den Hörer vom Ohr entfernt, um von Ungerböcks Geplärre keinen Trommelfellriss zu bekommen. »Herr Oberstleutnant, ich weiß nicht, wann ich Ihnen die Erlaubnis erteilt habe, so mit mir zu reden. Sie sind mein Vorgesetzter, aber Ihren Ton haben weder ich noch mein Team verdient. Ich werde Inspektor Kienzle auffordern, sich bei Ihnen zu entschuldigen, und damit ist die Sache für mich erledigt. Wiederhören und schönen Tag.« Grohsman knallte den Hörer auf die Telefongabel. Für so eine Aktion war das gute alte Festnetztelefon ein Hammer. »Gregor, ab zum Ungerböck. Und sei halt nicht immer so ein Stinkstiefel!«

Kienzle und sein Temperament – wie oft schon hatte er durch eine dumme Bemerkung ein mühsam aufgebautes Gesprächsklima bei einer Befragung zerstört? Vor zwei, drei Jahren hatte eine Vernehmung spätnachts in der Pampa wieder mal in einem Desaster geendet. Na, da hatte sich Grohsman wenigstens mit einem Streich rächen können. Bei der Heimfahrt war er stehen geblieben und hatte Kienzle gebeten, etwas aus dem Kofferraum zu holen. Sobald der den Wagen verlassen hatte, war Grohsman weitergefahren, und der verdutzte Kollege hatte zu Fuß heimgehen müssen. Die fünfzig Minuten hatten ausgereicht, um sein Gemüt abzukühlen. War Kienzle eine Lehre gewesen.

Kurz lüften, damit sich die Gewitterwolken im Büro verzogen. Wieder klopfte es, Lións Eltern. Ging heute zu wie im Taubenschlag.

»Chef, das ist Polyna Pienek. Sie ist Dolmetscherin, das ist sicher besser, als wenn ich …«

»Gute Idee, danke. Bitte nehmen Sie alle Platz. Zunächst möchte ich Ihnen noch einmal mein Beileid aussprechen. Es tut mir leid, dass ich Ihnen nun all diese Fragen stellen muss. Aber Sie möchten doch auch, dass wir den Mörder Ihres Sohnes so rasch wie möglich erwischen.« Grohsman war klar, dass seine mageren Floskeln den Eltern keinen Trost brachten. Als die Dolmetscherin geendet hatte, nickten ihm die Eltern zu. Wortlos.

Zögerlich kamen die Antworten. Mariusz habe schon als kleines Kind stundenlang das Klavier belagert. Nach dem wilden Toben mit den anderen Kindern sei er auf die Klavierbank geklettert und habe die Tasten fast schon gestreichelt. Die Ernsthaftigkeit, die er entwickelte, war den Eltern zunächst unheimlich gewesen. Doch das Leuchten in seinen Augen, wenn sie ihm Noten geschenkt hatten! Dass er in Wien studieren wollte, hatten sie unterstützt. Mit Hilfe ihres Jugendfreundes Andrzej Bosko. Der die Karriere von Mariusz förderte, wofür sie ihm ewig dankbar seien, auch über den Tod hinaus.

Was für ein impulsiver Ausdruck, der nicht zu der sonst eher bedächtigen Sprache passte. Grohsman machte sich eine Notiz.

Zu seinen Liebesbeziehungen wussten sie wenig zu sagen. »Mariusz war neunzehn, als er von Tylwica fortzog. Da inte-

158

ressierte er sich noch nicht für Frauen. Er hatte hier in Wien ein Mädchen, Dorothea. Ob sie wirklich ein Gottesgeschenk war? Sie hat ihn inspiriert und gleichzeitig ausgesaugt. Ihre Nervosität hat ihm nicht gutgetan.«

Ob er sich in letzter Zeit verändert hatte? »Unser Kontakt zu Mariusz wurde immer seltener. Er hatte doch so viel zu tun, zu üben, zu spielen ... Er hat sich nach Konzerten gemeldet, hat Aufnahmen geschickt. Aber ... wir sind keine Musiker. Wir konnten gar nicht einschätzen, welch leuchtender Stern unser Sohn war.« Beide brachen in Tränen aus. »Voriges Jahr waren wir in Paris bei einem Konzert von ihm. Er war so ... so ... elegant. Weltmännisch.«

Von seinem Jaguar wussten sie nichts. Oder von Plänen, ein historisches Klavier zu erwerben. »Er hat uns unterstützt. Finanziell. Das wollten wir eigentlich nicht. ›Nehmt das Geld. Ihr habt euch mein Studium vom Mund abgespart‹, hat er gesagt.«

Hobbys? »Er spielte gelegentlich Schach. Er ist ein guter Stratege. Wenn er nicht so leidenschaftlich Klavier gespielt hätte, wäre er ein genialer Mathematiker geworden. In der Schule war er seiner Klasse immer weit voraus. Und er war ein guter Schütze. Das machte er zur Entspannung. Andrzej hat ihn mal in den Schützenverein mitgenommen. Auch dafür hatte Mariusz Talent.«

Davon hatte Bosko nichts erzählt. Wieder kam Grohsman mit dem Schreiben nicht nach.

Einmal im Jahr hatte Lión seine Eltern besucht.

»Wann zuletzt, jetzt im Oktober?«

»Nein, das war schon im März.«

Grohsman setzte ein Fragezeichen hinter »2. Oktober/Warschau«. Warum war Lión ohne Wissen der Eltern nach Polen geflogen?

»Er lebte in seiner Musikwelt. Wir haben ihn jedes Jahr ein bisschen mehr verloren. Jetzt eben endgültig.«

Bitter klangen die Worte. Grohsman stand auf und schloss das Fenster. Wärmer wurde es dadurch nicht. Als er den Eltern das Foto von Lión mit den alten Noten zeigte, fiel die Mutter in einen Weinkrampf. Drückte die Fotografie an sich. »Sie können sie behalten«, murmelte Grohsman.

Den Künstlernamen hatte Mariusz tatsächlich wegen der Löwengasse angenommen. Und welche Erkenntnis gewann Grohsman daraus? Gar keine.

Lange nachdem die Eltern das Büro verlassen hatten, saß Grohsman grübelnd am Schreibtisch. Die Manz hatte nur gewartet, bis die Eltern aus dem Zimmer draußen waren, und war wortlos rausgestürmt, ein Taschentuch auf den Mund gepresst.

Grohsman vervollständigte seine Notizen. Eltern, die um ihr einziges Kind trauerten. Gewöhnen würde er sich daran nie. Solche Begegnungen stachelten ihn regelrecht auf. Zieh dich warm an, knurrte er dem imaginären Täter zu.

Er ging zum Auto, um mit Ursula Manz zu Bosko zu fahren.

Seine Nachricht an der Windschutzscheibe war weg.

5

Der vierte Tag. Joes Optimismus über die neue Fährte mit dem Klavier war ein wenig zerbröckelt. Brachte die Spur mit den Instrumenten was? Die Reise in die Vergangenheit hatte sie fasziniert. Sie fand das CD-Projekt dennoch anachronistisch. »Junge Künstler brauchen das als Visitenkarte«, hatte Frau Rettenbach gesagt. Wofür? CDs kaufte doch kein Mensch mehr. Außer dem Boss. Und überhaupt, war daraus ein Mordmotiv abzuleiten? Das Projekt war doch buchstäblich mit Lión gestorben.

Eine Kiste voller verworrener Versatzstücke. Dieser verschollene Jaguar? Wie hatte Mariusz den Wagen bezahlt – bar? Erklärte das die vielen Abhebungen? Mit denen hatte er tatsächlich schon vor fast zwei Jahren begonnen. Aber … Selbst wenn der Verkäufer aus irgendeinem Grund auf Bargeld bestanden hatte, warum vorher einzahlen und später abheben? Sicher nicht wegen der Bankzinsen.

»Denkt dran, am Schluss hängt plötzlich alles irgendwie zusammen, wichtig und unwichtig gibt es vorerst nicht«, lautete das Credo vom Boss. Behielt er auch diesmal recht?

Kienzle hielt ihr einen Ausdruck unter die Nase. »Joe, ich habe diese mysteriöse Liste entschlüsselt. Namen und Medikamente. Grohsi und ich sind uns einig, der feine Herr Lión war ein Dealer.«

Skeptisch beäugte Joe das Blatt. »Hat er die Liste denn wirklich selbst erstellt? Vielleicht ist er jemandem auf die Schliche gekommen und erpresst denjenigen, und als Beweis hat er die Datei gespeichert?«

»Joe, du bist so eine Spaßbremse, echt. Gönnst du anderen ihren Erfolg nicht?«, fuhr Kienzle sie an.

»So hab ich's nicht gemeint, sorry! Ich meine nur … wieso haben wir bei ihm keine Medikamente gefunden? Seine Telefonliste war nicht sonderlich umfangreich, und auch in den Mails hast du nichts Verdächtiges gefunden. Wie haben die Leute bei ihm bestellt?«

»Was weiß ich. Mehr als rund um die Uhr arbeiten kann ich nicht.« Kienzle stapfte davon und ließ sich auf seinen Schreibtischsessel fallen. Das Klopfen in die Tastatur hörte Joe bis zu ihrem Tisch. Dann stand er auf, rauschte aus dem Zimmer und knallte die Tür zu. So eine Mimose.

Medikamente … hatte Mariusz selbst etwas eingeworfen? »Herr Dr. Schlesinger, ich bin's, Joe Kettler. Sorry, eine Frage habe ich noch zu Herrn Lión.«

»Sie entwickeln sich zu einem weiblichen Columbo. Sozusagen zur Columbine. Löblich, löblich. Was wollen Sie denn wissen?«

»Ist sein Blutbefund fertig? Gibt es irgendwas Markantes? Anzeichen von Erkrankungen? Ändert vielleicht was, ob er kerngesund war oder ob er in irgendeiner Richtung Probleme hatte.«

»Die medizinischen Werte sind unauffällig. Betäubungsmittel haben wir schon ausgeschlossen. Aber auf den toxikologischen Befund warte ich noch. Denken Sie an etwas Bestimmtes?«

»Hm, Genussmittel? Medikamente? Gifte? So genau weiß ich es auch nicht. Aber ich frag mich … Wenn irgendwer keulenschwingend auf mich zukommt, lauf ich doch weg. Außer mich hält jemand fest. Dafür haben Sie keine Anzeichen entdeckt. Betäubt oder betrunken war er auch nicht. Dann muss es einen anderen Grund geben, dass er sich nicht gewehrt hat. Stand er unter Drogen? Außerdem hat mein Kollege eine Medikamentenliste entschlüsselt. Möglicherweise hat er damit gehandelt. Könnte aber sein, dass er selbst etwas genommen hat. Und überhaupt …«

»Ich schreib schon fleißig mit. Schicken Sie mir die Medikamentenliste, dann checken wir das. Das meiste wird standardmäßig untersucht. Die Organe hab ich Ihnen gezeigt, die Leber war unauffällig. Und die wächst ja bekanntlich mit ihren Aufgaben.« Schlesinger lachte. »Bravo, Frau Kollegin. Gefällt mir, wie Sie die Gerichtsmedizin in Ihre Überlegungen einbeziehen. Ich geb Ihnen Bescheid.«

Joe ließ ihr Handy sinken. Linste zum Tisch von Gregor Kienzle. Wo blieb er die ganze Zeit? Tröstete er sich mit seiner neuen Flamme, um ihr von seiner urgemeinen Kollegin zu erzählen?

Gregor hatte wenigstens eine Freundin. Auf Joe wartete daheim maximal ein trauriger Benjamin. Eine Pflanze, kein Mann. Warum meldete sich Ronnie nicht, der Gitarrist von Samstag? Ach Blödsinn, sie hatte doch seine Nummer, nicht umgekehrt. Morgen war der Gig in Perchtoldsdorf. Na klar wollte sie hin. Wo war Ronnies Telefonnummer?

»Hey, ich bin's, Joe. – Ja, genau, die von der Kripo! Ich finde, ihr habt so verboten gut gespielt, da braucht ihr morgen vielleicht Polizeianwesenheit. – Echt, ich krieg eine Freikarte mit Backstagepass? Urcool. Dann bis morgen!«

»Aha, war ja klar, die Kollegin darf natürlich herumgeistern, wie und wo es ihr beliebt.« Kienzle war wieder hereingekommen. Hatte er Essig geschluckt? Er pfefferte seine Tasche mit so viel Schwung auf den Schreibtisch, dass sie über die Tischplatte segelte und mitsamt einigen Schreibtischutensilien auf den Boden krachte.

Jetzt bloß nicht losprusten. »Sag, hast du was zu dem verschollenen Jaguar vom Lión herausgefunden?«

Kienzle bückte sich und knallte die Tasche auf den Tisch. »Glauben hier eigentlich alle, dass sie mich herumkommandieren können? Nein, gnädige Prinzessin. Ich bin noch nicht dazu gekommen. Ruf doch selbst bei den Kollegen an. Ich gehe zur Kriminaltechnik.«

Joe sah ihm verdattert nach. Was war denn mit dem los? Nicht einmal seine Tasche hatte er mitgenommen.

Die Kollegen hatten keine Spur, weder zum Kennzeichen noch zu dem Wagen. »Der ist sicher längst in Polen«, witzelten sie.

»Ich lach mich gleich tot«, meckerte Joe.

6

Grohsman stieg aus dem Auto. »Na, das ist ja spannend. Danke für die Information, Nicky.« Er steckte sein Handy ein. »Sally, du musst im Wagen bleiben. Wir kommen eh bald wieder.« Er öffnete das hintere Fenster einen Spaltbreit.

Ursula Manz schloss die Beifahrertür. »Total schnuckelig, der Hund.«

Grohsman nickte. War zu spät gewesen, um Sally heimzubringen, also war er vorhin mit ihr rasch eine kleine Runde um den Block gegangen. Um mit ihrer Hilfe die Gegend zu checken? »So weit kommt's noch«, knurrte er leise. Dieser Beschatter hatte also die Nachricht von der Windschutzscheibe entfernt. Und jetzt? Vielleicht fand er nächstes Mal einen Parkplatz im Feld einer Überwachungskamera.

»Wie bitte?«

»Nichts. Ich habe …« Er brach ab. »Das vorhin am Telefon war Frau Witt, sie war heute bei Dorothea Zauner. Die Zauner hat der Mutter und dem Rest der Welt die große Liebe mit dem Lión vorgespielt. Aus Provokation. Obwohl, so genau weiß ich es auch noch nicht. Dann auf zu Herrn Bosko.«

Zügig eilte Grohsman die Treppen hoch, seine Kollegin keuchte ihm hinterher. Machten sich bezahlt, die langen Spaziergänge mit Sally.

Die Tür öffnete sich, bevor er läutete. »Sie sind spät«, stänkerte der Assistent.

Was? Grohsman sah auf die Uhr. »Eine Minute nach Punkt«, konterte er.

»Eben. Ihr Termin war um Punkt zwölf Uhr. Kommen Sie weiter.«

Mit dem linken Fuß aufgestanden?, dachte Grohsman. Manz und er folgten dem Assistenten in einen kleinen Salon. Stofftapeten und Teppich in Weinrot, die Sitzgarnitur mit edlem cremefarbenen Jacquardstoff bezogen. Wieder die Kombination rot und weiß. Er stellte sich vor, wie sich die Damen hier früher zum Teetrinken zurückgezogen hatten.

»Setzen Sie sich. Herr Bosko kommt gleich.«

Beide nahmen Platz. Ursula Manz sah sich skeptisch um. »Wohnen möchte ich in diesem Museum nicht! Und hier hat sich ein junger Mann Mitte zwanzig wohlgefühlt?«

Grohsmans Gedanken wanderten zu den historischen Klavieren und dem alten Jaguar. »Lión schien sich in die Vergangenheit geflüchtet zu haben. Diese Umgebung war für ihn in jeder Hinsicht ein Glücksfall.«

»Weil Mariusz in Wahrheit der Sohn von Bosko ist?«, fragte sie eifrig. »Hab das Protokoll der Befragung von Montag gelesen. Schon auffällig, wie fürsorglich er den Sohn von Freunden behandelt. Vielleicht können wir einen DNS-Abgleich machen.«

Grohsman schüttelte den Kopf. »Das können wir vergessen. Wenn wir illegal Untersuchungen anstellen, ist die Kacke am Dampfen.«

»Welch elegante Wortwahl«, spöttelte Bosko, der gerade den Raum betrat. Im dunkelblauen Anzug. Saphirblaues Hemd – exakt der gleiche Farbton wie seine Augen – und Schalkrawatte. Nachtblau mit kleinen weißen Punkten.

»Mord ist keine elegante Angelegenheit«, versetzte Grohsman schroff. Er blätterte in seinem Notizblock zur nächsten leeren Seite vor.

Bosko ließ sich in den Lehnsessel fallen. »Ich weiß. Eher eine erschütternde. Herr Dziecielski ist sogar zusammengebrochen, als er den Raum seines Sohnes betrat.« Hörte sich allen Ernstes nach einem Vorwurf an. »Und das in seinem Zustand.«

Grohsman wurde hellhörig. Der Diplomat hatte schon beim ersten Gespräch von einer Indisposition gesprochen. »Was meinen Sie mit ›seinem Zustand‹?«

Bosko sah ihn lange an. »Geht Sie eigentlich nichts an. Herr Dziecielski leidet an einem Gehirntumor.«

Das erklärte die gelegentlich verwaschene Sprache des Vaters … »Tut mir leid zu hören. Deshalb hat Herr Lión die beiden finanziell unterstützt, richtig? Hat er Sie um Hilfe gebeten?«

»Gelegentlich. Dann gewährte ich ihm kleine Zuzahlungen.«

Grohsman fragte sich, was Bosko unter »klein« verstand. »Größere Beträge? Als Überweisung? Oder bar?«

»Ich wüsste nicht, was Sie das angeht. Aber bitte. Meistens bar, denke ich. Einen standesgemäßen Anzug hätte er kaum um zweihundert Euro kaufen können.«

»Aber gleich vier- oder fünfstellige Beträge?«

»Kann schon sein, dass es mal ein vierstelliger Betrag war. Er konnte ja nicht in Jeans und Turnschuhen auftreten. Ein gut geschneiderter Anzug kostet seinen Preis. Das werden Sie sicher wissen.« In spöttischem Ton fügte Bosko hinzu: »Oder vielleicht auch nicht.«

Grohsman ignorierte die Stichelei. »Auf dem Konto von

Herrn Lión finden sich hohe Bareinzahlungen. Da fragen wir uns, wo die herkommen.«

Bosko schnippte ein unsichtbares Staubkorn von der Armlehne. »Woher soll ich das wissen? Ich hatte keine Einsicht in seine Konten.«

»Haben Sie ihm den Jaguar gesponsert?«

»Nein, das Geld hat er sich zusammengespart.«

»Da muss er aber ziemlich fleißig Klavierstunden gegeben haben«, mokierte sich Grohsman.

Bosko verdrehte die Augen. »Sie wollen es aber ganz genau wissen. Mariusz hat ... Privatkonzerte gegeben. Also, sehr private. Und bevor Ihre Phantasie mit Ihnen durchdreht: Er hat seine Kunst angeboten. Nicht seinen Körper.« Er sah auf die Uhr. Hatte er noch etwas vor?

»Und das ist jemandem ein paar tausend Euro wert?«

»Nein, so viel war es nicht. Ein paar Hunderter.«

Immer wieder erstaunlich, wofür manche Menschen Geld ausgaben. Diese Konzerte waren dennoch keine passable Erklärung für die Bareinzahlungen. »Ist das Auto in der Zwischenzeit aufgetaucht?«

»Hätte ich danach suchen sollen?« Schon wieder blickte Bosko demonstrativ auf seine Uhr. »Der Autoschlüssel ist in einer Schatulle auf dem Schreibtisch.«

Ursula Manz stand auf. Kam nach wenigen Augenblicken mit dem geöffneten Kästchen zurück. Es war leer. »Meinen Sie diese?«

»Also, ich bin damit nicht gefahren«, meinte der Diplomat genervt. »War's das jetzt?« Er stand auf und drehte Grohsman den Rücken zu.

»Nein, das war es noch nicht«, antwortete Grohsman.

»Verzeihen Sie ... Es ist mir unangenehm, aber darf ich Ihr WC benützen?«, schaltete Ursula Manz sich ein.

»Den Gang entlang, zweite Tür rechts.«

»Vielen Dank.«

Grohsman bemerkte, wie Bosko der Kollegin nachsah. Taxierend. »Abgesehen von Dorothea Zauner und den Konzerten im privatesten Rahmen. Hatte er andere weibliche ... Bekanntschaften?«

Verschwörerisch hob Bosko die Augenbraue. Er rückte näher. »Also, wenn er in der Botschaft oder hier bei Empfängen spielte, ich sag's Ihnen ... die Damen seufzten wie Debütantinnen hinter dem Garderobenvorhang.«

Grohsman schmunzelte. »Erwiderte er die Seufzer?«

»Das hat ihn nicht wirklich interessiert. Es wäre außerdem gefährlich gewesen. Die meisten Damen, die zu den Empfängen kommen, sind verheiratet, und gegenseitig gönnen sie sich sowieso nichts. Da werden die feinen Ladys blitzschnell zu Harpyien.«

Diese Spezies kannte Grohsman. »Er war also kein Frauenheld. Ging es bei ihm wirklich immer nur um Musik? Auch dieser Rückzug – alles nur wegen der Kunst?«

»Mögen Sie Musik?«

»Durchaus. Hilft mir in den Ermittlungen aber nicht weiter.«

Bosko hob die Hände. »Vielleicht mehr, als Sie ahnen. Es ist schwierig, den Kosmos von Mariusz zu beschreiben. Wenn Sie sich aber vom Zauber der Melodien einfangen lassen, können Sie eine Verbindung zu ihm herstellen.«

In dem Fall waren es Todesmelodien ... »Ich weiß zum Beispiel, dass Herr Lión ein umfangreiches CD-Projekt plante.«

»Deshalb auch der Rückzug. Er hat experimentiert, Forschungen betrieben, Programme zusammengestellt und dabei Zeit und Raum ignoriert.« Bosko lachte. »Manchmal mussten wir ihm das Essen bringen, sonst hätte er völlig darauf vergessen.«

Boskos Ton hatte sich schlagartig verändert, seit Ursula Manz den Raum verlassen hatte. Fast schon ein Plauderton. Männer unter sich? Über den Weg traute Grohsman ihm dennoch nicht.

Bosko sah zur Tür. »Geht es der Kollegin gut? Sie ist schon länger weg ... Soll jemand nach ihr sehen?«

Wie aufs Stichwort öffnete sich die Tür.

»Tut mir leid … Ich bin am Gang auf Irena gestoßen und habe kurz mit ihr gesprochen«, tuschelte Ursula Grohsman zu.

»Irena ist zu Hause? Das ist mir entgangen.« Nicht nur Boskos Ton war sofort wieder frostig. Weil es ihm nicht passte, dass jemand ohne sein Beisein mit der Frau sprach? War er ein Kontrollfanatiker, der alle Bewohner als seinen Hofstaat betrachtete?

»Wenn sie hier ist, würde ich gerne offiziell mit ihr sprechen. Unter vier Augen. Nein, sechs, mit meiner Kollegin.«

Bosko presste die Fingerspitzen aufeinander. Erst nach einer Weile meinte er achselzuckend: »Ich werde Sie nicht abhalten können. Dann ziehe ich mich jetzt zurück. Geben Sie Tadeusz Bescheid, wenn Sie gehen.«

»Moment. Darf ich das Klavier sehen, auf dem Herr Lión gespielt hat?«

»Warum?«

»Um eine Verbindung mit ihm herstellen zu können«, imitierte Grohsman den Diplomaten. »Nennen wir es ›Aufsaugen der Atmosphäre‹.« Und um festzustellen, ob es möglich war, dass hier ein Mord stattgefunden hatte.

»Kommen Sie. Hier lang, im Goldenen Salon steht das Instrument.« Tadeusz Olinski hatte lautlos seinen Chef überholt und öffnete die Flügeltür.

Grohsman staunte. Riesige Spiegel mit Goldrahmen zierten die hellen Wände. Die Vorhänge hatten einen warmen Braunton, wie Schokolade. Die Farbkombination setzte das Klavier perfekt in Szene. Grohsman schritt zu dem Instrument. »Ein schöner Steinway. Außergewöhnliche Farbe.«

»Das ist ein B-211. In Palisander. Nicht so alltäglich wie diese schwarzen Kästen.«

Falls man bei einem Steinway von alltäglich sprechen konnte, dachte Grohsman und schmunzelte. »Darf ich?«, fragte er und deutete auf den heruntergeklappten Tastaturdeckel.

»Bitte.«

Grohsman öffnete sacht den Deckel. Er konnte nicht einmal

ein Staubkorn entdecken. Das Klavier stand auf einem Parkett-
boden mit kunstvollem Intarsienmuster. Blutspritzer hätten
sich wohl kaum vollständig entfernen lassen. Schwer vorstell-
bar, dass hier ein Mord passiert war. Grohsman ergänzte seine
Notizen.

»Gut. Das war's vorerst. Können wir in dem Salon von vorhin auf Irena warten?«

Bosko nickte knapp und gab Tadeusz Olinski einen Wink.

7

Nach der Session mit Dorothea war Nicky durch den Sigmund-
Freud-Park geschlendert. Als Psychologin kannte sie Freud nur
allzu gut. Obwohl sie mit Psychoanalyse nichts zu tun hatte,
wie sie immer wieder erklärte. Die Couch in ihrer Praxis diente
für Atem- und Meditationsübungen.

Was hätte der Freud-Sigi über diese Beziehung von Dorothea
und Mariusz gesagt? Wahrscheinlich gar nichts ohne tiefgrei-
fende Therapie.

Nicky hockte sich auf eine Parkbank. Sie holte ein Heft aus
ihrer Tasche und beschriftete es mit »Dorothea Zauner«. Ihre
Notizen schrieb sie mit der Hand, so prägte sie sich die Ge-
sprächsthemen besser ein. Und ihr war wohler, wenn niemand
diese sensiblen Daten hacken konnte. Klar könnte jemand den
Schrank in der Praxis knacken, wo Nicky die Aufzeichnungen
verwahrte. War aber komplizierter.

Ob Dorothea wieder ins Gleichgewicht kam? Sie war mit
Sicherheit schon vor dem Tod ihres Freundes ein Nervenbündel
gewesen. Frau Rettenbach hatte einen Neurologen erwähnt, bei
dem Doro in Behandlung war. Wie weit trieben sie die ständigen
Spannungen? Und diese Verzweiflung über ihre Kindheit, die
übergriffige Mutter – wie weit würde Selma Zauner gehen, um
die Tochter wieder komplett unter ihre Kontrolle zu bringen?

Wen bat Dorothea um Hilfe, hatte sie wenigstens Freundinnen? Nicky schrieb ihr eine SMS. »Ich habe es ernst gemeint. Wenn Sie reden wollen, rufen Sie mich bitte an.«

Prompt kam eine Antwort. »Lassen Sie mich in Ruh, ich komme auch ohne Ihr Herumgestocher klar.«

Das war deutlich. Klang nicht nach einer Frau, die sich vor den Zug warf. Und schon gar nicht nach jemandem, der sich ständig gängeln ließ. Nicky rief sich die Begegnung am Montag in Erinnerung. Da hatte Dorothea ihre Mutter in die Schranken gewiesen, nicht umgekehrt. Emotional instabil, schoss es Nicky ein. Oder doch bloß hypersensible Künstlerseele? Zu gerne würde sie die Patientenakte sehen, die Dorotheas Arzt von ihr angelegt hatte. Konnte sie sich natürlich abschminken.

8

Grohsman wanderte zurück in den Salon und setzte sich auf die Bank. Ursula Manz nahm ebenfalls Platz.

Irena Perewska blieb in der Tür stehen, eine Hand in die Taille gestemmt. Mit der anderen strich sie die blonden Stirnfransen aus dem Gesicht, die zu einer dramatischen Welle geföhnt waren. Der Kurzhaarschnitt brachte ihre hohen Wangenknochen und die vollen Lippen raffiniert zur Geltung. »Ich kann Ihnen nichts sagen. Ich kannte Mariusz kaum. Wir sind sehr verschieden. Kann ich wieder gehen?«

Ursula Manz sprang auf. »Also, ich versteh Sie nicht. Ihr Mitbewohner ist getötet worden! Ist Ihnen das gleichgültig?«, attackierte sie die Frau. Grohsman musterte seine Kollegin. Bisher kein Mucks und nun dieser Ausbruch?

»Ist es mir nicht! Das ist ein Scheißgefühl, wenn Sie's genau wissen wollen. Sind Sie jetzt zufrieden?« Irenas Unterlippe bebte. Fahrig wischte sie sich über die Augen.

Grohsman sah zwischen den beiden Frauen hin und her,

die einander taxierten wie die Mitglieder zweier rivalisierender Straßengangs. Bei der Statur von Ursula Manz hätte die Polin mit Sicherheit das Nachsehen.

»Frau Perewska, setzen Sie sich bitte kurz zu uns. Es dauert nicht lange«, lenkte er ein. Sie war Malerin? Grohsman konnte nirgends Farbflecken entdecken, weder auf der Kleidung noch an den Händen. Na, vielleicht legte sie gerade eine Kunstpause ein.

Widerwillig näherte sich Irena und glitt elegant auf den Sessel, der am weitesten entfernt von Grohsman stand. Zupfte ihren bunten Pulli zurecht und überschlug die Beine. Die Jeans war an einigen Stellen zerrissen. Designerjeans, hatte Joe ihn mal eingeweiht. Mit dieser Kleidung wirkte sie wie ein Fremdkörper in diesen Räumen. Er unterstrich das Wort »Fremdkörper« auf seinem Block und setzte ein Fragezeichen dahinter.

»Sie mochten Herrn Lión, oder?« Grohsman beobachtete Irena. Ihre großen dunklen Augen schimmerten.

»Früher mal. Aber jetzt? Nicht … besonders. Darf ich aber wahrscheinlich nicht sagen, sonst bin ich gleich verdächtig.« Ein kurzer, giftiger Blick zur Manz.

»Nicht wenn Sie letzten Monat in Paris waren.«

»Na, was weiß ich, auf welche Ideen die Polizei kommt.«

Sie sprach fehlerfreies Deutsch, stellte Grohsman fest. »Warum mochten Sie Mariusz nicht mehr?« Er verwendete bewusst den Vornamen. Brachte die Frau vielleicht eher zum Sprechen.

»Wir haben uns eben verändert, ich genauso wie er. Wir stammen aus dem gleichen Dorf in Polen. Aus Tylwica. Wir waren beide Träumer, wie wir nach Wien gekommen sind. Und jetzt … nicht alle Träume sind wahr geworden.« Langsam schüttelte Irena den Kopf. Ihr Blick glitt in die Ferne, wo ein paar Staubkörner im Licht tanzten. »Mariusz war früher umgänglicher. Jetzt lebt er in seiner Blase und schottet sich oft komplett ab.«

»Davon hat Herr Bosko berichtet. Wissen Sie, wohin er sich zurückgezogen hat? Jetzt im Oktober?«

»Nein. Das hat er nie gesagt. Wir haben aber die Abmachung, dass ich seine E-Mails beantworte, wenn er wieder mal der Welt entflieht. Dafür bezahlt er mich.«

Grohsman wäre fast der Block aus der Hand gefallen. »Was? Sagten Sie nicht, Sie kennen ihn kaum? Haben Sie auch in den letzten Tagen seine Nachrichten beantwortet?«

Sie zögerte. Leise setzte sie an: »Ja. Er hat mir Anfang Oktober getextet, dass er abhauen muss. Den Kopf freikriegen. Am 14. wollte er wieder da sein, aber er hat sich nicht zurückgemeldet. Andrzej hat mir geschrieben, dass er tot ist. In den E-Mails an Mariusz stand nichts Weltbewegendes.«

»Keine Bestellung von Medikamenten?«, fragte Grohsman so beiläufig wie möglich.

»Was? Nein ... wieso?« Irena starrte ihn irritiert an.

»Ach, nur so eine Frage. Welche Nachrichten hat er denn bekommen?«

»Manchmal ein glühender Fanbrief. Den habe ich in seinem Auftrag freundlich, aber nicht zu einladend beantwortet. Ein bestimmter Frauentyp stand besonders auf ihn, mit denen wollte er sich's nicht verscherzen.«

»Die gelangweilten Damen der Gesellschaft? Die mit den Privatkonzerten?«

»Ja, die auch. Und die jungen, unerfahrenen.«

»Wie jung?«, setzte Ursula Manz scharf nach. Grohsmans Alarmsystem schlug ebenfalls an.

»Also, er kam nicht mit dem Gesetz in Konflikt. Er hat überhaupt nur ... Hof gehalten. Sehr zum Leidwesen mancher Frauen. Die mussten sich anders trösten.«

Grohsman runzelte die Stirn. Die Perewska sprach in Rätseln. »Wie meinen Sie das?«

»Es gibt hier kleine Empfänge, Soireen, wie Andrzej sie nennt. Ehrengäste, die von weiter weg kommen, dürfen übernachten.«

Schon wieder diese Veranstaltungen. »Verstehe. Und nicht jede Dame übernachtet im Gästezimmer.«

»So ist es.«

Swingerclub mit Glücksspiel? Hatte Frau Rettenbach recht? »Davon hat Herr Bosko nichts gesagt. Hat er das nicht mitbekommen?«

Irena lachte bitter auf.

Wieder eine Reaktion, die Grohsman stutzig machte. »Wie darf ich Ihr Lachen verstehen? Er wusste es sehr wohl? Hat es vielleicht sogar gefördert? Was ... hat sich hier abgespielt?«

»Bitte. Ich weiß es nicht so genau. Ich halte meine Türe immer fest verschlossen, damit sich niemand zu mir verirrt. Alles Weitere müssen Sie mit Andrzej klären.« Rastlos zuckten ihre Blicke durch den Raum. Sie verschränkte die Arme.

Ursula Manz trat zu Irena. Mit sanfter Stimme setzte sie an: »Frau Perewska, wenn Ihnen jemand ... also ...«

»Ob mich jemand vergewaltigt hat? Nein. Also, solche schrägen Dinge laufen hier nicht. Aber ... na schön. Ich steh nicht auf Männer. Wenn dann so ein Schleimer glaubt, er kann jede Frau haben, dann bin ich doppelt allergisch.«

Perewskas Stimme klang wieder lockerer. Grohsman musterte die Frau. Sie lehnte sich zurück und überkreuzte lässig die Beine. Und verkrampfte dabei die Fäuste. Sie wollte gelassener wirken.

»Wenn Sie dennoch mal unter vier Augen reden wollen ... rufen Sie mich an. Bitte. Wir können uns auch woanders treffen.« Ursula legte eine Visitenkarte auf den Tisch.

Irena nickte stumm. Sie wischte sich über die Augen. Blitzschnell steckte sie die Karte ein.

9

»Bin ich froh, draußen zu sein«, schnaufte Ursula Manz.

»Ich auch. Jetzt befreie ich schnell meinen Hund.« Grohsman öffnete die Autotür. Sally sprang übermütig aus dem Auto und beschnüffelte das Pflaster. Hockte sich und starrte in eine Richtung. Grohsman folgte ihrem Blick. War da jemand? Nein. Nichts. Kein böser Verfolger mit schwarzer Kutte. Die Zeitungsmeldung … hatte ihn ein übermotivierter Journalist am Kieker? Alles schon da gewesen. Und würde einiges erklären. Lenkende Aktionen, aber keine Bedrohung.

Die Manz nestelte an ihrer Jacke und zog den Reißverschluss hoch. »Chef, dieser eine Lacher … der ging mir durch Mark und Bein. Irenas Erklärung hinterher war doch fadenscheinig. Ein Zurückrudern.«

»Wirklich seltsam. So wie die Geschichte mit den E-Mails, die sie für ihn beantwortet.«

»Dieses extreme Rückzugsbedürfnis ist echt nicht normal. Klingt einsam. Dabei war er laut Kollegin Kettler gar nicht unbeliebt.«

»Außer bei einer Person. Oder zweien.« Grohsman blätterte gedankenverloren in seinen Aufzeichnungen. »Hat Ihnen Joe Kettler übrigens von einer gewissen Mirella berichtet? Die ziemlich spezielle Massagen anbietet? Sie war früher zu den Empfängen geladen.«

»Die Seven-Up-Mirella?«

»Kann sein … warum?«

»Na, die kenn ich von früher. Ist nicht gerade die zuverlässigste Quelle. Die sagt schnell mal was, um ihre eigene Haut zu retten.« Sie klang verärgert. Ihre Spezis und Strizzis hatten ihr das Leben sicher auch nicht immer leicht gemacht. »Na, ich kann bei ihr trotzdem mal nachhaken.«

»Darf ich Sie fragen … warum haben Sie bei der Sitte aufgehört?«

»Sagen wir's mal so: Wenn es jemandem bei den Mordfällen den Magen umdreht, dann würde dem bei der Sitte das Dauerkotzen kommen. Zu sehen, unter welchen Bedingungen die Frauen leben, und genau zu wissen, man kann nichts, aber auch gar nichts ändern, das geht unter die Haut. Für jede Frau, die illegal eingeschleppt und zwangsprostituiert wurde und die wir

befreien konnten, werden fünf neue eingeschleust. Auf Knopf-
druck. Ein Fass ohne Boden.«

»Aber Ihre ›Klientinnen‹ leben noch … meine sind alle tot.
Jedenfalls fast alle.«

»Ja. Das ist mir jetzt auch direkter bewusst geworden. Deshalb habe ich Irena so grob angeblafft. Tut mir leid.«

Grohsman sah sie lange an. Er verstand ihren Ausbruch von
vorhin, das war dennoch alles andere als ideal. In ihren Akten hatte er lobende Worte über ihre Besonnenheit gefunden.
Musste sie in dieser Abteilung noch verfeinern. »Ich sag's gleich,
leichter wird es nicht.«

»Wollen Sie mir den Job ausreden?« Sie lächelte schief.

»Nein.«

»Gut. Dann mache ich mich auf zu den Kommilitoninnen
von Mariusz. Bis später!«

Grohsman stieg ins Auto. Mist. Er hatte vergessen, das No-
tenregal von Lión durchzublättern, um gezielt nach diesen alten
Noten zu suchen. Noch einmal umdrehen? Nein. Sein Bedarf
an Löwengassenflair war für heute gedeckt. Außerdem konnte
er Sally nicht schon wieder einsperren. Er wischte an seinem
Handy. »Joe …?«

10

»Sie haben Ihren und meinen Chef verpasst, Frau Kettler. Und
Ihre andere Kollegin. Sie gefallen mir ohnehin besser«, empfing sie Tadeusz Olinski lachend. »Soll ich Ihnen helfen? Was
suchen Sie?«

»Nichts Bestimmtes«, schwindelte Joe. Flirtete er allen
Ernstes? Dass Bosko nicht in der Wohnung war, erleichterte
Joe. Schade, dass sie morgen nicht das Tanzcafé vom Bosko
besuchen konnte. Tadeusz Olinski deutete an, dass er sie einschleusen würde. Nein, sie ging dennoch nicht hin. Zu viele

Köche und so. »Wer hat Zutritt zu den Räumlichkeiten hier, vor allem zu Mariusz' Zimmer?« Sie fragte ihn natürlich nicht direkt, ob hier jemand Noten stehlen konnte.

Olinski blieb unverbindlich freundlich. Kein Vergleich zur ersten Begegnung, bei der er sich kotzbrockig gegeben hatte. »Leider verliere ich den Überblick bei den vielen Gästen hier«, antwortete er vage. »Aber an attraktive Damen wie Sie erinnere ich mich.«

Tatsächlich, der machte sie an! Bloß nicht allein mit ihm im Zimmer bleiben. Kam sicher nicht so gut, wenn sie ihre Karatekenntnisse auspackte. Eine Frau in Blond, ziemlich kurvig, kam gerade zur richtigen Zeit aus einem der Salons. Olinski eilte sofort zu ihr. Joe atmete auf. Sie schnappte den Namen Irena auf. Die vierte Bewohnerin? Wahrscheinlich. Aber für Überlegungen hatte sie jetzt keine Zeit.

Joe flitzte ins Zimmer von Lión. Wie sollte sie in dem riesigen Regal etwas finden? Sie fingerte durch ein paar Ordner. Nichts.

Moment. Lión war ordnungsliebend. Die Noten würde er doch in eine Mappe geben? Fehlanzeige. Missmutig stellte sie die dritte Mappe zurück ins Regal. Doch zu simpel?

Noch einen Umschlag. Aber – da steckte ein Tablet im Seitenfach! Das Ding hatte nur noch vier Prozent Saft. Sie wischte durch die Seiten im Schnellvorlauf. Da! Der Scan eines alten Notenblattes. Sah doch aus wie das auf dem Foto, oder? Joes Puls hob an zu einem Drumsolo. Sie stopfte das Tablet in ihren Rucksack und schlüpfte aus dem Zimmer.

Irena sah Joe feindselig an, als sich ihre Wege kreuzten. »Schon wieder eine von euch«, stänkerte sie.

»Je rascher wir den Fall klären, umso flotter sind Sie uns los«, konterte Joe. »Meine Kollegin hat sich …« Ihr fiel nichts ein. Sie ließ den Satz in der Luft hängen.

»… Sorgen gemacht? Muss sie nicht. Ich sagte schon: alles halb so wild hier.«

Nach ein paar belanglosen Äußerungen war Irena herausgerutscht, in welchem Sportschützenverein Lión und Bosko waren. Ein kleiner, fast privater Club, die beiden schossen Feuerpistolen. Gleich morgen einen Besuch abstatten. »Und wenn es bloß dafür ist, das Thema abzuhaken«, imitierte Joe ihren Boss.

Moment. Was erzählte Irena? Wer war bei einer von Boskos Soireen aufgetaucht?

11

Es hatte natürlich keinen Parkplatz in der Nähe der Polizeiinspektion gegeben. Also war sein Auto auf keinem Video drauf. Grohsman lehnte sich in seinem Bürosessel zurück und fetzte einen Dartpfeil auf das U-Bahn-Blatt, das ein Bild des Chefredakteurs brachte. Hatte er auf seine Dartscheibe geklebt. Er schoss daneben. Keine Chance, den Kerl zu filmen, der ihn und die Zeitung mit Fotos versorgte. Falls der noch einmal kam. Ein weiterer Pfeil. Bull's Eye, er hatte die Nase getroffen!

Grohsman hörte Schritte am Gang, sammelte Pfeile und das Foto ein und ließ alles in der Schreibtischlade verschwinden. Rasch hockte er sich zum Computer.

»Boss, ich bin grad Irena Perewska über den Weg gelaufen. Valentin Binder, der Kommilitone von Dorothea, hat sie mal bei einem Empfang angebaggert. Danach hat Lión dafür gesorgt, dass Binder nicht mehr eingeladen wurde.«

»Mariusz, der Frauenbeschützer?«

»Offenbar. Außerdem sind Lión und Bosko im gleichen Schützenverein. Da schaue ich morgen vorbei. Aber jetzt zum Wichtigsten.« Joe hielt ihm eine Mappe entgegen.

»Was ist da drin?«

»Ta-daaa!« Sie klappte die Mappe auf. Die ein Tablet enthielt. »Ich muss es nur ans Ladekabel anschließen ... so. Und jetzt sieh mal. Seine digitalisierte Notensammlung. Und da findet sich ...«

Grohsman starrte auf den Bildschirm. Sah nach der Notenhandschrift vom Foto aus. Es gab sie zumindest als Scan. »Ist das hier der Speichername?« Er deutete auf ein kleines Feld oben.

»Ja genau. FLGW4. Nicht ergiebig.«

»Aber mit diesem File kann Hannes Edwards, dieser Notenspezialist von Frau Rettenbach, sicher mehr anfangen als mit dem Foto.« Grohsman wischte auf dem Tablet von rechts nach links, von unten nach oben. »Ist leider nur eine Seite, oder?«

»Sieht so aus.«

»Schade. Mit dem Jaguar sind wir auch nicht weitergekommen, der Autoschlüssel ist offenbar weg. Die Manz meint übrigens, dass diese Mirella nicht die verlässlichste Quelle ist.«

Joe schüttelte den Kopf. »Warum sollte sie mich in dem Fall anlügen? Da hat sie ja nichts davon.«

»Stimmt. Na, jedenfalls hat die Kollegin ein paar Kommilitoninnen von Lión aufgetrieben. Laut einer Studentin hat Mariusz die Aufnahmeprüfung auf die Musikuni versemmelt. Ein Anfall von Nervosität. Sie hat sich die Geschichte gemerkt, weil sie sich sofort in ihn verschaut hatte. Und weil sie auch durchgerasselt ist.« Grohsman gähnte. »'tschuldigung. Hängt sich ordentlich an, der Fall. Gut gemacht, Joe.«

Er betrachtete die Manuskriptseite. Dann kramte er aus seiner Tasche die Telefonnummer von Hannes Edwards. Endlich hob jemand ab. »Herr Edwards, mein Name ist Felix Grohsman, Kripo. Ich habe Ihre Nummer von Marie Rettenbach. Sie meinte, Sie wären Experte in Sachen Komponistenhandschriften.«

»Herr Grohsman, guten Tag! Frau Rettenbach hat mich gestern Abend kontaktiert. Ich kann gar nicht sagen, wie sehr es mich trifft, was mit Mariusz Lión passiert ist.«

Da schwang ein aufrichtiges Bedauern in der klangvollen Stimme von Edwards. »Kannten Sie ihn näher?«

»Nein. Nur als Pianisten. Ich war beim Konzert ›Junges Wien‹. Mariusz stach aus der Masse heraus. Als Leiter des Liszt

Festivals habe ich ein besonderes Ohrenmerk auf bewegende Liszt-Interpretationen. Mich begeisterte sein Projekt, diese Gegenüberstellung von Liszts Werken auf historischen und auf modernen Instrumenten. Verzeihen Sie, bei tiefgreifender Musik gerate ich schnell ins Schwärmen. Wie kann ich Ihnen weiterhelfen?«

Grohsman staunte, welchen Bekanntheitsgrad Lión in Fachkreisen hatte. »Dann hat dieses Bild vielleicht mit dem Projekt zu tun … Wir sind auf ein Foto von Herrn Lión gestoßen, auf dem er mit einem alten Notenblatt zu sehen ist. Und meine Kollegin hat nun sein Tablet entdeckt, auf dem eine Seite dieser Handschrift gespeichert ist.«

»Eine alte Handschrift? Oh, das interessiert mich.«

»Leider steht kein Komponistenname drauf. Nur ›25‹ und ›FLGW4‹. In der Mitte, da könnte es ›Bercen‹ und noch irgendwas heißen.« Grohsman kniff die Augen zusammen. »Kann ich nicht entziffern.«

»Wenn Sie wollen, schicken Sie mir die Seite, am besten per E-Mail. Dann sehe ich mir gleich an, ob ich mehr erkennen kann.« Er nannte seine E-Mail-Adresse.

»Mach ich.« Grohsman schoss ein Foto von dem Scan. Und verschickte es, ohne das Gespräch abzuwürgen. Fast schon ein Vollprofi, grinste er. »Sollte jetzt bei Ihnen sein.«

»Danke! Übrigens, haben Sie am Freitagabend etwas vor? Wenn nicht, lade ich Sie gerne zum Konzert nach Raiding ein. Ein Kammermusikabend mit Schubert, Brahms und Liszt. Den Mephisto-Walzer für Streichquartett hört man nicht alle Tage!«

Grohsman erinnerte sich an Joes Begeisterung für dieses Werk und konnte sich ein Schmunzeln nicht verkneifen. »Die Einladung nehme ich gerne an.«

»Sehr gut. Ich hinterlege eine Karte auf Ihren Namen. Oder zwei?«

»Eine genügt, danke.« Leider, hätte er fast hinzugefügt.

»Dann bis morgen. Und nach dem Konzert können wir vielleicht noch kurz sprechen.«

Müde packte Grohsman seine Unterlagen zusammen. Er hatte jede Menge Zeit vor seiner Fahrt zum Mozart-Konservatorium. Brachte wahrscheinlich eh nichts, die ehemalige Klavierprofessorin von Mariusz zu befragen. Im Moment klammerte er sich jedoch an jeden Strohhalm. Dazwischen ließ sich perfekt ein Spaziergang mit Magda einbauen.

12

Nicky ließ sich auf die gemütliche Couch in Sonjas Wohnzimmer fallen und betrachtete das bunt zusammengewürfelte Möbelsammelsurium. So konfus, dass es schon wieder passte. Vor allem zu ihrer liebenswert chaotischen Freundin. »Du wirst es nicht glauben, ich hab seit Sonntag die Skripten nicht mehr angerührt!«, berichtete sie aufgekratzt.

»Bravo! Sofort in den Kalender eintragen. Aber du kannst sicher eh schon alles auswendig. Was machst du dann eigentlich damit? Bist du dann eine Profilerin? Wie im Fernsehen bei NCIS oder so?«

»Na ja, Profiling … das greift zu kurz. Das würde die hochkomplexe Arbeit eines Kriminalpsychologen nicht reflektieren.«

»Nicky!« Sonja stöhnte und stellte ihr wortlos ein Glas Wein hin.

Nicky kaute an der Unterlippe. Schon wieder Geschwafel und verschwurbeltes Amtsdeutsch. »Die gespreizte Sprache werde ich mir wohl nie abgewöhnen.« Sie nahm das Weinglas. Mmh, roch nach Muskat und Rosen. Sie schnappte sich die Flasche. Asia Cuvée. Den hatte ihr Felix letztes Jahr empfohlen. Und sie hatte den Tipp an Sonja weitergegeben. Felix sollte von den Pfarrplatz-Mayers Provision verlangen!

»Da widerspreche ich dir mal nicht. ›Reflektieren‹ … ich ruf echt mal in der Uni an, ob die Lehrkräfte brauchen. Nein, mach ich nicht. Sonst hast du überhaupt keine Zeit mehr!«

Nicky stöhnte. »Fehlt jetzt nur, dass du sagst: ›Kein Wunder, dass dir Daniel davongelaufen ist.‹«

»Langsam mit den Gäulchen. Vergiss Daniel. Der war ja nicht mehr ganz dicht mit seinem Ökotrip. Wir waren auch bei einigen Demos von Fridays for Future – aber der? Ich wette, der hat statt eines Kondoms ein Jutehäubchen übergezogen.«

»Er hat echt mal über das wiederverwendbare Kondom nachgedacht ...«

»Pfui Deifel!« Beide prusteten los.

Sonja schenkte sich nach. »Sag, was ist jetzt mit diesem Festl?«

»Na, ich arbeite doch offiziell mit Felix Grohsman an einem Fall. Seither war ich schon bei einem Teammeeting, bei Befragungen und hatte eine Session mit der Freundin vom Toten. Das ist so abgefahren! Und das Musikvideo vom Opfer, echt steil!«

»Was für ein Video?«

»Er spielt Klavier. Also, hat gespielt. Als er noch nicht tot war.« Nicky kicherte. »Pulitzerpreisverdächtig, der Satz!«

Sonja holte ihren Laptop. »Na, dann musst du ordentlich beeindruckt sein. Wie heißt die Website?«

»Willst du jetzt echt gucken?«

»Klar!«

Nicky stocherte auf der Tastatur herum.

»Das ist er?« Sonja zeigte auf den Bildschirm.

»Mhm.«

»Und der ist jetzt tot? Verschwendung.«

»Hab mir noch nicht alle Videos angesehen. Ah, ›Liebestraum‹, das passt zu dir.« Nicky klickte auf den Link. »Hey, das Stück kenn sogar ich!«

»Wollt ich auch grad sagen ... Dieser Blick! Der spielt mit dem Feuer.« Sonja zupfte an ihren Locken. »Kein vordergründiger Schönling. Genau das macht ihn interessant.«

»Zugleich wirkt er irgendwie unnahbar. So Marke ›Hey, ich bin nicht leicht zu kriegen, aber wenn du dir Mühe gibst, könnte es sich lohnen‹. Ich frag mich gerade, wie da seine Freundin Dorothea ins Bild passt.« Das Zittern der Hände. Drohende Berufsunfähigkeit? Verzweiflung? Obsession? Alles Auslöser für massive psychische Erkrankungen. Die bei der jungen Frau wozu führten? Dass sie einen Mann umbrachte? »Nein, aus, ich mag mir über diese Sache noch nicht den Kopf zerbrechen. Mariusz wohnte bei einem Angestellten der polnischen Botschaft, Andrzej Bosko. Der zu diesen Tanzcafés einlädt. Ich soll ihn unter die Lupe nehmen. Liegt mir eh im Magen.«

»Hey, komm, endlich ein kleines Abenteuer! Da ist sicher nichts dabei, sonst würde dich der Grohsi nicht hinschicken. Weißt du schon, was du anziehst?«

»Frau Rettenbach meinte, das kleine Schwarze wäre angebracht. Oder ein Cocktailkleid. Sie hat uns die Einladungen verschafft.«

»Na, dann komme ich morgen zu dir. Nicht dass du ein schwarzes T-Shirt und Shorts anziehst und glaubst, das wäre klein genug«, zog Sonja sie auf.

»Na hallo, so unmodisch bin ich nicht. Ich werde schon was finden. Und jetzt Schluss damit. Was ist aus dem Vorsprechen geworden, die Minirolle in Don Karlos?«

Sonjas Augen blitzten. »Die Rolle könnte ich haben, aber ich krieg nicht frei. Und wegen fünf Zeilen schmeiß ich nicht meinen Job hin. Also hab ich noch einmal angerufen. Ich mag noch nicht über ungelegte Eier sprechen ... sieht aber vielleicht ganz gut aus.« Sie klopfte mit der Faust dreimal auf den Holztisch. »Zeit wird's, ich versauere bald in meinem Job. Versicherungsverträge bearbeiten ist halt nicht spannend. Vielleicht sollte ich auf Versicherungsbetrug wechseln!« Sonja lachte. »Also, auf das Aufdecken von Versicherungsbetrug natürlich. Und jetzt erzähl endlich: Ist dir dein Onkel Dr. Newton wieder mal über den Weg gelaufen?«

»Er heißt Pascal. Hey, das war total scharfsinnig! Seit wann bist du unter die Physiker gegangen?«

»Was? Physiker? Seit wann kennst du Dürrenmatt, und wie kommst du jetzt darauf? Ach so, weil das im Irrenhaus spielt.«

»Ähm … Moment … ich dachte, du machst einen Scherz. Newton ist eine physikalische Einheit. Pascal ebenfalls.«

»Ach sooo … Das ist ja lustig, war echt Zufall. Ich wollte eigentlich Dr. Einstein sagen, weil du doch geschwärmt hast, wie urgscheit der Herr Doktor ist. Stattdessen ist mir Newton rausgerutscht. Na, hätte mich auch gewundert, wenn du Dürrenmatt gelesen hättest. Obwohl … wenn die das Stück auf die Bühne bringen und mich als Irrenärztin besetzen, könnte ich bei dir Nachhilfe nehmen. Und bevor du mir wieder einen Vortrag hältst: Die Rolle heißt so. Ich weiß, dass man heute nicht mehr Irrenarzt sagt. Nur denkt.«

»Du bist unverbesserlich! In jeder Hinsicht!« Nicky seufzte. »Du, ich hab keinen Bock, über Pascal oder sonst über Männer zu reden.«

»Fade Nockn«, grinste Sonja.

»Gar nicht!« Nicky rollte eine Zeitschrift zusammen und tappte damit auf Sonjas Schulter.

»Ha! Zeitschriftenfechten! Jawohl, en garde!«, johlte ihre Freundin und fuchtelte mit einer Zeitschriftenrolle vor Nickys Nase herum.

Nicky sprang auf und wedelte mit ihrer Rolle. »Nimm das, Schurkin!«

Wie Kinder fetzten sie mit ihren Zeitschriften herum und quietschten, wenn eine irrtümlich die andere traf.

Nicky japste. »Ich kann nimmer!« Außer Atem ließ sie sich auf die Couch fallen. »Ich sollte mehr Sport machen«, jammerte sie. »Vielleicht joggen gehen.«

»Einverstanden. Jetzt gleich?«

»Öhm, was, jetzt? Mit welcher Kleidung?«

»Ich könnt einen Fitnessladen aufmachen mit den Sportklamotten, die ich im Schrank habe. Komm, irgendwas passt dir sicher.«

»Und Schuhe?«

»Erzähl mir bloß, du kannst mit deinen Sneakers nicht laufen.
Wir machen doch keinen Marathon!«

Nicky sah ins Vorzimmer auf ihre Schuhe. Und sprang energisch auf. »Na schön, dann laufen wir eben eine Runde!«

Nach zehn Minuten ließ sich Nicky auf die Parkbank fallen, gleich neben Sonja.

»Sollten wir unbedingt wieder machen«, stöhnte Sonja.

Nicky schnappte nach Atem. So unsportlich war sie doch gar nicht? Rudern war auch anstrengend. Aber offenbar anders.

»Wäre echt keine blöde Idee …«, murmelte sie.

13

Der Spaziergang mit Magda und den beiden Hunden lüftete Grohsman den Kopf durch. Für einen Moment waren Lión, die Zauner und Bosko vergessen.

Magda erzählte erst zögernd, doch dann purzelten die Worte wie ein Wasserfall. Über eine Ausschreibung der University of Edinburgh. »Die beforschen die Übertragung von Stimmungen vom Menschen zum Hund, also wie sich eine besonders schlechte oder gute Laune des Menschen auf sein Tier auswirkt! Weißt du, wie spannend das ist? Das Stressmanagement eines Hundes steht nämlich in direktem Zusammenhang mit der Stimmung des Hundehalters.« So aufgekratzt hatte er Magda noch nie erlebt. Sie referierte über Speichelproben und Cortisolspiegel.

Dann blieb sie stehen. Leise meinte sie, dass sie vom Thema abweiche. Und dass ihre Bewerbung für diese Stelle in Edinburgh erfolgreich gewesen sei. Für zwei Jahre würde sie nach Schottland gehen. Ab nächsten Montag. Was für eine Chance!

Hatte alle das Reisefieber gepackt? Emilia nach Hamburg, Magda nach Schottland? Grohsman wartete auf einen Stich. Es kam nur ein kleiner.

»Ich bin so stolz auf dich!« Er lächelte sie an.

»Ja wirklich? Danke, Felix.«

Er fasste sich ein Herz. »Weißt du … irgendwann hab ich mir mehr erhofft als nur Freundschaft. Der richtige Moment ist aber nie gekommen. Und dann …«

Sie wurde still. »Ich weiß. Ging mir auch so. Es … hat nicht sollen sein.«

Grohsman seufzte. »So, und jetzt zeig den Schotten, was eine österreichische Klassefrau draufhat.«

»Bist echt ein feiner Kerl«, flüsterte sie, bevor sie ihr Haus betrat.

Er verharrte eine gefühlte Ewigkeit vor der Tür. Plötzlich stand Sally auf. Sah starr in Richtung Park. Schon wieder dieses Knurren. »Da ist nichts, Mädchen.«

Er sah zur Tür. »Du knurrst einen Geist an, der längst weggeflogen ist«, meinte er leise. Es stach noch immer nicht. Schlimmer. Er fühlte eine Leere.

Sally schüttelte sich und wüffte ihn spielerisch an.

»Einen Weg haben wir noch, Mädchen.«

14

Fast hätte Grohsman die Abbiegung zum Mozart-Konservatorium verpasst. Er nahm die Kurve so eng, dass Sally auf dem Rücksitz ins Rutschen kam. Sie kläffte verärgert. Grohsman mahnte sich zur Konzentration. »Sally, du musst noch mal dableiben. Bald fahren wir heim.« Er stieg aus und legte Sally einen Kauknochen hin, den sie sofort begeistert annagte.

Grohsman blätterte in seinem Notizblock, um nachzusehen, was er von der ehemaligen Klavierprofessorin von Lión erfragen wollte. Noch lesend öffnete er die schwere Eingangstür und wäre beinahe mit einer Frau zusammengestoßen.

»Inspektor Grohsman?«, fragte sie.

»Ja … Frau Taras?« Grohsman betrachtete sein Gegenüber. Aus irgendeinem Grund hatte er sich die Lehrerin von Lión anders vorgestellt. Die Stimme am Telefon hatte ihn an seine Klavierlehrerin vor gefühlt hundert Jahren erinnert. Fräulein Zeisig. Aasgeier wäre passender gewesen. Weiche Stimme, harter Kern. Nach ein paar Heulkrämpfen hatten seine Eltern Herz gezeigt und ihn von diesen Qualen erlöst.

»Kommen Sie weiter. Im Stiegenhaus spricht es sich nicht gut. Hier ist mein Unterrichtsraum.«

Sie betraten eines der klassischen Studierzimmer – weiße Wände mit ein paar Rissen, Linoleumboden. Nicht sehr heimelig. Grohsman schob zwei der Holzsessel einander gegenüber. Frau Taras strich sich im Hinsetzen den dunkelgrünen Strickrock glatt.

»Was kann ich für Sie tun?«, fragte sie freundlich. Der weiche polnische Akzent unterstrich ihre sanfte Stimme.

»Sie wissen ja, wir ermitteln zum Tod von Mariusz Lión. Stimmt es, dass er die Aufnahmeprüfung an die Musikuni nicht geschafft hat, weil er zu nervös war?«

Sie lachte. »Und deshalb hier gestrandet ist? Das stimmt zum Teil. Er kam zu mir – die polnische Gemeinschaft in Wien findet sich. Ich habe ihm die Musikuni empfohlen. Wieso er die Nerven weggeworfen hat, wusste er selbst nicht. Er ist danach bei mir geblieben. Ein Glücksfall, man bekommt selten so ein Juwel. Er ist ein Ausnahmetalent. Verzeihen Sie, er war. Ich kann mich noch immer nicht daran gewöhnen.« Ein Schleier legte sich auf ihre Stimme.

Grohsman betrachtete die Professorin. Der Vorname Grażyna passte zu ihr. Grazil, dieses Wort beschrieb sie treffend. Das glänzende braune Haar trug sie kinnlang, schick geföhnt. Sie hatte schmale Lippen und volle Wangen, auf denen sich Grübchen bildeten, wenn sie lächelte. Die blaugrünen Augen blickten trotz einer gewissen Wehmut wachsam.

»Das verstehe ich. Schlimm, einen Menschen zu verlieren, der einem etwas bedeutet.« Grohsman beobachtete die Frau.

Sie winkte ab. »Na ja, er war trotzdem nur ein Student. Aber zu manchen Schülern baut sich ein tieferes gegenseitiges Verständnis auf. Wir sprachen die gleiche Sprache. Damit meine ich nicht Polnisch.«

»Er war recht beliebt bei den Studenten. Und bei den Studentinnen, wenn ich das richtig mitbekommen habe.«

»Ich weiß nicht, was da lief. Ob ihn das Flirten inspirierte, oder ob da mehr war. Eine Zeit lang war ich mir nicht einmal sicher, ob er auf Frauen steht, wenn Sie wissen, was ich meine. Bis ich ihn im Klavierzimmer mit Dorothea erwischt habe. Schmusend. Ich glaube, das war für ihn etwas Ernsteres.«

»Wie kommen Sie darauf?«, fragte Grohsman erstaunt.

»Na ja, er wollte unbedingt ›Für Elise‹ in sein Diplomprüfungsprogramm aufnehmen.«

»Ist mir auf seiner Homepage aufgefallen. Als einziges Stück von Beethoven. Ich hab mich schon gefragt, was es damit auf sich hat.«

»Um zu zeigen, dass man auch etwas Abgedroschenes aufregend gestalten kann, hat er gemeint. Das habe ich ihm nicht abgenommen. Schließlich ist er rausgerückt. Elise ist Dorotheas zweiter Vorname. Die beiden waren sich nähergekommen. Also, sehr nahe.«

Grohsman gelang es nur mühsam, den Mund zu schließen. »W-was? Es war ihm ernst? Wieso hat Dorothea dann …?« Er verstand gar nichts mehr. Die Zauner war doch unglücklich gewesen, dass er ausgeflippt war. Die Geschichte mit dem Herzchen auf dem Türschild? Doro hatte noch versucht, Mariusz zu beschwichtigen. Das sei nur für ihre Mutter, habe nichts zu bedeuten. Und er hatte seinen Namen trotzdem wütend weggewischt.

Grohsman schlug sich auf die Stirn. Aber natürlich. Lión war nicht sauer gewesen, dass sein Name auf dem Schild stand. Sondern enttäuscht, dass Dorothea ihn bloß aus Trotz gegen die Mutter hingeschrieben hatte. Das hatte ihn getroffen.

Noch etwas war an diesem Tag geschehen …

Grohsman blätterte verbissen in seinen Aufzeichnungen. Da stand es.

»Frau Taras, was bedeutet ... ich weiß nicht, ob ich es richtig notiert habe ... irgendetwas mit Elunia?«

»*Dla Elunia.* Das ist eine Kurzform von Elzbieta, also Elisabeth. *Dla* bedeutet ›für‹. ›Für Elise‹ auf Polnisch. Ja, er hat ein Stück mit diesem Titel für Dorothea komponiert. Er war am Boden zerstört, als ihr das Stück nicht gefiel. Unter uns gesagt, es war auch nicht sehr gut.«

»Hat er ihr gesagt, dass es für sie war?«

»Nein, dazu war er zu gekränkt.«

Endlich ergab ein Puzzleteil einen Sinn. Mariusz Lión war verbittert gewesen über Dorotheas Zurückweisung. »Warum können die Menschen nicht sagen, was sie empfinden ...?«, murmelte Grohsman.

»Das frage ich mich auch oft. Ich habe mir überlegt, mit Frau Zauner zu sprechen. Sie studiert auch hier. Nicht bei mir. Sie ist sehr gut ... Ein anderes Temperament als Mariusz. Ihre Interpretationen haben eine feine Subtilität. Aber ihr Nervengerüst ist eine Katastrophe. Wenn sie das nicht irgendwie in den Griff kriegt, sehe ich schwarz für ihre Karriere.«

»Wissen Sie von seinem CD-Projekt, die Gegenüberstellung von historischen und modernen Instrumenten?«

»Ja. Er hat davon geträumt, so ein Klavier zu kaufen. Aber wo hätte er es hinstellen sollen?«

»In das Anwesen in der Löwengasse?«

Die Taras schüttelte den Kopf. »Ich glaube, er wollte weg von dort. In eine eigene Wohnung. Ist schwierig, ein geeignetes Objekt zu finden, das leistbar ist ...«

»Krach mit Herrn Bosko?«

»Nein. Eher erwachsen geworden. Ein neuer Lebensabschnitt.«

Wenn Lión diesen Schritt gewagt hätte, wäre er dann noch am Leben? »Eine andere Frage: Wissen Sie, ob Frau Zauner oder Herr Lión etwas mit Dopingmitteln zu tun hatten?«

»Nein, davon habe ich nichts gehört. Aber der Druck, unter dem die jungen Künstler stehen, ist enorm. Manche glauben, es nicht ohne Hilfsmittel zu schaffen. Völliger Irrsinn, damit beginnen die Probleme erst so richtig.«

»Weil?«

»Abhängigkeit, Einfluss auf die Spielweise, die Liste ist lang.« Grohsman griff in seine Tasche und zog Lións Tablet heraus. Rief die Datei mit der Notenhandschrift auf. »Haben Sie das schon einmal gesehen?«

»Einen Moment, da brauche ich meine Brille.« Sie setzte eine schicke Brille mit grün-schwarzem Rand auf. »Früher habe ich gesehen wie ein Luchs, aber heute?« Sie lächelte entschuldigend.

»Das kenne ich.« Wie alt mochte Frau Taras sein? Vierzig? Fünfzig? Er konnte ihr mädchenhaftes Gesicht mit den Fältchen um die Augen schwer schätzen.

»Nein, das hat er mir nicht gezeigt. Mir sagt auch dieses Stück nichts.«

»Hoffentlich wissen wir bald mehr darüber, was das sein könnte.«

»Oh, halten Sie mich bitte auf dem Laufenden!«

»Das mache ich sehr gerne. Danke für Ihre Zeit!« Grohsman stand auf und reichte ihr zum Abschied die Hand.

15

Die langen Tage steckten Grohsman in den Knochen. Als er endlich in der Oberen Augartenstraße einparkte, flatterten zu viele Gedanken in seinem Kopf. Wie ein Krähenschwarm in einem Käfig für Wellensittiche. Diese überflüssigen Zeitungs- und Windschutzscheibenaktionen. Das Manuskript. Mariusz und Bosko. Die Taras. Magda. Lukas.

Und Smoky, sein Kater! Was hatte er sich dabei gedacht, das Tier zu übernehmen? Wollte er Magda beeindrucken? Der arme Kerl war öfter allein daheim als geplant. Weil ihn das Gewissen plagte, war Grohsman noch rasch in eine Zoohandlung gefahren, um für Smoky einen Wunderwuzzi-Kratzbaum zu kaufen.

Grohsman schleppte die Kratzbaumteile in die Wohnung, baute das Monstrum im Wohnzimmer auf. Der Verkäufer hatte recht gehabt, bloß zusammenstecken und schrauben.

Smoky beäugte das Teil skeptisch. Dann hüpfte er mit zwei Sätzen auf die oberste Hängematte und rollte sich auf dem Aussichtsposten zusammen.

Heute war es wenigstens nicht gar so spät geworden. Lukas hatte sich auf der Wohnzimmercouch eingerollt. Hatte er wieder das Buch über Quantenphysik in Arbeit? Nein. Friedrich Dürrenmatts Biografie über Albert Einstein. Was der durchschnittliche Sechzehnjährige eben so liest, dachte Grohsman und lächelte schief. »Hallo, Lukas, hast du schon gegessen?«

»Nö …« Sein Neffe sah nur kurz auf und steckte die Nase wieder ins Buch.

»Dann taue ich gefüllte Paprika auf, ist das okay? Sind selbst gemacht!«

»Wahnsinn, du kochst, Onkelchen?« Lukas grinste und stand auf.

»Mehr schlecht als recht.« Ein paar Gerichte aus Caros handgeschriebenem Kochbuch konnte er ganz passabel zubereiten. »Du, ich fahre am Freitag nach Raiding, zum Liszt Festival. Wird ziemlich spät werden. Magst du mitkommen?«

»Nö, nicht wirklich. Ich möcht bei einem Kumpel von mir übernachten, hab ich öfters gemacht. Mama erlaubt es, wenn du auch einverstanden bist.«

Grohsman lachte. »Kumpel? Nicht Semira?«

»Na geh, jetzt fängst du schon an wie die Mama. Nein, bei Linus. Ein Streber wie ich, finden die meisten in der Klasse. Wir gehen mit anderen Nerds zu einem Pubquiz in der Nähe von ihm.«

»Wenn dir das Spaß macht, dann feiere ein bisschen mit deinen Freunden.« Und sein Hund? Sally den ganzen Tag allein lassen, das ging nicht. Sollte er das Konzert absagen? Nein. Dazu kribbelte die Vorfreude auf den Kunstgenuss zu heftig in ihm. – Nicky war doch ein Fan von Sally! Na, fragen kostete nichts.

Sie war bester Laune, als er sie anrief. Sie und ihre Freundin Sonja schienen grad eine Mordshetz zu haben. »Deinen Hund? Ja klar! Dann kann ich mal testen, ob ich haustierkompatibel bin!«

Er sah Lukas an. Sollte er vom Telefonat mit Emilia erzählen? Nein. Er wollte dem Jungen nicht die Laune verderben.

Grohsmans Handy läutete.

»Herr Grohsman, hier spricht Hannes Edwards. Das … also … sollte sich die Authentizität des Schriftstücks verifizieren lassen, wäre das Notenblatt eine Sensation.«

Donnerstag, 19. Oktober

1

Nachdenklich schloss Nicky im Krankenhaus die Tür zum Spind. Was war los mit ihr? Gestern noch hatte sie mit Sonja über das »verruchte Festl« herumgealbert. Heute fand sie die Idee mit dieser Veranstaltung in der Löwengasse blöd. Oder wurmte es sie bloß, dass sie keine männliche Begleitung gefunden hatte? Die Freunde vom Ruderclub passten nicht. Sie hatte vorhin Sonja angerufen, ob die Freundin einen ihrer Schauspielkollegen aktivieren könne. Sie hatte verneint. »Also, von den Typen würde ich keinen mitnehmen. Was ist mit deinem Ärzteschnuckel?«

Okay, Pascal hatte sie zu einem Tee eingeladen. Aber diese Aktion? Passte das? Und wie sollte sie ihn dazu überreden? »Hey, meine Freundin und ich gehen undercover herumschnüffeln, kommst mit?« Oder noch besser, ein gehauchtes: »Duhuuu, in der Löwengasse, da laufen ganz steile Partys, sehr exklusiv, und ich habe dafür eine Einladung. Willst du mein Begleiter sein?« Nicky kicherte.

In Gedanken versunken schlenderte sie durch den Gang im Spital. Schreckte auf, als einige Patientenakten krachend zu Boden fielen und quer über den Krankenhausflur rutschten.

»Kann ich Ihnen helfen, Dr. Vignaud?« Nicky bückte sich, um ihm beim Aufsammeln der Blätter zu helfen.

»Nicht mein Tag heute.« Pascal seufzte. »Irgendwie bin ich nicht bei der Sache.«

»Schwierige Patienten?« War ziemlich heftig zurzeit. Generell war diese Krankenhausabteilung kein Spaziergang. Wer wurde schon wegen psychischer Probleme stationär aufgenommen? Niemand, den bloß »seelische Kopfschmerzen« plagten. Nein, Magersucht, Suizidversuche, schwere Fälle von Schizophrenie oder von bipolarer Störung – die ganze Palette.

»So ist es. Man darf diesen Beruf nicht wählen, wenn einem die Schicksale der Patienten zu sehr ans Herz gehen. Das Problem habe ich nicht. Aber manchmal …« Pascal brach ab.

»Manchmal fühlt man sich ratlos. Ich verstehe Sie sehr gut. Moritz Nieheim, der Patient mit dem Suizidversuch, isst zwar wieder selbstständig. Aber er will noch immer nicht sprechen. Heute war seine Mutter da, die spuckt Gift und Galle. Dass wir Psychoheinis ihren Buben erst in diese Situation gebracht hätten. Was sie damit meint, sagt sie nicht.«

»Sein Therapeut hat doch ursprünglich eine milde depressive Verstimmung diagnostiziert.«

»Genau. Seine Mutter hat angedeutet, dass der Hausarzt ein Burn-out-Syndrom vermutet und Moritz in Therapie geschickt hat. Der Therapeut meinte aber: ›Nö, nicht so schlimm, kein Grund für eine Krankschreibung.‹ Und bei Ihnen?«

»Eine Patientin ist von ihrem Arzt völlig falsch medikamentiert worden. Das Präparat hat ihren Zustand so verschlimmert, dass sie eingewiesen werden musste, weil sie die Körperpflege vernachlässigt, das Essen verweigert hat, eben das volle Programm. Sie hat sich komplett aufgegeben. Ihr Mann ist verzweifelt, weil die beiden Kinder nach der Mama fragen. Er will es aber weder seiner Frau noch den Kindern antun, dass sie die Mama so sehen.« Der Arzt seufzte.

»Also auch ein Fall von Fehldiagnose.«

»Kommt leider vor. Das war auch der Grund, warum ich von der Privatpraxis weggegangen bin. Die Behandlungsansätze …«

»Was ist passiert?«

Pascal sah zu Boden. Drückte die Aktenmappen an sich. Schüttelte den Kopf. »Ich habe schon viel zu viel gesagt.« Er sah auf die Uhr. »Noch drei Stunden, dann habe ich Dienstschluss. Na ja, geht auch vorbei, der Tag. Ich könnte wirklich einen Tapetenwechsel brauchen. Und Sie?«

»Ich habe auch nur mehr bis Mittag. Später treffe ich mich mit einer Freundin. Wir gehen zu einem abgehobenen Tanzcafé. Hat mit der polnischen Botschaft zu tun.«

Der Arzt grinste breit. »Tanzcafé? Das hätte ich bei Ihnen nicht vermutet!« Lachte er sie aus? Nein, das war nur ein Augenzwinkern.

»Ist eine lange Geschichte. Hat mit meinem Studium Forensische Psychologie zu tun. Ob das eine gute Idee ist, weiß ich eh noch nicht.«

»Die Forensische Psychologie?«

»Nein. Dass ich quasi undercover zu einer Veranstaltung bei einem polnischen Botschaftsangehörigen gehe.« Warum erzählte sie ihm das? Weil es sich vertraut anfühlte, nicht nur über Dienstliches mit ihm zu quatschen.

»Undercover. Das sind ja Seiten an Ihnen ... Sie sind ein *l'eau qui dort*. Ein stilles Wasser.«

»Ich ... studiere, um die Kriminalpolizei zu beraten. Oder so.«

»Und dieser Einsatz ist Teil der Beratung? Was ist das für ein Fall? Entschuldigen Sie meine Neugier, aber das klingt so abenteuerlich.«

Abenteuerlich, das traf es genau. »Ein Pianist wurde erschlagen. Er wohnte bei dem Botschaftsangestellten.«

»Oh, der junge Mann, von dem in der Zeitung berichtet wird? Aber ... undercover, ist das nicht gefährlich?«

Bot sich da eine Chance? »Männliche Begleitung wär nicht schlecht. Aber wer geht schon freiwillig zu so etwas?«

»Also ... sonst bin ich nicht so abenteuerlustig, aber das klingt faszinierend. Wäre mal ein Ausbruch aus dem grauen Alltag.«

Okay. Jetzt oder nie. »Also ... Sie können mich gerne zu Andrzej Bosko begleiten! Um sechzehn Uhr geht es los, Löwengasse 27 ... Wenn Sie Zeit haben!«

»Warum nicht? Das bringt mich auf andere Gedanken.«

Doch keine so doofe Idee, dieses Tanzcafé. Auch wenn Sonja sie gnadenlos aufziehen würde mit dem »Ärzteschnuckel«. Rasch rief Nicky Frau Rettenbach an.

»Das ist wunderbar, liebe Nicky. Wollen Sie und Ihre Freundin vorher zu mir kommen? Ich gebe Ihnen die Einladungen, und meine Visagistin und Friseurin steht Ihnen ebenfalls zur Verfügung. Ich lasse Sie dann mit dem Wagen zur Löwengasse bringen.«

Ein Ausbruch aus dem grauen Alltag, hatte Pascal gemeint. Nickys Wangen prickelten. Weil sie etwas mit einem Mann unternahm? Zum ersten Mal seit Daniel? Streng dienstlich natürlich. Um sich vor allfälliger Anmache zu schützen.

»Das glaubst du ja selbst nicht«, raunte sie sich zu. Ob sie sich die Finger verbrannte? Wieder einmal?

2

Ein Manuskript von Franz Liszt! Grohsman versuchte noch immer, die gestrige Nachricht zu realisieren. Edwards hatte hinzugefügt, dass die Titel-Hieroglyphen »Berceuse« bedeuten könnten, auf Deutsch »Wiegenlied«. Er kannte von Liszt jedoch nur die »Berceuse« von 1854, und davon gebe es eine zweite Fassung, von 1862. Die vorliegende Notenseite sei keine dieser Fassungen. Auch keines der Liszt-Werke, die Edwards geläufig waren. »Aber ich kenne natürlich nicht sein komplettes Œuvre. Und es könnte eine Fälschung sein.«

Edwards simste gerade, dass er heute Nachmittag in Wien sei. Ob sie sich treffen könnten, möglichst an einem Ort mit einem Klavier. Grohsman rief Grażyna Taras an.

»Oh, welche Ehre!«, meinte sie begeistert. »Sie können zu mir kommen. Ich wohne in einem Altbau in der Heinestraße, da stören uns weder Studenten noch Nachbarn. Und mein Flügel ist gestimmt. Passt Ihnen fünfzehn Uhr?«

Traf sich ausgezeichnet. Heinestraße, zweiter Bezirk! »Wenn's Ihnen keine Umstände macht? Vielen Dank!« Gleich eine SMS-Antwort an Edwards.

Grohsman klebte das Foto von Lión und den alten Noten auf das Whiteboard. Ein Musikkrimi. Grohsmans Magen vibrierte.

Okay, ob diese Noten bloß ein Faksimile oder gar eine Fälschung waren, konnte man auf dem Scan nicht erkennen. Aber wenn nicht … Das kostbare Original eines unbekannten Werkes wäre ein perfektes Mordmotiv. Ein Täter, der den Kaufpreis nicht bezahlen wollte. Oder entdeckt hatte, dass es sich bloß um eine wertlose Kopie oder gar Fälschung handelte. Eine heiße Spur. Die zu wem führte?

Das Telefon riss ihn aus dem Grübeln. Die Kollegen aus der Kriminaltechnik.

Auch das noch. »Joe, da hast du jetzt einen Bock geschossen.« Sie hatte allen Ernstes ein Taschentuch mit Monogramm AB für einen DNS-Test eingereicht. Auf eigene Faust. Wieso hatte sie nichts gesagt?

Keine Zeit, darüber nachzudenken, schon wieder läutete das Handy. Was war denn heute los?

Die Schule von Lukas. Sein Neffe habe sich in der Pause mit einem Mitschüler geprügelt. Nasenbluten auf beiden Seiten, ein blaues Auge bei seinem Kontrahenten. »Warum hat er zugeschlagen?«, hakte Grohsman nach. Das sei die falsche Frage. Es gebe keine Rechtfertigung für Gewalt. Womit der Professor recht hatte.

Grohsman erzählte ihm daraufhin so wenig wie möglich, so viel wie notwendig. Kein Wort über Emilias Beziehungsprobleme. Aber dass Lukas die Möglichkeit einer »größeren Übersiedlung« beschäftigte. Und dass der Junge öfters wegen seiner Noten gepiesackt werde.

»Sie sprechen ein ernstes Thema an, Herr Grohsman. Tatsächlich habe ich die Vermutung, dass Lukas hochbegabt ist. Oder zumindest überdurchschnittlich intelligent. Wurde das mal getestet?«, fragte der Lehrer. Das Buch über Quantenphysik fiel Grohsman ein. Er versprach, mit Lukas und den Eltern darüber zu sprechen.

Was für eine intensive Zeit. Sally setzte sich vor ihm hin und legte ihr Köpfchen schief. Sie tapste mit ihrer Pfote auf seinen Fuß. »Mit dir sollte man ein YouTube-Video machen. Das würde sicher viral gehen!« Hatte Lukas ihm erklärt, was das bedeutete. Nachdem der Junge gestaunt hatte, wie viele Klicks die Videos von Mariusz hatten. Über vierhunderttausend bei Liszts »Liebestraum Nr. 3«. Nicht wenig für ein Klassikvideo eines »No-Names«, wie Lukas anerkennend festgestellt hatte.

Grohsman baute sich vor dem Whiteboard auf. »White«? Die Tafel sah aus wie eine von Caros Strickanleitungen! Wie waren die vier Stränge verkettet, die er verfolgte? Erstens: Dorothea, die Partnerin mit ihren gesundheitlichen Problemen. Die keinen Schimmer von Lións wahren Gefühlen hatte.

Zweitens, die Sache mit den Medikamenten. Warum hatte der Mann seine Liste mit »Elise« codiert, dem zweiten Vornamen von Dorothea?

Drittens, die Kontobewegungen. Hingen die mit den Medikamenten zusammen? Oder mit dem Manuskript? Oder mit den Empfängen bei Bosko? Wäre interessant, ob es bei den Ein- und Auszahlungen von Lión und Bosko Übereinstimmungen gab. Genehmigung für eine Überprüfung? Da würde ihn der Herr Staatsanwalt schallend auslachen.

Diesen Schnösel konnte Grohsman sowieso nicht leiden. Immer streng nach Vorschrift. Aber wenn die Ermittlungen stockten, hüpften sowohl der Herr Staatsanwalt als auch Oberst Ungerböck im Quadrat. Synchronhüpfen. Unterstützung gab es von den Sesselfurzern trotzdem keine. Falls die Geldbeträge auf Lións Konto nicht vom Medikamentenhandel stammten, kamen sie von seinen Konzerten im »privatesten Rahmen«? Zuwendungen von betuchten Damen? Oder hatte er jemanden erpresst?

Die Privatkonzerte kümmerten Grohsman wenig. Gegebenenfalls mal im Hinterkopf behalten. Die Möglichkeit eines eifersüchtigen Ehemannes war jedoch nicht auszuschließen.

Und viertens, die »Berceuse«, dieses ominöse Liszt-Manuskript. Plus der geplante Kauf eines historischen Flügels. Wie passte der schicke Jaguar zu alldem? Merkwürdiger Zufall, dass der verschwunden war. Es sei denn …

Joe klopfte. »Auch am Grübeln? Ich steh gerade an.«

Grohsman grunzte eine unverständliche Zustimmung. »Ich scheitere bei dem Versuch, eine Verbindung zwischen den Bargeldeinzahlungen und diesen Empfängen zu finden. Wobei Bosko sicher weiß, wie er an der Grenze der Legalität bleibt.«

»Glaub ich nicht, dass der sich drum schert. Bei dem fragt doch niemand nach. Legal, illegal, scheißegal.«

»Könnte sein.« Grohsman schmunzelte. »Zum Jaguar ist mir eingefallen, dass vielleicht der Tote damit transportiert wurde. Dann wär klar, warum das Auto weg ist. Überprüf mal, ob ein Jaguar verschrottet wurde.«

»Gebongt.«

Grohsman verdrehte die Augen. »Wenn du noch dufte und lecker sagst, krieg ich einen Schreikrampf.«

»Das wollen wir doch verhindern, Boss. Bevor du noch die Krise kriegst.«

»Ich krieg gleich einen Gizi, keine ›Krise‹«, brummte er.

»Da bring ich mich lieber aus der Gefahrenzone.«

Grohsman hatte glatt vergessen, mit Joe Tacheles zu reden. Na, hoffentlich beichtete sie diesen Bockmist von selbst. Er zeichnete ein Diagramm auf sein Whiteboard. Wischte einige Pfeile wieder weg, weil sie ins Leere führten. Na toll, nun hatte er den Marker auf seinem Ärmel. Vom Board ließ der sich wegwischen, aber der Stoff? »Mit der Fleckenschere kriegst du den ganz bestimmt raus«, hätte Caro gelacht.

Auch dieses Phänomen kannte Grohsman. Wenn der Fall chaotisch wurde, sprangen seine Gedanken herum wie Frösche auf einem Seerosenteich. Nur dass Seerosen attraktiver waren als Markerflecken. Und sein Diagramm? Das hing in der Luft. Egal, von welcher Seite er anfing, irgendwann geriet er ins Stocken. Mögliche Motive? Jede Menge. Mögliche Verdächtige? Auch nicht wenige. Pfff. Das ergab alles keinen Sinn. Als hätte er hundert Teile zu einem tausendteiligen Puzzle ohne Vorlage.

Dorothea schied schon aufgrund ihrer Körpergröße als Täterin aus. Dennoch kreisten seine Gedanken zum x-ten Mal um die junge Frau. Ihr Name tauchte zu oft und an zu vielen Stellen auf. Und ihr Auto war der Fundort von Lións Leiche. Rein physisch betrachtet – wie viel Kraft war nötig für den tödlichen Schlag?

»Tut mir leid, dass ich dich störe, Schlesinger …« Er schilderte dem Gerichtsmediziner sein Anliegen.

»Kein Problem, Grohsman, das rechne ich dir anhand einer Ablaufsimulation aus.«

Simulation. Was nutzte Grohsman eine Zahl in irgendeiner Maßeinheit? Sagte ihm genauso viel wie die Anzahl der Seepferdchen auf den Bahamas. »Zahlen sind halt … leblos«, murmelte er.

»Lust auf ein kleines Experimenterl?«, fragte der Kollege. Mit grinsendem Unterton.

3

Die Stimmung bei den Sportschützen fand Joe wenig einladend. Elitärer Schuppen, in dem man kein Interesse hatte, irgendwelche »Dahergelaufene« reinzulassen. Natürlich gab sie sich nicht als Polizistin zu erkennen. »Wie wird man denn bei euch Mitglied? Mich faszinieren Feuerpistolen.«

Klar musste sie erst mal die üblichen Sprüche über sich ergehen lassen, zum Kotzen. Ein Obermacho führte sie zum Schießstand. »Hast du überhaupt schon mal so was richtig Hartes in der Hand gehalten?«

Früher hätte sie sich aufgeregt. Genau das wollten diese Vollkoffer erreichen. Aber den Gefallen tat sie ihnen nicht. Sie guckte erst auf die Pistole, dann dem Deppen zwischen die Beine. Mitleidig. Nahm ihm die Waffe aus der Hand. Ob sie mal dürfe?

Sie setzte den Gehörschutz auf. Stellte sich schulterbreit hin. Schob einen Fuß minimal nach hinten. Hob die Waffe, umfasste den Griff, stützte mit der linken Hand. Schloss ein Auge und nahm die Präzisionsscheibe ins Visier. Absolute Ruhe.

Joe drückte ab. Fünf Mal. Tipptopp, das Schießergebnis. War gar nicht so leicht, sich das Lachen zu verkneifen, als sie die Pistole ablegte. Vor dem verdutzten Großmaul mit seiner offenen Kinnlade.

»Willst 'n Bier? Ich gebe eins aus!« Na, sieh mal einer an. Die ach so harten Männer machten auf Kumpel. »Woher hast 'n die Adresse von dem Verein?«

»Na, von diesem Mariusz. Ich weiß nicht, wie er weiter heißt«, stotterte sie. Hoffentlich hatte sie sich nicht verraten.

»Aha … Woher kennst 'n den?«

Jetzt hieß es blitzschnell überlegen. Vom Schach? Sie spielte bloß amateurmäßig. Von einem Konzert? Klang ihr nicht plausibel genug. »Mariusz ist in meinem Karate-Club aufgetaucht«, improvisierte sie.

»Ja, hat er mir erzählt, dass er Karate lernen will«, bestätigte einer der Schützen.

Sein Kumpel lachte dröhnend. »Du legst wohl gerne Jungs flach, was?«

Aber Karate und Schießen, das imponierte den Angebern. »Gibt es in eurem Verein keine Frauen?«

»Nö, fast gar keine. Jedenfalls keine, die so schießt wie du. Könnten wir brauchen!«

Danke nein. Die Schießübungen bei der Kripo reichten ihr. Dass sie eine solide Schützin war, hieß nicht, dass sie sich dafür begeisterte. Dennoch tauten die Jungs auf.

»Ein cooler Hund ist der Mariusz. Oder … war er«, meinte einer aus der Runde.

Joe stellte sich dumm. »Wieso *war*?«

»Na, der ist tot. Echt scheiße.« Erschlagen hätte man ihn. Wenn sie den erwischten …

»Sagt mal … beim Karatetraining, da war er irgendwie so introvertiert, so zurückhaltend. War er das hier auch?«

»Na klar. Schießen ist eine Sache, bei der man eiserne Ruhe

braucht. Da wird nicht gequatscht. Höchstens hinterher. Er war ja so 'n Musiker. Da kommt es auch auf Nerven an, hat er immer gesagt. Und hat uns super Tipps gegeben, wie man die Nerven beruhigt. Der fehlt hier wirklich.«

Mariusz Lión und seine soziale Ader, das hatten schon die Fried und der Binder angedeutet.

4

Der Regen hatte Nicky voll erwischt. Regenschirm vergessen. Sie rubbelte durch ihre nassen Haare. Na klar, jetzt, wo sie endlich in ihrem Wohnzimmer gelandet war, riss die Wolkendecke auf. Ein dramatischer Himmel, Sonnenstrahlen, die durch schwarze Wolken brachen. Sie lehnte sich aus dem Fenster, sog den würzigen Duft ein. Die Vögel, die bei all dem Nass verstummt waren, fanden ihre Stimmen wieder und zwitscherten ihre Lebenslust in den Tag.

Lebenslust. Das Bild von Dorothea geisterte wieder durch Nickys Gedanken. Wie die Frau gestern schaukelnd zusammengesunken war. Verzweifelt.

Nicky kam ihr Patient im Krankenhaus in den Sinn, der mit dem Suizidversuch. Und das Gespräch mit Pascal über die Fehldiagnosen und deren tragische Auswirkungen. Würde Dorothea sich etwas antun? Sollte Nicky anrufen? Andererseits war die Antwort auf ihre SMS gestern überdeutlich gewesen. Dorothea hatte sich in ein Schneckenhaus verkrochen. Ihre Welt stand kopf. Oder existierte gar nicht mehr.

Handygebimmel musste jetzt nicht sein. Unbekannte Nummer.

Es war Dorothea! »Frau Zauner, bitte beruhigen Sie sich! Was ist passiert?«

Jemand schickte der jungen Frau Briefe. »Du bist an allem schuld, ich hasse dich!« Handgeschrieben. Anonym. Doro schniefte. »Aber ich kenn die Schrift. Das ist die Regina Iwitski. Die ist total verschossen in Mariusz, hat ihn gestaltet.«

»Und ... woher kennen Sie ihre Handschrift?«

»Mariusz hat mir einen Brief von ihr gezeigt. Die hat nicht einmal damit aufgehört, als er mit mir zusammen war!« Dorothea schnappte nach Luft. »War ihm unangenehm. Ihre Schnörkelschrift ist typisch. Und die Tinte. Blassblau. Weil sie total auf Franz Werfel steht, die Angeberin.«

»Eine blassblaue Frauenschrift«, diese Erzählung hatte Nicky in der Schule gelesen. Sie erinnerte sich schemenhaft an den bedrückenden Lebenslauf des Schriftstellers. Von den Nazis verfolgt, in die USA ausgewandert. Harter Tobak. »Woher kennen Sie Frau Iwitski?«

»Die hat auch Klavier gespielt, sogar bei der Lehrerin von Mariusz. Na ja, in den Tasten herumgestochert«, lästerte sie. »Hat einfach nicht akzeptiert, dass Mariusz nichts von ihr wollte.«

Warum schrieb diese Frau Briefe an Dorothea? »Hat sie Sie früher schon mal bedroht? Oder mit Ihnen Kontakt gehalten?«

»Nein. Das ist ja das Komische. Jetzt fängt die auch an, mich zu mobben!« Dorotheas Stimme kippte.

Nicky sah auf die Uhr. War knapp, aber notfalls würde sie Frau Rettenbach anrufen, dass sie sich etwas verspätete. »Frau Zauner, wollen Sie vorbeikommen?«

Nach einer kurzen Pause antwortete die Pianistin. »Nein, danke. Das Reden hat mir schon geholfen. Vielleicht hat sie von Mariusz' Tod gelesen und lässt jetzt ihren Frust an mir aus. Und sie schreibt nur, dass sie mich hasst. Nicht dass sie mich umbringen will oder so.«

Fand Nicky wenig überzeugend. »Vielleicht sollten Sie es trotzdem der Polizei melden.«

»Ich weiß nicht. Ich sehe später noch Dr. Breunig. Wenn ich danach noch ein blödes Gefühl habe, sag ich's der Polizei.« Dorothea legte auf.

War diese emotionale Hochschaubahn normal? Nicky runzelte die Stirn. Erst blanke Verzweiflung, dann Verärgerung, und jetzt zum Schluss hatte Dorotheas Stimme wieder ausgeglichen geklungen. Innerhalb von ein paar Minuten. Wenn die Frau später einen Termin bei ihrem Arzt hatte, warum rief sie dann überhaupt an?

Die Sache stank. Nicky wählte Grohsmans Nummer. »Felix, Dorothea Zauner hat sich bei mir gemeldet.« In ein paar Sätzen schilderte sie das Gespräch. »Ziemlich abgefahren, muss ich sagen.«

»Finde ich auch eigenartig.«

»Aber was echt spooky war … Zuerst war sie völlig panisch. Wie ihr die Stimme hochgerutscht ist und so … Und dann war sie total gefasst. Als ob ein Schalter umgelegt worden wäre. Sie habe jetzt ohnehin eine Sitzung bei Breunig.«

»Du, den Breunig besuchen wir morgen bei ihm im Krankenhaus. Hast du um zehn Uhr Zeit? Danach könnte ich dir gleich Sally übergeben, wenn das passt.«

»Ja, das geht.«

»Aber diese Briefe … Kannst du das gleich in die Gruppe posten? Ganz koscher ist das nicht. Iwitski, die Verschmähte, die einen Pick auf Dorothea hat. Eine weitere Tatverdächtige fehlt mir zwar grad noch zu meinem Glück …«

»Sorry …«, flüsterte Nicky.

»Nicht dein Fehler. Dafür wirst du nicht glauben, was mir die Klavierprofessorin von Lión zum Thema ›Dla Elunia‹ gesteckt hat.«

Nicky traute ihren Ohren nicht. Dorothea »Elise« Zauner …

»Warum hat Mariusz mit Doro nie über seine Gefühle gesprochen?«, meinte Nicky leise.

»Weiß ich auch nicht. Einige seiner Kommilitonen beschreiben ihn als schüchtern … Noch was, es gibt unglaubliche Erkenntnisse zu den alten Noten.«

Wahnsinn, diese geheimnisvolle »Berceuse«. Und Mariusz' Hang zu historischen Klavieren. Nicky wurde nicht schlau aus den konträren Seiten des Toten. »Schade, dass ich ihm nie persönlich begegnet bin«, flüsterte sie.

»Geht mir auch so«, erwiderte Grohsman nachdenklich. »Und jetzt muss ich mich auf den Weg machen. Toi, toi, toi für heute!«

5

Langsam näherte sich Grohsman seinem Auto. Wieder steckte etwas an der Windschutzscheibe. Ein Kuvert, das ein Foto enthielt. Nur verschwommen waren zwei Personen zu sehen, zwei Frauen. Wie Scherenschnitte. Grohsman hatte von diesem anonymen Nachrichtenboten mehr oder weniger ernsthaft ein Foto des Mörders erbeten. War auf dem Bild Dorothea Zauner zu erkennen? Mit ihrer Mutter? Grohsman hatte das Spielchen satt. Er hatte keine Zeit, irgendwelchen dubiosen Anschuldigungen nachzugehen. Er pfefferte Kuvert und Foto ins Handschuhfach und fuhr zu Oskar Schlesinger in den dreizehnten Bezirk, wo dieser sein Häuschen im Grünen hatte.

In Schlesingers privatem Versuchslabor – ein umfunktionierter Raum im Keller seines Hauses – starrte Grohsman ungläubig auf ein paar Wassermelonen. Melonenstückchen, das wäre was für Sally gewesen, aber seine Hündin hatte er natürlich vorher heimgebracht.
»Erwischen sollte uns besser niemand. Das ist unorthodox, was wir da machen. Die glauben sonst, ich hab einen Knall!« Schlesinger reichte Grohsman einen weißen Arbeitsmantel.
Woher hat der Kollege so rasch die Melonen organisiert? Drei Stück standen nebeneinander, auf Metallrohre aufgespießt. »Die simulieren die Wirbelsäule. Und jetzt schlag zu.« Mit diesen Worten drückte ihm Schlesinger einen Holzknüppel in die Hand.
Grohsman registrierte Schlesingers breites Grinsen hinter seinem Rücken. Den ersten Schlag führte er schwungvoll aus. Was? Die Melone hatte bloß eine leichte Schramme!
»Da musst du schon mehr geben, Grohsi«, sagte der Medizi-

ner lachend. »Um ein vergleichbares Ergebnis zu haben, musst du die Melone zerschreddern. Die Melonenschale ist hart, aber der menschliche Schädel hält einiges aus. Und die Wirbelsäule ist nicht so unflexibel wie die Eisenstangen, auf denen die Melonen hier montiert sind. Wobei das Schläfenbein vergleichsweise fragil ist. Du musst etwas höher zielen, etwa hierhin.«

Grohsman umfasste den Griff mit beiden Händen. Legte das Holz an der Melone an, holte zu einem Schlag aus und drosch mit aller Wucht auf das Obst ein. Diesmal war das Fruchtfleisch über den Raum verteilt.

»Sauber, Grohsman. War das jetzt praktisch genug?« Seelenruhig klaubte Schlesinger ein Stück Melone von Grohsmans Arbeitsmantel und verspeiste es.

6

Endlich war der Chef zurückgekommen. Joe preschte in sein Büro. In der Hand hielt sie die Mappe mit den Ergebnissen der Kriminaltechnik. Hatte ohnehin nichts gebracht, die Untersuchung. Dennoch, sie musste auspacken. Und ihn davor erst einmal friedlich stimmen. »Boss, hab wegen dem Jaguar alle Autoverschrotter von Wien bis Graz angerufen. Fehlanzeige. Oder sie geben es nicht zu. Die müssten ein Auto doch abmelden, wenn sie es entsorgen.«

Ihr Boss spielte mit einem Kugelschreiber. »Hm. Wer ein Auto für ein paar Scheine verschwinden lässt, hängt das tatsächlich nicht an die große Glocke. Danke fürs Nachhaken. Das Auto sehen wir wahrscheinlich nie wieder.«

»Schade. Außerdem war ich heute schon bei dem Sportschützenverein von Bosko und Mariusz. Hab ein paar Machos gezeigt, dass auch Frauen gute Schützen sind.«

Grohsman musterte sie eindringlich. »Was Auffälliges an dem Verein?«

»Nein. Er war nicht regelmäßig dort, das letzte Mal im September bei irgendeinem Vereinsturnier.« Joe räusperte sich. War jetzt die passende Gelegenheit? Wurde nicht besser, wenn sie es länger vor sich herschob. »Boss, ich muss was beichten. Also … ich hab von der Kriminaltechnik etwas untersuchen lassen.« Joe drückte ihre Mappe an sich. Wie einen Schutzschild.

Grohsman trommelte auf der Tischplatte. »Jaaa?«

Tief durchatmen und los, ohne Zwischenstopp. Wie bei der Hahnenkamm-Abfahrt. »Bosko ist nicht der Vater von Mariusz«, platzte sie raus.

»Und das weißt du woher?« Der Boss lehnte sich zurück und taxierte sie. Ziemlich stechend, sein Blick. Joe schwitzte.

»Am Montag in der Löwengasse, da hat Bosko doch gesagt, dass er mit Kasia befreundet ist. Nicht mit Frau Dziecielski. Also hab ich das Taschentuch mitgenommen, das ihm runtergefallen war. Und die Kollegen der Kriminaltechnik gebeten, die DNS-Spuren zu überprüfen. Ob die mit Lión zusammenhängen könnten. Ein zweites Taschentuch fällt nicht auf, dachte ich mir. Das Ergebnis ist da, null Übereinstimmung.« Joe sah Grohsman zerknirscht an und wartete auf das Donnerwetter. Den Gig in Perchtoldsdorf heute Abend konnte sie sich wohl abschminken. Tschüss, Ronnie.

Das Gewitter ließ nicht lange auf sich warten. »Joe, bist du von allen guten Geistern verlassen? Wenn das rauskommt, hast du eine Diszi am Hals, dass dir nur so die Ohren wackeln! Und ich kann es ausbaden, weil ich mein Team nicht im Griff habe. Herzlichen Dank auch.«

Hielt ihr Boss sie für bescheuert? »Ich bin ja nicht blöd. Bin sofort nach dem Testergebnis zu den Kollegen und habe mich entschuldigt, dass das Taschentuch nicht zum Fall gehörte. Dass sie die Testdaten löschen und mich nicht verpfeifen sollen. Inklusive einer Schachtel Merci, die ich ihnen mitgebracht habe.«

»Hat nicht sehr viel genutzt. Die Kollegen haben heute angefragt, ob ich den Test autorisiert habe. Ich hab dich gedeckt.«

Aber wenn die das dem Ungerböck gesteckt hätten, wäre es bös ausgegangen.«

Die von der Kriminaltechnik hatten sie trotz Bestechung verpfiffen? So eine Gemeinheit. »Es tut mir leid ... Aber jetzt wissen wir's wenigstens. Außerdem sind unorthodoxe Methoden manchmal zielführend. Auch wenn es danach nur Melonensalat gibt.« Sie zwinkerte ihrem Boss zu.

»Joe, das mit der DNS hätte wegen der polnischen Botschaft saublöd ausgehen können. Na ja, Schwamm drüber. Obwohl wir da eher den Kärcher brauchen.«

Puh, das war glimpflich verlaufen. »Und was jetzt?«

Grohsman blätterte in seinem Notizblock. »Morgen treffen wir Dr. Breunig, den Neuroarzt von Dorothea. Zusammen mit Nicky Witt. Vielleicht kann er etwas zu ihrer physischen wie psychischen Gesundheit sagen. Laut Nicky ist Doros Medikamentencocktail recht beachtlich.«

»Apropos, ich hab vorhin mit dem Schlesi telefoniert. Nach dem Blutbefund hatte Lión nichts eingeworfen, weder Medikamente noch Drogen. Außerdem war er kerngesund. Also, soweit Schlesinger mit den Untersuchungen durch ist.«

»Und bei der Gelegenheit hat er dir gleich von unserer Versuchsreihe erzählt? So ein Klatschmaul. Joe, wenn du nicht grad übers Ziel hinausschießt, machst du verdammt gute Arbeit.« Grohsman nickte anerkennend.

Joe schnaufte erleichtert durch. Das taugte ihr an Grohsman. Der motzte nicht tagelang herum. Eine Kopfwäsche und Ende der Durchsage. »Danke«, sagte sie leise.

Grohsman nickte. »Weiter im Text. Als Nächstes müssen wir diese Sache mit den Medikamenten klären. Eine harte Nuss.«

»Da ist Gregor dran. Er checkt die E-Mails, ob er einen Hinweis auf den Dealer findet.«

»Passt. Ich bin immer wieder baff, was er aus den Dateien herauskitzelt, für Computer hat er echt ein Händchen.«

»Er hat vor zwei Wochen einen Programmierkurs besucht, aus eigener Tasche bezahlt. Außerdem löchert er seine diversen

Informanten aus dem Untergrund nach Tricks, wie man Handys, Computer et cetera knacken kann.«

»Respekt, bald brauchen wir die IT-Abteilung nicht mehr. Wo Schatten ist, da ist auch Licht!« Grohsman lachte. »Wobei, mir gegenüber raunzt er immer, dass er im Büro versauern muss, während wir uns draußen einen Lenz machen.«

»Na ja, in letzter Zeit ist er komisch drauf. Vielleicht ist irgendwas mit seiner neuen Freundin.«

»Kienzle hat eine Freundin?« Grohsman seufzte. »Ich muss euch alle wieder mal auf ein Bier einladen, sonst krieg ich gar nichts mehr mit. Sag, falls heute alle Zeit haben, gehen wir nach dem Dienst einen heben? Teamausflug?«

Okay, wenn der Boss schon versöhnliche Töne anschlug, musste Joe ihr Glück versuchen. »Eigentlich wollte ich fragen, ob ich heute schon um vier gehen kann …«

»Ja klar! Schönen Abend!« Der Boss sah etwas enttäuscht drein. Aber sie musste ihren Kopf auslüften. Ronnie hatte eine SMS geschrieben, ob sie auch wirklich komme. Sicher! Ihr war voll nach Funky Rock.

7

»Kommen Sie herein. Guten Tag, Nicky. Und Sie müssen Sonja, die Schauspielerin, sein«, begrüßte Marie Rettenbach die beiden Freundinnen herzlich. »Folgen Sie mir bitte in den Ankleidesalon. Nicky, dieses mahagonifarbene Haar, prächtig. Aber der Schnitt … Na ja, ich weiß schon, das ist modern. Meiner Stylistin wird sicher etwas einfallen, was zu Ihrem feschen Kleid passt.«

Nicky verstand nicht, was an ihrer kecken Igelfrisur falsch war. Sie kletterte auf den Drehhocker. Nach ein paar zügigen Bürstenstrichen spürte sie Klammern an ihrem Kopf. Ein Haarteil! Nicky riskierte einen Blick in den Spiegel. Nicht übel, die Hochsteckfrisur, bloß … das war doch nicht mehr sie. Oder?

»Pfoa, du schaust so steil aus!« Sonja klatschte frenetisch. »Echt atemberaubend, deine Nackenlinie!«

»Du musst dich aber auch nicht verstecken«, sagte Nicky bewundernd zu ihrer Freundin. Ihre Mähne war kunstvoll in Szene gesetzt, in einer üppigen Kaskade fielen ihr die Locken über die Schulter.

»Das sieht schon recht ordentlich aus. Ein i-Pünktchen fehlt noch.« Frau Rettenbach gab ihrer Stylistin ein Zeichen, und diese schmückte Nicky und Sonja mit Ketten, Armbändern und Ohrsteckern.

»Die sind aber hoffentlich nicht echt ...« Nicky betrachtete zaghaft die funkelnden Preziosen.

»Doch. Smaragde für Ihr wundervolles nachtgrünes Satinkleid. Und Perlen für Ihre Freundin zu ihrem schwarzen Samtkleid. Seien Sie so gut und verlieren Sie mir die Sachen nicht.«

»N-nein, wir passen darauf auf ...« Sonja fand als Erste die Sprache wieder. »Jetzt schieße ich schnell ein paar Fotos.« Übermütig zückte sie ihr Handy.

In Nickys Kopf drehte sich alles, das Haarspray verklebte offenbar nicht nur ihre Frisur. »Eine dumme Frage ... Wenn wir so aufgebrezelt ... äh, gestylt ... äh, elegant gekleidet erscheinen ... was machen wir mit meinem Kollegen?«

»Mit dem habe ich schon gesprochen. Er hat einen passenden Anzug. Mein Chauffeur holt ihn ab, kommt hierher und bringt Sie dann alle in die Löwengasse.«

»W-wie konnten Sie mit ihm sprechen?«, staunte Nicky.

»Ich habe ihn im Krankenhaus angerufen.«

»Im Krankenhaus«, wiederholte Nicky ungläubig. »Und woher wissen Sie ...?«

»Nicky, dass Sie im Hanusch-Krankenhaus arbeiten, weiß ich von Herrn Felix. Welche Abteilung, war naheliegend. Dort gibt es nicht so viele Ärzte. Ein sehr angenehmer junger Mann übrigens.«

»Und in welcher Rolle bin ich das letzte Mal auf der Bühne gestanden?«, fragte Sonja frech.

»Als Gertrude. Im Hamlet. Kreuzdumme Entscheidung, wenn Sie mich fragen. Die Ophelia, das wär's gewesen, mit Ihrer samtweichen Stimme und Ihren sensiblen Augen.«

Glitzerten da Tränen in Sonjas Augen? Nicky legte den Arm um die Freundin.

Kurz darauf fuhr der weinrote Mercedes von Frau Rettenbach vor. Pascal stieg aus, um Nicky und Sonja in den Wagen zu helfen. Er starrte die beiden Frauen mit offenem Mund an.

»Es zieht!«, sagte Sonja lachend, worauf Pascal seinen Mund schloss.

»Meine Damen, ich bin … überwältigt!«

Na, aber hallo, Pascal sah auch nicht übel aus in dem dunkelgrauen Anzug. *Très chic!*

»Ihr Akzent ist zum Knuddeln«, quietschte Sonja und kletterte ins Auto. Nicky setzte sich neben sie, Pascal stieg vorne ein. »Gehen wir noch schnell unsere Identitäten durch? Sie, Pascal, heißen jetzt Etienne und leiten ein psychiatrisches Zentrum in Lyon. Sie sind auf der Suche nach internationalen Kooperationspartnern. Du, Nicky, nein, Patricia, bist seine reiche Gemahlin und Gönnerin, ein Spross aus dem Hause D'Aviano. Wie die Gasse im ersten Bezirk.«

»Die übrigens keine Adeligen waren«, murmelte Nicky.

»Ist doch wurscht, Frau von und zu und überhaupt Wittgenstein, die das ›Sayn‹ im Laufe von fünf Generationen verloren hat und mit Adeligen nichts zu schaffen haben will.«

»Wie war das?«, hakte Pascal ein.

Nicky rollte mit den Augen. »Ich heiße eigentlich Nike Wittgenstein. Mein Vater entstammte weitläufig den Sayn-Wittgensteins, er starb vor vielen Jahren. Leider sind wir weder mit dem Philosophen noch mit dem Pianisten verwandt.«

Sonja tätschelte Nickys Arm. »Weiter im Text. Ich, Juliette, bin ein aufgehender Stern am Theaterhimmel und eine Freundin der Familie. Alles klar? Die Einladungen habe ich hier.«

»Darf ich sehen?« Pascal streckte seine Hand aus.

»Klar. Als Kavalier müssen ohnehin Sie die Einladungen vor-
weisen. Wobei wir uns als Freunde eigentlich duzen sollten.«

»Richtig. Und um es nicht zu verkomplizieren, könnten wir
dabei bleiben. Also, privat. Oder, Nicky?«

»Ähm, wie? Ja, wieso nicht.« Nicky wartete darauf, dass sie
einen Aschenbrödelschuh verlor, der Mercedes sich in einen
VW-Käfer verwandelte und sie wieder ihre Jeans und den Pulli
anhatte. Und allein im Wagen war. Doch vorerst hielt das Auto
vor dem Haus in der Löwengasse. Der Fahrer öffnete die Tür
und half ihnen beim Aussteigen.

»Lasset die Spiele beginnen!« Sonja klatschte aufgeregt in
die Hände.

Die Spiele. Nickys Magengrube meldete sich. Ihr war nicht
sonderlich spielerisch zumute.

8

»Herr Edwards, darf ich Ihnen Frau Taras vorstellen, die uns
freundlicherweise Asyl gewährt?« Grohsman streckte dem eleganten Mann zur Begrüßung die Hand entgegen, der sie sofort
ergriff. Ein angenehm fester Händedruck.

Edwards wandte sich an die Pianistin. »Danke, dass Sie uns
Zuflucht bieten!«

»Oh, gerne, ich bin schon sehr neugierig! Haben Sie über
die Noten schon etwas herausgefunden?«, fragte Grażyna Taras
und entschuldigte sich sofort für ihr Vorpreschen. »Mir ist das
Stück einfach nicht aus dem Kopf gegangen.«

Edwards öffnete eine Mappe und legte ein paar ausgedruckte
Notenseiten auf den Tisch. »Sehen Sie, das ist eine typische
Handschrift von Franz Liszt. Seine Schrift ist sehr dynamisch.
Hier, der Querstrich beim Doppel-T. Auch sein P ist charak-
teristisch.«

»Stimmt. Und diese energischen Balken der Achtel- und

Sechzehntelnoten.« Die Taras deutete auf eine Stelle. »Die hingefetzten Violinschlüssel, die kleinen Notenköpfe, unwesentlich größer als die Punktierungen.«

Wie Kinder beim Auspacken von Geschenken, schmunzelte Grohsman.

Edwards zog einen weiteren Ausdruck hervor. »Nun sehen Sie sich das Blatt an, das Sie geschickt haben. Gleich vorweg, ohne Original bedeutet das wenig. Aber dieses B von Berceuse ist das gleiche wie hier, bei Ballade.«

Grohsman studierte die Papierbogen. »Tatsächlich. Sieht sehr ähnlich aus.«

»Aber das ist noch nicht die Sensation, von der ich gesprochen habe. Sie haben mich schon auf die Ziffer fünfundzwanzig hingewiesen. Und jetzt sehen Sie hier. Da steht vierundzwanzig.«

Grohsman hatte diese Zahlen zwar bemerkt, doch was war daran so exzeptionell?

Grażyna Taras stieß einen Überraschungslaut aus. »Der gleiche Rötelstift!«

Grohsman blickte zwischen den beiden hin und her und kam sich vor wie jemand, der einen simplen Witz nicht verstanden hatte.

»Das hier sind die ›Glanes de Woronince‹«, erklärte Hannes Edwards und hielt die Blätter hoch, die er als Erstes hergezeigt hatte. »Ein berühmtes dreiteiliges Klavierstück, das Liszt der Tochter seiner großen Liebe, Fürstin Carolyne zu Sayn-Wittgenstein, gewidmet hat. Diese Seite vierundzwanzig ist das letzte Blatt. Da endet das Stück, sehen Sie?«

»Und auf Seite fünfundzwanzig beginnt dann …?«

»Das ist eben die Frage. In der Literatur ist nur von drei Teilen die Rede. Ballade, Mélodie Polonaise und Complainte. Es gibt keine Berceuse in dem Werk, zumindest war bis jetzt keine bekannt. Hier, diese Buchstaben, FLGW4. Das könnte ›Franz Liszt Glanes de Woronince 4‹ bedeuten.«

Grażyna Taras' Augen wurden immer größer. »*Boże mój!* Das ergibt Sinn. In den ›Glanes‹ hat Liszt Volksmusik aus der

Ukraine und aus Polen aufgegriffen. Teil eins ist eine ukrainische Dumka, Teil zwei basiert auf zwei polnischen Volksliedern, Teil drei ist wieder eine Dumka.«

»Der vierte Teil deutet mir wieder auf einen polnischen Rhythmus hin, oder?«, fragte Hannes Edwards.

»Richtig. Diese acht Takte, da kann man ein polnisches Wiegenlied erkennen. ›Kotki dwa‹. Eine Berceuse!« Sie begann zu singen: »*A, a, a, kotki dwa, szarobure obydwa, nic nie będą robiły, tylko ciebie bawiły.*« Und fügte hinzu: »Das bedeutet: ›Ah, zwei Kätzchen, beide grau gefleckt, machen nichts anderes, als dich zu unterhalten.‹«

Sie setzte sich an den Flügel und spielte eine Melodie. Eine graue Katze, wie sein Smoky. War es diese Verbindung, die Grohsman bezauberte? Oder die Stimme von Grażyna Taras? Für einen Augenblick vergaß er den tragischen Zusammenhang, warum er sich mit diesem Blatt beschäftigte. Sich einfach der Musik hingeben. Dem eleganten Spiel der Pianistin lauschen. Es kostete ihn einige Mühe, sich wieder loszureißen. »Ich dachte, Liszt war Ungar – was hatte er mit Polen zu tun? Und mit der Ukraine?«

»Sehr viel!« Edwards war in seinem Element. »Woronince ist ein Ort in der Ukraine, da stand das Gut der Fürstin Carolyne zu Sayn-Wittgenstein, mit der Liszt eine Beziehung hatte. Wie gesagt, Liszt hat die ›Glanes‹ der Tochter von Carolyne, Marie, gewidmet. Nein, sie war nicht Liszts Tochter. Carolyne von Iwanowska, wie sie mit Mädchennamen hieß, wurde in Monasterzyska geboren, in eine wohlhabende alte polnische Adelsfamilie. Ihr Vater verheiratete sie mit Prinz Nikolaus, mit vollem Namen Sayn-Wittgenstein-Berleburg-Ludwigsburg.«

»Na, mit dem Namen möcht ich keine Autogramme geben müssen«, scherzte Grohsman.

»Die Gefahr bestand bei ihm nicht wirklich«, meinte Edwards. »Nikolaus war nicht die hellste Kerze auf der Torte. Was auch einer der Gründe war, warum die Ehe scheiterte. Carolyne war intelligent und resolut. Sie bewirtschaftete nicht nur ihre Güter erfolgreich – das Gut Woronince war eines davon –, sie war auch künstlerisch und intellektuell eine Kapazität. Sie studierte Literatur und Philosophie, kein Wunder, dass Liszt sie verehrte. Dreizehn Jahre lang lebten die beiden gemeinsam in Weimar. Für sie hat Liszt seinen Lebensstil geändert. Davor war er rastlos, ständig auf Tournee, ständig neue Liebesabenteuer. Er wollte Carolyne sogar heiraten, aber der Papst weigerte sich, Carolynes Ehe zu annullieren. Beide waren jedoch tiefgläubige Katholiken, so hat sich die Beziehung schließlich zerschlagen. Sie blieben aber in Kontakt, der Briefwechsel der beiden füllt mehrere Bücher. Verzeihen Sie, jetzt bin ich vom Thema abgekommen.«

Fand Grohsman gar nicht. Er hätte Edwards packender Erzählung und seiner klangvollen Stimme gerne länger zugehört. Doch langsam sickerten die geballten Informationen. »Wie viel wäre das Manuskript eines unbekannten Werks von Franz Liszt wert?«, fragte er mit rauer Stimme.

»Das lässt sich so nicht sagen. Es kommt darauf an, ob die Komposition vollständig ist und wie viele Seiten sie umfasst. Aber selbst dieses eine Blatt ist ein Vermögen wert, wenn es denn echt ist.« Edwards' Augen schimmerten voller Ehrfurcht.

»Vielen Dank für alles. Ich verabschiede mich.« Grohsman schritt langsam zur Tür. Zögerte. Drehte sich um. »Frau Taras, kommen Sie morgen mit nach Raiding? Ich fahre mit dem Auto. Vielleicht hat Herr Edwards auch für Sie eine Karte.«

Edwards nickte enthusiastisch. »Selbstverständlich! Ihr Besuch wäre mir eine besondere Freude.«

Wieder dieses charmante Strahlen in den Augen der Taras. »Das wäre wunderbar, danke! Wo soll ich hinkommen, Herr Grohsman?«

»Am besten in die Leopoldsgasse zur Polizeistation. Um fünf?«

Ein Tag voller Überraschungen. Kurz verfinsterte sich Grohsmans Laune bei der Überlegung, ob diese Noten mit dem Tod von Mariusz Lión zusammenhingen. Während er diese Gewitterwolke zur Seite schob, braute sich in seinem Hirn die nächste zusammen. Die Schlägerei von Lukas hatte er bis jetzt komplett ausgeblendet. Da war noch ein Gespräch mit dem Jungen fällig. Und mit Emilia?

Er ging zu seinem Wagen. War er erleichtert, dass diesmal keine Nachricht unter dem Scheibenwischer steckte? Wieder dieses Gedankenkarussell. Was war der Zweck dieser Botschaften? Wenn sie wirklich von einem Zeugen stammten, der Beweise für Dorotheas Schuld hatte ... oder für die Schuld ihrer Mutter ... falls das Foto die beiden zeigte ...

Nein. Aus. Für den Moment blendete er alle Widrigkeiten aus und rief sich die sanften Klänge in Erinnerung: »*A, a, a, kotki dwa* ...«

9

Erschöpft warf sich Nicky auf die Couch. Sie kuschelte sich in den Polster. Was für ein Erlebnis, dieses Tanzcafé. Keine andere Welt, sondern ... eine andere Galaxie. Waren das alles kohlenstoffbasierte Lebewesen gewesen? Maximal in Bezug auf ihre Diamanten. Sie war diese Art von Schmeicheleien, nein, von falschem Schöntun nicht gewohnt. Und wollte sich nicht daran gewöhnen. Pascal hatte sich blendend unterhalten. Da hatten einige der weiblichen Gäste ihre Hälse verrenkt und mit den aufgeklebten Wimpern geflattert. Wie weltmännisch er sich auf dem Parkett bewegt hatte! So wie Sonja, majestätisch wie zwei Schwäne im Wasser.

Nicky war sich daneben wie ein gestrandeter Schwan vorgekommen. Was ihr die Gunst von Andrzej Bosko, dem Hausherrn, eingebracht hatte. Von »Andy«. Wenn der Herr Gemahl sie derart sträflich vernachlässige, würde er ihr gerne eine Privatführung durch die Gemächer anbieten. Zu späterer Stunde. Danke, nein.

Überhaupt, ein Tanzcafé? Katastrophe! Sie hatte das Tanzen zwar im Blut, aber nicht in den Füßen, wie sie mit Freunden immer wieder scherzte. Andrzej konnte allerdings hervorragend Walzer tanzen. Richtig elegant hatte er den Zusammenstoß mit Sonja und Pascal verhindert, die wie die Profis übers Parkett geglitten waren. Ob er sie wiedersehen könne, hatte Andrzej ihr ins Ohr geraunt und mit den Lippen ihr Ohrläppchen gestreift. Eine Berührung, die ihr Gänsehaut verursachte. Aber nicht die prickelnde Variante.

Konnte sie bei ihm psychopathische Tendenzen ablesen? Macht schien für Bosko ein enormes Thema zu sein. Manipulative Züge hatte sie jedoch zumindest gestern nicht wahrgenommen. Er hatte ihr Nein ohne ungute Reaktion akzeptiert.

Pascal hatte sich vor dem Heimgehen bei Andrzej voller Charme bedankt, dass er seiner Frau die Zeit vertrieben habe. Und dann … hatte Pascal sie geküsst. Auf den Mund. Nickys Herz hatte einen Schlag ausgesetzt, bevor es davongaloppiert war. Und er? Hatte ihr zugezwinkert und ihr den Arm angeboten. Nicky hatte dankend angenommen, um ihre weichen Knie irgendwie wieder unter Kontrolle zu bringen. Sie hatte ihre Sprache noch immer nicht gefunden, als sie im Anschluss zu dritt das Fest verließen. Weder im Auto noch beim Verabschieden hatte Pascal ein Wort über den Kuss verloren, sondern ihr nur artig die Hand gereicht. Nicky hatte sie wie in Trance geschüttelt und war zu feig gewesen, den Mund aufzumachen.

Noch immer wurlte eine Armee von Ameisen in ihrem Bauch, sie tanzten Walzer. Sollte es sie beunruhigen, dass ihr dieses Kribbeln gefiel? Falls es dabei blieb. Diese Krabbeltiere konnten ordentlich beißen …

Mit einem Ruck setzte sie sich auf. Das Getuschel der zwei alten Schreckschrauben! Unbedingt Grohsman berichten … Aber nicht mehr heute.

1

»Guten Morgen, Felix«, gähnte Nicky ins Telefon. Sie massierte sich die Füße. Tanzen. In engen hochhackigen Schuhen. Mörderische Kombination, die ihr die Zehen übel nahmen.

»Guten Morgen! Du hörst dich ein bisschen müde an, Nicky. Wie war dein Nachmittag gestern?«

Nicky konnte Grohsmans Tonfall nicht deuten. Er klang erschöpft, dennoch vibrierte etwas in seiner Stimme. Tendenz *good vibrations*. Na, würde sie schon noch herausfinden. »Diese Kaffeepartys sind echt überdrüber. Deine Gräfin hat uns gestylt, ich bin mir vorgekommen wie die Prinzessin aus Keine-Ahnung-wo!«

Grohsman lachte. »Glaub ich nicht. Wo sind die Beweisfotos?«

»Schick ich dir. Vielleicht«, scherzte Nicky mit. »Wir waren aufgeputzt wie die Christbäume! Madame Rettenbach meinte, wenn ich als reiche Gemahlin durchgehen will, muss der Schmuck echt sein, sonst halten mich alle für eine Hochstaplerin. Und ich kann dir verraten, einige der Gäste haben tatsächlich zuerst auf meinen Hals und meine Ohren gesehen und den Schmuck taxiert, bevor sie mit mir parliert haben.«

»Parliert, hört, hört …«

»Du, ein paar Stunden in dem Laden, und deine Synapsen sind auf Aristokratensprache gepolt. Der Herr Gastgeber hat jedenfalls den Köder gefressen, der musste mich arme, unbeachtete Ärztegattin unter seine Fittiche nehmen.«

»Ärztegattin? Hab ich was verpasst, hast du dich in der Zwischenzeit vermählt, wenn wir schon bei elaborierter Sprache sind?«

Klang witzig, wenn Grohsman näselte. Nicky lachte. »Nein, keine Sorge. Ich sollte doch in männlicher Begleitung auftauchen, und Pascal Vignaud, mein Kollege aus dem Krankenhaus, ist eingesprungen.« Jetzt bloß nicht die Gedanken zu ihm wandern lassen. Zu seinen eleganten Händen. Seinen intensiven Attersee-bei-Sturm-Augen. Zu dem Kuss. Aus! »Er kommt aus Frankreich, und die Frrrauön sind bei seinöm Akzönt wie Büttör geschmolzön.« Das Imitieren seines Akzents sollte ich lassen, dachte Nicky. »Jedenfalls hat er öfters mit Sonja getanzt, und Herr Bosko witterte sofort das Weibchen in Not. Ich hätte an dem Nachmittag ohne Weiteres bei den Events für den engeren Dunstkreis mitmachen können.«

»Dann sind die Kaffeepartys nicht so harmlos, wie Frau Rettenbach vermutet?«, fragte Grohsman besorgt.

»Na, halb so wild. Ich hab mich dumm gestellt und gefragt, was mich erwartet, wenn ich bleibe.«

»Und?«

Nicky sah Grohsman vor sich. Wie sich die Grübelfalte auf der Stirn bildete, während er ihre Worte auf Zwischentöne scannte. »Er hat mir eine Privatführung der Liegenschaft angeboten, bei der ich auch Zutritt zu Räumen bekäme, die der Öffentlichkeit vorenthalten blieben.«

»Hast du ihn gefragt, ob er damit die Küche meint?« Grohsman lachte nervös.

»So ähnlich. Ich hab ihn mit großen Kulleraugen gefragt, ob er vom Weinkeller spricht.«

»Sicher reizvoller als die Küche. War er sehr enttäuscht?«

»Keine Spur. Er hat gemeint, die Idee wäre gar nicht schlecht. Den Weinkeller hätte er dafür noch nie verwendet. Und er hat keinen Zweifel daran gelassen, was er mit ›dafür‹ meint. Weißt du … in der Erzählung klingt das alles ziemlich schleimig. Aber er hat durchaus Stil. Charisma. Keine Ahnung, was ihm das alles bringt. Ich kann mir nicht vorstellen, dass es ihm nur um den erotischen Kick geht.«

»Du bist aber nicht geblieben?«

Wieder dieser beunruhigte Ton. »Wo denkst du hin? Sonja war übrigens in ihrem Element. Hat mit einigen der männlichen Gäste angebandelt, die ganz offenbar gute Kontakte in die Unterwelt haben. Ikonen, verbotene Substanzen … alles kein Problem. Wenn's wahr ist. Sie hat allerdings betont, dass sich einige der eitlen Gockeln bloß aufplustern. Und in Wahrheit bloß das Heu vom benachbarten Bauern und die Zeichnungen ihrer Kinder verticken. Trotzdem fand sie es erstaunlich, wie einfach es war, über solche Themen zu sprechen.«

»Vielleicht doch eine Spur zu den Geldtransaktionen von Mariusz …«

»Und bevor ich es vergesse … Pascal hat mitbekommen, wie Bosko sich mit einem Mann ziemlich hitzig über ein Notenmanuskript unterhalten hat. Ich stell das Foto in die Gruppe. Ist leider nicht viel zu erkennen.«

Grohsman schien an seinem Handy zu werken. »Nein, den kenn ich nicht. Wäre ja zu schön gewesen. Hat er auch den Namen Liszt gehört?«

»Nein, leider nicht. Aber die Worte Mariusz, Pianist und tot sind gefallen.« Die beiden Schreckschrauben fielen Nicky ein. »Außerdem hab ich zwei aufgetakelte Fregatten belauscht. Die haben sich Tränen aus den Augen gewischt und etwas von ›fürchterlicher Verlust, nicht nur für die Musikwelt‹ gemurmelt. ›Jetzt wird es einsam werden in meinem Sommerhaus‹, hat eine gemeint. Dann hat die andere sie angegiftet: ›Ohne dein Geld wär er eh nicht gekommen‹, oder so. Aber Namen weiß ich nicht, leider.« Nicky seufzte. »Und ob Bosko mehr als bloß ein eingebildeter Pfau ist, kann ich dir auch nicht sagen.«

»Wir haben aber immerhin die Bestätigung für dubiose Geschäfte und für diese Privatkonzerte von Lión. Danke, Nicky.«

»Ich könnte ja …« Nicky überlegte. Bosko hatte sie zu einem Essen eingeladen. Wenn sie sich mit ihm traf und vorgab, Interesse an einem exklusiven Kunstgegenstand zu haben?

»Du könntest gar nichts, Nicky. Dein Undercoverauftrag endet hier. Diese Kreise sehen es nicht gerne, wenn wer die Nase in ihre Angelegenheiten steckt. Und diejenige auch noch Kontakte zur Polizei hat. Habe ich mich klar ausgedrückt?«

Grohsmans scharfer Ton überraschte sie. »Glaubst du etwa, die Mafia steckt dahinter? Falls es nicht nur eine italienische, sondern auch eine polnische gibt?«

»Was ich glaube, ist eine Sache. Aber das kann saugefährlich werden. Jede Wette, wenn du ein bisschen an der Oberfläche kratzt, lassen die dich sofort überprüfen. Und dann? Ich besuche dich ungern auf der Gerichtsmedizin.«

Puh, Grohsman hörte sich düster an. Richtig kantig klang seine Stimme. »Warum bist du plötzlich gar so ernst?«

»Weil ich dieses Muster schon einmal hatte. Ist länger her. Sex, Drugs and Rock 'n' Roll – und Kunstschätze aller Art. Den Ring haben meine Kollegen damals gesprengt, aber davor gab es einige Tote. Viel zu viele. Und jetzt muss ich mich auf den Weg machen, wir sehen uns gleich beim Breunig.«

Hoppla, den Termin hätte Nicky beinahe vergessen.

2

Der Geruch nach Spital und Desinfektionsmittel weckte Erinnerungen, die Grohsman gerne für immer vergraben hätte. Der klinisch saubere Gang – wie oft hatte er Caro zu den Chemotherapien gebracht? Er hatte schon vor dieser Zeit eine Abneigung gegen Krankenhäuser gehabt, aber seither riefen sie in ihm Beklemmungszustände hervor. Weil beim letzten Krankenhausbesuch klar geworden war, dass Caro nie wieder nach Hause kommen würde.

Scheiße. Er war nicht darauf gefasst gewesen, dass der Gedanke ihm wie eine Faust gegen den Kehlkopf drückte. Kurz blieb er stehen und stieß Luft aus.

Er konzentrierte sich auf seine Begleiterinnen. Ob sie etwas gemerkt hatten? Bei Joe standen die Lider auf halbmast, sie schlurfte den Gang entlang, die Hände in die Jackentaschen gesteckt. Und Nicky hüpfte auch nicht wie ein Reh durch die

Gegend. Der Anblick der Synchronschlurferinnen entlockte ihm ein befreiendes Schmunzeln.

Ein hochgewachsener Mann kam auf sie zu. Es war tatsächlich einer der drei Gäste, mit denen er beim Büfett von Frau Rettenbach ein paar Worte über Dorothea gewechselt hatte. Und über den vorzüglichen Wein vom Mayer, den Gemischten Satz. Sie hatten sich zwar nicht vorgestellt, Breunig war jedoch kein Mann, den man vergaß. Allein schon die Größe, er war sicher über eins fünfundneunzig. Schlanke, nein, hagere Statur, Lachfältchen um die Augen. Breunig war etwas über vierzig, hatte Frau Rettenbach gemeint. Das dunkelbraune Haar trug er kurz geschnitten, was die Adlernase betonte. Kaffeebraune Augen, die freundlich blickten. Wachsam.

»Inspektor Grohsman, sehr erfreut. Jetzt lernen wir uns endlich offiziell kennen«, begrüßte ihn der Arzt. Die sonore Stimme wäre ideal für das Tonband der Telefonwarteschleife der Polizei. Hatte Grohsman schon am Samstag festgestellt.

»Guten Tag, Herr Dr. Breunig, danke, dass Sie sich Zeit nehmen. Meine Kolleginnen, Frau Kettler und Frau Witt.«

»Gerne. Ich weiß zwar nicht, wie ich Ihnen helfen kann. Über Patienten darf ich eigentlich keine Auskunft geben. Im Prinzip verrate ich schon fast zu viel, wenn ich bestätige, dass Frau Zauner bei mir in Behandlung ist.«

»Warum war sie bei einem Neurologen in Behandlung, wenn sie psychische Probleme hat?«, rutschte es Nicky heraus.

Breunig hob seine buschigen Augenbrauen. »Frau Witt, ich bin Neurologe und Psychiater. Das Wort ›Nerven‹ hat nicht grundlos zwei Bedeutungen. Da sind zum einen die Nervenbahnen, das Messbare, Pathologische. Doch darüber hinaus unterliegt unser vegetatives Nervensystem einem Wechselspiel, es wird beeinflusst durch unser Handeln und nimmt selbst Einfluss auf unseren Gesamtzustand.«

»Nerven zeigen …«, murmelte Grohsman.

»Exakt. Aus dem Grund habe ich mich auf beide Gebiete spezialisiert. Das erlaubt mir ein breiteres Beurteilungsspektrum.

Der Tote in Frau Zauners Auto … ich war ehrlich schockiert.«
Breunig räusperte sich. »Weiß man eigentlich schon, ob er im
Kofferraum umgekommen ist? Also, erstickt?«

»Darüber dürfen nun wir während der laufenden Ermittlungen
keine Auskunft geben«, meinte Grohsman. Obwohl es ohnehin
in der Zeitung gestanden hatte. Zumindest in dem Gratisblatt.
Die großformatigeren Blätter hatten sich bedeckt gehalten.

»Unsere Berufe sind gar nicht so unähnlich«, bemerkte Breunig. »Wie lautet nun Ihre Frage?«

»Frau Zauner war wegen ihrer Nerven bei Ihnen. Die sich
in einem Zittern der Hände bemerkbar machten.« Grohsman
fragte nicht, sondern stellte fest.

Breunig runzelte die Stirn. »Was hat das mit dem Mordfall
zu tun?«

»Ihre Konstitution ist für uns nicht unerheblich«, antwortete
Grohsman.

»Halten Sie es für möglich, dass Frau Zauner in Wahrheit
die Täterin oder zumindest die Drahtzieherin ist?«, platzte Joe
heraus.

Breunig ließ den Blick zwischen Grohsman und Joe hin- und
herpendeln. »Ich glaube, so viel kann ich Ihnen verraten: Frau
Zauner kann impulsiv sein, aber einen Mord traue ich ihr nicht
zu.«

»Dass der Tote ausgerechnet bei ihr aufgetaucht ist … Will
jemand so den Verdacht auf sie lenken?«, hakte Nicky nach.

»Ah, ich verstehe. Jemand räumt nicht nur Herrn Lión aus
dem Weg, sondern setzt auch Dorothea außer Gefecht. Interessante Theorie.«

»Eine, die wir weiterverfolgen sollten?« Grohsman sah zwei
mögliche Motive. Entweder zwei Klavierkonkurrenten weniger. Oder beide hatten es sich mit einem Medikamentendealer
verscherzt. O'Elise …

Breunig schüttelte den Kopf. »Künstler können aus Miss-
gunst auf absurde Ideen kommen. Der Primaballerina Glas-
scherben in die Schuhe stecken, solche Geschichten sind hin-

länglich bekannt. Aber unter Pianisten? Davon habe ich noch nie gehört. Das mit dem Tuch im Klavier am Samstag war sicher bloß ein ganz mieser Streich.«

»Und ihr Händezittern? Könnte das ihre Karriere gefährden?«, fragte Nicky.

»Das kann ich Ihnen leider wirklich nicht sagen, bitte verstehen Sie das.« Breunig hob entschuldigend die Hände.

Grohsman überlegte. Wenn er die Frage allgemeiner formulierte? »Woher so ein Tremor kommen kann, dürfen Sie uns aber schon verraten, oder?«

»Aha! Sie haben nachgelesen! Na schön. Ein Tremor kann verschiedene Ursachen haben. Verbrennungen oder Verletzungen, bei denen die Nerven in Mitleidenschaft gezogen werden. Die kann man unter Umständen ausheilen. Oder Krankheiten wie Neuropathien oder Morbus Parkinson. Diese Erkrankungen sind irreversibel.«

»Aber dann wäre ihre Pianistenlaufbahn zu Ende, noch bevor sie begonnen hat?«, setzte Grohsman nach.

Breunig lächelte verschmitzt. »Ich habe nicht bestätigt, dass Frau Zauner von einem Tremor betroffen ist!«

»Okay. Und wenn man Krankheiten oder Verletzungen ausschließen kann?«, fragte Grohsman unbeirrt.

»Dann sprechen wir von einem sogenannten essenziellen Tremor. Der ohne erkennbare neurologische Grunderkrankung auftritt.«

Grohsman hielt im Schreiben inne. »Kann man das behandeln?«

»Nicht unmittelbar. Abhängig vom Schweregrad des Tremors sprechen Patienten oft auf eine Reihe von Medikamenten an, die ursprünglich für andere Erkrankungen entwickelt wurden. Diese streifen die Symptome lediglich, lindern sie aber immerhin. Betablocker zum Beispiel. Oder Antikonvulsiva.«

»Was ist das?«, hakte Joe nach.

»Betablocker haben Einfluss auf den Herzrhythmus, Antikonvulsiva werden gegen Epilepsie eingesetzt. Mit beiden ist nicht zu spaßen, die Nebenwirkungen können beträchtlich sein.«

Betablocker. Grohsman blätterte in seinem Notizblock. Richtig, damit hatte Lión gehandelt. »Eine letzte Frage. Kann schwerwiegender Stress zu bleibenden Schäden führen?«

»Wenn der Stress tatsächlich in ein Trauma mündet, ist das nicht auszuschließen.« Breunig zögerte, bevor er weitersprach. »Ich werde jetzt keine Details über Frau Zauner verraten. Aber, Herr Grohsman, Sie haben Dorothea doch am Samstag gehört. Sogar nach dem Zwischenfall mit dem Taschentuch spielte sie wunderbar. Ohne jegliche Beeinträchtigung. Der Tod ihres Freundes und die Umstände sind eine Tragödie, aber ich bin erstaunt, wie verhältnismäßig gut sie alles wegsteckt. Und jetzt habe ich Ihnen mehr gesagt, als ich darf.«

»Dafür bedanke ich mich. Frau Rettenbach hat erwähnt, dass Sie auf derartige Fälle spezialisiert sind. Künstler, die aufgrund …«

»… aufgrund nervlicher Fehlfunktionen in der Ausübung ihres Berufs beeinträchtigt sind. Das ist richtig.«

»Wie sind Sie darauf gekommen?«

Breunigs Augen leuchteten. »Künstler arbeiten aktiv daran, möglichst schnell wieder gesund zu werden. Anders als viele andere Patienten. Außerdem liebe ich Musik. Wissen Sie, mein Sohn spielt auch Klavier, und der Bub ist gesund. Es ist mir ein Herzensanliegen, mich diesem Thema zu widmen.«

»Spielen Sie selbst?«, fragte Joe.

»Ein bisschen. Früher. Ich habe mir bei einem Skiunfall das Bein verletzt. Beeinträchtigt mich nicht in meinem Leben, nur das Knie ist lädiert. Für differenziertes Klavierspiel … das dosierte Einsetzen der Pedale ist mir nicht mehr möglich. Doch ich kann mich in die Psyche eines Künstlers versetzen, um den Punkt zu finden, wo es hakt.«

»Und wo hakt es bei Dorothea?«, fragte Nicky blitzschnell.

Breunig lachte. »Netter Versuch. Ich würde Ihnen gerne mehr sagen, aber die ärztliche Schweigepflicht verbietet es mir.

Sprechen Sie mit Dorothea. Sie ist im Allgemeinen umgänglich.«
Er sah auf die Uhr. »Oh, so spät schon … Bitte entschuldigen
Sie mich, ich muss zu meinen Patienten. Wenn Sie noch etwas
wissen wollen, das ich beantworten kann, stehe ich gerne zur
Verfügung. Hier ist meine Nummer.«

Grohsman steckte die elegante Visitenkarte ein.

Ein Satz von Breunig rotierte in Grohsmans Kopf. »Ich bin
erstaunt, wie verhältnismäßig gut sie alles wegsteckt.« Hatte
auch Grohsman überrascht. Er hatte viele Hinterbliebene von
Mordopfern erlebt, mit unterschiedlichsten Reaktionen. Klar
trauerte jeder auf seine Weise. Doch bis auf ein paar Auszucker
war Dorothea vergleichsweise gefasst. Weil sie wegen des bevor-
stehenden Konzertes Medikamente nahm? Oder steckte mehr
dahinter?

3

Der Hinterausgang des Krankenhauses führte in einen kleinen
Park. Kein Mensch zu sehen. Joe zog die Jacke fester um den
Körper. Es hatte abgekühlt. Außerdem war sie übernächtigt.
Oder befiel sie der Krankenhaus-Groove? Echt frostig. War ihr
nicht entgangen, wie der Boss kurz Spundus gehabt hatte. Sicher
wegen seiner verstorbenen Frau. Er stand vor einer riesigen
Birke, die schon einige Blätter verloren hatte.

Joe sog die frische Luft ein. War gestern spät geworden. Die
Partie von Ronnie hatte so was von cool in den gestylten Burg-
saal gepasst, megageiler Kontrast. Sie hatte dann lange mit ihm
und den anderen Bandkumpels gequatscht. Und dabei die Zeit
übersehen. Dem letzten Bus hatte sie nur noch nachgewunken.
Ronnie hatte sie heimgebracht. Und heute Morgen? Hatte sie
ihn zum Frühstück geweckt. Mit einem Küsschen auf die Nasenspitze.

»Respekt, meine Damen, diese Dreierrunde haben wir doch

anstandslos hingekriegt, oder?«, riss Grohsman sie aus den Gedanken.

Joe löste sich ungern von Ronnie. Sie konzentrierte sich. Dorotheas Gesundheitszustand. »Hat Frau Zauner nur eine nervliche Überbelastung? Was meinen Sie, Frau Witt?«

Die Psychologin hockte sich auf eine der Bänke. »Also, wenn ich Breunig richtig deute, hat er Verletzungen oder ernsthafte Erkrankungen ausgeschlossen. In Dorotheas Badezimmerkästchen habe ich auch keines der Medikamente entdeckt, von denen Breunig gesprochen hat. Bloß ein Beruhigungsmittel, das ist bei Künstlern nicht ungewöhnlich. Leider.«

»Keine Betablocker?«, setzte Joe nach.

»Nein.«

Grohsman trat gegen einen Laubhaufen. »Wir drehen uns im Kreis.« Der Laubhaufen bekam einen zweiten Tritt ab.

»Hilft das?«, fragte Joe.

»Was?«

»Laubtreten. Gegen Frust.«

»Ist ein klassischer Ansatz von Aggressionstherapie«, versetzte Nicky trocken.

»Wäre eine Blätterschlacht nicht lustiger? Um diese gruftige Stimmung loszuwerden?« Joe schnappte sich herausfordernd eine Handvoll Blätter. Sie warf das Laub in die Luft und sah zu, wie es zu Boden segelte. Nicky sprang auf und fing spielerisch ein paar Blätter auf.

»Das würde Sally gefallen«, meinte Grohsman. Und erschrak. »Sally! Die sitzt noch im Auto, damit ich sie dir gleich übergeben kann, Nicky. Ich hol sie schnell. Bin gleich wieder da!«

Joe sah ihm nach. »Was war das jetzt?«

»Ihr Chef fährt heute Abend zu einem Konzert in Raiding und hat mich gebeten, seinen Hund zu hüten.«

»Ach so. Kommt seine Tierärztin mit?«

»Keine Ahnung. Fragen Sie ihn!«

Nein. So auf Du und Du waren sie nicht. Sie erzählte dem Boss ja auch nicht von Ronnie.

Ihr Chef kam mit seinem übermütig kläffenden Hund herbeigeeilt. Sofort hüpfte Sally in den Laubhaufen und durchwühlte ihn mit ihrer Schnauze. Grohsman überreichte Nicky die Leine und eine Stofftasche. »Das sind Sallys Sachen. Futter, Spielzeug und so.«

»Danke! Die Gebrauchsanweisung hast du mir ja schon am Telefon gegeben. Sag, was ganz anderes, bevor ich's vergesse … Was ist eigentlich aus dem Jaguar geworden?«, fragte Nicky.

»Wahrscheinlich verschrottet. Schade um das Auto«, grummelte Grohsman.

Joe hatte einen weiteren Rechercheversuch gestartet. Sinnlos. Mirella schwieg, seit die Manz reingegrätscht war.

»Woher hatte Lión das Auto? Wer waren die Vorbesitzer?« Nicky versuchte, Sally davon abzuhalten, ihre Schuhe abzulecken.

Grohsman schüttelte den Kopf. »Habe ich schon kontrolliert. Ein altes Ehepaar, die ohnehin nicht mehr Auto gefahren sind. Mit dem Geld von dem Wagen haben sie noch eine Reise nach Brasilien gemacht, wo sie vor fünfzig Jahren auf Flitterwochen waren. Siebentausend hat er für den Wagen verlangt und bekommen.«

Fünfzig Jahre verheiratet. Andere werden nicht mal so alt, schoss es Joe ein. »Ich fahr jetzt zurück ins Büro«, sagte sie und verscheuchte die düsteren Nebelschwaden.

Nicky schulterte die Tasche mit Sallys Sachen. »Und ich gehe eine Runde mit Sally spazieren, damit wir uns kennenlernen. Danach muss ich ins Krankenhaus. Ich habe meinen Chef gefragt, ob ich einen Therapiehund mitbringen kann. Wenn Sally überfordert ist, breche ich den Versuch sofort ab, versprochen!«

Grohsman kraulte dem Hund den Nasenrücken. »Kein Problem. Sie ist sehr zutraulich, wie du siehst. Macht ihr vielleicht sogar Spaß, die Abwechslung. Ich fahre jetzt nach Raiding und schaue mir das Liszt-Haus an.«

»Zu Recherchezwecken.« Joe legte den Kopf schief und fixierte ihren Boss.

Der verschränkte die Arme energisch. »Ja, kann man so sagen. Frau Taras begleitet mich, vielleicht finden wir etwas über die Noten auf diesem Foto heraus.«

»Du nimmst die Taras mit? Nicht die Tierärztin?« Joe hielt sich die Hand vor den Mund. War ihr jetzt herausgerutscht. Aus dem Augenwinkel sah sie, dass Nicky ebenfalls interessiert guckte.

»Wenn ihr's unbedingt wissen müsst: Magda hat einen Forschungsauftrag in Edinburgh, nächste Woche fährt sie los. Frau Taras hat Lión gut gekannt und beim Entschlüsseln des Manuskriptes mitgeholfen. Deshalb habe ich sie gefragt, ob sie mich begleitet.«

Hatte sie ihn verärgert? Nein, ihr Chef wirkte eher verlegen. Aber die geröteten Wangen standen ihm.

4

»Na komm, Sally. Morgen ist dein Herrli wieder da.« Ungewohnt, aber eine nette Abwechslung, sich dem Tempo des Hundes an der Leine anzupassen. Lenkte sie von gestern ab. Von Pascal. Und dem Kuss. An den sie viel zu gern dachte. Die Ameisen im Bauch hatten sich zu einer Quadrille formiert und auf Wanderschaft begeben. Nun krabbelten sie nicht nur im Magen, sondern kitzelten lustig in den Gehirnwindungen. Hatte Sonja eigentlich was mitbekommen? Offenbar nicht, sonst hätte sie schon fünfmal angerufen.

Sie näherte sich der Hundewiese, die sie dank Handy-App entdeckt hatte. Nicky öffnete das Gittertor der Wiese. Cool, niemand da außer ihr. Sie kauerte sich zu Sally, schoss ein Selfie und schickte es ihren Freundinnen. »Steht mir doch gut, oder?« Auf Insta posten? Ihr Account war verwaist. Warum eigentlich nicht? »Ist sie nicht steil, die neue Insta-Queen?« Sofort kamen Likes. Die uralte Regel: Kinder und Tiere. Sally schien die Fotosession Spaß zu machen. Doch nach einer Weile setzte die Hündin ihre Entdeckungstour fort. Neue Gegend, wie spannend!

Nicky versteckte einen Hundekeks unter einem Busch. »Na, wo ist das Leckerli? Such!« Sally wetzte los und kam mit einem aufgeregten »Wüffwüffwüff« zurück. Guckte erwartungsvoll. Nicky stöberte in der Tasche, die Felix ihr mitgegeben hatte. Ein Quietscheentchen! Nicky warf das Gummitierchen, sofort sauste Sally los. »Das Spielen taugt dir, was?« Sie versteckte das Entchen unter einem Laubhaufen. »Such dein Entchen!« Sally guckte ratlos. Nicky machte ein Quietschgeräusch und kam sich etwas dämlich vor. Aber es wirkte, Sally senkte ihre Nase, schnappte das Entchen und kam mit erhobenem Köpfchen zurück.

Nicky drehte ein Video und schickte es Grohsman. »Dein Hund und ich haben eine Riesengaudi beim Entchensuchspiel!«, tippte sie. Mit einem riesigen Smiley.

5

In seiner langjährigen Dienstzeit hatte Grohsman noch nie einen Fall bearbeitet, bei dem er die Tatzeit nicht einmal annähernd eingrenzen konnte. Missmutig hockte er sich an seinen Schreibtisch im Büro. In der Zimmerecke entdeckte er ein Spinnennetz, in dem er kleine Pünktchen wahrnahm. Mücken, die sich unvorsichtigerweise zu nahe herangewagt hatten. Spinnennetz – wie das Diagramm auf seinem Whiteboard. Dieser Fall. Wer hing alles mit drin? Wer verfing sich in dem Netz? Und wer zog die Fäden? Nachdenklich studierte er das Foto, das an seiner Windschutzscheibe gesteckt hatte. Er erkannte darauf Dorotheas Pulli mit dem Rüschenkragen, sie hatte ihn am Samstag nach dem Konzert getragen. Wer beschuldigte die junge Frau? Warum diese Botschaften anstatt einer offiziellen Aussage? Aus Angst vor Vergeltung? Vor dem tatsächlichen Mörder?

»Wenn du Beweise hast, rück raus damit. Wenn nicht, lass mich in Ruhe«, hatte Grohsman auf ein Blatt geschrieben und es unter seinen Scheibenwischer geklemmt. Natürlich deckte auch diesmal keine Überwachungskamera seinen Parkplatz ab.

Hingen diese Botschaften mit den Hassbriefen an Dorothea zusammen? Schmarren, die Verfasserin der Briefe hatte er gestern noch überprüfen wollen. Hatte er verschwitzt. Vor lauter Aufregung wegen des Notenblatts, der »Berceuse«. Wie hieß die Frau? Er blätterte in seinem Notizblock. Regina Iwitski. War sie bei Dorotheas Konzert gewesen? Grohsman überflog die Gästeliste. Langsam konnte er die Namen auswendig. Nein, keine Regina Iwitski. Und im Melderegister lediglich ein Eintrag, eine siebenundsechzigjährige Pensionistin, die keinerlei Bezug zu Klavier oder zu Musik hatte. »Naaa, Herr Inspektor, tut mir leid. Aber die Helene Fischer, die mog i scho.« Wie schön, dass sie ein Faible für Schlagersängerinnen hatte. Wieder eine Sackgasse.

Ein Stückchen Frustschokolade? Grohsmans öffnete die oberste Schreibtischlade. Der Schlüssel aus Mariusz' Zimmer fiel ihm ins Auge. Er fischte das kleine Metallding aus der Schublade und drehte es hin und her. Betrachtete den Anhänger. »517« – Moment. Auf den Kopf gestellt, ergab das »LIS«. Elise. Dorothea. Ein Lager der beiden? Für Medikamente? Nicky hatte von einem Täter gesprochen, der charmant-manipulativ agierte. Dazu war Grohsman Bosko eingefallen. Was, wenn der gemeinsam mit Lión einen Handel womit auch immer aufgezogen hatte? Als Diplomat hatte Bosko Zugang zu Waren aller Art. »Da hängt alles und nichts zusammen«, brummte er und pfefferte den Schlüssel zurück in die Lade.

Doch der Gedanke ließ Grohsman nicht los. Bosko hatte laut Nicky bei der Kaffeeparty von einem Notenmanuskript gesprochen. Und wenn er der Besitzer des Liszt-Manuskripts war? Möglicherweise unrechtmäßig, für einen seiner Spezis organisiert. »Liszt-Freund Lión entdeckt das gute Stück, kriegt glänzende Augerln und zack, weg ist es«, überlegte Grohsman laut. Half manchmal, die eigenen Gedanken zu hören. Und was war dann geschehen? »Bosko bemerkt den Diebstahl und stellt Lión zur Rede, aber der will das Stück nicht irgendeinem Kunstbanausen überlassen. Oder will auch ein Stück vom Kuchen, Geld für seinen Vater und für sein Klavier. Bosko weigert sich, Lión droht, die Sache an die Öffentlichkeit zu bringen. Wär schon blöd für einen Diplomaten, des Diebstahls bezichtigt zu werden. Obwohl, Grönland hat sicher auch eine schöne polnische Botschaft …« Plausibles Szenario oder bloß Mutmaßung?

Was verriet das Internet? Das Original der »Glanes de Woronince« lag in der Morgan Library in New York. Konnte man sogar online ansehen. Daher hatte Edwards den Ausdruck! Alles klar. Grohsman blätterte sich durch bis zur Seite vierundzwanzig. Dann war Ende, keine Rede von einer Berceuse.

Und Lións Website? Er gab »Lión + Berceuse« ein. Und entdeckte eine Chopin-Aufnahme. Überall nur Sackgassen. Grohsman wünschte sich einen metaphorischen Hubschrauber.

6

Nicky ließ sich auf den bunten Plastiksessel in der Kaffeeküche vom Hanusch-Krankenhaus plumpsen. Nahm einen wohligen Schluck von ihrem Assam Golden Melange, den sie mit ein paar Stückchen Kandiszucker verfeinert hatte. Und einem Tröpfchen Milch. Lachend dachte sie an Asterix bei den Briten. Doch nicht nur deshalb bogen sich ihre Mundwinkel nach oben.

Pascal betrat den Raum. »Nicky, du strahlst ja richtig! Was ist denn passiert, wenn ich fragen darf? Hat das mit diesem entzückenden Hund zu tun?« Er kraulte Sally, die wie verrückt mit dem Stummelschwänzchen wedelte.

Nicky konnte keine Verlegenheit bei ihm erkennen. Pascal begegnete ihr unverbindlich freundlich, wie immer. Kein Wort über den gestrigen Kuss. Die Aktion war also bloß eine Scharade gewesen. Wie der ganze Abend. Schade, dachte sie schmunzelnd. Aber dadurch ließ sie sich die Euphorie nicht trüben.

»Ja, das hat mit Sally zu tun. Dr. Habermann hat gestattet, dass ich sie als Therapiehund auf die Station mitnehme. Kam super an, Patienten, die schon lange nicht mehr gelächelt haben, hatten ein Glitzern in den Augen. Und stell dir vor, Moritz Nieheim, der mit dem Suizidversuch … plötzlich hat er zu sprechen begonnen. Nicht mit mir, meine Anwesenheit hat er völlig ausgeblendet. Er hat Sally auf sein Bett gesetzt und sie gestreichelt. Irgendwann hat sie ihr Köpfchen schief gelegt und ihn mit der Pfote angestupst. Da hat er ihr leise erzählt, was passiert ist. Ist richtig aus ihm herausgebrochen, der Stress in der Arbeit, die ewige Ermahnung vom Therapeuten. Er solle sich nicht immer alles zu Herzen nehmen. Sich doch einen Ruck geben. Wieder und wieder. Bis es Nieheim zu viel geworden war. Und als ihm jetzt die Tränen runtergeronnen sind, hat Sally mit dem Schwänzchen gewedelt, ist näher gekommen und hat ihm übers Gesicht geleckt. Da hat er sie an sich gedrückt. Ich hab schon befürchtet, dass sie erstickt. Sie hat sich das einfach gefallen gelassen. Nein, nicht nur das, ich habe das Gefühl, sie war richtig …«

»… empathisch. Sie hat so sprechende Augen. Eine beeindruckende Hundeseele.« Pascal stand auf. »Die Wirkung von Tieren auf physisch und auf psychisch kranke Menschen ist faszinierend.«

»Oxytocinausschüttung«, murmelte Nicky. Sie wusste, dass viele Studien den Zusammenhang mit dem Kuschelhormon beim Umgang mit Hunden belegten. Sie musste mit dem Chef darüber sprechen. Und Felix berichten.

Pascal strich Sally über den Nasenrücken. »In Frankreich habe ich öfters mit Hunden im Therapiebereich gearbeitet.«

»Echt jetzt? Du hast eine Ausbildung für tiergestützte Therapie?«

»Na ja, ich habe einige Kurse belegt. In Frankreich gibt es bisher kein staatliches Diplom für Zootherapeuten, wie das bei uns oft genannt wird. Oder Tiermediation. Wie auch immer, das sollte man vielleicht auch hier überlegen.«

»Darüber musst du mir mal erzählen.« Bei einem Tee. Oder einem Glas Wein? Jetzt bloß an keine Kerzenlichtszenarien denken. Zu spät, grinste sie.

7

Na toll, ein Krach mit der Manz. Joe solle sich nicht zu sehr aus dem Fenster lehnen, sich nicht auf die Aussagen von der Mirella verlassen. Weil die lügen würde, wenn sie nur den Schnabel aufmache. Außerdem hatte der Kienzle die Sache mit der DNS-Überprüfung spitzgekriegt und blöd dahergeredet.

»Seid ihr wo gegengelaufen?«, grummelte Joe. Sie war doch nicht Putzfetzen und Reibebaum für alle! »Wenn ihr ein Problem habt, dann sagt es offen. Frau Kollegin, wenn Sie finden, ich habe in Ihr Territorium hineingefunkt – sorry. Hat sich so ergeben. Ist nur echt ein Schmarren, weil die Mirella brauchbare Hinweise hatte. Aber jetzt spricht sie nicht mehr mit mir. Vielen Dank auch! Und Gregor, ich habe mich beim Boss wenigstens für den Mist entschuldigt, den ich gebaut hab. Also, ich gehe jetzt zurück an die Arbeit.«

Beiden war der Mund offen geblieben.

Die Manz dackelte hinterher und setzte sich zu Joe. Druckste herum. »Ich bin der Mirella mal auf die Zehen gestiegen, da hat sie mich ordentlich auflaufen lassen. Das ist es aber nicht, was mich unrund macht. Mord … das ist eine komplett andere Sache als mein bisheriges Feld. Ich hatte echt geglaubt, dass es bei der Sitte niederschmetternd ist. Aber das hier … Da habe ich mich überschätzt. Und ich glaube … also, der Chef … ich bin mir nicht sicher, ob er mir den Job ausreden will. Na, finde ich jedenfalls erstaunlich, wie Sie das hinkriegen.«

Joe guckte verblüfft. Ein Lob von der Manz. Man lernte nie aus. »Also, der Boss redet nicht um den heißen Brei. Wenn er Sie nicht in der Abteilung haben will, sagt er Ihnen das ins Gesicht. Sprechen Sie ihn einfach darauf an!«

»Meinen Sie? Vielleicht versuch ich das mal.«

»Und, Frau Manz, lassen Sie sich nicht unterkriegen.«

»Danke! Sagen Sie … wollen wir uns duzen? Ich heiße Ursula. Und ich rufe gleich mal Mirella an und biege das gerade.«

»Super! Gerne. Ich heiße Joe.«

Dicke Luft geklärt. Wenn das in diesem Mordfall auch so leicht ginge … Wo sollte sie ansetzen?

Von hinten aufrollen. Wo war Mariusz zuletzt gesichtet worden? Er war nach Warschau geflogen, aber nicht zu den Eltern. Was hatte er bloß in Zielonka getrieben? Sie stöberte im Internet. Nein, weder eine pharmazeutische Fabrik noch ein Liszt-Haus. Wobei, er hatte sich nur einen Tag dort aufgehalten. Danach war er nach Wien zurückgekommen, Lións Name stand auf den Passagierlisten für beide Flüge, hin und retour. Und dann? War Mariusz auf Klausur in die Einöde gegangen. Geistiger Rückzug oder Untertauchen? Was, wenn Lión diese ominöse »Berceuse« gestohlen und in Polen verkauft hatte? Der Besitzer hatte ihn ertappt und war Mariusz bis in seinen Unterschlupf gefolgt. Und hatte ihn dann in Wien umgebracht? Das ergab keinen Sinn.

Joe suchte einen konkreteren Anhaltspunkt. Je nach Zustand, Vollständigkeit und Anzahl der Blätter würde man für das Liszt-Manuskript in einem Auktionshaus einen bis zu sechsstelligen Betrag erzielen, hatte Joe herausgefunden. Menschen wurden wegen niedrigerer Summen ermordet.

Aber wieso tauchte das Manuskript jetzt auf, wo war es über die vielen Jahre gewesen? Und wieso war es selbst in Fachkreisen unbekannt? Im Internet fand man mit den richtigen

Suchbegriffen doch alles, oder? Liszt und Berceuse, da lachte die Suchmaschine bloß. Sie tippte ein: Liszt, Fragment, verschollen. Bingo.

8

Er war nicht gerade langsam nach Raiding gefahren. Wollte Grohsman seinen Gedanken davonrasen? Emilia hatte ihn angerufen. Der Plan, nach Hamburg zu übersiedeln, wurde konkret. Die Dependance der Firma ihres Mannes bot an, ihn zu übernehmen. »Egon ist wie ausgewechselt. Er ist plötzlich so ... liebevoll!« Und Lukas? »Der wird sich daran gewöhnen. Er ist nicht der erste Jugendliche, der übersiedelt. Kannst du es ihm beibringen?« Sonst noch was? Er hatte Emilia vom Gespräch mit dem Klassenvorstand berichtet. »Er vermutet, dass Lukas hochbegabt ist. Wusstest du das?« Ja schon, aber sie wollte dem Buben einen Elitedrill ersparen. Er wäre so schon nerdig genug.

Und dann hatten sie gestritten, zum ersten Mal seit Langem. So richtig gefetzt. »Glaubst du, fünf Tage mit einem Jugendlichen machen dich zum Experten in Erziehungsfragen?«, hatte sie ihm an den Kopf geworfen.

Nein, natürlich nicht. »Aber du kennst dein eigenes Kind nicht«, hatte er gekontert. Ein Tiefschlag, der in der Form nicht notwendig gewesen wäre. Er hatte es bereut. »Scher dich zum Teufel«, hatte Emilia ins Handy gezischt und aufgelegt. »Hey, tut mir leid, ist aus dem Ruder gelaufen«, hatte er ihr getextet. Keine Antwort.

Grohsman konzentrierte sich aufs Autofahren. Wenigstens seine Nachricht an wen auch immer hatte er an der Windschutzscheibe so vorgefunden, wie er sie hinterlassen hatte. Mit etwas Glück würde dieser Spuk der Botschaften und des Beschattens aufhören.

Schluss jetzt. Grohsman wollte mit Grażyna Taras plaudern.

Ihm fiel nichts Geistreiches ein. Wenn er die Gedanken an Emilia zur Seite schob, drängten sofort Fetzen zum Mordfall nach. Moment, diese Hassbriefschreiberin, zu der er keinen Hinweis fand … Dorothea hatte Nicky erzählt, dass die eine Weile bei der gleichen Lehrerin wie Mariusz studiert hatte. »Frau Taras, erinnern Sie sich zufällig an Regina Iwitski?«

»Regina? Ja, doch. Sie war in Mariusz verliebt und deshalb eine Weile in meiner Klasse. Regina stach heraus. Nicht mit ihren pianistischen Leistungen, im Gegenteil.«

»Hat Mariusz ihre Gefühle erwidert?«

»Nein, überhaupt nicht. Sie war sehr labil, schlecht gelaunt, hatte ständig Geldsorgen. Nachdem Mariusz ihr klargemacht hat, dass sie ihn nicht mehr belästigen soll, ist sie nicht mehr in die Klavierstunden gekommen. Er hat erzählt, dass sie bei einer der Festveranstaltungen von Bosko aufgetaucht ist. Er hat sie nicht wiedererkannt. Sie war ziemlich aufreizend gekleidet. Das hat ihn abgestoßen.«

Also stimmte es. Ein zurückgewiesener Fan. Wenn ich ihn nicht kriege, soll ihn niemand haben … Kein seltenes Mordmotiv. »Frau Taras, Sie wissen unglaublich viel über den jungen Mann.«

»Auf diesem Niveau geht es längst nicht nur um Technik. Es gibt Tage, da spielt ein begnadeter Schüler grottenschlecht. Dann sprechen wir darüber, was sie oder ihn gerade bewegt. Und wie man eine gedrückte Stimmung in etwas Berührendes im Klavierspiel transformieren kann. Aus Schmerz oder Kummer entstehen oft die packendsten Interpretationen.«

Hey, was für ein tröstlicher Gedanke. »Dann hat Mariusz Ihnen mehr anvertraut als anderen Menschen.«

»Offenbar auch nicht alles …«, antwortete Frau Taras nachdenklich.

Grohsman stieg aus dem Auto und streckte sich. Der Abendhimmel legte sich wie ein dunkelblauer Samtmantel um das Lisztzentrum Raiding. Die Geborgenheit der Nacht. Aus der monumentalen Glasfront des Konzerthauses strahlte festliches

Licht. Hannes Edwards begrüßte sie und führte sie durch das Haus. Hätte auch Joe gefallen, der moderne Bau. Die klare Symmetrie, die Kombination von glatten weißen Wandflächen, Glas und Holzelementen verlieh ihm Noblesse. Eleganz durch Zurückhaltung. Ein kraftvoller Ort zum Wohlfühlen.

Grohsman genoss die feierliche Stimmung, als die Musiker die Bühne betraten. Was für ein Konzertsaal! Er bestach durch seine Schlichtheit, Grohsman war beeindruckt von der puristischen Holzkonstruktion. Edel. Hannes Edwards hatte ihm zuvor die Architektonik der Fichtenholzplatten erklärt, die »kaum sichtbare dreidimensional konvexe Krümmung, die den Schall diffus verteilt und störende Flatterechos verhindert«. Grohsmans Akustikkenntnisse hielten sich in Grenzen. Doch er registrierte, wie die warmen Streichertöne den Saal mit einer bestechenden Brillanz füllten.

Dennoch fiel es ihm schwer, sich auf den Mephisto-Walzer zu konzentrieren. Obwohl die vier Musiker den Teufel in einem rauschhaften Tempo heraufbeschworen. Bei dem diabolischen, teilweise lustvollen Vorwärtsstreben dachte Grohsman kurz an Joe, an ihr verstecktes Kichern über den ersten komponierten Orgasmus. In dem Walzer steckte eine enorme Sinnlichkeit. Grażyna Taras hatte, ihrem verklärten Blick nach zu urteilen, die Welt um sich vergessen.

Sie war der Liebe wegen von Polen nach Wien gekommen, doch sie musste ihre Tochter Amelia alleine großziehen, erzählte sie ihm in der Pause. Ihre Karriere als Pianistin schränkte sie ein, um für ihr Kind da zu sein. Deshalb hatte sie die Stelle als Professorin für Klavier angenommen. Er würde sie gerne spielen hören. Die erste Kostprobe, das Stück von dem Notenmanuskript, hatte ihn berührt. »Das lässt sich einrichten«, erwiderte sie freundlich. Ohne Flirt oder Koketterie.

Grohsmans Gedanken wanderten ständig ab. Diesmal nicht zum Mordfall. Immer wieder kontrollierte er verstohlen sein Handy. Keine Nachricht von Emilia.

Samstag, 21. Oktober

1

Grohsman streckte sich im Bett. Smoky hatte sich neben seinem Kopf zusammengerollt und schnurrte ihm ins Ohr. Er lauschte. Komplett ruhig. Keine Sally? Richtig, die war bei Nicky. Sie würde die Kleine später vorbeibringen. Seine vierbeinige Therapiekönigin. Und Rettungshund. *»More than meets the eye.«* In der Hündin steckte wirklich mehr, als auf den ersten Blick zu erkennen war.

Mit einem Lächeln stand er auf und hantierte mit seiner Bialetti. Heute Frühstück für einen, Lukas war noch bei seinem Kumpel. Fast wäre Grohsman über Smoky gestolpert. »Ist ja gut, kriegst schon dein Futter.«

Spät war es gestern geworden. Nach dem Konzert hatte Hannes Edwards ihn und Grażyna Taras auf ein Glas herrlichen Blaufränkisch eingeladen. Die drei hatten sich auf das Du geeinigt. Weil es sich per Sie nicht so gut schwärmte. Trotz Zerstreutheit hatte Grohsman das Eintauchen in die erhabene Welt der Kunst und der Inspiration genossen. Und für den Moment den Pfuhl vergessen, der sich dahinter verbarg. Die Abgründe, Neid, Doping, natürlich wusste er davon. Im Bad der Klänge hatte er das Thema gestern ausgeblendet.

Genauso wie den fürchterlichen Streit mit Emilia. Wie ein Ziegel lag er ihm im Magen. Er sah auf die Uhr. Zehn. Um die Zeit konnte er seine Schwester schon anrufen. »Emilia? Du, es tut mir …«

Er kam nicht weiter. Wurde vom hemmungslosen Schluchzen seiner Schwester unterbrochen. »Du hast recht gehabt, Felix. Und was ich zu dir gesagt habe, ist unverzeihlich. Ich bin doch selbst erleichtert, dass Lukas endlich Freunde gefunden hat. Er ist einfach zu schlau für viele seiner Gleichaltrigen. Ich hab ihn mal gefragt, ob er sich auf Hochbegabung testen lassen will. ›Ich brauch's nicht auch noch schriftlich, dass ich ein Nerd bin‹, hat er mich angegiftet.«

Grohsman hatte im Internet recherchiert. »Er muss ja nicht gleich in eine Spezialschule. Aber es gibt eigene Kurse für Jugendliche. Auch in Hamburg, wenn du meinst, dass der Umzug euch allen guttut.« Der Gedanke versetzte Grohsman einen leichten Stich. Nicht mal eine Woche, und er hatte Lukas so lieb gewonnen, dass er an eine Trennung über diese Distanz gar nicht nachdenken wollte.

Seine Schwester seufzte. »Es ist so genial hier in Hamburg. Und … ich habe zufällig den Intendanten der Hamburger Staatsoper kennengelernt. Bei einem von Egons Meetings. Wir waren in dem Businesshaufen wie Aliens. Ich weiß nicht, wie wir auf die Oper ›Rusalka‹ gekommen sind, ich habe scherzhaft gemeint, dass ich das genau so auf die Bühne stellen würde, kühle Businesstypen, die mit der Wassernixe nicht klarkommen. Und, na ja, eines ergab das andere … Die planen eine Neuinszenierung von ›Rusalka‹ in der nächsten Spielsaison. Er hat mir einen Job als Bühnenbildnerin angeboten.«

War schon eine Weile her, dass Emilia ihr Studium in Bildender Kunst mit Schwerpunkt Bühnenbild abgeschlossen hatte. Aus Jobmangel hatte sie auf Schmuckdesignerin umgesattelt und war damit nicht glücklich geworden. Was für eine Chance. »Ach, Schwesterherz.« Grohsman seufzte. »Und Egon kommt klar mit dem Abendjob?«

»Absolut. Ich weiß trotzdem nicht, ob ich das annehmen soll. Ist ja nur eine Projektarbeit. Und ich will meinem Buben nicht das Leben versauen, nur weil ich auf Selbstverwirklichungstrip bin.«

»Na ja, das ist doch viel mehr. Kommst du nächste Woche wie geplant nach Wien? Vielleicht können wir zu dritt, nein, zu viert sprechen. Dann fällt uns schon eine Lösung ein.«

Wann kam Lukas heute? Nach dem Mittagessen, hatte er gesagt. Ob Grohsman doch vorfühlen sollte?

Wie schrill der Handyton ihn aus den Gedanken riss. Joe war am Apparat. »Guten Morgen! Rufe ich zu früh an? Wie war das Konzert?«

»Guten Morgen, Joe!« Die Kollegin legte sich echt ins Zeug. Taugte ihm. Okay, manchmal war sie übereifrig. Aber er war doch früher nicht anders gewesen, hatte auch lernen müssen, welche Aktionen vertretbar waren und was man besser bleiben ließ. Und selbst daran hatte er sich nicht immer gehalten.

»Wundervoll war's. Der Saal hätte dir gefallen, der ist genial. Musst mal im Netz schauen.«

»Ja wirklich? Okay, mach ich!«

»Du, Joe, bevor ich's vergesse: Diese Regina Iwitski, die Dorothea Zauner die Hassbriefe schickt – die war offenbar auch einmal bei einem der Empfänge von Bosko. In aufreizender Kleidung, das hat Lión angeblich abgestoßen. Vielleicht ist er ungut zu ihr geworden? Keine Ahnung, wann die beiden das letzte Mal Kontakt hatten. Eine eifersüchtige Frau, die ihren Schwarm umbringt, weil sie ihn nicht haben kann, und die Partnerin eintunkt? Sie war zwar nicht bei Dorotheas Konzert. Das Taschentuch hätte aber ein Komplize deponieren können. Und ob sie in der Tiefgarage war, können wir sowieso nicht ausschließen.«

»Hm, das hört sich schlüssig an. Ich hab gestern auch noch recherchiert, hab was gefunden zu den Noten! Ich schicke dir den Link. In Deutschland ist vor Jahren ein Bunker entdeckt worden. Von den Nazis angelegt, vollgestopft mit Kulturgütern. Alles aus Zwangsenteignungen. Der blanke Horror, was da gefunden wurde. Nicht nur Kunstschätze. Da war auch eine riesige Box mit Goldzähnen und …« Joe brach ab.

Grohsman schluckte. »Ein rabenschwarzes Kapitel der Geschichte. Vermögen, Grundstücke, alles hat sich der NS-Staat einverleibt. Und viele Wege gefunden, sich unrechtmäßig Vermögen anzueignen. Viele Emigranten haben die Reichsfluchtsteuer nicht zahlen können. Die Familien haben ihren Hausrat zwar in Containern in die Häfen gebracht, konnten sich aber die Nachsendung nicht mehr leisten. Das gesamte Hab und

Gut, das liegen blieb, ist vom Zollamt beschlagnahmt worden. Später sind die Sachen versteigert worden. Da kommt einem richtig das Kotzen.«

»Na, du weißt ja Bescheid! Mir ist auch schlecht geworden. Buchstäblich. Jedenfalls war in dem Fund ein Manuskript von Franz Liszt. Hat laut Zeitungsmeldung eine Weile gedauert, bis es Dr. Riedel, einem Anwalt, gelungen war, die rechtmäßigen Erben zu ermitteln. Diesen Dr. Riedel habe ich ausfindig gemacht, seine Nummer stand auf seiner Homepage. Scheint so, als ob die Menschen nur auf einen Anruf warten.«

Eine Spur zur Berceuse. Endlich. »Komm, Joe, spann mich nicht auf die Folter. Was hat er gesagt?«

»Die Noten hatte eine Fürstin zu Sayn-Wittgenstein ihrer Zofe geschenkt. Na, damals wusste wahrscheinlich niemand, was die Noten einmal wert sein würden. Den Titel von dem Werk konnte er nicht sagen, aber er hat mir verraten, dass der Rechtsnachfolger in Polen lebt. In Warschau.«

Sayn-Wittgenstein – die »Glanes de Woronince«! Dann war das Fragment wirklich der vierte Teil dieser Suite? Wahnsinn. »Und der Name vom Erben?«

»Den durfte er mir nicht sagen, leider. Amtsgeheimnis, außerdem hatten die Erben um absolute Anonymität gebeten.«

So knapp dran. Schade. Grohsman bemühte sich, seine Enttäuschung nicht raushängen zu lassen. »Immerhin ein großer Puzzlestein, Joe. Respekt. Auch wenn mir das Bild gar nicht gefällt.«

Es ging Grohsman ab, sich mit jemandem auszutauschen. Wie früher mit Caro. Seine Finger kribbelten. Er hatte Grażyna Taras, nein, Zina gestern bis zu ihrer Haustür gebracht, da konnte er jetzt nicht nachfragen, ob sie gut heimgekommen war. Aber sich für den Abend bedanken?

Nach dem dritten Läuten hob sie ab. »Felix! Das ist aber nett, dass du anrufst. Ich bin immer noch erfüllt von den Klängen«, schwärmte sie.

Geteilter Genuss war doppelter Genuss, schoss es Grohsman ein. Der Abend gestern hatte ihm deutlich vor Augen geführt, wie sehr er gemeinsame Konzertabende vermisste. Klar war er immer wieder allein zu Veranstaltungen gegangen. War nicht das Gleiche. »Übrigens hat meine Kollegin etwas Unglaubliches über die Berceuse herausgefunden.« Er erzählte ihr von den restituierten Noten.

Sie schwieg lange. »So eine erhebende Musik, so eine schaurige Geschichte«, kommentierte sie mit rauer Stimme. »Abgesehen vom menschlichen Aspekt, aber der Kahlschlag, den die Nazis der Wissenschaft, der Kunst, der Kultur angetan haben, der ist nie wiedergutzumachen.« Diese Bitterkeit in ihrem Ton, hatte ihre Familie in dieser Zeit selbst Schicksalsschläge erfahren?

Würde er vielleicht ein andermal fragen. Und ihr von seinem mutigen Großvater erzählen, der Mitglied in der Widerstandsbewegung war? Ihr die Armbinde in Rot-Weiß-Rot zeigen, mit den Zeichen O5 – 5 für den fünften Buchstaben im Alphabet, »E«. Also OE, für Österreich. Ob sie den Code kannte? »Ist zwar ein sehr schwacher Trost, aber wenigstens sind die Noten wieder aufgetaucht. Hoffentlich finden wir die Besitzer der Berceuse. Dann lässt sich vielleicht rekonstruieren, was passiert ist. Die Spur führt nach Polen. Wo Mariusz kurz vor seinem Tod war. Vielleicht hat er die Blätter verkauft? Irgendwie hängt er drin in der Sache.«

»Das steht für dich fest?« Wie traurig ihre Stimme klang.

»Es sind Mutmaßungen. Er brauchte Geld, um seinen Vater zu retten.« Und daneben hatte der junge Mann über die Anschaffung eines Klaviers nachgedacht. Als hätte er mit einem großen Geldbetrag gerechnet.

»Damit beschäftigst du dich aber nicht mehr heute, oder? Irgendwann musst du doch Dienstschluss haben!«

Der Themenwechsel war Grohsman höchst willkommen. »Stimmt. Heute gehe ich mit meinem Neffen noch auf ein Fußballmatch.«

»Ach ja? Wer spielt denn? Rapid oder Austria?«

War Zina auch Fußballfan? »Weder noch. Die Wiener Viktoria.«

»Nie gehört. Na ja, ich kenne mich nicht wirklich aus. Meine Tochter Amelia mag Fußball.«

»Spielt sie selbst?«

»Nein. Aber sie ist Sportlerin. Florettfechten.«

»Ihr könnt ja mitkommen. Der Platz ist in Meidling.«

»Hm, ich kann sie ja fragen. Wann beginnt das Spiel? Ach, ich schaue auf der Homepage nach.«

Endlich meldete sich Nicky und kündigte sich für zwei Uhr an, um Sally vorbeizubringen. Ob's gestern was Neues zu dem Manuskriptkrimi gegeben habe.

Na, und ob. Rasch erzählte Grohsman die Neuigkeiten. Sayn-Wittgenstein, Zofe, Anwalt, Restitution, Erbe in Polen, Sackgasse. Grohsman überlegte. Zwei Uhr, da konnte er schnell auf die Kärntner Straße, um köstliche Eclairs zu holen. Gab nicht mehr viele Konditoreien, die das führten. Aber auf seinen Heiner war Verlass.

2

Das emsige Treiben auf der Kärntner Straße erinnerte Grohsman an einen Wespenangriff auf ein Schinkenbrot. Zinas traurige Stimme hallte in ihm nach.

Da, die Malteserkirche. Die meisten Menschen spazierten an dem Gebäude vorbei, das sich nahtlos in die Häuserfassade einfügte. Ohne zu bemerken, dass sich darin eine kleine Kirche verbarg.

Grohsman schlich in das leere Haus, die friedvolle Atmosphäre beruhigte den Wirbel im Hirn. Er ging vorbei an dem Metallgestell mit den Kerzen. Wie viele Hoffnungen, Sorgen, Trauer und Dankbarkeit hingen an den kleinen Wachsbehältern?

Er verkroch sich in der hintersten Kirchenbank. In einer Kirche über einen Mord nachdenken. Paradox.

So oft untersuchte er Fälle, bei denen ein auf den ersten Blick farbloser Mensch ein gewaltsames Ende gefunden hatte. Und hier? Mariusz Lión, ein Paradiesvogel, eine schillernde Gestalt. Nein, das stimmte nicht. Ein ernsthafter Künstler, ein fürsorglicher Sohn. Doch auch das war nur die halbe Wahrheit. Der Medikamentenhandel trübte das Bild des edlen Ritters. Wobei der junge Mann das Geld für seine Eltern brauchte. Eine Rechtfertigung für das Dealen? Halt, ermahnte sich Grohsman. Ich bin nicht hier, um zu urteilen, sondern um zu klären. Außerdem … Mariusz hatte auch Geld für sich ausgegeben. Für den Jaguar. Grohsman schüttelte den Kopf. Dieses Auto passte nicht ins Gesamtbild. Ja, Mariusz hatte ein Faible für Vintagesachen, wie Joe das so salopp formulierte. Und dem jungen Mann war sein Erscheinungsbild wichtig. Teure Anzüge und so. Um seine Wirkung auf die Damenwelt zu perfektionieren? Hatte er seine Zuhörerinnen stilecht im Jaguar zu den Konzerten im Privatissimum gefahren? Möglich. Aber … bei dem Mann hatte vieles einen tieferen Sinn. Lión wegen der Löwengasse. O'ELISE, um in irgendeiner Form an Dorothea zu erinnern. Und der Jaguar? Weil er … Umweltschützer war und die edlen Raubkatzen liebte? Du spinnst, schalt sich Grohsman.

»Sorgen?«

Grohsman hatte den Mann im Priesterhabit nicht kommen gehört. Er sah auf. Das milde Lächeln passte zur sanften Stimme. »Nicht direkt Sorgen. Aber schwere Gedanken.«

»Verzeihen Sie, dass ich störe. Ich bin Pater Gabriel. Sie wirken bedrückt, wenn ich das sagen darf.«

»Ich denke über einen Mord nach. Nein, keine Sorge, ich bin Kriminalpolizist und muss einen Fall lösen. Kommt mir selbst gerade absurd vor, in dieser Umgebung über ein Verbrechen nachzudenken.«

»Hier ist jeder willkommen! Und aus der eigenen Welt auszubrechen, verhilft vielleicht zu anderen Gedanken. Ich wünsche Ihnen, dass die Ruhe hier die störenden Gedanken zum Schweigen bringt. Und die Lösung durchlässt.«

»Wissen Sie ... ich bin nicht der Allergläubigste. Du meine Güte, das hören Sie sicher auch oft.«

Das herzhafte Lachen des Paters spiegelte sich in seinen Augen wider. »Das ist in Ordnung. Und es klingt sicher salbungsvoll, aber der da oben hört jedem zu, der sich fragend an Ihn wendet. Vielleicht führt Er auch Sie zu einer Antwort.«

Muss ich dafür drei Vaterunser beten?, fragte sich Grohsman. Oder zur Beichte gehen?

Moment. Die Eltern von Mariusz hatten Dorotheas Namen sofort mit »Gottesgeschenk« übersetzt. Kannten sie die Bedeutung, weil sie religiös waren? Außerdem hatte Franz Liszt, den Mariusz so verehrte, die niederen Weihen erhalten. Und Mariusz? Dealen und gottesfürchtig sein war nicht unbedingt ein Widerspruch. Gerüchten zufolge waren nicht nur die sizilianischen Kirchen voll mit Mafiosi. Waren die Rückzüge Klausuren auch in diesem Sinn? Ein Strohhalm zwar, aber viele Strohhalme ergaben auch einen Hut.

»Oh, ein Geistesblitz?«

»Ja. Ich sitze wahrscheinlich einem Klischee auf. Aber das Opfer stammte aus Polen. Vielleicht war er gläubig. Wäre zwar ein großer Zufall, wenn er erst knapp vor seinem Tod beichten war ... Aber manchmal braucht es auch Glück. Ich weiß schon, dass ein Beichtvater nichts über den Inhalt einer Beichte preisgeben darf. Aber ... dürften Sie verraten, ob und wann jemand bei der Beichte war?«

»Das würde ich in Ihrem Fall machen, ja.«

»Dann muss ich nur noch fünftausend weitere Kirchen in Wien abklappern, ob Mariusz irgendwann dort war.«

Wieder lachte der Pater. »In Wien gibt es bloß rund tausend Pfarren. Und ich habe eine gute Nachricht für Sie.«

3

»Dein Hund ist echt genial!« Nicky kraulte Sally enthusiastisch hinter den Ohren. »Heute Vormittag habe ich sie in die Praxis mitgenommen. War ihr völlig egal, so früh aufzustehen. Sie ist bei den Patienten supergut angekommen. Ihr scheint es sogar Spaß zu machen! Die Kleine hat eine soziale Ader, unglaublich.«

Nicky war der Mund offen geblieben über die Veränderung bei ihrer ersten Klientin heute. Ursprünglich hatte sie die Hündin im Büro gelassen, wo Sally sich durch leises Winseln bemerkbar gemacht hatte.

»Oh, Sie haben einen Hund? Darf ich den mal sehen?«, hatte sich die Klientin mitten im Satz unterbrochen, mit einem Leuchten in den Augen, das Nicky bei der Frau lange nicht mehr gesehen hatte. Dann kamen Brocken aus der Kindheit hoch, von dem Hund, den man der Klientin weggenommen hatte. »Ich … merke erst jetzt, wie traurig mich das noch immer macht … Ich hab damals meinen einzigen Freund verloren …« Nicky hatte ihr wortlos ein Päckchen Taschentücher zugeschoben. Tränen der Befreiung, unter denen langsam ein zartes Lächeln aufgeblüht war.

»Ich sollte Pascal wirklich mal fragen, wie das aussieht mit Tiertherapie …«, schloss Nicky ihre Erzählung.

»Noch eine Ausbildung?«

»Nein, das nicht. Aber ich könnte ihn fragen, ob er bei mir in der Praxis anfangen will«, flapste sie. Und war erstaunt. Über sich, über die Idee. Der spontane Gedanke hatte sich den Weg über ihr Mundwerk gebahnt, ohne das Hirn zu passieren. Die Ameisen im Magen tanzten Ringelreihen. Aus!

Was für ein Bild, wie Grohsman seine Hündin behutsam aufhob und an sich drückte. Und sanft auf den Boden setzte. Sofort wieselte Sally zu einem herzigen grau gefleckten Kater und begrüßte ihn stürmisch. Das musste der Neuzugang sein, von dem Felix ihr erzählt hatte.

»Ah, jetzt lerne ich deine ganze Menagerie kennen!«, lachte Nicky. Der kleine Kater schnurrte und schmiegte sich an die Hündin. Von wegen Hund und Katz. »Und dein Neffe? Lukas?«

»Der ist auch schon daheim, hat sich aber noch einmal kurz aufs Ohr gehaut. Seine Freunde haben ein Nerd-Quiz veranstaltet, wie er's bezeichnet hat, und er hat gewonnen. ›Bin jetzt der Obernerd ...‹, hat er gemeint. Klang sehr nachdenklich. Gefeiert hat er gestern aber trotzdem.«

»Na ja, Klugheit und Wissen ist nicht immer der Bringer bei den Kids ... Hat er dadurch Zoff in seiner Klasse?«

»Der Klassenliebling scheint er nicht zu sein. Unlängst gab es sogar mal eine Rangelei. War hoffentlich die Ausnahme. Und jetzt wollen seine Eltern nach Hamburg übersiedeln, zumindest für eine Zeit. Er weiß noch nicht, wie konkret diese Idee ist. Wenn seine Eltern zurückkommen, werden sie mit ihm sprechen.«

»Du magst ihn sehr, nicht wahr?«

»Er ist ... Ich weiß nicht, irgendwie betrachte ich manches aus einer anderen Perspektive. Echt kein Fehler.«

Nickys Blick fiel auf das Foto von Mariusz, das auf dem Tisch lag. »Oh, Felix, das hätte ich fast vergessen. Hat mich interessiert, ob ich mit der Fürstin Carolyne über tausend Ecken verwandt bin.«

»Wieso solltest du ... ach ja richtig, Frau Wittgenstein! Und, bist du?«

»Nein. Wir haben das ›Sayn‹ schon vor einigen Generationen verloren. Was ich dem Herrn Anwalt nicht auf die Nase gebunden habe. Er hat die Geschichte geschluckt, dass ich über euch von der Angelegenheit erfahren habe und nun Ahnenforschung betreibe. Und auf der Suche nach meinen polnischen Verwandten bin.«

»Genial. Ist ihm gar nicht aufgefallen, dass die Fürstin die Noten ihrer Zofe gegeben hat, die wahrscheinlich nicht mit ihr verwandt war?«

»Nein, man muss nur überzeugt und schnell genug reden. Der Name der Erbin lautet Agnieszka Wójcik, die aber mittlerweile leider verstorben ist. Die Adresse dieser Frau durfte mir Dr. Riedel nicht nennen. Hätte uns möglicherweise ohnehin nichts genützt. Wójcik ist laut Internet ein häufiger Name in Polen. Weil ich hartnäckig blieb, meinte er, er wolle es sich nicht mit Herrn Bosko verscherzen. Ist dann sofort verstummt. Beinahe hätt ich nachgefragt, ob er Andrzej Bosko meint. War mir dann zu gefährlich.«

»Richtig entschieden. Das schreibe ich gleich in die Gruppe. Sag, magst du nicht fix in mein Team kommen?«

»Ich überlege es mir«, flachste Nicky.

4

Nachdem sich Nicky verabschiedet hatte, verzog sich Grohsman ins Arbeitszimmer, um seine Notizen zu vervollständigen. Pater Gabriel von der Malteserkirche hatte ihm einen heißen Tipp gegeben, die Polnische Gardekirche, Stammhaus der Polnischen Gemeinde im dritten Bezirk, am Rennweg. Er solle sich an einen Pater Stanislaw wenden. Ein Blick ins Internet verriet Grohsman, dass Stanislaw morgen den Gottesdienst abhalten würde. War der Pater nicht gleich heute erreichbar? Bei der Telefonnummer hob niemand ab. Geduld, mahnte sich Grohsman. Fiel ihm äußerst schwer.

Grohsman blätterte die Fotos von Lión in seinem Desktop-Ordner durch. Wieder einmal. Blieb bei dem Bild mit dem Erard-Flügel und dem Liszt-Manuskript hängen. Joe hatte herausgefunden, dass es von Dorothea Zauner im Klavier-Atelier von Wolfgang Wiesinger aufgenommen worden war. Hatte Mariusz ihr von der Berceuse, dem geheimnisvollen Teil vier der »Glanes« erzählt?

Dorothea war aufgebracht, dass Grohsman sie beim Üben

störte. Wegen so einer Lappalie. »Diese Suite besteht nur aus drei Teilen«, antwortete sie in einem Ton, als hätte er sie nach der fünften Himmelsrichtung gefragt. Und die Berceuse? »Die habe ich schon einmal gespielt, die wurde viel später komponiert. Ganz sicher kein Teil der ›Glanes‹.«

Diese Noten auf dem Bild hatte sie nur kurz gesehen, als sie das Foto geschossen hatte. »Ich war noch verwundert, dass Mariusz aus einer Kopie vergilbter Blätter spielt. Aber er war so auf dem Retrotrip! Am liebsten hätte er sich in eine Zeitmaschine gesetzt.«

»Das war bestimmt eine Kopie?«

»Ja. Die Rückseite war weiß.«

5

Fast hatte sich Nicky mit Grohsman verplaudert. Im Laufschritt huschte sie ins Krankenhaus und warf sich den Arbeitsmantel über. Schwungvoll öffnete sie die Tür zum ersten Patientenzimmer und blickte in ein enttäuschtes Gesicht. »Kein Hund heute?«

Ein andermal, gab sie zur Antwort. Wenn sie da mal nicht zu viel versprach … Nicky eilte auf den Krankenhausgang, um einen Anruf entgegenzunehmen. »*Bonjour*, Pascal!«

»*Salut*, Nicky! Heute rufe ich ausnahmsweise nicht dienstlich an. Ich war gestern von dem entzückenden Hund abgelenkt, dass ich mit dir gar nicht über Donnerstag gesprochen habe.«

Nickys Puls stieg in solidarischer Eintracht mit ihrer Stimme. »Ja?«

»Was hast du von diesem seltsamen Bosko gehalten?«

Über Bosko wollte er sprechen? Schlagartig senkte sich ihr Puls. »Ziemlich undurchsichtig. Danke, dass du mich gerettet hast.« Nicky ließ den Satz im Raum stehen.

Erst nach einer Weile antwortete Pascal. »Dazu wollte ich

noch etwas sagen … Die Selbstgefälligkeit von Bosko hat mich verärgert. Ich wollte ihn in die Schranken weisen. Dabei habe ich eine Grenze überschritten, und dafür möchte ich mich entschuldigen. Du weißt schon, was ich meine.«

Pascal klang sogar noch reizender, wenn er verlegen war. »Es hat perfekt zur Show gepasst.« Sie lachte nervös. Und ermahnte sich sogleich. Ihr Leben war doch kompliziert genug, da brauchte sie nicht noch ein verwirrtes Herz. Oder?

»Stimmt. Der Ehemann vernachlässigt seine Frau, damit sich der Geier tröstend auf dich stürzt.«

»Na, vielen Dank auch. Das klingt, als wäre ich Aas«, tat Nicky entrüstet.

»Verzeih, ich meine, der Adler stürzt sich auf dich. Was ich noch sagen wollte … meine Einladung zum Tee steht noch immer. Der Spaziergang mit dir gestern war inspirierend. Du bist klug und hast Visionen. Eine bestechende Mischung.«

Wieder diese Herzrhythmusstörungen. Ein Trommelsolo, das Phil Collins zur Ehre gereicht hätte. Klang doch schon besser. Flirtete Pascal? Oder war er nur charmant? Der Samt in seiner Stimme versetzte die Ameisen in Nickys Magen in Alarmbereitschaft. »Was machst du nächsten Dienstag? So gegen drei?«

»Hoffentlich mit dir Tee trinken! Hast du ein Lieblingslokal?«

»Ja klar, Haas & Haas, hinter dem Stephansplatz!« Ihre Hääschens. Perfekt.

6

Einmal noch las Joe die süße WhatsApp-Nachricht von Ronnie. »Bald geht's in Villach zum Soundcheck. Schade, dass du nicht dabei bist! Wenn ich wieder in Wien bin und du Ablenkung brauchst, zeig ich dir ein paar Gitarrengriffe!«

Fast schon ein Roman! Und ein Herz hatte er hinzugefügt. Früher mal hatte sie Gitarre gespielt. Na, ein paar Akkorde geschrubbt, Lagerfeuergitarre eben. Ob sie ihre alte Gitarre aus dem Keller ihrer Mutter holen sollte? Da brauchte sie wahrscheinlich einen Schaber, um die von der Staubschicht zu befreien.

Na hallo, ihr Boss textete. Seit sein Neffe zu Besuch war, mutierte ihr Chef zum versierten IT-User! Nicky Witt hatte herausgefunden, dass die Berceuse an eine Agnieszka Wójcik restituiert worden war. Der Anwalt hatte jedoch auch ihr nicht preisgegeben, wem die Frau es nach ihrem Tod vererbt hatte. – Was? Der Name Bosko war gefallen? Anwalt Riedel wollte es sich »mit ihm nicht verscherzen«?

Wo befanden sich die Noten jetzt? Joe sah auf die Uhr. Samstag um vier hatte der Branntweiner-Poldi, äh, der Leopold sicher nicht Dienst.

»Zauberlehrling! Ah, 'tschuldigen S', Joe, wollt ich sagen. Was gibt's?«

»Leopold, was würden Sie machen, wenn Ihnen jemand ein Notenmanuskript andrehen will, damit Sie es verklopfen? Also, ein wertvolles.«

»Da lass ich die Finger davon. Ich müsst ja überprüfen, ob das Ding echt ist. Durch ein glaubwürdiges Zertifikat und einen Besitznachweis. Wer das hat, kann aber gleich zum Dorotheum und es ganz offiziell verkaufen.«

Klang einleuchtend. »Wer würde Noten kaufen, zu denen es keine Papiere gibt? Wenn man die Authentizität beweisen kann, aber nicht ihren rechtmäßigen Besitz?«

»Na ja, entweder ein Kunstfreak. Oder jemand, der eine Geldanlage für ein Kapital braucht, das er offiziell nicht hat.«

Na klar, wieso war Joe nicht selbst draufgekommen. Vielleicht kein Kunsthandel, sondern Geldwäsche. Riedel wollte es sich nicht mit Bosko verscherzen. War der Diplomat der rechtmäßige Erbe dieser Agnieszka Wójcik? Und wenn Lión ihm die Noten gestohlen hatte? Und danach verkauft? Oder sie zumindest verklopfen wollte? Aber warum hatte Lión so lange gewartet? Weil er jetzt Geld brauchte. Viel Geld.

7

Grohsman sah sie schon von Weitem. Er winkte ihr.

»Wer ist das, Onkel Felix?«

»Grażyna Taras. Die Pianistin, mit der ich gestern in Raiding war«, antwortete er und bemühte sich um einen möglichst beiläufigen Ton.

»Na, was für ein Zufall, dass sie hier beim Match ist!«

»Du kannst deinen Grinser wieder abschrauben, sie ist absichtlich hier. Ich hab sie eingeladen.«

»Uiuiuiiii! Und das Mädel daneben?«

»Das ist ihre Tochter, glaube ich. Fragen wir sie doch!«

Die Wiener Viktoria zeigte sich von ihrer besten Seite und fegte den FC Marchfeld vom Platz. Drei zu null! Okay, der Elfmeter, da hatte der Viktorianer im Vorfeld eine astreine Schwalbe hingelegt. Bühnenreif, der »sterbende Schwan« im Strafraum. Sein Stürmerkollege hatte den Elfer eiskalt eingenetzt.

Grohsman steckte sowohl seinen Neffen als auch Zina und ihre Tochter Amelia mit seiner Begeisterung an.

Nach dem Match standen sie zu viert vor dem Fußballplatz. Amelia zeigte Lukas offenbar die Grundlagen des Florettfechtens. Sie pikste ihn in die Seite, er jammerte spielerisch. Beide lachten lauthals. Grohsman ging das Herz auf, den Jungen so unbeschwert zu sehen. Ob Lukas in Hamburg so schnell neue Freunde fand?

»Wollt ihr noch auf einen Kaffee zu mir kommen?«, fragte Grohsman Mutter und Tochter Taras. Um seinen Hund nicht so lange alleine zu lassen, sagte er lachend. Zina nahm die Einladung dankend an.

»Ich treff mich noch mit Freunden«, entschuldigte sich Amelia. »Kommst mit, Lukas?«

»Ja klar!«

In seiner Wohnküche hantierte Grohsman mit der Bialetti und schenkte zwei Tassen Cappuccino ein. Mit perfektem Milchschaum.

»Wie bist du auf diesen Fußballclub gekommen?«, fragte Zina.

Weil jeder für die Topligisten schwärmen kann, lag Grohsman auf der Zunge. Nein, ihr wollte er den wahren Grund erzählen. »Ich hab den Verein kennengelernt, weil ich in Meidling aufgewachsen bin. Mein Vater hat mich mitgenommen. Und was mir an den Jungs so taugt, ist ihr soziales Engagement. Man kann eine Patenschaft übernehmen, damit ein Kind für ein Spottgeld am Training teilnehmen darf.« Hatte er natürlich gemacht. Vor Jahren schon.

»Ein ausgezeichnetes Projekt, Kindern den Sport näherzubringen.«

»Du magst Sport? Sollten deiner Meinung nach Kinder nicht lieber ein Instrument lernen? Wobei, deine Tochter …«

»Amelia ist sehr musikalisch. Vielleicht studiert sie irgendwann Klavier. Vielleicht auch nicht. Musik, Rhythmus, das hilft ihr beim Fechten! Und umgekehrt hilft ihr die Kondition, die Koordination beim Klavierspielen. Bewegung ist gerade für Kinder und junge Menschen so wichtig. Ein Kind muss sich austoben können. Fußball ist ein Mannschaftssport, das ist gut für die Entwicklung. So viele Einzelkinder sind Egoisten. Wenn die als Musiker solo spielen, geht das ja noch. Aber in der Kammermusik? Schrecklich. Ein Kind sollte beides machen. Sport veredelt den Körper, Gruppenaktivitäten den Geist und Musik das Herz.«

Grohsman pflichtete ihrer glühenden Rede bei. Ein Gewinn für Körper, Geist und Seele. Gewinn … der Wettbewerb. Das konnte doch nicht wahr sein! Machte sein Hirn nicht ein einziges Mal Pause? Einen Sonntagnachmittag genießen? Ohne

Dienst? Nein, keine Chance. »Mir ist gerade eine Sache zu Mariusz eingefallen … dieser Wettbewerb, was passiert eigentlich mit dem Preisgeld und dem CD-Vertrag?«

»Das Preisgeld hat er bekommen. Der CD-Vertrag könnte an Dorothea gehen. Weil die Entscheidung so knapp war. Und weil die CD-Firma eine satte Förderung der Smetana-Gesellschaft einstreift, für eine Aufnahme mit einem Jungstar von dem Bewerb. Sonst … *zapomnij*, Sponsoring. Vergiss die Förderung.«

Nachdenklich nahm Grohsman einen Schluck. »Tut mir leid, dass ich schon wieder von dem Fall anfange. Er macht mich wahnsinnig, wir stochern irgendwo herum und haben nicht einmal eine Ahnung, wann und wo die Tat stattgefunden hat.« Mist. Wieso war ihm das herausgerutscht?

Zina zog die Stirn kraus. »Aber … gibt es auf seiner Kleidung denn keine Spuren? Erde oder Blätter? Oh, jetzt muss ich mich entschuldigen. Ich schaue manchmal Krimis.«

»Nein, leider.« Durfte er der Pianistin Details ausplaudern? Sie war doch eine Art Zeugin. »Aus mehreren Gründen gehen wir davon aus, dass Mariusz Klavier gespielt hat. Aber die Tat muss sowohl am Instrument als auch am Boden … Spuren hinterlassen haben, die man nicht so einfach wegwischen kann.« Grohsman beutelte es bei dem Gedanken an das Desaster, das er in Schlesingers Untersuchungsraum angestellt hatte. »Da braucht es schon eine Sintflut. Oder wenigstens einen Hochdruckreiniger. Was fürs Klavier fatale Auswirkungen hätte.«

»Oh mein Gott.« Die Pianistin hielt sich krampfhaft am Tisch fest.

»Zina, ist alles in Ordnung?«

8

Im Karatetraining war heute keiner mehr gegen Joe angetreten, weil sie alle auf die Matte gepfeffert hatte. Sie beherrschte die schwierigen Katas immer perfekter, die Kombinationen und Wechsel in den Bewegungsabläufen gelangen fließender. »Du bist eindeutig reif für den nächsten Gürtel. Melde dich zur Prüfung an, die ist noch im Dezember!«, hatte ihr Trainer anerkennend gemeint. Er war erst seit ein paar Monaten im Verein Shotokan, wo sie trainierte. Seine Methoden imponierten ihr. Der checkte haargenau, wo die Grenzen seiner Schüler lagen. Er pushte sie alle aus der Komfortzone, ohne das Limit zu übertreten. Das Maximum verlangen, aber nie überpowern. Ein bisschen wie ihr Boss. Mit dem sechsten Kyu, dem grünen Gürtel, ins neue Jahr? Von der Unterstufe in die Mittelstufe wechseln. Der Gedanke gefiel ihr. Ein Schritt näher zum ersten Dan. Zum ersten schwarzen Gürtel. Ihr heimlicher Plan.

Joe checkte ihr Handy. Oh, wow, eine Videobotschaft von Ronnie. »Wie gefällt dir der Song? Ist noch nicht fertig. Hab ich für dich geschrieben, Nora.« Das fetzte, und hey, Ronnie hatte eine voll geile Stimme!

Moooment. Nora? Was hatte denn das zu bedeuten? Na warte, Freundchen. »Hallo, Ronnie, hier ist die Nora, ich wollte mich bedanken, sooo ein schönes Liedlein …«, zwitscherte Joe ins Handy. Funkstille.

»Aber … wieso steht auf dem Display …?«

»Weil du Schussel was verwechselt hast. Keine Ahnung, ob du den Song mir schicken wolltest und du dich vertippt hast, oder ob du die falsche Handynummer erwischt hast.«

»Scheiße, Joe, du … ich …«

Joe wartete darauf, dass eine Mordswut in ihr hochstieg. Die … kam einfach nicht! Sie stellte sich Ronnies belämmerten Gesichtsausdruck vor. Und prustete los, total befreit. Donnerstagnacht, das war aufregend gewesen, und der Typ war schnuckelig. Aber es war bloß ein Abenteuer, nicht mehr und nicht weniger. »Mach's gut, und schöne Grüße an Nora!«

Joe stöberte die Veranstaltungsseiten durch. Samstagabend gab es doch sicher irgendwo einen heißen Gig. »Biva Soul«, ein Klavieract in einem kleinen angesagten Kellerlokal. Na, nach den Videos von Lión fand sie Klaviermusik cool. Mal was Neues ausprobieren.

Groovig tönte es aus dem Keller. Aber … den Solisten kannte sie doch. Das war Valentin Binder, der Kommilitone von Dorothea! Na klar, Biva, Binder Valentin. Die Musikwelt war echt ein Dorf. Wer hatte erzählt, dass Binder mal bei einem von Boskos Empfängen war? Genau, Irena. Der Knabe war sie unangenehm angestiegen, und Lión hatte sie verteidigt.

»Hey, stark, dass du hier bist. Wusste gar nicht, dass du auf Musik stehst«, sprach sie der Knabe in der Pause an.

»Herr Binder, ich bin dienstlich hier.« Die Kumpeltour konnte er sich gleich abschminken. »Sie waren doch bei einer Soiree in der Löwengasse. Haben Sie gar nicht erzählt.«

»Geh, die tun alle so geheimnisvoll. Da läuft nichts. Ein bisschen Pokern mit Saufgelage. Nicht sehr inspirierend. Mariusz glaubt, er ist der große Macher. Die Weiber, die der abschleppt – um die erbarme ich mich nicht einmal, wenn das Licht abgedreht ist!«

»Ich dachte, der Mariusz wäre so cool?«

»Ist er auch. Und die Frauen waren gelegentlich großzügig mit Förderungen. Könnt ich auch brauchen – aber dafür geb ich mich nicht her.« Binder grinste dreckig. »Die eine hat ihn sogar gelegentlich in ihrem Wochenendhaus wohnen lassen. Erst dachte ich, gemeinsames Wochenende im Liebesnest. Nein, war's gar nicht. Mariusz hat sich einfach öfters vertschüsst. Er war manchmal schon schräg. Und die Hütte, na, echt nicht. Ich bin ihm mal nachgefahren, wollte checken, ob man dort eine Party steigen lassen kann. Das war im tiefsten Wald, da fürchten sich sogar Fuchs und Hase.«

Wieso rückte der Kerl erst jetzt damit raus? Weil Joe nicht gefragt hatte. »Wann war er zuletzt dort? Und wo war das?«

»Keine Ahnung. Irgendwo ganz weit oben in Niederösterreich. Glaub ich.«

»Wem gehört das Anwesen?«

»Was weiß ich, so einer alten Schachtel halt. Von Anwesen würde ich bei dem Schuppen nicht sprechen. Bevor Sie fragen: Nein, die Adresse hab ich nimmer.«

Nördliches Niederösterreich, das deckte sich mit der Handyortung. War Mariusz noch am Leben gewesen, als er von dort nach Wien zurückgekehrt war? Joe fröstelte.

9

Grohsman hatte Sally ins Auto gepackt und war mit Zina sofort ins Mozart-Konservatorium gefahren. Ihre Hände zitterten, als sie den Konzertsaal aufsperrte. Mechanisch streichelte sie den Hund, den Grohsman auf dem Arm hielt.

»Vor zwei Wochen mussten wir den Flügel ausmustern. In unserem Konzertsaal ist aus ungeklärten Gründen die Sprinkleranlage angegangen. Im ganzen Saal stand das Wasser.« Ihre Stimme flackerte.

Grohsman schloss die Augen und atmete tief durch. Er hatte eine düstere Vorahnung. »Wann genau?«

»Warte, ich schaue nach ... am 5. Oktober.«

»Lass mich raten. An dem Abend hat Mariusz Lión hier geprobt.«

Wortlos nickte Zina.

Die Bühne trug noch heftige Zeichen der Zerstörung. Das Parkett war teilweise aufgerissen. Die Wände scheckig von Ausbesserungsarbeiten. Grohsman setzte Sally auf den Boden und befahl ihr, sich hinzuhocken. Sie verkrümelte sich neben der Tür. Hatte er seinen Notizblock eingesteckt? Natürlich. »Und das Klavier?«

»Wahrscheinlich auf der Mülldeponie. Bestenfalls sind ein paar Einzelteile in der Klavierwerkstatt. Die Sprinkleranlage ist die ganze Nacht gelaufen, das Wasser strömte in der Früh schon unter der Tür durch.«

Grohsman schaute in den Zuschauerraum. Die Wände dort waren heil geblieben. Die Anlage war offenbar nur im Bühnenbereich losgegangen. Weil jemand nur diesen Sprinklerkopf manipuliert hatte? »Was ist mit dem Saal?«

»Der Boden wurde komplett erneuert, da ist das Wasser natürlich auch hingeflossen. Zum Glück war der Publikumsraum leer, wir hatten vorher eine Tanzveranstaltung. Die Stühle waren noch nicht wieder aufgebaut, da wurde glücklicherweise nichts zerstört. Aber wir haben im Dezember Klassenabende, da muss der Saal hergerichtet sein, deshalb ist auch die Bühne bereits teilweise restauriert.«

»Es existiert gar nichts mehr?«

»Nein. Glücklicherweise zahlt die Versicherung.«

»Aber eine Sprinkleranlage geht doch nicht so einfach los.« Keine Frage. Eine Feststellung.

»Fehler im System, hat es geheißen. Das hatten wir schon einmal, vor ein paar Wochen. Damals ist jedoch nichts passiert, weil der Portier noch im Haus war.«

»Gibt es keine Videoüberwachung oder so?«

»Nein. Brauchen wir doch nicht.«

»Und der Alarm wird nicht weitergeleitet, Feuerwehr oder so?«

»Nein, offenbar nicht. Das wird jetzt geändert.«

Grohsman stieg auf die Bühne. Stück für Stück untersuchte er den Boden. Sinnlos. »Wann ging der Zauber los?«

»Wissen wir nicht genau. Der Portier ist an dem Abend um sieben Uhr gegangen. An dem Tag war kein Konzert, sonst hätte Mariusz nicht proben können. Irgendwann danach muss es passiert sein.«

»Wer hat Mariusz aufgesperrt?«

»Ich. Um sechs Uhr. Den Schlüssel hat er nachher wie immer in ein Kästchen beim Portier geworfen und mir per SMS Bescheid gegeben. Das war, lass mich kurz nachsehen … um halb zehn. Da, schau mal. Ich übersetze schnell: ›Danke, Grażyna, ich fahre jetzt nach Eisgarn. Ich muss über vieles nachdenken, komme am 14. Oktober zurück.‹ Das hat er schon öfters gemacht, ich dachte mir nichts dabei.«

Grohsmans Kopf drehte sich. Nein, es war die Welt um ihn herum. Mariusz war nie in Eisgarn angekommen. Auf seinem Handy war die Nachricht an Zina offenbar gelöscht worden. Und Gregor hatte sie nicht rekonstruiert. Das Bewegungsprofil vom Handy war ebenso gefakt wie die diversen WhatsApps und SMS. Was für ein Aufwand! Sein Mörder hatte sich offenbar zwischendurch in Eisgarn herumgetrieben. Um gelegentlich Nachrichten zu verschicken. Funkzellenabfrage, welche Handys zeitgleich eingeloggt waren? Nein, das brachte nichts. Der Täter war sicher nicht so dämlich gewesen, sein eigenes Mobiltelefon aufzudrehen. »Zina, du bist vielleicht die Letzte, die Mariusz lebend gesehen hat. Außer seinem Mörder.«

»Nein …« Sie schlug die Hände vor den Mund. Sie hatte Tränen in den Augen. »Mariusz …« Nicht mehr als ein Hauch. Ein Wind, der übers Land zieht. Und dann ein markerschütterndes Schluchzen. »Mein Hirn war so … so vernebelt. Ich dachte natürlich, er wäre weggefahren. Wie konnte ich …?« Sie verfiel in ein polnisches Gebrabbel.

Sally winselte und trippelte zu ihr. Stupste sie mit ihrer Nase an.

»Quäl dich nicht. Du hast uns zum Tatort geführt, damit hast du uns sehr geholfen.« Zinas Verzweiflung erschütterte Grohsman. Dieser Fall hinterlässt auch in meinem Hirn Kratzer, stellte er fest. Langsam wanderte sein Blick durch den halb sanierten Saal. Die Schrammen an den Wänden, die Furchen auf der Bühne, wo das neue Parkett noch nicht komplett verlegt war. Zerstörungen, die man beheben konnte.

Der Tatort hingegen war vernichtet. Er verständigte das Team der Spurensicherung. Desillusioniert. Die Chance, dass sich hier noch ein Blutstropfen fand, war gleich null, schilderte er den Kollegen.

»Grohsi, Grohsi. Ein bisserl Nachhilfe in Kriminaltechnik würd dir nicht schaden. Der Boden dort ist sicher kein geschlossenes System, keine Metallwanne, die man rückstandslos reinigen könnte. Und wenn da noch so viel Wasser geflossen ist, in den Unterboden ist sicher Blut gesickert. Vielleicht verwässert. Kann trotzdem genügen, um die DNS von deinem Opfer zu verifizieren.«

Es wurde still in ihm. Tatort und Tatzeit, spuckte sein Hirn aus. In Leuchtschrift. Wie schaffte man hier eine Leiche weg? Kein Problem für einen Vertrauten, der die Abläufe kannte. Dem bekannt war, dass Mariusz hier spielte und dass er den Schlüssel ins Kästchen beim Portier warf. Der Täter war wahrscheinlich mit Mariusz mitgekommen. Oder die Täterin. Als Publikum sozusagen. Er oder sie kannte die Eigenheiten des Hauses. Wusste von der Sprinkleranlage, die alle Spuren vernichtete. »In diesen Fällen gibt es oft eine vordeliktische Beziehung zwischen Täter und Opfer«, hatte Nicky orakelt. Und recht behalten.

Sonntag, 22. Oktober

1

Grohsman schreckte aus einem Traum hoch. Eine verhüllte Gestalt, die ihn mit einem Knüppel bedrohte. Im Hintergrund spielte Mariusz die »Trauergondel«. Als Grohsman näher kam, drehte sich der Pianist um. Grohsman starrte in einen Totenschädel. Dorothea warf ein Blatt Papier ins Feuer. Alte Noten, mit blassblauer Tinte geschrieben. Sie lachte hysterisch, und Bosko tanzte mit Selma Zauner Polka.

Wortlos setzte sich Grohsman an den Frühstückstisch. Er wischte sich den verrückten Traum aus den Augen. Lukas teilte seine Schweigsamkeit.

»Alles okay bei dir?«, fragte Grohsman.

»Mhm.«

Grohsman zückte sein Handy. »Lión – am 5. Oktober im Mozartkons getötet. Näheres morgen«, tippte er lapidar in die Runde. Was für ein Datum für diese Bekanntgabe. Heute war Liszts Geburtstag, wie er dem Kalenderblatt entnahm. Das Pfauchen der Bialetti und der Duft von frischem Kaffee weckten seine Hirnzellen. Wo war Dorothea Zauner zur Tatzeit gewesen? Gleich bei ihr anrufen. Er redete nicht lange herum.

»Frau Zauner, waren Sie am 5. Oktober bei der Probe von Mariusz Lión? Im Konzertsaal vom Mozart-Konservatorium?«

»Nein. Er wollte mich nicht dabeihaben.« Dorothea klang traurig. Wie hätte sie wissen sollen, dass Mariusz bloß seine dunkle Seite vor ihr verbergen wollte? »Kam mir dann ganz gelegen, ich bin zu einem Konzert nach Krems gefahren. Mein früherer Klavierlehrer hat dort gespielt.« Leise fügte sie hinzu: »Vielleicht wechsle ich wieder zu ihm. Tut mir leid, dass ich so launenhaft bin. Das ist sonst nicht meine Art. Die Medikamente, dieser Mord … alles zu viel. Nach dem Konzert werde ich mich für eine Weile zurückziehen.«

Schweigend schlürfte Grohsman seinen Kaffee. »Lukas, ich muss jetzt dienstlich zur Polnischen Kirche. Danach gehe ich eine Runde mit Sally in den Prater. Magst mitkommen?«

»Mhm.«

Musste Grohsman sich Sorgen machen? Hatte Emilia mit dem Jungen geredet? Er erinnerte sich an einen Bausatz im Keller, für ein Modellschiff. Die »Cutty Sark« hatte es Caro bei ihrem gemeinsamen Londontrip angetan, das Modell des Teeklippers hatte er als Geschenk geplant. Die Box war noch originalverpackt. »Lukas, hast du schon mal ein Modellschiff zusammengebaut? Wenn du Lust hast, ich hab noch einen Satz, wir könnten gemeinsam …«

»Hey, das wär steil!«

Grohsman stieß erleichtert die Luft aus. Und machte sich auf den Weg zur Polnischen Gardekirche.

»Ja, Mariusz war Teil dieser Gemeinde. Sein Tod …« Pater Stanislaw brach ab. Er ordnete die kleinen Kerzen im Opferstock. »Sein Tod … geht uns nahe.« Es brauchte nicht mehr als den einen schlichten Satz, um sein tiefes Leid auszudrücken.

Der Geistliche fuhr fort, leise, bedächtig: »Wir halten nächsten Sonntag nach dem Gottesdienst eine Andacht für ihn. Sie sind herzlich willkommen. Die Gebete sind zwar auf Polnisch, aber man muss nicht verstehen, um zu fühlen.«

Grohsman überlegte. Könnte aufschlussreich sein, wer hier alles auftauchte. »Sind seine anderen Weggefährten eingeladen?«

»Nur Herr Bosko.«

»Der auch Teil dieser Gemeinde war?«

»Er hat uns immer wieder großzügig unterstützt.«

Nannte man früher so was nicht Sündenablass? »Wann beginnt die Feier?«

»Um elf Uhr.«

Christliche Zeit. Grohsman schmunzelte über das Wortspiel.

»Wissen Sie zufällig, wann Herr Lión das letzte Mal hier war?«
Der Pater nahm eine frische Kerze, zündete sie an und stellte sie in den Opferstock. Er bekreuzigte sich. »Bevor er nach Polen gefahren ist. Wann war das? Sicher schon zwei oder drei Wochen her. Nach der Messe kam er zu mir. Es muss also Sonntag gewesen sein. Der, warten Sie … der 1. Oktober. Er erbat meinen Segen.«

»Ihren Segen? Hat er das öfter gemacht?«

»Immer wieder, wenn ihm etwas schwer auf der Seele lag. Ein großer Auftritt. Oder ein Wettbewerb.«

»Hat er gesagt, wofür er Ihren Segen wollte?«

»Nein. Er meinte nur, er habe große Schuld auf sich geladen. Was es war, hat er nicht gesagt.«

»Danke, Pater.«

Große Schuld. Der Diebstahl des Manuskripts? Der Versuch, es zu verkaufen, um sowohl die Operation für seinen Vater als auch den Flügel zu finanzieren? Und vielleicht eine neue Wohnung?

Schon wieder das Handy. Die ständige Erreichbarkeit ging ihm gegen den Strich, auch wenn sie ihm umgekehrt die Arbeit erleichterte. Unbekannte Nummer.

»Herr Grohsman, soll ich morgen einen kleinen Artikel schreiben, dass unsere Polizei lieber Fußball schaut als Fälle löst?«

Elender Schmierfink, grummelte Grohsman. Von einem Schreiberling dieses Blattes war nichts anderes zu erwarten. »Darf ich fragen, woher Sie diese Information haben?«

»Von dem hübschen Foto, das mir zugeschickt wurde. Anonym natürlich. Aber ich finde, das sollte die Welt sehen. So nett, wie Sie da sitzen. Mit Ihrem Sohn? Also, wenn ich's nicht bringen soll, brauch ich a bisserl a Gegenleistung. Irgendwas, was ich stattdessen schreiben kann.«

Dazu müsstest du erst schreiben lernen, schoss es Grohsman ein.

Was ihm allerdings zu denken gab: Wer hatte ihn gestern beim Match gesehen? Diese Beschattungen hatte er geistig ad acta gelegt, weil nach seiner letzten Botschaft Funkstille eingekehrt war. Zumindest war ihm nichts mehr aufgefallen. Hatte Grohsman Angst? Nein. Wenn er sich wegen jedes Einschüchterungsversuchs ins Hemd machte, war er im falschen Beruf. Außerdem verfolgte bloß jemand seine Aktivitäten. Um die Zeitung zu informieren?

Trotzig blätterte er in seinem Notizblock. Sally hatte erstmals am Montag Laut gegeben, vor seiner ersten Visite bei Bosko. Den Besuch hatte er niemandem angekündigt. Ihm war also jemand auf den Fersen, der wusste, dass Grohsman den Fall untersuchte. »Sie verfolgen überdurchschnittlich oft über die Medien den Stand der Ermittlungen«, hatte Nicky gesagt. Oder beeinflussten sie, wenn die Ergebnisse zu lange auf sich warten ließen.

2

Joe scrollte zum x-ten Mal die Website von Lión durch. Mariusz, charismatisch, cool, still. Kein vordergründiger Sonnyboy wie Ronnie. Seine Widersprüchlichkeit machte ihn faszinierend. Valentin Binder hatte durchblicken lassen, dass Lión sich verkauft habe. Sich oder nur seine Kunst? Sie konnte sich nicht vorstellen, dass er sich quasi als Callboy verdingt hatte. Und wunderte sich über ihre romantische Ader. Schimmert die durch, weil Grohsman ihr die Geschichte der Fürstin Carolyne zu Sayn-Wittgenstein und Franz Liszt erzählt hatte? Voll tragisch, die beiden Liebenden! Die Begegnung mit der Frau hatte das Leben des rastlosen Komponisten angeblich komplett verändert. Heiraten durften sie trotzdem nicht. Weil Carolyne schon verheiratet war und der Volldillo von Fürst sie nicht freigab oder so. Irgendeine Intrige war natürlich auch noch im Spiel, da hatte ein

Eifersüchtler dem erfolgreichen Komponisten das private Glück nicht gegönnt. Wobei »erfolgreich« offenbar die Untertreibung des Jahrhunderts war. Als »Lisztomanie« hatten Zeitgenossen das Phänomen beschrieben. Das Publikum war angeblich außer Rand und Band geraten, sobald der Pianist die Bühne betrat. Wie beim letzten Rolling-Stones-Konzert? Hatte Joe mächtig beeindruckt, wie das Ernst-Happel-Stadion gekocht hatte!

»Liszt war ein Visionär«, hatte Wolfgang Wiesinger geschwärmt und gleich einen Ausspruch zitiert, den Joe sich aufgeschrieben hatte: »Mein einziges Bestreben als Musiker war und ist es, meinen Speer in die unendlichen Räume der Zukunft zu schleudern.« Cooles Zitat. Nichts davon hatte Joe je im Musikunterricht gehört. Voll fad, wie ihre Professorin die Lebensgeschichte von Komponisten heruntergeleiert hatte. Geboren, gestorben, dazwischen fünftausend Kompositionen.

Diese drastische Lebensveränderung durch eine Frau, hatte Lión sich Ähnliches von Dorothea erhofft? Schon wieder zu romantisch, ermahnte sich Joe. Wenn es einen Anhaltspunkt gab, dass Lión seine Dienste in spezieller Form angeboten hatte, musste sie dem nachgehen. Konnte Mirella das wissen? Oder war sie noch stinkig wegen der Manz?

»'tschuldigung, störe ich gerade?«

»Naaa, Frau Kommissarin. Tut mir leid, ich bin in der letzten Zeit a bissl untergetaucht. Aber jetzt bin ich wieder da. Sie stören mich nicht. Wenn ich gerade meine, äh, physikalischen Behandlungen verabreiche, geh ich eh nicht ran. Ich kann ja meine Kunden nicht hängen lassen.«

»Ist mir klar, dass Sie bei Ihren Kunden nichts hängen lassen dürfen.« Joe grinste. Alles wieder im Lot. Ursula Manz hatte Wort gehalten.

»Haha, der war gut, der Schmäh! Also, was brauchen S' denn?«

»Für die Betreuung der männlichen Gäste hat Bosko Damen eingeladen. Aber was war mit den weiblichen Gästen, kamen die auch irgendwie auf ihre Rechnung?«

»Na ja, viele haben ihr Beiwagerl mitgehabt. Also, ihre Ehcgespönser.« Joe hörte Mirellas abschätziges Lachen. »Man hat sich auch untereinander fusioniert. Der Herr Gastgeber und sein Team haben sich ebenfalls gelegentlich zur Verfügung gestellt. Völlig uneigennützig natürlich, wenn die Holde reich oder einflussreich war.«

»Und Mariusz Lión?«

»Der tote Pianist? Den hab ich kaum gesehen. Die Traurigkeit in seinen Augen, an die erinnere ich mich heut noch. Aber sonst … So oft war ich ja nicht dort.«

»Sagt Ihnen eigentlich der Name Regina Iwitski was?«

»Warten S', da klingelt was … Na klar, die Kimberly! A komische Frau. Woher kennen Sie die jetzt?«

»Äh, wieso Kimberly?«

»Na, ich heiß ja auch nicht wirklich Mirella.«

»Moment … heißt das, Regina war auch, ähm, Physiotherapeutin für Klienten mit besonderem Bedarf?«

»Jö, das muss ich mir merken. Des schreib ich auf meine Visitenkarte. Na, ganz genau, Kimberly war auch … Entspannungshelferin. Die hat aber aufgehört, glaub ich. Hab jedenfalls schon länger nix mehr gehört von ihr. Na, ist nicht die Sache von jederfrau.«

Regina alias Kimberly. Die Stalkerin von Lión, die sich im Escortservice verdingt hatte, dann damit aufgehört hatte. Und jetzt schrieb sie Dorothea Hassbriefe. Und haute den Hut drauf? Oder einen Schläger auf Lións Kopf?

3

Nicky setzte sich zum Nachdenken über die emotionale Hochschaubahn der letzten Woche ins Ruderboot. Allein. Was wollte Pascal von ihr? Falsche Frage. Was wollte Nicky von ihm? Sie hatte doch gerade erst die Geschichte mit Daniel abgehakt. Ein wenig Trost? Ausgerechnet von einem Kollegen. Saublöde Idee. Andererseits … er war so anders. Klug und voller Visionen, hatte er über sie gesagt. Traf auch auf ihn zu. Sein verschmitzter Blick brachte Schokolade zum Schmelzen. Blöder Vergleich, denn Nicky mochte keine Schokolade. Und überhaupt, auf ein gebrochenes Herz konnte sie verzichten.

Paul sah ihr zu, wie sie das Skiff still im Bootshaus verstaute. »Schon wieder Kummer wegen dem Burschi?«, fragte er.

»Nein, Gedanken über einen anderen Burschi«, antwortete sie mit schiefem Lächeln. »Außerdem geht es im Berufsleben ein bisschen rund.« Untertreibung des Jahrzehnts. Stockend purzelten die Worte aus ihr heraus.

Paul hörte ihrem Monolog aufmerksam zu. Nach einem längeren Schweigen legte er seine Pranke auf Nickys Schulter. »Vielleicht brauchst du was Neues. Deine Augen haben geleuchtet, wie du von dem Hunderl erzählt hast. Und von dem Arzt. Und von deinem Mordeinsatz. Bei den Privatpatienten hast du dreingeschaut, als ob du dich an eine Weisheitszahn-OP erinnerst. Was sagt dir das?«

Paul war effizienter als jede Supervision.

Daheim starrte Nicky ungläubig auf ihr Handy. Grohsman hatte den Tatort entdeckt! Und Fotos in die Gruppe gestellt. Vom zerstörten Saal, der Tatort als solcher war unkenntlich. Nicky druckte ein paar der Fotos aus und legte die Bilder auf den Tisch. Neben die Bilder von Mariusz und Dorothea.

Mit Feuereifer schob sie Ausdrucke hin und her, suchte nach Verbindungen. Klar war ein derart spezieller Tatort bewusst gewählt worden. Hier ließen sich die Spuren beseitigen. Außerdem hatte der Täter genaue Kenntnisse von Lións Kalender. Von dem geplanten Rückzug. Dass in dieser Zeit niemandem die Abwesenheit von Lión auffallen würde. Nach dem Mord hatte der Täter den Toten in aller Seelenruhe abtransportiert und den Tatort vernichtet. Die Leiche tiefgekühlt, um den Todeszeitpunkt zu verschleiern. Diese Tat war minutiös und eiskalt durchkalkuliert.

Über die Embryonalstellung hatte sie ihre Gedanken schon mit Grohsman geteilt. Der Kopf, in die Hand gebettet. Und da, unter der Hand, der Pullover – der sah aus, als wäre er zusammengerollt und unter Hand und Kopf geschoben. Wie ein Polster. Ein Schlafender, dem man es bequem machte. Bis auf das Detail, dass dieser Schläfer nie mehr aufwachte. Reue. Die Tat symbolisch ungeschehen machen.

Brutal versus liebevoll, kaltblütig versus emotional? Nein. Das Liebevolle, Emotionale war vorgetäuscht. Der Täter hatte den Fundort so hergerichtet, dass man eine Beziehungstat vermutete, einen anderen Schuldigen. Also war das eine spezielle Form von »Staging«. Dafür sprach schon mal das Platzieren im Auto einer anderen Person.

Grohsman hatte sie gebeten, Dorothea und Andrzej Bosko als potenzielle Täter zu überprüfen. Kein leichtes Unterfangen. »Es gibt keinen Menschen, der nicht unter widrigsten Umständen einen anderen Menschen tötet«, meinte einmal ein Kriminalpsychologe. Bosko war ein aalglatter Diplomat. Nicky lachte. War eigentlich ein Pleonasmus, wie ein schwarzer Rappe. Das machte ihn noch nicht zum Mörder. Sollte sie doch auf seine Einladung eingehen? In einem Kaffeehaus konnte eigentlich nichts passieren, oder?

Mit Dorothea Zauner hatte Nicky morgen ein Treffen vereinbart. Die junge Frau wollte sich wegen der Hassbriefe aussprechen.

4

Grohsman schnappte sich seine Hündin und zog Runden durch den Park. Lukas war mitgekommen, um vor sich hin zu brüten. Was ging im Kopf des Jungen vor? Verstohlen blinzelte Grohsman zu ihm hinüber. Stirn in Falten, Blick zu Boden, als lägen dort die Antworten.

Aus. Lukas war freiwillig mitgekommen. Vielleicht brauchte er wie Grohsman einfach frische Luft. Um die Spinnweben aus dem Hirn wegzublasen.

Wie intensiv die Erde roch! Und das Gras, nach dem letzten Regen zeigte es wieder ein tiefes Herbstgrün. Sally hüpfte wie eine Ziege durch die Wiese, wälzte sich, jagte einem Schmetterling hinterher. Unter einem Baum entdeckte sie einen riesigen Ast, den sie mühevoll heranschleppte und Grohsman vor die Füße legte.

»Geh, Wuffi, wenn ich den werfe und jemanden treffe, ist der für die nächsten zwölf Stunden ausgeknockt!« Grohsman bückte sich nach dem schweren Ast. Um ihn weiter zu werfen, griff er ihn wie einen zu groß geratenen Baseballschläger und wollte ihn fortschleudern. Hielt in der Bewegung inne. Nahm nicht wahr, wie seine Hündin winselte und ihn mit ihrer Pfote anstupste.

Ein abgeschrägtes Schlagmal. Baseball. Grohsman ließ den Ast fallen. Sally jaulte vor Enttäuschung. Er tippte eine Nachricht an Joe. »Finde morgen heraus, ob Bosko Baseball spielt. Oder sonst wer in dem Sumpf.«

Sally hatte sich auf den Bauch geworfen. Sie kläffte ihn vorwurfsvoll an. »Tut mir leid, Mädi. Schau, da ist ein besseres Stocki, das kannst holen!« Er warf den kleineren Stecken über die Wiese und sah seiner Hündin nach, die glücklich über den Rasen fegte. Wieder und wieder segelte das Holzstück. Es dauerte, bis die Hündin genug hatte. Grohsman setzte sich auf eine Bank, Sally knotzte sich daneben.

Sein Neffe hatte sich gedankenverloren auf einen Baumstumpf gehockt. Jetzt kam er her, hängende Schultern, die Hände in den Taschen vergraben. »Onkel Felix, kann ich mit dir reden?«

»Natürlich. Hab mir schon heute in der Früh gedacht … Na, in letzter Zeit war einiges los. Am Donnerstag hat mich dein Klassenvorstand angerufen, weil du Krach mit einem Mitschüler hattest. Was war denn da?«

»Gar nichts.«

»Na ja, Nasenbluten und ein blaues Auge ist ned nix.«

»Hat doch niemand einen Krankenwagen gebraucht. Markus hat zugegeben, dass er mich provoziert hat. Hat mich als ›Strebsau‹ bezeichnet, weil ich gesagt habe, dass er dumm wie Brot ist. Ich hab mich entschuldigt. Und ihm Mathenachhilfe angeboten.«

»Echt? Das ist … das hat mir dein Lehrer nicht gesagt.«

»War auch später. Aber was hast du mit dem Prof gesprochen? Der war auf einmal total chillig zu mir!«

»Über … Er vermutet, dass du in eine besondere Schule gehörst.«

»Na, so gewalttätig bin ich auch wieder nicht …«

Grohsman lachte. »Nein, genau umgekehrt. Dass du zu intelligent bist für eine gewöhnliche AHS. Dass du hochbegabt bist.«

Lukas verdrehte die Augen. »Ach so, das. Manchmal ist mir schon fad, wenn in Mathe oder Physik ein Lehrer den anderen fünfmal erklären muss, was ich schon beim ersten Mal behirnt habe … Also lese ich eben daheim, was mich interessiert. Oder ich zieh mir im Internet Tutorials rein. Die Mama hat schon mal gefragt. Nein, ich will es weder schwarz auf weiß haben, dass ich ein Nerd bin, noch will ich in eine Freakschule. Ich wollt aber über was anderes quatschen.« Lukas sah zu Boden. »Ich … also … Wie diese Psychotante Sally zurückgebracht hat, da habe ich nicht mehr geschlafen. Ich wollt euch nicht belauschen. Aber ich hab grad die Tür aufgemacht, da hast du gesagt, dass die Hamburgpläne von Mama konkret sind. Ich hab sie gleich angerufen, sie hat nur herumgestottert. Dass noch nichts spruchreif ist und so.«

Blieb es also doch an Grohsman hängen. »Ach, Lukas. Deine Mama will, dass es dir gut geht. Sie versteht, dass du hier Freunde gefunden hast, da will sie dich nicht herausreißen. Weißt du … sie hat ein Jobangebot. Na, Job … ein Projekt an der Hamburger Staatsoper.«

»Was? Aber das ist doch affengeil! Warum überlegt sie da lange herum?«

»Weil sie dich nicht übergehen will. Du hast selbst gesagt, dass du nicht wegwillst aus Wien.«

»Ja, kann ich nicht hierbleiben? Ich bin schon sechzehn!«

»Allein? Das lässt sie sicher nicht zu.«

»Du-huuu, Onkel Fefiii …«

Der Vorschlag von Lukas haute ihn um. Ob er bei ihm bleiben könnte. Zumindest bis zum Ende des Schuljahres oder, noch besser, bis er fertig war mit der Schule.

Was meinte Emilia dazu? Endlos lange blieb seine Schwester still am Telefon. War sie beleidigt? Hatte sie Angst, Lukas würde ihr entgleiten?

Grohsman hörte ein leises Schluchzen. »Das wäre die Lösung …«, hauchte Emilia. »Vielleicht hauen wir eh schon nach einem Monat wieder ab aus Hamburg, im Winter soll es hier sehr kalt sein!«

Montag, 23. Oktober

1

»Boss, ich hab was!« Joe schwenkte aufgeregt ihre Mappe, in der sie alle Infos gesammelt hatte.

»Du hast den Fall gelöst?« Grohsman sprang auf.

»Na, so fix bin ich auch wieder nicht.« Hey, er klang total aufgekratzt. War schon ein Megadurchbruch, dass er Tatort und Tatzeit enthüllt hatte. Wie der Boss lächelte – wann hatte sie das zuletzt bei ihm gesehen? Sah nicht nach Freude über Ermittlungserfolg aus. Vielleicht hatte er sich in die Taras verguckt? Joe hatte im Internet ein paar Fotos von ihr gefunden. Eine elegante, fesche Frau. Würde sie ihm total wünschen. Den Fall schnell lösen, damit alle wieder geregeltere Arbeitszeiten hatten, das wär was!

»Schade. Dann rück raus, bevor du platzt.«

»Du hast mich doch auf Bosko angesetzt, ob er Baseball spielt. Hab mich gewundert, aber dann war mir klar: Behandeltes Holz, die Form, die Position der Kopfwunde, könnte alles ein Hinweis auf Baseball sein.«

»Ganz genau. Und, spielt er?«

»Nein. Aber die Selma Zauner!«

Grohsman ließ den Block sinken. »Die Zaunerin?«

»Da staunst du, was?«

»Bauklötze! Zugegeben, sie war gegen die Beziehung der beiden. Wie hast du das herausgefunden?«

»Indem ich Baseball und Zauner gegoogelt habe.«

»Und da kam heraus, dass sie in den USA Staatsmeisterin war.«

»Nein. Frauen spielen in Österreich Softball. Ist eine Variante von Baseball. Die Unterschiede sind …«

»… wichtig für unseren Fall?« Ihr Chef hob entschuldigend die Hände.

Joe verstand ihn. Weg mit unnützem Ballast. »Nein. Frau Zauner hat in der Austrian Softball League gespielt. Vor über zwanzig Jahren. Damals war sie offenbar eine hervorragende Schlagfrau. Ob sie immer noch den Schläger schwingen kann, weiß ich nicht.«

»Manches verlernt man nicht«, überlegte Grohsman laut. »Und sie ist einen Kopf größer als Dorothea. Weißt du was, Joe? Die Zaunerin übernimmst du. Vielleicht kannst du Sympathie für ihre Tochter heucheln und dich so in ihr Mutterherz einschleichen. Mir hupft sie immer gleich an die Gurgel, wenn ich was frage.«

»Ja klar!« Joe tippte aufgeregt in ihr Tablet.

»Noch was, Joe. Der Branntweiner-Poldi hat angerufen. Hat dich gelobt wie ein Rennpferd, auf das er gesetzt hat. Und das als Erstes durchs Ziel geht. Fazit: Der Jaguar ist doch verschrottet worden. Die vom Schrottplatz konnten den Besitzer leider nicht beschreiben. Wahrscheinlich lastet das dicke Geldbündel, das sie für ihr Schweigen kassiert haben, zu sehr auf ihren Gehirnwindungen. Na, das bringt ihnen noch ordentlich Ärger ein, dann kommt die Erinnerung vielleicht zurück.«

»Schade um das schöne Auto. Ich hab dafür was über Regina Iwitski herausgefunden. Die fleißige Hassbriefschreiberin hatte zwischenzeitlich eine halbseidene Karriere, sagt Mirella. Die war unter dem Namen Kimberly beim Festl vom Bosko.«

»Mir scheint, bei dem trifft sich die ganze Welt. Eigentlich eine Frechheit, dass wir noch keine Einladung bekommen haben«, spielte Grohsman entrüstet.

»Na, wir sind weder reich noch berühmt, und über schön lässt sich auch diskutieren …«

Grohsman lachte. »Na geh, für sechzig schau ich aber noch knackig aus!«

Joe mochte seine Selbstironie. Und fiel in sein Herumalbern ein. »Blöd, dass du erst fünfundfünfzig bist …« Da war doch definitiv was im Busch mit der Taras. Stand ihm gut, dieses Leuchten in den Augen.

Schlagartig wurde er ernst. »Dann muss ich Frau Iwitski endgültig auf die Liste der Verdächtigen nehmen.«

»Nein. Musst du nicht. Nachdem ich nichts im Melderegister gefunden habe, dachte ich mir, das kann drei Gründe haben. Sie sitzt dauerhaft am Strand von Malibu oder im Häfen ... oder sie sitzt gar nicht mehr.«

2

»Schön, dass Sie vorbeikommen, Frau Zauner.« Nicky führte Dorothea in den Behandlungsraum.

Noch im Gehen streckte Doro Nicky ein verdrücktes Blatt Papier entgegen. Mit zittriger Hand. »Ich habe schon wieder einen Brief bekommen! Da, ich hab ihn mit!«

»Ich hasse dich, du bist an allem schuld. Daran, dass ich bin, was ich bin«, las Nicky. Die blassblaue Schrift wies charakteristische Kringel auf.

»Bitte, setzen Sie sich.« Nicky legte den Brief auf das Tischchen und schob Dorothea ein Glas Wasser zu. Die junge Frau schnappte sich das Glas und trank es in einem Zug aus. Erst dann ließ sie sich in den weinroten Lederfauteuil fallen. Nicky nahm ebenfalls Platz. Sie schenkte aus dem Wasserkrug nach, während Dorothea sich umsah.

»In dieses Zimmer könnte man locker einen Flügel reinstellen. Nein, zwei«, meinte Dorothea. »Warum ist der Raum so groß, wenn nur zwei Personen hier sind?«

Wieder nahm Nicky diese übergangslose Veränderung bei der Pianistin wahr. Den Brief hatte sie mit schreckgeweiteten Pupillen und gehetzter Stimme übergeben. Ausdruck von Emotionen, die sich in dieser Form nicht nachahmen ließen. Jetzt, nur Augenblicke später, saß Dorothea fast schon locker im Lehnsessel. Gleichmäßige Atmung und Stimme, Pupillen minimal vergrößert. »Dieses Setting gibt mir im wahrsten Sinn des Wortes Raum für unterschiedliche Interventionen. Klienten schleudern Kissen durch die Gegend, um aufgestaute Emotionen abzubauen. Manche können besser im Gehen nachdenken. Man kann auch herumhüpfen oder tanzen.«

»Das darf man alles machen? Ich dachte, hier wird nur gequatscht …«

Nicky lächelte. »Wir können gerne über meinen Therapieraum sprechen. Aber Sie sind hier, um Ihr Erlebtes zu verarbeiten. Wenn Sie das möchten.« Die Überleitung war nicht elegant, doch Nicky wollte zum Punkt kommen.

»Das war so furchtbar, der Anblick.« Die junge Frau bedeckte ihre Augen und schüttelte heftig den Kopf. Ihr Körper bebte.

»Das verstehe ich.« Nur zu gut, fügte Nicky in Gedanken hinzu. »Wollen Sie über Mariusz sprechen?«

»Nein. Das hab ich beim letzten Mal erledigt.« Dorothea packte ihre rechte Hand. Unter dem Griff zitterten die Fingerspitzen.

»Gut. Und Ihr … anderes Thema?«, fragte Nicky sanft und deutete behutsam auf Dorotheas Hände.

»Das? Da bin ich in Behandlung. Es ist nichts Ernstes. Aber wenn ich aufgewühlt bin, dann kommt manchmal ein Schub.« Dorothea sprach leise. Wie zu sich selbst. Sie hatte den Kopf gesenkt, eine lange Strähne ihres kastanienbraunen Haars fiel über ihr Gesicht. Nicky konnte ihre Augen nicht sehen.

Dorothea griff erneut nach dem Glas Wasser, es bebte in ihrer Hand. Sie stellte es ruckartig ab. »Die Medikamente helfen nicht immer. Darüber hab ich auch schon mit Dr. Breunig gesprochen. Er rät von einer höheren Dosierung ab, weil das Trazodon schläfrig macht. Aber er macht mit mir autogenes Training. Das funktioniert. Wenn ich sehr aufgeregt bin, sage ich innerlich meinen Spruch auf.«

Eine halbwegs schlüssige Erklärung für ihre Stimmungsschwankungen. »Wollen Sie Ihre Autogenes-Training-Übungen jetzt machen?«

Dorothea schien einen Moment zu überlegen. Die Schultern gekrümmt. Ein unschlüssiges Häufchen Elend. Nach einer gefühlten Ewigkeit nickte sie.

Nicky schlug das Heft auf. Das Training hatte angeschlagen.
»So gut hab ich mich schon lange nicht mehr gefühlt«, hatte Dorothea leise gemeint. Mit einem traurigen Unterton. Unter welch enormem Druck die junge Frau stand!
Es war ein heftiger Redeschwall gewesen. Unaufhaltbar. Wie Erbrochenes. Wie ihre Mutter sie in eine Profikarriere gedrängt hatte. Immer wieder Verbote, keine Freundinnen, nichts. Dorothea hatte sich in ihr Klavierzimmer geflüchtet, dahin war ihr niemand gefolgt. Doch dann hatten die Atemprobleme angefangen, ohne medizinischen Grund. »Ich bin beinahe erstickt.« Tränen waren ihr bei dem Satz heruntergeronnen. Gegen die asthmaartigen Anfälle hatte sie inhaliert. Das hatte die Symptome gelindert. »Aber dann haben die Hände verrückt gespielt. Das autogene Training hilft, und die Gespräche mit Dr. Breunig auch. Endlich ein Mensch, der mir zuhört und mich versteht …«
Nicky beendete ihre Aufzeichnungen. Was für ein Klassiker. Selma Zauner hatte sie regelrecht eingesperrt, der Drill hatte Dorothea buchstäblich die Luft zum Atmen genommen. Aber statt der Ursache auf den Grund zu gehen, wurde das Symptom mit Medikamenten bekämpft. Klar suchte sich der Stress da ein anderes Ventil.
»Mögen Sie Musik immer noch?«, hatte Nicky gefragt. »Und die Auftritte?«
Dorotheas Augen hatten verdächtig geschimmert. »Mögen? Das ist mein Leben! Vor Publikum zu spielen, die Menschen mit jener Musik zu verzaubern, die mir so viel bedeutet. Manchmal habe ich das Gefühl, das ist für mich die einzig aufrichtige Möglichkeit, mit anderen Menschen zu kommunizieren. Mich verständlich zu machen, ohne mich erklären zu müssen.«
Emotionale Instabilität, ja, die stellte Nicky bei Dorothea

fest. Aber in einem pathologischen Ausmaß? War sie wirklich eine Mörderin? Oder eine Anstifterin?

Nicky gestand sich ein, dass sie sich schon einmal gründlich in einer Patientin getäuscht hatte. Sie war damals auf eine Psychopathin reingefallen.

3

Eine weitere Tote in diesem Umfeld. Grohsman rieb sich das Kinn. Woran war Regina Iwitski gestorben? Suizid, schon vor vier Monaten. Schöner Mist. Er hatte kurz den Verdacht gewälzt, dass diese Frau ihm das Foto von Dorothea an die Scheibe geheftet hatte.

Das Handyläuten riss Grohsman aus seinen Gedanken.

»Herr Inspektor, hier spricht Pater Stanislaw. Mir ist noch etwas eingefallen. Ich habe mit mir gerungen, ob ich es sagen soll. Weil ich nicht will, dass Mariusz in ein schlechtes Licht gerät. Aber es war keine Beichte, und vielleicht hilft es, seinen Mörder zu finden. Die große Schuld, von der Mariusz sprach. Er flüsterte noch: ›Ich wollte mit den Arzneien nur helfen. Das Geld ist doch für meinen Vater.‹ Können Sie etwas damit anfangen?«

Na und ob. Der Beweis fürs Dealen. »Danke, Pater. Auch dafür, dass Sie mir das anvertrauen.«

Grohsman tigerte auf und ab. Sein Team trudelte ein, er schaltete Nicky via Zoom zu und legte los: »Das Wichtigste habe ich euch kurz per WhatsApp mitgeteilt. Wir haben den Tatort. Und die ungefähre Tatzeit. Die Kollegen der Kriminaltechnik haben noch einmal den kompletten Bühnenboden im Mozartkons aufgerissen und dort tatsächlich Blutspuren gefunden. Wobei ›Spuren‹ wörtlich zu nehmen ist. Sie versuchen nun, die DNS auszuwerten.« Der Rest war zu vergessen. Nach zwei Wochen war es völlig überflüssig gewesen, die Schlüssel und das Kästchen beim Portier auf Fingerabdrücke zu überprüfen. Die Auswertung von Lións Jacke war ebenfalls fertig. Sie war übersät mit unterschiedlichen DNS-Anhaftungen, die sich teilweise überlagerten. Sah so aus, als wäre die Jacke absichtlich in einen Behälter geworfen worden, der viele Spuren enthielt.

»Nachdem der WhatsApp-Highway am Wochenende heiß gelaufen ist, fasse ich nur knapp zusammen.« Im Telegrammstil rekapitulierte er die bisherigen Erkenntnisse.

Zunächst Dorothea Zauner mit ihren physischen und psychischen Problemen, gegen die sie einen Medikamentencocktail einwarf. Den sie teilweise von Lión bezogen hatte? Ließ sich bisher nicht bestätigen. Ihr behandelnder Arzt Dr. Breunig attestierte ihr, dass Dorothea unter den gegebenen Umständen auffallend ausgeglichen war.

Und dann die Hassbriefe, die sie von Regina Iwitski erhielt. »Diese Frau hat Lión gestalkt, war als Kimberly bei Empfängen in der Löwengasse und hat bis vor einigen Tagen Briefe an Doro Zauner geschickt. Was überhaupt nicht sein kann. Sie hat vor vier Monaten Selbstmord begangen.«

»Was?«, rief Nicky dazwischen. »Dorothea war vorhin bei mir, mit einem weiteren Brief. Was wird da gespielt?«

»Schon wieder ein auffälliger Tod in dem Dunstkreis«, grübelte Ursula Manz.

»Richtig. In welchem Zusammenhang die Briefe und der Suizid zu unserem aktuellen Fall stehen, weiß ich nicht. Und schon gar nicht, wer die Briefe schickt.« Grohsman blätterte in seinen Notizen. Wo war er stehen geblieben? »Dorothea Zauner hat ein Alibi. Sie war in einem Konzert in Krems. Von ihrem früheren Klavierlehrer. Hat er bestätigt.«

»Wie sieht es mit der Löwengasse aus?«, fragte Joe. »Andrzej Bosko hat in der ersten Befragung angegeben, dass er auf Dienstreise war, Tadeusz Olinski in Polen und Irena Perewska in Paris. Lässt sich das verifizieren?«

Grohsman schnaufte. »Im Fall von Bosko: nein. Er ist Angestellter der Botschaft, die Fluglinien haben mich förmlich ausgelacht. Bei Olinski das Gleiche in Blasslila. Von beiden gibt es zwar Bildchen auf Facebook, von der Dienstreise und von Polen. Können aber gefakt sein. Die Perewska scheint tatsächlich während des kompletten Monats in Frankreich gewesen zu sein, kein Ausflug zwischendurch nach Wien.«

Weiters stand Kommilitone Valentin Binder auf der Liste. Ein schräger Vogel, der wie ein falscher Geldschein immer wieder auftauchte. Gast bei einem Empfang von Bosko, wo er Irena Perewska belästigt und aus diesem Grund mit Lión eine Auseinandersetzung gehabt hatte. Binder bezeichnete Lión erst als »cool«, sprach dann jedoch abfällig über ihn. Machte Andeutungen über Lión als Callboy. Alibi müsste überprüft werden.

Schließlich griff Grohsman das Thema Liszt-Manuskript auf. Ein Tuscheln ging durch die Runde, als er das Foto der Berceuse auf das Whiteboard klebte. Erschütterung, als Grohsman von der Restitution erzählte. Und erneutes Staunen über einen möglichen Zusammenhang zu Bosko. Auch wenn der Anwalt den Namen bloß ein einziges Mal fallen gelassen und sich nicht weiter dazu geäußert hatte.

Griffige Mordmotive? Lión als möglicher Dieb und als potenzieller Dealer, der gegenüber seinem Pfarrer von einer ›großen Schuld‹ gesprochen, sich vor seiner Reise nach Polen dessen Segen geholt hatte. Dann Rückkehr nach Wien, Probe im Mozart-Konservatorium. »Und von dem Zeitpunkt an waren alle Nachrichten gefakt. SMS und WhatsApp möglicherweise vom Mörder, die E-Mails bezahlterweise von Irena Perewska.« Bezugsquelle der Medikamente unbekannt, unter Umständen Bosko. Ein Baseballschläger als mögliche Tatwaffe, und Selma Zauner, die ehemalige Softball-Profispielerin.

»Wir müssen also noch die Alibis von Valentin Binder und von Dorotheas Mutter überprüfen«, murmelte Joe.

»Richtig. Es muss zudem jemand sein, der genaue Kenntnis des Tatortes und des Opfers hatte. Das trifft auf Dorothea zu, die zwar ein Alibi hat, aber vielleicht jemanden zu der Tat angestiftet hat. Vielleicht macht sie gemeinsame Sache mit Valentin Binder, der am Mozart-Konservatorium studiert und somit ebenfalls über fundierte Ortskenntnis verfügt? Aber welches Motiv hätte Binder? Der Ärger über die Sache mit der Perewska ist mir zu schwach. Vielleicht das wertvolle Manuskript?«

»Falls Mariusz es bei der Probe dabeihatte …«, gab Joe zu bedenken. »Was wissen wir über die tote Stalkerin? Vielleicht hat jemand ihren Tod gerächt?«

Ursula Manz wischte auf ihrem Tablet. »Die Iwitski, oder besser gesagt die Kimberly, hab ich grad überprüft. Sie ist in dieses Milieu abgerutscht. Und an einen Scheißkerl geraten, der ihr die große Filmkarriere versprochen hat.«

»Dann hat sie Selbstmord begangen«, fügte Grohsman leise hinzu.

4

Der Tee duftete freundlich. Ein sanftes Streicheln der Seele, fand Nicky. Sonja nahm genussvoll einen Schluck. Wie lange würde es dauern, bis die Freundin auf ihr Lieblingsthema kam? Eine Minute?

»Sag, hast du was von Pascal gehört? Außerdienstlich, meine ich?«

Nur zwanzig Sekunden, neuer Rekord! »Ja, hab ich. Wir treffen uns morgen auf einen Tee. Und bevor du jubelst: Er hat mir zu verstehen gegeben, dass er nur wen zum Quatschen braucht.« Na ja, das war nicht ganz korrekt. Oder?

Sonja grinste. »Das hat er bloß gesagt, damit du dich in Sicherheit wiegst.«

»Komm einfach mit. Er ist ein netter Kerl.« Nicky kaute an ihrer Unterlippe. Natürlich brauchte sie keinen Anstandswauwau. Aber ihre Freundin hatte üblicherweise ein gutes Radar in Sachen Romantik. Während sich ihre eigene Antenne verbogen hatte, fand Nicky.

»Na, ganz sicher nicht. ›Nett‹ umschreibt ihn perfekt. Schnuckelig anzuschauen, ein kluger Kopf, aber ein bisschen fad. Meine Kragenweite ist er nicht.«

»Sonja ... hast du das eigentlich mitbekommen, den Kuss?« Ihre Freundin verschluckte sich. »Den was?«, röchelte sie.

»Bevor wir das Fest bei Bosko verlassen haben. War nur kurz. Und nur Show. Trotzdem.«

»Er beschäftigt dich. Und ich zieh dich auch noch auf mit ihm.« Sonja guckte schuldbewusst. »So fad ist er also doch nicht ...« Sie kicherte.

»Tja. Jedenfalls ärgere ich mich grad über mich selbst, dass ich mich wieder einmal in den Falschen vergucke. In jemanden aus meiner Abteilung. Wie doof kann man bloß sein?« So, jetzt war's heraus.

»Na komm, so falsch wäre er auch wieder nicht. Außerdem ist ein knisterndes Herz besser als ein gebrochenes. Wirst ja sehen, was euer gemeinsamer Tee bringt. Und es hätte brenzliger kommen können, du hättest dich in Andrzej verlieben können.«

Wie kam Sonja auf den? »Also, so gut könntest du mich schon kennen. Der ist doch gar nicht meine Welt!«

Ihre Freundin blies erleichtert die Luft aus. »Er wär mal was anderes. Charmant ist er ja. Kultiviert. Aber in dem Fall will ich auch bloß sichergehen, dass du von dem die Finger lässt. Der bedeutet Ärger. Und damit meine ich nicht die faszinierende Variante.« Sonja schenkte Tee nach.

Nicky ließ die malzige Flüssigkeit genießerisch über die Zunge fließen. »Ich überlege mir, ob ich mich mit ihm auf einen Kaffee treffen soll. Wegen dieses Manuskripts. Ob er der Nachfahre von Agnieszka Wójcik ist.« Kurz weihte sie ihre Freundin in die filmreife Reise der Berceuse ein. Und dass die Spur laut Anwalt bei Bosko endete.

»Bist du übergeschnappt? Der Pianistenknabe hat vielleicht auch intensiver nachgefragt, und jetzt ist er tot.«

»Bosko macht sich die Finger nicht schmutzig.«

»Noch schlimmer. Dann schickt er die freundlichen Jungs mit den niedlichen Kalaschnikows. Löcher in der Bluse stehen dir nicht! Und ich will dich echt nicht am Friedhof besuchen. Wie willst du ihm erklären, dass du von den Noten und der Verbindung zu ihm weißt? Ohne aufzufallen?«

Hatte sie sich noch nicht überlegt. War eine blöde Idee. Wenn nicht dieses Teufelchen im Hinterkopf lachen würde. Recherche oder blanke Abenteuerlust? »Du hast ja recht. Aber jetzt reden wir von dir. Du hast am Telefon so geheimnisvoll geklungen. Was gibt es denn Umwerfendes?«

Sonja setzte sich auf die Couch zu Nicky. Nahm ihre Hand. Es dauerte eine Weile, bis sie anfing. In einem zaghaften Tonfall, den Nicky so von ihrer Freundin nicht kannte.

»Was würdest du sagen, wenn ich den Job bei der Versicherung aufgebe? Und es doch mit Schauspiel versuche?«

Nicky riss die Augen auf. »Die Eboli?«, fragte sie tonlos.

Sonja nickte heftig.

»Ja Wahnsinn! Erzähl!«

»Die haben mich zu einem zweiten Vorsprechen eingeladen, und ich durfte die Szene Karlos – Eboli mit Yannick spielen. Der ist als nicht ganz zurechnungsfähiger spanischer Infant einfach genial. Er würde auch bei der Tournee mein Bühnenpartner sein.«

»Wu-huuu, G'schichtl!«, johlte Nicky.

»Hey, das ist sonst mein Text.« Sonja boxte Nicky spielerisch in die Seite.

»Weiß ich. Deshalb sag ich's ja. Und … du kündigst nun?«

»Na ja, ich wollte dem Boss anbieten, vier Monate unbezahlten Urlaub zu nehmen. Dann hat der Volltrottel von Chef mich so von oben herab behandelt, als wär ich sein Lakai. Ich hab mir immerhin zehn Jahre für den Verein den Arsch aufgerissen! ›Wenn Sie meinen, diesen lukrativen Posten für Ihre Hirnrissigkeiten aufgeben zu müssen, bitte. Aber einen Platz können wir für eine Spinnerin wie Sie nicht frei halten.‹ Da ist mir der Kragen geplatzt.«

»Du hast ihm aber nicht gesagt, er soll sich seinen lukrativen Posten sonst wohin schieben …?« Nicky kannte ihre impulsive Freundin.

»Fast. Aber ich stehe über den Dingen. Ich hab ihm gesagt, dass ich die Angelegenheit mit meinem Abteilungsleiter besprechen werde.«

»Und?«

»Der hat eine einvernehmliche Kündigung für mich ausgehandelt. Na, die Abfertigung finanziert mir nicht die nächsten Jahre, aber besser als ein Stein auf den Schädel.«

Nicky umarmte ihre Freundin. »Sonja, du bist … großartig. Du lebst deinen Traum, ich freue mich so für dich!«

»Ja, wirklich? Passt du auf meine Zimmerpflanzen auf, solange ich weg bin?«

»Auf den Kaktus da drüben?«

Beide prusteten los.

»Und hast du Pläne für die Zeit nach Don Karlos, oder lässt du es einfach auf dich zukommen?«

»Die überlegen sich, ›Gaslight‹ auf die Bühne zu bringen. Den Film haben wir mal gemeinsam gesehen, erinnerst du dich? Mit Ingrid Bergman. Und mit Charles Boyer als reizendem Ehemann, der seine Frau in den Wahnsinn treibt. Ein echter Psychothriller. Und als Theaterstück – der Hammer!«

»Glaub ich sofort. Der Film war megagruselig.« Nicky verstummte.

Gaslight. Aber … natürlich!

5

»Felix, wenn Dorothea nicht eine oscarreife Schauspielleistung liefert, ist sie ein klassisches Opfer von Gaslighting.«

Grohsman staunte über die atemlose Erklärung von Nicky. Gaslighting, benannt nach dem Film – jemanden systematisch in den Wahnsinn treiben. Na klar, das Taschentuch im Klavier. Die Leiche im Kofferraum. Die Briefe. Es passte. Und wer »gaslightete« Dorothea? Wer hatte Interesse daran, zwei Pianisten auszuschalten?

Ihm wurde schwummerig. Bestand das Tatmotiv simpel darin, Dorothea verrückt zu machen? Das Foto an seiner Windschutzscheibe. Jemand wollte Dorothea etwas anhängen. Niedrige Beweggründe und Verwerflichkeit bei der Tatbegehung, die klassischen Kennzeichen für Mord. Wer profitierte davon, wenn sowohl Dorothea als auch Mariusz weg vom Fenster waren? Der Dritte beim Smetana-Wettbewerb? Nein, das war zu dürftig.

Grohsman eilte zum Auto. Keine Nachricht. Und noch immer keine vertrottelte Zeitungsmeldung, obwohl er den Tatort gefunden hatte. Sollte er darüber erleichtert oder beunruhigt sein?

Er brauchte einen Tapetenwechsel. Dringend. Grohsman hatte sich auch noch nicht entschieden, ob er Lukas für länger bei sich aufnehmen würde. Hatte er nicht erst vor ein paar Tagen festgestellt, wie sehr er die Zeit mit dem Jungen genoss? Und jetzt bekam er kalte Füße? Entscheidungen vor sich herzuschieben war nicht seine Art.

Daheim fand er einen Zettel auf dem Küchentisch. Lukas war bei seiner Freundin Semira. Bis zehn Uhr wollte er zurück sein. Ging ihm der Junge aus dem Weg, bis Grohsman einen Entschluss gefasst hatte? Blödsinn. Völlig normal, dass ein junger Mensch Freunde traf. Und Freundinnen. War nicht jeder ein Einsiedler wie Mariusz.

Und Grohsman selbst? War ebenfalls kein Eremit. Er wollte sich mit Grażyna Taras, nein, Zina treffen. War doch nichts dabei, oder? Er wählte ihre Telefonnummer. »Ich wollte fragen, wie es dir geht«, setzte er unbeholfen an. Es hatte sie am Samstag klarerweise völlig erledigt, die Erkenntnis, dass Mariusz im Konservatorium umgebracht worden war. Dass die letzte SMS nicht mehr von ihm, sondern vom Mörder stammte.

»Das ist lieb von dir, dass du nachfragst. Danke, es geht. Muss gehen.«

»Vielleicht hast du Zeit auf einen Kaffee? Um mir etwas über Musik zu erzählen? Oder über Florettfechten?« Ging es noch plumper? Grohsman schüttelte den Kopf.

»Das würde ich sehr gerne, Felix! Aber ich sitze hier leider im Konservatorium fest. Ich korrigiere Tests. Die muss ich bis morgen fertig machen, da habe ich die nächste Stunde Tonsatz. Schade, ich hätte sehr gerne mit dir geplaudert.« Sie klang traurig.

Grohsman packte Sally in den Wagen. Und zwei Rotweingläser sowie eine Flasche Pinot noir vom Mayer am Pfarrplatz. Das Beethovenhaus, das Stammhaus des Winzers, bot doch ein perfektes Gesprächsthema. Die Klavierkonzerte von Beethoven gingen Grohsman unter die Haut. Und erst die Sonaten! Wie es wohl wäre, wenn Zina ihm die »Waldsteinsonate« vorspielte? Was für ein Gedanke.

Er holte eine Pizza Provinciale von seiner Stammpizzeria. Pinot mit Pizza fand er eine unschlagbare Kombination. Was Zina davon hielt? Würde sich herausstellen.

Dienstag, 24. Oktober

1

Nachdenklich schleuderte er die Zeitung von sich. »Grauenvoller Mord noch immer nicht gerecht.« Die Idioten hatten sich allen Ernstes verschrieben. Gerecht war Mord nie. Und dass er nicht gerächt worden war, sollte so bleiben. »Inspektor Grohsman, der den Fall leitet und den wir im Anschluss an ein Fußballspiel seines Stammvereines befragen konnten, gibt dazu keine Stellungnahme ab.« Gestern erst hatte er die Ruhe im Nachrichtenblätterwald begrüßt. Und jetzt stellten die ihm eine Rute ins Fenster?

»Freunde, lernt erst mal Rechtschreibung«, knurrte Grohsman ins Handy. »Und wenn ihr mit dieser miesen Kampagne nicht aufhört, konfiszieren wir eure Computer wegen übler Hetzjagd und Falschmeldung. Dann werden wir sehen, wie anonym eure Quelle wirklich ist.« War ihm klar, dass er bloß leere Drohungen ausstieß.

Dem Schmierfinken offenbar nicht, der war ordentlich ins Stottern geraten. »Ganz ehrlich, die Fotos und Infos haben wir anonym gekriegt!«

Aber warum kam die Meldung heute? Weil er auf das »Angebot« des Zeitungsfritzen nicht eingegangen war? Andererseits hatten die nichts über den Tatort berichtet. Die waren zu langsam, die Gfraster!

Die Erkenntnis über die Tatzeit hatte bisher wenig gebracht. Das Alibi von Selma Zauner wollte Joe heute überprüfen, gemeinsam mit Ursula Manz. Grohsman traf nachher mit Nicky die Mutter von Regina Iwitski. Mit Valentin Binder hatte er kurz telefoniert, der Knabe kannte das Konservatorium und war somit in Grohsmans Liste der Verdächtigen vorgerückt. Doch Binder war am 5. Oktober bei einem Konzert in London gewesen. Kienzle war dabei, die Angaben zu überprüfen, und Grohsman hatte für morgen ein persönliches Gespräch mit Binder anberaumt.

Stillstand. Oder die Ruhe vor dem Sturm? Das konnte Grohsmans Laune heute nicht verderben. Die Pizza-Pinot-Überraschung gestern war gelungen. Bis weit nach Mitternacht hatte er mit Zina geredet. Auch über seine Sorgen, ob Lukas zu ihm ziehen sollte. Ob sein Neffe bei ihm gut aufgehoben war.

»Ihr beiden seid so wunderbar miteinander. Der Junge hängt an dir. Wovor hast du Angst?«

Darüber hatte er eine Weile nachgedacht. »Am meisten davor, dass meine Arbeit eine Gefahr für ihn darstellen könnte.« Wenn ihn jemand bedrohte, beschattete oder ihm blöd kam, konnte er sich wehren. Sein Leben, seine Entscheidung, dieser Beruf. Aber einen Unschuldigen mit hineinzuziehen? Würde er sich nie verzeihen, wenn sich jemand an Lukas vergriff.

»Und wie oft ist es bisher vorgekommen, dass deinen Angehörigen etwas passiert ist? Willst du deshalb ein einsames Leben führen?«

Diese Aktionen, der Schatten, die Nachrichten – das war nervig. Aber bedrohlich? Nein. Und einsam wollte er definitiv nicht sein. Er hatte dafür keine Worte gefunden und nur stumm den Kopf geschüttelt. Sie hatte ihn dennoch verstanden. Ihm einen warmherzigen Blick geschenkt und sich ans Klavier gesetzt. Schubert, Sonate in B-Dur. Damit hatte sie ins Schwarze getroffen, das war eines seiner Lieblingswerke. Ihm war das Herz übergegangen.

Kurz waren Grohsmans Gedanken zu den »Konzerten im Privatissimum« von Mariusz abgedriftet. Mit einem Mal hatte er die Zuhörerinnen und den Pianisten verstanden. Diese Verbindung, die keiner Worte bedurfte.

»Treffen wir uns im Park, daheim wird es mir oft zu eng«, hatte Frau Iwitski am Telefon gemeint. Nicky gab Grohsman Bescheid, er war einverstanden. »Die Befragung überlasse ich dir, Nicky. Die Beurteilung, ob diese Trauer einer Mutter zu Mord führen kann. Oder zu Gaslighting.«

Auf das, was sie sahen, waren weder Nicky noch Grohsman gefasst. Die Frau, die sich näherte, saß im Rollstuhl. Schwerfällig schob sie die Räder an. »Das schließt sie als Täterin schon mal aus«, raunte Nicky Grohsman zu.

»Vielleicht der Vater?«, flüsterte er.

»Regina … ich weiß nicht, was wir bei ihr falsch gemacht haben«, setzte Frau Iwitski an. In einer Piepsstimme. »Sie war so sensibel. Fühlte sich immer unverstanden. Bis sie auf die schiefe Bahn geraten ist.«

Nicky fragte nicht nach. Sicher meinte die Mutter die Episode beim Escortservice. »Hat sie … professionelle Hilfe gesucht?«

»Aber ja. Sie war bei mehreren Therapeuten. Der letzte hieß Horst Stettner, glaube ich. Sie solle sich den Kummer von der Seele schreiben, hat er ihr geraten. Ihren Zorn rauslassen, in Briefform. Das hat sie erst so richtig in die Scheiße geritten. Sie hat Schlaftabletten gesammelt. Wie wir sie gefunden haben, war sie schon …« Frau Iwitski brach ab. Nicky reichte ihr wortlos ein Taschentuch.

»Wer hat diese Schriftstücke jetzt?«, fragte Grohsman.

»Das weiß ich nicht. Vielleicht hat sie alle weggeworfen. Wir haben keine gefunden.«

Langsam zog Nicky ein Blatt hervor und hielt es der Frau hin. Stumm nickte die Mutter und strich mit dem Finger über die blassblaue Schrift.

Nicky steckte den Brief zurück in die Tasche. »Entschuldigen Sie – Sie sprechen von ›wir‹? Sie müssen dies also nicht alleine durchstehen?«

»Doch. Mittlerweile schon. Reginas Vater konnte damit

nicht leben. Er ist gesprungen und hat mich mitgezogen. Ich bin schlechter gefallen.« Sie deutete auf ihren Rollstuhl.

Ein Kollege, der die Situation einer Patientin falsch eingeschätzt und dadurch eine Familientragödie heraufbeschworen hatte. Der dritte Fall von Fehldiagnose in dieser Woche, das schreckte Nicky auf. »Wenn Sie Hilfe brauchen …« Sie hielt der Frau ihre Karte hin.

»Geht das … jetzt gleich?« Für den Bruchteil einer Sekunde glänzte etwas in den Augen der Frau. Grohsman nickte und zog sich stumm zurück. Er hatte verstanden.

Praxis im Grünen. Wieso nicht. Im Krankenhaus gab es nur Indoor-Behandlungen. Fand Nicky schade. Einmal hatte sie Outdoor-Sessions vorgeschlagen. Großes Wehgeschrei bei den Patienten. Da bestand die Gefahr, beobachtet zu werden, meinten einige. Na, musste sie respektieren.

Nicky entdeckte Horst Stettners Telefonnummer auf seiner Website.

»Regina Iwitski? Nein, sie ist schon lange nicht mehr meine Klientin. Sie wollte wechseln. Zu wem, weiß ich nicht.«

»Aber die Briefe? Sind die bei der Klientin geblieben?«

»Welche Briefe?«

»Na, haben Sie ihr nicht geraten, sich ihren Zorn von der Seele zu schreiben?«

»Nein. Bei einer Klientin wie ihr wäre eine Konfrontationstherapie der verkehrte Weg. Ist generell eher nicht meine Methode.«

3

Vier Ohren hörten mehr als zwei, deshalb hatte Joe die Manz, nein, Ursula zu Selma Zauner mitgenommen. Sie hatte gestern mit der Kollegin bei einigen Bierchen die Zeit vergessen. Austausch über die Unterschiede der Kripoabteilungen, IT-Ausstattung, Kollegen – na, die Stunden waren verflogen. »Du hast recht gehabt, Joe. Ich habe mit Grohsman gesprochen. Der war total verständnisvoll, hätte ich nicht erwartet.«

Joe hatte gegrinst. »Welche seiner Standardreden hat er dir gehalten? Die über ›den eigenen Zugang finden‹?«

»Nein, gar nicht. Er hat mir zugehört. Mich ermutigt. Das … hat total gutgetan!«

Ursula hatte bei Selma Zauner wieder den WC-Trick ausgepackt. Akribisch hatte sie jedes Fach des Badezimmerschranks fotografiert. Ein erstaunliches Sortiment, das die Mutter darin bunkerte.

Joe legte Kienzle die Fotos auf den Tisch.

»Ziemlich hohe Übereinstimmung mit der Liste von Lión, aber auch einige Abweichungen«, stellte Kienzle fest. War Selma Zauner Subdealerin oder eine Großkundin? Um Dorothea zu »unterstützen«?

Mit Ursula im Schlepptau spazierte Joe zu ihrem Chef. »Was auch immer diese Ähnlichkeit der Präparate bedeutet, als Täterin können wir Selma Zauner leider ausschließen.«

Ihr Boss sah ruckartig auf, wodurch ihm die Brille auf die Nase gerutscht war. »Wie das?«

»Also, ich hab ihr Honig ums Maul geschmiert und gefragt, wie sie ihre Figur in Form hält. So sind wir beim Thema Softball gelandet. Du, die war wie ausgewechselt. Sie ist quasi in der Profiliga gewesen, konnte davon jedoch nicht leben. Ihr Mann hat sie zunächst unterstützt, vor allem finanziell. Dann starb er bei einem Verkehrsunfall. Hab ich schon überprüft, daran ist wirklich nichts fishy. So stand Frau Zauner mit einer begabten Tochter und null Einkommen da. Also hat sie den Sport aufgegeben und sich auf die Karriere ihrer Tochter konzentriert. Weil sie geschickt ist im Einfädeln von Förderverträgen, sagt sie.«

»Mit derartigen Verträgen sind sicher Verpflichtungen verbunden. Sprich: Auftritte. Kommt gar nicht gut, wenn da gesundheitliche Probleme auftauchen!«

»Ganz genau. Erst wollte sie abstreiten, dass das ein echtes Problem ist. Nur vorübergehend, hat sie zuerst gemeint, eine angeschlagene Psyche nach der stressigen Prüfungszeit. Als ich ihr dann gesteckt habe, dass man doch nicht zu einem Spezialisten wie dem Breunig geht, wenn es sich bloß um eine kleine psychische Magenverstimmung handelt, hat sie klein beigegeben. Aber Dorothea sei auf einem guten Weg, die Sache in den Griff zu bekommen.«

»Wieso kannst du sie als Täterin ausschließen?«

»Weil sie eine schlimme Verletzung am rechten Oberarm hat. Eine Narbe. Schwerere Gegenstände – und damit meine ich die volle Kaffeekanne, keinen Zementsack – hebt sie mit der linken Hand. Obwohl sie Rechtshänderin ist.«

4

Nicky wickelte sich in die Wolldecke der Hääschens und knabberte schweigend an einem Gurkensandwich. War sie nervös? Wegen Pascal? Auch er nippte stumm an seinem Tee. Es war wenigstens noch warm genug, um im überdeckten Innenhof zu sitzen.

Das Bergamotte-Aroma des Earl Grey besänftigte ihren Missmut. So vielversprechend hatte der Tag angefangen! Sie hatte mit Frau Iwitski eine neue Klientin gewonnen, die bei Schönwetter Sitzungen im Freien bevorzugte. War schon harter Tobak gewesen, die Geschichte der Frau. »Ich bin traurig, dass es so ausgegangen ist. Aber für Regina waren die Schlaftabletten eine Erlösung.« Erschrocken hatte sie die Hände vor den Mund gelegt. »Das darf ich gar nicht sagen, was bin ich für eine Mutter …« Und ob sie das aussprechen durfte, hatte Nicky die Frau ermutigt.

Daheim hatte Nicky Kopfschmerzen bekommen. Vom Grübeln? Über Pascal? Sie hatte danach bloß ein Glas Wasser holen wollen. Und dann der verstopfte Abfluss. Puh, der hatte übel gerochen! Fast wäre sie zu spät gekommen.

»Pardon, Pascal. Ich war total in Gedanken. Heute läuft nichts so, wie ich mir das vorstelle. Nicht einmal das Abflussreinigen.«

»Oje, kann ich helfen?« Pascal schenkte ihr Tee nach.

»Nein, das schaff ich schon alleine.« Nicky biss sich auf die Zunge. »'tschuldigung. Die Wirkung vom Tee hat noch nicht ganz eingesetzt. Offenbar bin ich noch grantig. War jedenfalls nicht gerade druckreif, was ich von mir gegeben habe …«

»Kann ich mir gar nicht vorstellen, dass du dich von so etwas aus der Ruhe bringen lässt!«

»Oh doch! Bei einem Rohr muss ich ja nicht überlegen, ob es Konsequenzen gibt, wenn ich wüst fluche.«

»Und da schimpfst du dann wie ein … Rohrspatz?«

Nicky lachte über den Wortwitz. »Genau. Das befreit.« Oder auch nicht. Ihre Gedanken kreisten weiter um Regina Iwitski. Und um Dorothea. Moment, Pascal war Arzt. Sie konnte ihn doch zu Dorotheas Cocktail befragen. »Sag mal, was passiert, wenn man gleichzeitig Trazodon und Ritalin einnimmt?«

»Hm. Trazodon erhöht vor allem die Konzentration von Serotonin, Ritalin hingegen die von Dopamin. Ratsam ist die Kombination nicht. Aber man stirbt nicht davon. Wie kommst du darauf?«

»Die Medikamente waren im Schrank von einer … also …« Nicky schilderte Pascal in groben Zügen, wie ihr Besuch bei dem Kaffeekränzchen von Bosko mit dem Mordfall zusammenhing. Bei dem sie die Kripo unterstützte. Um auch Dorothea, die Freundin des Toten, abzuklopfen.

»Mit dir ist es wirklich nie langweilig! Die Frage ist, wieso die Frau Trazodon nimmt.«

»Weil sie mit ihrem Stress nicht umgehen kann. Sie ist wegen eines Tremors in beiden Händen in Behandlung. Das Ritalin hat sie sich vielleicht auf anderem Weg beschafft. Das Mordopfer hat unter anderem damit gehandelt. Außerdem war da noch ein Inhalator ... wie hieß der?« Nicky grübelte. »Irgendwas mit Salbe ... Salbutin. Das erweitert die Bronchien, oder?«

»Genau. Hat sie Asthma?«

»Sie sprach von Lungenproblemen in ihrer Jugend.«

»Ist sie eine Verdächtige?«

»Sie verhält sich manchmal eigenartig. Allerdings ist sie möglicherweise das Opfer von Gaslighting.«

»Was? Wie?«

»Sie erhält Hassbriefe. Von einer Frau, die vor vier Monaten Selbstmord begangen hat. Deren Therapeut hatte ihr geraten, ihre Gefühle in Briefen auszudrücken. Ging schief.« Und zwar gewaltig. Nicky erzählte Pascal von der Familientragödie. »Es ist echt kompliziert. Jetzt aber Schluss. Tut mir so leid, ich wollte dir den Nachmittag nicht verderben. Wollten wir uns nicht auf einen gemütlichen Tee treffen?«

Nicky knabberte an ihrem Scone. Sie beobachtete Pascal, der mit düsterer Miene unsichtbare Kringel auf seiner Serviette zeichnete. »Alles okay?«

»Ja. Nein. Nicht wirklich. Als Therapeut oder Arzt bei einem Patienten die richtige Entscheidung zu treffen, ist nicht immer einfach. Ich habe auch schon ... wie sagt ihr? Böcke geschossen. Aber manche Kollegen sind einfach verantwortungslos. Und wenn ein Fall letal ausgeht ... Du hast mich einmal gefragt, warum ich von der Privatklinik ins Hanusch-Krankenhaus gewechselt habe.« Pascal senkte den Kopf. Sein Mundwinkel zuckte. »Sagen wir so: Im Hanusch bestimmt die Diagnose der Patienten, welche Behandlung wir einschlagen. Und nicht deren Bankkonto. Wir versuchen, unsere Zeit gleichmäßig unter den Patienten aufzuteilen. Mein Kollege in der Privatklinik hatte bei einer Patientin eine ähnliche Diagnose gestellt wie der Therapeut von Moritz Nieheim. Das endete genauso wie bei dieser jungen Frau, von der du gesprochen hast. Mit Selbstmord. Ich konnte nicht beweisen, dass der Kollege grob fahrlässig gehandelt hatte. Also habe ich meine Sachen gepackt.«

Eine längere Pause entstand. Nicky entschied sich, das Thema zu wechseln. »Sag, wie war das jetzt mit der Tiertherapie?«

Pascal lachte. »Du wirst mich für verrückt halten. Aber ich mache seit März den Diplomlehrgang Fachkraft für tiergestützte Interventionen. Dauert noch drei Semester.«

»Weiterbildung, also echt jetzt, total verrückt.« Nicky grinste. »Würde mir nie einfallen. Das heißt, du bleibst in Wien?«, fragte sie leise.

»Sieht so aus. Ich liebe diese Stadt.«

»Und ... was treibst du, um abzuschalten?«

»Ich gehe essen, das kann man hier wunderbar. Die Buchhandlungen mag ich auch. Und die Museen. Und ... das Planetarium ist *superb*!«

»Du interessierst dich für Astronomie?«, fragte Nicky erstaunt.

»Ja! Jeder muss einen kleinen Dachschaden haben. Ich schaue in den Sternenhimmel – und weiß, wie die Sterne da oben heißen.«

»Nicht schlecht. Ich erkenne außer dem Großen Wagen und dem Orion gar nichts ...«

»Dann komm mal mit in die Urania. Es ist wirklich faszinierend, was sich da oben tut.«

Sternderln schauen. Verlockend. Allerdings klang seine Einladung keine Spur romantisch, sondern eher nach wissenschaftlicher Betätigung.

Pascal räusperte sich. »Du, Nicky, da ist noch was.«

Sie schmunzelte. Süß, wie er herumdruckste. »Ist es wegen Boskos Feier? Der Kuss?«

»Ja. Und nein. Der Kuss war wirklich eine Reaktion auf Boskos bescheuertes Verhalten. Ich will bei dir aber keinen falschen Eindruck erwecken ... Ach was. Du musst etwas wissen über mich. Ich ... stehe auf Männer.«

Nicky starrte ihn mit großen Augen an. Auf einmal ergab alles einen Sinn. Seine stets zuvorkommende Art – aber echt geflirtet hatte er eigentlich nie. Deshalb war sie daraus nicht schlau geworden!

Wieso kroch jetzt ein Kichern in ihr hoch? Wie unpassend! Aber sie konnte es nicht unterdrücken. Es war so … befreiend. »Verzeih mir, ich lache dich nicht aus. Aber meine Antenne ist ganz offenbar nicht bloß verbogen, die hat einen Knick! Warum hast du das nie gesagt?«

»Das ist nichts, was ich gleich jedem auf die Nase binde. Die wenigsten wissen das. Auch etwas, was ich ändern will. Zu mir stehen, zu dem, was ich bin. Dazu brauche ich Freunde. Und du, Nicky, bist eine tolle Person.«

Sie lächelte nun doch etwas wehmütig. Pascal als Kumpel zu haben, war cool. Aber Himmelherrgott noch mal, musste sie sich immer in die falschen Männer vergucken?

5

Zwei Schritte vor, drei zurück. Grohsman kam sich vor wie die sprichwörtliche Maus, die in einen Oberstopf gefallen war und nun nicht mehr herauskam. Würde das sein erster ungeklärter Mordfall werden? Aus diplomatischen Gründen? Allein die Frage an Ungerböck, ob Grohsman auf einer Überprüfung von Boskos Alibi bestehen konnte, hatte dem Oberst die Zornesröte ins Gesicht getrieben. Irgendwas von »Vorbildwirkung« hatte er gebrüllt, bevor er Grohsman aus dem Büro geworfen hatte.

Was würde schlimmstenfalls passieren, wenn er den Täter nicht festnageln konnte? Wäre kein Weltuntergang. Und dennoch … »Das könnte dir so passen, Freundchen«, knurrte Grohsman. Nein. Er würde strampeln, bis er das Obers in Butter gewandelt hatte.

Sally tapste zu ihm, hechelte ihn an. Heimgehen? Jetzt schon? Um vier Uhr? Warum eigentlich nicht. Seine Gedanken drehten sich ohnehin im Kreis. Und genügend Überstunden hatte er auch angesammelt.

Smoky kam ihm schnurrend entgegengelaufen. Sie hatte sich perfekt zusammengerauft, seine Tiermenagerie. Dabei war Sally sonst Katzen gegenüber reserviert. Smoky war eben ihr Findelkind, das die Fürsorge einer liebevollen Hundemama brauchte. Grohsman nahm den Kater hoch. »Und jetzt suchen wir Lukas. Ich muss ihm etwas sagen.«

»Echt, ich darf hierbleiben?« Lukas fiel Grohsman um den Hals. »Du bist echt der coolste Onkel der Welt. Sagen wir es Mama?«

Na klar! Was für ein Stereo-Indianergeheul, als er Emilia am Telefon mitteilte, dass Lukas bei ihm bleiben konnte. Wer hatte lauter gejubelt, seine Schwester oder sein Schwager?

Wenigstens daheim waren die Fronten geklärt. Welche Turbulenzen da wohl noch auf ihn zukamen? Nein, Schluss. Warum über Hirngespinste sinnieren? Zukunft, Vergangenheit – bestand nicht das Leben aus einem ständigen Werden und Vergehen? Wie philosophisch, schmunzelte Grohsman und hockte sich vor seinen CD-Schrank. »Eine Faust-Symphonie« von Franz Liszt fiel ihm in die Hände. Hatte er schon lange nicht mehr gehört. Er drehte den dritten Satz laut auf. Mephistopheles, der Teufel, der machtlos gegenüber Gretchens Unschuld war. Grohsman ließ sich in den Schlusschor kippen.

»Alles Vergängliche ist nur ein Gleichnis;
Das Unzulängliche, hier wird's Ereignis;
Das Unbeschreibliche, hier ist's getan;
Das Ewigweibliche zieht uns hinan.«

Das Ende von Goethes Faust Teil zwei. Der Tenor griff die letzte Zeile auf. Das Ewig-Weibliche, dachte Grohsman versonnen.

Mittwoch, 25. Oktober

1

Das Handyläuten riss Nicky aus dem Schlaf. Was, sieben Uhr? Um die Zeit war sie sonst schon längst auf!

Sie sprang aus dem Bett und sauste in die Küche. Weshalb rief Pascal an? War doch klar, dass sie im Dienst nichts über sein Outing ausplauderte.

»Guten Morgen, Nicky! Mir geht diese Pianistin nicht aus dem Kopf. Die Medikamente, die sie nimmt. Die möglichen Wechselwirkungen. Und davor hast du von einem Tremor gesprochen.«

»Kann das von einer Wechselwirkung stammen?« Nicky hätte vor Aufregung fast das Wasser verschüttet, das sie in den Teekocher goss.

»Nein, das nicht. Aber du hast dieses Asthmamittel erwähnt. Salbutin. Zu den Nebenwirkungen zählt Händezittern. Bei Langzeiteinnahme ist das ein vergleichsweise häufiges Phänomen.«

»Wahnsinn! Aber, das müsste ihr Arzt doch wissen?«

»Es sei denn, sie hat ihm nichts von dem Medikament gesagt. Das passiert häufig. Weil Patienten nicht daran denken oder weil sie es bewusst verschweigen. Weißt du, wie oft ich nach Kreislaufmitteln, der Pille und so gesondert frage? Und dann in große Augen sehe. Ach so, ja das, das nehmen sie schon. Entschuldige, so weit wollte ich gar nicht ausholen …«

»Das ist schon in Ordnung. Die Frage ist, ob ich ihren Arzt anrufen kann. Offiziell sind mir ihre Medikamente nicht bekannt.«

»Wäre trotzdem gut, wenn er's weiß.«

»Auch wieder wahr. Danke jedenfalls!«

»Gerne. Bis später!«

»Ja, bis …« Nicky sah auf die Uhr. »Oh, da muss ich mich ordentlich sputen!«

Breunig war stinksauer. »Was nimmt Frau Zauner? Salbutin? Ist sie noch zu retten? Und das wissen Sie sicher, Frau Witt?«

»Nun, in ihrem Bad habe ich den Inhalator gesehen. Ich dachte, ich gebe Ihnen Bescheid.«

»Dafür bin ich Ihnen aufrichtig dankbar! Es ist immer das Gleiche, ständig verschweigen die Patienten was. Und dann erwarten sie Wunder von einem Arzt«, brummte Breunig.

Nicky verstand seinen Ärger.

Etwas milder fügte er hinzu. »Ich glaube dennoch nicht, dass das hauptursächlich für ihr Problem war. Das lag wesentlich tiefer. Außerdem hat sie gut auf autogenes Training angesprochen.« Er räusperte sich. »Hoppla. Ich habe mich verplappert. Bitte melden Sie mich nicht bei der Ärztekammer. Irgendwie … Diese ganze Sache ist so traurig, ich hoffe wirklich sehr, dass Dorothea nicht hinter dem Mord an Mariusz steckt.«

»Ja, das hoffe ich auch!« Sollte sie Breunig von ihrem Gaslighting-Verdacht erzählen?

Nein, dazu hatte sie jetzt keine Zeit. Weil sie noch Andrzej Bosko anrufen wollte. Hatte sie schon gestern vorgehabt. Und nach dem Tee mit Pascal komplett vergessen. War Andrzej nun der Nachfahre von Agnieszka Wójcik? Sie beschloss, ihm die Suche nach einem passenden Geschenk für ihren Mann vorzugaukeln. Der einen erlesenen Geschmack hatte, zum Beispiel Kunstschätze. Vielleicht konnte sie das Gespräch auf Komponistenautografe lenken?

Bosko schluckte die Geschichte. Ob eine kostbare Ikone in Frage käme?

»Pascal ist kein sehr spiritueller Mensch … aber Musik liebt er.« Hoffentlich war der Vorstoß nicht allzu plump.

»Musik … doch, ja, das hat er erwähnt bei eurem Besuch. Ich erinnere mich. Er wurde hellhörig, als ich den Namen Liszt fallen ließ.«

»Den schätzt er besonders!«, meinte Nicky eifrig.

»Leider liegen derartige Preziosen außerhalb meiner finanziellen und logistischen Mittel. Vielleicht ein Notenblatt von Franz Lehár?«

Sie hatte nicht mehr zugehört. Ihr Herz trommelte wie verrückt. Hatte sie allen Ernstes …? Sofort auflegen!

Rasch eine Höflichkeitsfloskel. »Hm, ich weiß nicht … na, ich werde mich in den diversen Antiquitätenläden umsehen, ob ich dort etwas finde.«

»Darf ich dich begleiten? Wenn ich sehe, was deinem Mann gefällt – vielleicht habe ich eine Idee, was du ihm Besonderes schenken könntest. Wenn er es verdient.«

»Ich … ich … schau mich mal um und rufe dich an, wenn ich Hilfe brauche, ja?« Nicky legte auf. Ihre Wangen brannten, als hätte sie sich mit einem Bügeleisen verglüht.

Sie hatte von Pascal gesprochen. Nicht von Etienne.

Andrzej war nicht darauf eingegangen. Hatte er es überhört? Kaum. Was für ein bescheuerter Fehler.

Und jetzt ab zum Dienst ins Krankenhaus. Oh Mist, sie hatte Moritz Nieheim versprochen, die Lok ihrer alten Modelleisenbahn mitzubringen. Die hatte sie im Keller. Na, schlimmstenfalls kam sie ein paar Minuten zu spät. Patienteninteressen hatten Vorrang!

Schon wieder ein Anruf …

2

Sally jaulte – Grohsman war ihr aufs Pfötchen gestiegen. Blöde Idee, Zeitung zu lesen, während er zum Schreibtisch schlenderte. Er kraulte der Kleinen entschuldigend die Ohren. Blätterte im U-Bahn-Blatt weiter. Wieso brachten die noch immer keine Meldung über den Todeszeitpunkt? War die Information nicht durchgesickert? Fast hätte Grohsman aufgeatmet. Aber solange er den Fall nicht abgeschlossen hatte, stand ihm der Sinn nicht nach voreiligen Freudentänzen.

Sein Handy läutete. Die Nummer kannte Grohsman nicht. Pascal Vignaud? Wer war Pascal? Richtig, der Kollege von Nicky. Seine Worte überschlugen sich.

»Langsam, Herr Vignaud, bitte erzählen Sie in aller Ruhe. Was ist passiert?«

Grohsman wäre fast abgerutscht, als er sich auf den Schreibtischstuhl fallen ließ und dieser nach hinten rollte. »Wiederholen Sie das bitte?«, fragte er tonlos.

Pascal räusperte sich. »Meine Kollegin, Frau Witt. Sie ist nicht zum Dienst erschienen und geht nicht an ihr Handy. Ich mache mir Sorgen.«

»Vielleicht … verspätet sie sich nur?«

»Um mittlerweile zwei Stunden? Nein. Sie würde anrufen. Ich habe im ganzen Haus gefragt, sie hat sich bei niemandem gemeldet.«

»Vielleicht hat sie den Tag verwechselt?« Völlig absurd, doch Grohsman fiel nichts Besseres ein, um den aufgebrachten Arzt zu beruhigen.

»Ausgeschlossen. Wir haben in der Früh telefoniert, und beim Verabschieden meinte sie ›bis gleich‹. Ihr Dienst begann etwa eine Stunde später.«

Grohsman wurde heiß. Einen verstauchten Fuß oder so hätte Nicky im Krankenhaus gemeldet. Auch einen Notfall bei einem Patienten. »Vielleicht ist ihr Akku leer?«

»Die ersten Male gab es Freizeichen, jetzt gehen alle Anrufe gleich auf die Mailbox.«

»Wir fragen bei allen Krankenhäusern durch. Vielleicht … gibt es eine Erklärung.« Grohsman hatte ein schauriges Déjà-vu. Letztes Mal war Nicky knapp einem Vergiftungsanschlag entkommen. Bitte nicht schon wieder. Er riss seine Tür auf und stürmte ins Teambüro. Sally hopste kläffend hinterher. Egal. Ihre Anwesenheit hatte mittlerweile ohnehin jeder mitgekriegt.

»Leute, Nicky Witt ist nicht zum Dienst erschienen. Ohne Meldung.«

Zwei Sekunden Totenstille. Dann brach im Büro Hektik aus. Fieberhaftes Scrollen und Blättern, aufgeregte Stimmen, emsiges Telefonieren. Kein Ergebnis bei den Krankenhäusern. Handyortung? Nichts.

Kienzle tippte auf einen entfernten Chip. Oder ein zerstörtes Handy. »Wenn sie irgendwo im Wald gegen einen Baum fährt und das Handy dabei kaputtgeht ... dann wurde sie vielleicht noch nicht gefunden ...«

»Danke, Kienzle. Sonst noch etwas Aufmunterndes auf Lager? ... Tut mir leid, ich wollte dich nicht anblaffen.« Verdammter Mist. Hirn einschalten, mahnte er sich. »Nicky wohnt im vierten Bezirk und arbeitet im vierzehnten. Meines Wissens fährt sie die Strecke nicht mit dem Roller, sondern mit den Öffis. Die rammen nur ganz selten Bäume.«

»Dann schließen wir diese Möglichkeit eben aus.« Kienzle hörte sich wenig überzeugt an.

Joe schlug vor, zur Wohnung von Nicky zu fahren. »Vielleicht ist ihr nur schlecht geworden, oder der Kreislauf ist zusammengeklappt?«

Einen Versuch war es wert. »Fahr mal hin.«

Grohsmans Gedanken fuhren Karussell. »Kann sie jemand entführt haben?« Er sprach mehr zu sich selbst. »Irgendjemand hat schon einmal gemordet. Ist sie der Person zu nahe gekommen? Mit wem hatte sie in den letzten vierundzwanzig Stunden Kontakt?«

Grohsman massierte sich die Schläfen. Sein Verfolger. Wann war der letzte Kontakt per Windschutzscheibe gewesen? Am Donnerstag hatte Dorotheas Foto unter dem Scheibenwischer gesteckt. Er rief die Pianistin an. »Ist Frau Witt bei Ihnen?«

»Haben Sie schon mal auf die Uhr gesehen? Sie haben mich aus dem Schlaf gerissen! Das kann ich grad gar nicht brauchen. Und die Psychofrau ist nicht hier.« Klang sehr verschlafen. Und sehr sauer. Um elf Uhr? Die hatte ein Leben ...

Am Samstag hatte ihn sein Schatten beim Fußballmatch beobachtet. Der Anruf der Zeitung am Sonntag und die idiotische Meldung über den »gerechten« Mord gestern waren der klare Beweis. Grohsman hastete durch seine Notizen. Was war nach dem Match? Wann hatte Sally das letzte Mal angeschlagen? Gar nicht mehr. Hatte sein Schatten die Verfolgung auf Nicky übertragen? Sie gekidnappt?

Wieder und wieder griff er nach seinem Handy. Als ob er dadurch schneller eine Nachricht oder einen Anruf heraufbeschwören könnte. Und diese idiotischen Gedanken, die sich verselbstständigten! Wenn er nicht weiterwusste, stürmten seine Gedanken davon. Saublödes Bild. Er stellte sich vor, wie eine überdimensionierte Walnuss auf zwei Beinen durch die Gänge lief. Und zweifelte an seiner geistigen Gesundheit.

Neustart. Oder Reboot, um mit Kienzle zu sprechen.

Endlich meldete sich Joe. »Boss, ich habe den Schlüsseldienst geholt, hier ist sie auch nicht. Die Wohnung ist friedlich, aufgeräumt, es war zweimal zugesperrt. Frau Witt scheint die Wohnung also ordnungsgemäß verlassen zu haben.«

Grohsman schaltete sein Handy auf Lautsprecher, um alle mithören zu lassen. »Von der Paulanergasse zum Krankenhaus ist man mit den Öffis nicht einmal eine Stunde unterwegs. Da löst sich doch niemand in Luft auf! Wir brauchen ihre Anrufliste ...«, murmelte er.

»Ich hab den Staatsanwalt schon angerufen und ihm die Dringlichkeit der Sache klargemacht«, warf Kienzle ein. »Er mailt mir eine Anweisung für den Handyprovider, wird aber noch etwas dauern ...«

Die Datensicherheit in Ehren, aber hier war Gefahr im Verzug! »Vielleicht sollt ich den Herrn Zuckerberg anrufen«, knurrte Grohsman. »Joe, komm wieder her. Bring bitte Nickys Laptop mit. Vielleicht finden wir irgendwelche E-Mails ...«

»Den seh ich nicht ... Moment. Das hier könnte eine Notebooktasche sein ... bingo! Ich nehm das Ganze mit.«

»Schau dich um, ob du ihre rote Piaggio siehst. Kennzeichen ... W 7 XCH. Hilft uns nicht weiter, aber dann wissen wir eventuell, ob sie mit Öffis oder ihrer Wespe gefahren ist.«

»Gelse«, meinte Joe leise.

»Was?«

»Sie sagt Gelse zu ihrem Roller.«

»Auch gut.«

Ein Piepen. Ein einzelner Ton. Handynachricht. Grohsman raffte das Handy und drückte hektisch das Passwort hinein. Vertippte sich in der Eile. Langsam.

»Hilfe – Keller von B« – Nicky! Sofort rief er zurück. Nichts. »Wieso ... Sie hat gerade noch geschrieben ...«, fluchte er. Laut las er die Nachricht vor.

Kienzle nickte. »Ah, richtig, die Möglichkeit gibt es auch noch. In einem Keller gibt es unter Umständen kein Funknetz. Oder der Empfang ist sehr schwach, irgendwann aber doch stark genug, um die Nachricht durchzulassen. Wer weiß, wann sie die geschrieben hat. Egal. Wer ist ›B‹?«

Grohsman haute mit der Faust auf den Tisch. »Mein Gott, bin ich bescheuert. Die Nachricht auf dem Handy von Zina, äh, Frau Taras, mit der Mariusz sich nach Eisgarn verabschiedete. Die war bereits gefakt, weil Mariusz schon tot war. Die war auf Polnisch! B wie Bosko. Wer sonst. Wo war Nickys Handy eingeloggt? Jede Wette, dritter Bezirk, Gegend Löwengasse.«

Kienzle starrte angestrengt auf den Bildschirm. »Fehlanzeige. Elfter Bezirk. Gegend Simmeringer Hauptstraße.«

Simmering? Was zum Geier war in Simmering?

Grohsman musste mit Bosko sprechen. Bevor er durchdrehte. Wenn er in die Löwengasse fuhr, konnte er überprüfen, ob der Diplomat zu Hause war. Grohsman schnappte sich den Schlüssel aus Lións Zimmer. Vielleicht ein Kellerabteil! Und sein Hund? Im Büro lassen? Nein. Er leinte Sally an und stürmte los.

Im Laufen rief er Joe an. »Ich fahre jetzt zum Bosko und melde mich, wenn ich dort bin. Du kommst ebenfalls in die

Löwengasse, wartest aber unten. Wenn ich mich nach einer halben Stunde nicht melde, ruf das Sondereinsatzkommando.«

3

»Das darf nicht wahr sein.« Grohsman war zu rasant an den Randstein gefahren. Viel zu rasant. Das gab einen satten Patschen. Reifen wechseln? Sicher nicht jetzt.

»Sally, du musst im Auto bleiben. Ich komme gleich. Hoffentlich.« Grohsman schloss die Autotür. Er rannte die Stufen hinauf. Im Laufen gelang es ihm, Joe eine SMS zu schreiben.

»Bin in Löwengasse.«

Grohsman läutete Sturm.

Ein unverhohlen genervter Andrzej Bosko öffnete die Tür.

»Also wirklich. Ich habe Ihnen alles gesagt, was Mariusz betrifft. Irgendwann muss Schluss sein.«

Eine Kollegin wird vermisst, wäre Grohsman fast herausgerutscht. Im letzten Moment verkniff er sich den Satz. Besser, Bosko in die Falle tappen zu lassen. Wo waren Anknüpfungspunkte zwischen Nicky und Bosko? Die Berceuse. Dr. Riedel, der Anwalt, hatte eine Verbindung zu Bosko erwähnt. Hatte Nicky den Diplomaten gefragt, ob er der Erbe war? Grohsman versuchte einen direkten Vorstoß. »Herr Bosko, Sie sind mit einer Frau Wójcik verwandt.«

»Ich wüsste nicht, was Sie das angeht. Aber es stimmt. Wie jeder Pole. So wie mit Nowak, Kowalski, Lewandowski, Kaminski – glauben Sie mir, wer nicht mindestens zwei dieser Namen in seinem Stammbaum hat, ist kein echter Pole.«

»Ich meine Agnieszka Wójcik, der die Berceuse restituiert wurde. Die Notenhandschrift von Franz Liszt. Ihre Vorfahrin ist von den Nazis enteignet worden.«

»Schon wieder dieses Ammenmärchen! Ich weiß davon. Mariusz hat einen Anwalt erwähnt. Den habe ich ersucht, die

Geschichte zu beenden. Das Blatt ist mit Sicherheit eine Fälschung. Was meinen Sie, warum nur eine Fotokopie existiert? Keine Ahnung, woher Mariusz die hatte. Zum letzten Mal, ich habe das Stück nicht. Und ich hatte es nie. Das müsste Ihnen Ihre Kollegin doch längst mitgeteilt haben.«

Grohsmans Puls stieg. »Welche ... Kollegin?«

»Patricia. Wie auch immer sie wirklich heißt. Schauen Sie nicht so erstaunt. Glauben Sie, ich habe Ihre Scharade nicht durchschaut? Frau Rettenbach, die mich bisher gemieden hat wie einen Hund mit Flöhen, hat drei Freunde, die ganz plötzlich mein Tanzcafé besuchen möchten? Und diese Subtilität der drei! Plötzlich interessieren sich alle für Franz Liszt. Lächerlich.«

Bosko betrachtete seine perfekt manikürten Fingernägel mit überheblichem Grinsen.

»Wo ist ... Patricia jetzt?«

»Woher soll ich das wissen? Sie rief heute an, dass ihr Mann Kunstsammler ist. Und für welchen Komponisten interessiert er sich? Na, was für ein Zufall. Leider scheint sie Bigamistin zu sein, denn aus Etienne wurde plötzlich Pascal. Der Unfug ist ihr offenbar selbst aufgefallen, denn sie hatte es sehr eilig mit dem Auflegen. Hoffentlich hat sich jemand um sie gekümmert, sie klang gar nicht gut. Inspektor, ist alles in Ordnung mit Ihnen? Sie sehen blass aus. Trinken Sie einen Tee. Schwarzer Tee hilft immer.«

Sie war aufgeflogen, hämmerte es in Grohsmans Kopf überlaut. Und der Tee? Im bitteren Getränk würde man Gift nicht schmecken. Schnell abhauen, dröhnte es in ihm. »Nein, danke«, krächzte Grohsman. »Eine Kollegin holt mich ab.«

Bevor Bosko reagieren konnte, hatte Grohsman Joe am Handy. »Komm so schnell wie möglich zur Löwengasse, ich bin oben bei Herrn Bosko.«

»Aber, Boss, Frau Manz und ich stehen schon unten.«

Gewiefter Schachzug, zu zweit anzurücken. Drei Kripobeamte ließ nicht einmal Bosko verschwinden. Oder? Wäre jedoch zu auffällig, wenn die beiden sofort raufkämen. Welche

Zeitspanne war realistisch? »Drei Minuten? Ja, das passt. Bis
später.«

Grohsman musterte den Diplomaten. War es zu gefährlich?
Er musste einen letzten Versuch starten. »Wenn es das Manu-
skript ohnehin nicht gibt, darf meine Kollegin im Zimmer von
Herrn Lión suchen?«

»Bitte, wenn Ihnen das ein Anliegen ist.«

Es läutete an der Tür. Ziemlich dick, die Jacken der beiden
Kolleginnen. Jede Wette, sie hatten die kugelsicheren Westen
angelegt. Top-Idee. »Joe, Herr Bosko hat uns angeboten, dass
wir in Mariusz' Zimmer nach der Berceuse suchen. Würdest du
das bitte machen? Danach können wir fahren.«

»Geht klar.« Joe eilte den Gang entlang.

Ursula Manz pflanzte sich neben Grohsman auf und verschränkte die Arme. »Herr Bosko, haben Sie irgendwelche
Liegenschaften im elften Bezirk?«

Bosko glotzte sie an. »Im elften? Nein. Ich qualifiziere mich
nicht für ein Ehrengrab auf dem Zentralfriedhof. Wie kommen
Sie darauf?«

Klar gab Bosko das nicht zu. War die Überraschung gespielt?
Grohsman assistierte der Kollegin. »Nur so eine Frage. Viel-
leicht existiert dort ein Lager, in dem Sie etwas gebunkert haben.
Oder Mariusz.«

»Nein. Ich brauche keine externen Lagerräume. Warum auch,
wenn mir eine derart große Wohnfläche zur Verfügung steht?«
Bosko zögerte keine Sekunde. Abgebrühter Hund.

Grohsman beschloss, Ursula Manz den Auftrag zu geben,
Bosko zu observieren. Sobald sie alle draußen waren. So unauffällig wie möglich blinzelte Grohsman auf sein Handy. Keine
neue Nachricht von Nicky. Scheiß-Warterei.

»Boss, schau mal …« Joe wedelte mit alten Notenblättern.
Die Handschrift. Und stand im Eck eine Ziffer mit Rötelstift?

»Um Himmels willen!«, schrie Bosko und sprang auf. Grohsman eilte zu ihr, zog sich rasch Handschuhe an und nahm vorsichtig die exquisiten Blätter entgegen.

Langsam. Die Hinterseiten waren blütenweiß. Das waren Kopien. Joe bluffte! Grohsman verbiss sich ein anerkennendes Nicken. Er spielte mit und legte die Noten sachte auf den Tisch.

»Er hat sie einfach in seinem Zimmer gelassen …«, flüsterte Bosko. Ziemlich blass um die Nase.

»Unter einem Parkettpaneel hinter dem Schreibtisch.« Joe zupfte die Einweghandschuhe zurecht.

Grohsman trat zu Bosko und verstellte die Sicht auf die Noten. »Er hat sie Ihnen gestohlen, richtig? Und weil er sie nicht zurückgeben wollte, wollten Sie etwas nachhelfen. Dabei ist sein Kopf etwas zu hart mit dem Schläger kollidiert.«

»Was reden Sie denn …? Verschwinden Sie. Ich rufe sofort meinen Anwalt. Und Ihren Vorgesetzten. Ich genieße diplomatische Immunität, wie Sie wissen.«

Bevor Bosko handeln konnte, griff Grohsman nach der Berceuse. »Die Noten nehmen wir mit. Als Beweismaterial. Wir werden sie auf Fingerabdrücke untersuchen.«

Mit Joe und der Manz stürmte er aus der Wohnung und ließ den verdutzten Diplomaten zurück.

Endlich wieder auf der Straße, niemand war ihnen gefolgt. Grohsman holte Luft. »Kolleginnen, sind das kugelsichere Westen?«

»Klar! Dein Tonfall war echt krass. Deshalb sind wir auch zu zweit angerückt.«

»Das war wirklich … megastark von euch beiden.« Grohsman sah die Frauen erleichtert an. »Frau Manz, holen Sie sich Verstärkung und observieren Sie das Haus von Bosko. Und Joe, das war eine geniale Idee. So zu tun, als ob die Blätter das Original wären. Ist ihm gar nicht aufgefallen, dass die Papieroberfläche ziemlich glatt ist!«

»Na, zum Glück sind die Blätter am Rand recht abgegriffen. Dass er uns die Noten überlassen hat …«

»… darüber zerbrechen wir uns später den Kopf. Wir verlieren Zeit. Nicky hat heute mit Bosko telefoniert, er bestreitet aber, sie danach gesehen zu haben.« Grohsman schüttelte den Kopf. »Nicky sprach von einem Keller … Sie war aber nicht hier, sondern in Simmering. Komm, fahren wir in die Gegend des Funknetzes, wo Nicky eingeloggt war.« Grohsman eilte zum Auto. Blieb stehen. »Schmarren … ich habe einen Platten.«

»Wie ist dir das gelungen? Egal. Trau dich und steig bei mir ein«, lachte Joe und öffnete die Tür ihres giftgrünen Golfs.

Irgendwas spukte in Grohsmans Hirn. »Mein Hund! Ich kann Sally nicht so lange einsperren …«

»Dann hol sie schnell! Die paar Hundehaare stören mich nicht. Solange sie mir nicht ins Auto kotzt.«

Grohsman rannte zu seinem Wagen und sprintete mit Sally zurück. Sie wüffte voller Elan. Wenigstens eine, der der Ernst der Lage nicht bewusst war.

»Na dann, *fasten your seatbelt*!«, grinste Joe und bog schneidig aus der Parklücke.

Grohsman umklammerte den Haltegriff im Auto. Die Knöchel traten hell hervor. Man konnte Joe definitiv nicht vorwerfen, dass sie den Straßenverkehr aufhielt. Sally duckte sich auf der Rückbank. Er warf Joe von der Seite einen Blick zu. Sie genoss die Fahrt. Taugte es ihr, wenn sich die Überholmanöver und die Spurwechsel nur haarscharf ausgingen? »Joe, ich möchte auch schnell wissen, wo Nicky ist. Aber auf eine Minute mehr oder weniger kommt es doch nicht an, oder?«

4

Aus dem Augenwinkel sah Joe, wie sich ihr Boss in den Beifahrersitz drückte.

»Wir werden verfolgt«, meinte Joe lapidar. Ihr Adrenalinspiegel sorgte für einen messerscharfen Fokus und gleichzeitig für eine erstaunliche innere Ruhe. So wie vorhin, als der Boss sie zu Bosko gerufen hatte. Der schneidende Klang seiner Stimme ... Sie hatte automatisch ihre Schutzweste angezogen und war im Modus eines Raubtiers, bevor es zuschlägt.

»Schon wieder?« Grohsman drehte sich um. »Von wem?«

»Was heißt ›schon wieder‹?« Okay, ihre innere Ruhe kippte. »Irgendwer klebt an meinen Fersen und informiert das U-Bahn-Blatt.«

»Scheiße.« Joe quetschte sich zwischen zwei SUVs, überholte rechts. Sally winselte auf der Rückbank. »Der dunkle Wagen hinter uns wechselt die Spur im gleichen Intervall wie ich.«

Mit quietschenden Reifen zwängte sich Joe vor einen Lkw. Was der Lenker mit einem wütenden Hupen quittierte. »Neue Hupe?«, kommentierte Joe trocken.

»Ist der Wagen noch da?«, fragte der Boss etwas angespannt.

»Ja. Ich sehe ihn nur im Seitenrückspiegel. Ein schwarzer BMW. Nein, ein Bentley, schau, schau. Die Bentleys unterscheiden sich wenigstens noch von anderen Autos. Der hat einen großen Kühlergrill und runde Scheinwerfer.«

»Können wir die Autostilkunde auf später verlegen?« Grohsman schaute nach schräg hinten. »Ich sehe ihn. Leider nicht das Kennzeichen. Nur ein ›W‹. Grohsman tippte in seinem Handy herum. »Gregor, welches Auto fährt der Bosko? Wenn's ein schwarzer Bentley ist, schlage ich dich für einen Weihnachtsbonus vor.«

»So, und jetzt ...« Joe riss das Lenkrad nach rechts, bretterte über die Sperrlinie und schaffte es knapp, sich in die Ausfahrt Favoriten einzuordnen. Wobei »ordnen« nicht ganz zutraf, wie sie zugab. Der Wagen hinter ihnen legte ein sauberes Bremsmanöver hin. Joe winkte hämisch nach links. »Tschüs, Arschloch!«

»Wunderbar. Kannst du auf normale Fahrweise wechseln?«

»Hast du einen empfindlichen Magen?«

»Nur wenn jemand wie vom wilden Affen gebissen fährt. Wenn ich Nervenkitzel will, fahr ich mit der Hochschaubahn im Prater.« Der Boss drehte sich um. Sally war verdächtig still.

»Schmarren!« Grohsman griff hektisch nach dem Handy. »Jaja, Gregor, weiß ich, dass das nicht so schnell geht. Mir ist nur eingefallen, wenn das Boskos Auto wäre, wäre das Kennzeichen ›WD‹. War aber nur ›W‹. Kannst du die Suche auf die Künstlerrunde ausdehnen?«

Joe rumpelte entlang der Simmeringer Hauptstraße. Sie hasste den alten Straßenbelag.

Schon wieder eine rote Ampel. Okay, kurze Verschnaufpause zum Nachdenken. »Zuerst ein Jaguar, jetzt ein Bentley – sind wir hier beim Oldtimertreffen?«

»Verstehe ich auch nicht.« Grohsman sah angestrengt auf die Häuserfront. »Laut Gregor sind wir hier in etwa richtig. Er meinte, die Funkzelle wäre nicht allzu stark, das Gebiet reicht also nur in etwa fünfhundert Meter.«

»Nur. Damit meint er natürlich den Durchmesser.«

»Leider ja. Hast du einen Stadtplan?«

»Nö. Ich fahre mit Navi. Warum?«

»Weil man auf einem Plan nachsehen kann, was sich in diesem Gebiet befindet. Welche Straßen.«

»Ach, das kriegen wir auch so heraus. Wir wissen ohnehin nicht, wonach wir suchen.«

»Stimmt leider.« Grohsmans Handy läutete, er schaltete auf Lautsprecher.

»Chef, auf den Bosko ist gar kein Auto zugelassen. Die Mutter von der Zauner fährt einen Opel, den Wagen von Dorothea Zauner kennen wir. An den anderen bin ich dran. Sonst tut sich nichts. Keine neuen Handydaten, keine Lösegeldforderung. Laut Kollegin Manz ist auch die Lage in der Löwengasse ruhig, niemand hat das Haus verlassen.«

»Gut. Oder auch nicht. Kannst du überprüfen, ob irgendwer im Dunstkreis Bosko so was fährt?«

»Mach ich.«

Joe drosselte das Tempo. Ihre Nasenspitze stieß fast an die Windschutzscheibe. »Eine Selfstorage-Anlage. Hier sind nur Lagerhallen. Und Container.«

»Lagerräume …«, murmelte Grohsman. »Nicky sprach von einem Keller … aber wenn alles zappenduster ist …?«

»Müsste sie trotzdem erkennen, ob die Wand gemauert oder aus Metall ist. Außerdem hat man in einem Container sicher Handyempfang. Das bisschen Metall hält das nicht ab.«

»Und wenn sie gefesselt ist? Dann kann sie keine Mauer ertasten. Für die Handysache gibt es vielleicht eine andere Erklärung. Wenn sie irgendwo in dem Container steckt, geht ihr bald die Luft aus. Wörtlich.«

Joe sah sich hektisch um. »Scheiße. Container für Container abzuklappern dauert zu lange. Und bis eine Hundestaffel anrückt …« Sie sah auf die Uhr.

»Joe, du bist genial.«

5

Nickys Kopf dröhnte. Hatte einen heftigen Schlag abbekommen. Wenigstens leb ich noch, klopfte es in ihren Schläfen. Die Handgelenke brannten hinter dem Rücken, die Fesseln schnitten in die Haut. Der Sack über dem Kopf nahm ihr die Luft zum Atmen. Verdammt. Sie war ihm in die Falle getappt. Nein, aus, ihr Hirn verweigerte den Dienst. Alles schmerzte. Ihr Mund war trocken. Sie versuchte einen Hilferuf. Mehr als ein Krächzen war nicht drin. Die Anstrengung kostete zu viel Atem. Zu viel Energie. Nicky röchelte. Sie … bekam … keine …

6

»Komm, Sally.« Grohsman öffnete die hintere Autotür. Die Hündin sprang sofort heraus. Er leinte sie an.

»Boss, was willst du jetzt mit dem Wauzi?«, fragte Joe zweifelnd.

»Nicky hat mit Sally Suchspiele gemacht«, meinte Grohsman voller Enthusiasmus. Blieb mitten in der Bewegung stehen und ließ die Schultern sinken. »Zu früh gefreut. Wir haben nichts, was nach Nicky riecht.« Mist. Und jetzt? »Sally hat keine Ausbildung zum Spürhund. Falls das überhaupt klappen soll, braucht sie eine Fährte.« Er streichelte dem Hund über den Kopf.

Joe riss die Autotür auf. »Ihr Laptop! Der steckt doch in einer Tasche! Na ja, sie wird nicht darauf geschlafen haben, aber vielleicht reicht es trotzdem?« Sie schälte das Gerät vorsichtig aus der Hülle. »Da!«

Grohsman hielt Sally die geöffnete Tasche hin. »Nicky!«, rief Grohsman immer wieder. Er kam sich saublöd vor. Wenn ihn jemand filmte und das Video den Hundetrainern zeigte, war er bis zu seiner Pensionierung Gespött der Abteilung. Die Hündin wedelte heftig mit ihrem Stummelschwänzchen und beschnupperte die Tasche außen und innen.

»Sally, such!« Grohsman deutete mit dem Finger in Richtung der Container. Jetzt legte seine Kleine ihren Kopf schief und hechelte erwartungsvoll. »Such!«, wiederholte er. Ob die Verzweiflung in seiner Stimme den Hund animierte? Nein. Sie setzte sich. So wurde das nichts.

»Braaave Sally, so eine Feiiine! Na kooomm, wo ist die Nicky?« Joe verfiel in einen Singsang und wedelte mit der Laptophülle vor Sallys Nase. »Ja wo isn die Nicky? Such die Nicky!« Joe hopste ein paar Schritte auf die Container zu. Zögernd trippelte ihr der Hund nach und schnupperte an der Tasche.

Plötzlich sauste Sally los. Nase auf dem Boden, dann Nase in der Luft, sie drehte den Kopf hin und her.

Grohsman staunte. Hatte sie eine Witterung aufgenommen? »Hey, Joe, super!« Er lief zu seiner Schnüffelnase, die hin und her lief, zwischendurch den Kopf hob. Sally blieb stehen. Hockte sich wieder hin. Die Kippohren und die zerdrückte Irokesenlocke verliehen ihrem Gesicht einen zerknirschten Ausdruck. Entweder war Nicky nicht hier, oder Sally fand sie nicht.

Weil sie den Boden nicht berührt hatte, schoss es Grohsman ein. Sondern getragen worden war. Er setzte sich auf einen Betonquader. Wenn er sofort die Hundestaffel gerufen hätte? Nun war wertvolle Zeit verstrichen. Zeit, die Nicky vielleicht nicht mehr hatte.

Doch was war das? Sally lauschte, sprang auf und verharrte angespannt. Dann senkte sie noch einmal ihre Nase, trippelte weiter, bellte ein aufgeregtes »Wüffwüffwüff«. Sprintete zu einem Container, stellte sich auf die dünnen Hinterbeinchen und scharrte mit der Pfote gegen die Metallwand. Sofort war Grohsman bei ihr und pochte gegen die Wand. Nichts zu hören. Wo war Joe?

»Hab schnell etwas aus dem Auto geholt«, japste sie und ließ einen Werkzeugkasten auf den Boden fallen. »Eigentlich müssten wir zwar ... also Durchsuchungsbescheid ... oder die Betreiberfirma ...«

»Gefahr im Verzug«, versetzte Grohsman knapp. »Wenn Nicky da drin ist, verlier ich keine Sekunde. Und wenn nicht, überleg ich mir nachher, wie ich das hier erkläre. Ich schneide, dann bist du außer Obligo.«

»Okay. Dann halte ich das Schloss. Aber bitte nicht meine Finger abzwicken, die brauch ich noch ...«

Endlich. Mit einem satten Knack war der Schlossbügel durch. Grohsman riss die Tür auf – zappenduster. Handy. Taschenlampe. Nicky lag im Eck und rührte sich nicht. »Nicky!«

Keine Reaktion.

Vorsichtig trugen Grohsman und Joe die Frau aus dem Container, legten sie am Boden ab. Er entfernte sachte den Jutesack, der über den Kopf gezogen war. Sie war bewusstlos. »Mein Gott, Nicky ...«

Sie hatte eine Platzwunde am Hinterkopf. Doch sie hatte Puls und atmete.

»Ich rufe den Krankenwagen«, meinte Joe mit bebender Stimme.

Energisch schnitt Grohsman Nickys Handfesseln durch. Massierte ihre Handgelenke. Brachte sie sanft in stabile Seitenlage und legte ihr seine Jacke unter den Kopf. Pfeif drauf, wenn er dadurch Spuren beschädigte.

»Wir haben Nicky. Sie lebt. Wird ins Krankenhaus gebracht. Bitte weitersagen«, textete er Kienzle. Sofort kam die Antwort, ein großer Smiley.

»Sally, du bist die Größte. Aber du darfst da jetzt nicht rein. Ich bin gleich wieder bei dir.« Folgsam setzte sich die Hündin neben Nicky.

»Das war echt stark«, meinte Joe leise.

Endlich kam der Rettungswagen und holte Nicky ab. »Das wird noch zur Gewohnheit bei ihr.« Grohsman lächelte schief und sah dem Wagen lange nach, der mit Blaulicht und Folgetonhorn durch die Straße davonbrauste.

Langsam nahm sein Hirn wieder die gewohnte Arbeit auf. Gefahr gebannt, aber Fall noch lange nicht gelöst. »Joe, hab ich das richtig mitbekommen, dass du die Kollegen von der Spurensicherung verständigt hast? Und den Betreiber dieser Anlage?«

»Ganz genau, Boss. Das hast du gehört? Hast du deine Ohren überall? Jedenfalls sind beide auf dem Weg.«

Grohsman nickte ihr zu. »Joe, was du in dem Fall geleistet hast, brillant. Wird nicht lange dauern, und du leitest dein eigenes Team.«

Apropos Team. Er textete Ursula Manz, zurück aufs Revier zu kommen. Genügte, wenn die Kollegen die Observation fortsetzten.

Grohsman ging in den Container und leuchtete mit der Handytaschenlampe hinein. Ein Wandregal war vollgestopft mit Medikamenten. Lións Lager? Oder das seiner Bezugsquelle? Er schoss ein paar Fotos und schickte sie Kienzle. »Check das mit deiner Liste. Ob das die gleichen Mittelchen sind.«

Tatsächlich kein Funknetz in dem Container. Er eilte aus dem Metallobjekt. Jetzt war die Nachricht durchgegangen.

7

Eigenes Team, hatte der Boss gesagt! Wahnsinn. Strebte Joe gar nicht an, zumindest jetzt noch nicht. Schluss, volle Konzentration. Dass der Container einem »Karl Meier« gehörte, hatte nicht einmal der Betreiber geglaubt. Da der Mieter stets pünktlich zahlte – sogar im Voraus! –, hatte er sich nicht darum geschert. Er gab Joe die Handynummer.

Es war die von Mariusz Lión. Ein gemauertes Lager war ebenfalls im Mietvertrag. Objekt Nummer 517. »Eh klar. LIS«, murmelte sie zum Boss.

Grohsman kratzte sich am Hinterkopf. Er starrte auf das Vorhängeschloss. »Du, Joe, wir hätten vielleicht den Seitenschneider nicht gebraucht ...« Er zog einen Schlüssel aus seiner Hosentasche. Der aus Lións Zimmer! Auf dem Anhänger stand »517«. »Er passt ...«

Joe eilte ins Eck der Lagerhalle. »Sieh mal einer an. Eine Tiefkühltruhe.« Sie war geöffnet, ausgeschaltet. »Pfuäh, die stinkt nach Chlor!«

»Gründlich gereinigt.« Grohsman inspizierte Innen- und Außenwände. »Nichts zu entdecken. Hoffentlich haben die Kollegen von der Kriminaltechnik mehr Erfolg.«

Mit dem Lager konnte man locker eine kleine Apotheke bestücken, staunte Joe. Für wie viele Schäfchen war hier der Jahresbedarf an Nerven- und Muskelunterstützern gebunkert? »Wer hatte sonst noch Zutritt außer Lión?«

»Wenn es hier auch kein Überwachungssystem gibt oder selbiges ausgefallen ist, krieg ich einen Schreikrampf.«

Joe konnte sich das Grinsen nicht verkneifen. Wie ein wild gewordener Stier war der Boss zur Tür gestürmt und hätte den Betreiber der Lagerhallen fast niedergerannt. Schlotternd streckte dieser ihm zwei schwarze Kästchen entgegen. Sah nach zwei externen Festplatten aus. »Hab mir gedacht, dass Sie das vielleicht brauchen …«

8

Mit Karacho war Joe zurück aufs Revier gefahren. Donnerwetter, wo hatte sie so fahren gelernt?

Grohsman eilte ins Teambüro und drückte Joe und der Manz je eine Festplatte in die Hand. War darauf der Mörder zu sehen? Und Nickys Entführer? Handelte es sich um dieselbe Person beziehungsweise dieselben Personen? »Joe, das sind die Aufzeichnungen vom Containerbereich. Vignaud hat etwas nach acht Uhr mit Nicky telefoniert, nach elf kam ihre SMS. Vielleicht findest du in diesem Zeitraum etwas. Und Frau Manz, diese Festplatte deckt den Bereich Lagerhalle ab. Checken Sie die Aufzeichnungen für den 5. Oktober. Sagen wir mal, ab zwanzig Uhr.« Er lief auf und ab. Dauerte natürlich, bis die Kolleginnen die Aufzeichnung im Suchlauf kontrolliert hatten.

Die Kriminaltechniker legten eine Sonderschicht ein. Fingerabdrücke und sonstige verwertbare Spuren? Ein Alptraum, sowohl im Lagerraum als auch im Container. Na, wenigstens stammten die Fingerabdrücke nicht nur von Lión. Die anderen Abdrücke werteten sie gerade aus. Und in der Tiefkühltruhe fanden sich Spuren von menschlichem Blut.

Joe winkte aufgeregt. »Boss, schau mal! Da, knapp vor zehn Uhr sind zwei Gestalten zu sehen, die etwas über den Boden schleifen. Sieht nach einem Teppich aus.«

Grohsman lief zum Computer. Die hatten Nicky ernsthaft eingewickelt und herumgezerrt. In diesem Fall ein Glück, sonst hätte Sally sie nicht gefunden. Auf dem Video waren keine Gesichter zu erkennen, die Gestalten trugen dunkle Schlabberpullis und hatten die Kapuzen tief ins Gesicht gezogen. Körperhaltung gekrümmt, also konnte er weder Größe noch Statur bestimmen.

Kienzle eilte herbei. »Chef, der Bentley ist auf Tadeusz Olinski zugelassen!«

Olinski. Der Handlanger von Bosko. Stand der Kerl schon die ganze Zeit hinter den Verfolgungsaktionen? Und der Zeitungssache? Den Nachrichten? Nein, das passte nicht. Grohsman hatte den »Schatten« unmittelbar vor dem ersten Besuch in der Löwengasse wahrgenommen, Olinski hatte ihnen jedoch die Tür geöffnet. Der Assistent war zudem nicht Gast beim Konzert von Frau Rettenbach gewesen, er konnte also das Taschentuch nicht im Klavier deponiert haben. Außer er hatte sich als Lieferant eingeschlichen.

Ursula Manz sprang aufgeregt auf. »Ich hab was! Da, das scheinen die gleichen Typen zu sein. Schaut mal, der linke da könnte Olinski sein.«

Grohsman setzte die Brille auf. Diese gedrungene Gestalt … »Na klar! Der andere ist aber sicher nicht Bosko. Der Kerl da ist groß, nicht so ein abgebrochener Gartenzwerg wie unser Oberdiplomat. Na gut, blöd wird der sein, sich selbst die Pfoten dreckig zu machen. Waren die zu dritt?« Er brauchte Nickys Aussage, dass mit »B« Bosko gemeint war. Und Olinski? Mörder oder Beihilfe zum Mord? Und zum Henker, wer war der andere Mann auf dem Video? »Kann das Valentin Binder sein?«, fragte er Joe.

»Nein, der ist auch eher ein Zniachtl, jedenfalls nicht besonders groß.«

Sie hatten eindeutig genug Beweise, um Olinski festzunehmen. Oder genoss er als Assistent vom Botschaftssekretär ebenfalls Immunität? Bei einer derart heftigen Anschuldigung? Kaum. Der würde schon ausspucken, wer der zweite Mann war. Ob er Bosko belasten würde?

Kienzle zappelte von einem Bein aufs andere. »Hab das Handy von Frau Witt gecheckt. Vor ihrem Verschwinden hat sie ein paar Anrufe geführt. Der letzte Kontakt war ein hereinkommendes Gespräch. Ein Anruf von einem Horst Stettner.«

Stettner? Nie gehört. Grohsman rief die Nummer an. ... Was hatte er Nicky gesagt? Na das ... Pascal Vignaud fiel ihm ein. Grohsman gab ihm schnell Bescheid, dass Nicky im Krankenhaus lag, bewusstlos, aber in Sicherheit. »Sie haben doch heute mit Nicky telefoniert. Worum ging es da? Um Dorothea? ... Unglaublich.«

Grohsman berichtete ihm rasch, was Horst Stettner ihm eben erzählt hatte. »Wir haben alle Hände voll zu tun ... Könnten Sie Dorothea mitteilen, was Sie und Frau Witt herausgefunden haben? Danke!«

Grohsman sah sich das Video noch einmal an. Es passte.

Kienzle drückte Grohsman ein Blatt Papier in die Hand. »Chef, diese kryptische E-Mail von Lión, an der ich so lange gearbeitet habe ... Diesmal war's kein Polybius-Code, sondern ... na, egal. Hab's dir ausgedruckt. Falls du's gleich zur Befragung mitnehmen willst. Oder zum Verhör.«

Grohsmans Augen wurden immer größer. »Wir brauchen einen Durchsuchungsbeschluss. Sofort. Und die Kriminaltechnik. Joe, komm mit.«

9

Grohsman läutete. Klopfte heftig an die Tür.

»Hast du keinen Dietrich mit?«, scherzte Joe.

Endlich öffnete sich die Tür. »Was wollen Sie schon wieder?«

Der war auch schon mal freundlicher gewesen. »Sie vorläufig festnehmen wegen des Verdachtes, Mariusz Lión getötet und Nicky Witt entführt zu haben. Oder müssen wir das Geständnis aus Ihnen heraus...kitzeln?« Fast hätte Grohsman »prügeln« gesagt.

»Was? Warum soll ich ...? Das ist doch lächerlich.«

»Lächerlich. Ein Mord?«

»Wie soll ich den Jungen ermordet haben? Und wo? Und im Wagen von Dorothea deponiert haben?«

»Punkt eins: mit einem Baseballschläger. Punkt zwei: im Konzertsaal vom Konservatorium. Punkt drei: weil Sie sich in der Garage von Frau Rettenbach sehr leicht Zutritt zum Auto verschaffen konnten. Dass der Kofferraum sogar offen war, kam Ihnen sicher gelegen. Obwohl Sie den auch so aufbekommen hätten. Jede Wette, um die Videoüberwachung von der Garage haben Sie sich schon einige Zeit vorher gekümmert. Würde auffallen, wenn die erst am Tag des Konzertes den Geist aufgibt. Sie haben sicher auch dafür Ihre Spezialisten.«

»Sie haben eine blühende Phantasie. Warum soll ich das getan haben?«

»Vielleicht wollte Mariusz Sie wegen der kleinen Privatapotheke erpressen, die Sie beide aufgezogen haben? Hier ist der Durchsuchungsbeschluss, die Kollegen werden sich jetzt ein wenig umsehen. Die Medikamente hat er doch von Ihnen, stimmt's?« Zugegeben, das war ins Blaue geraten.

»Medikamentenhandel. Dass ich nicht lache. Ich habe eine saubere Weste.«

»Sie sollten Ihre Augen untersuchen lassen! Dann würden Sie die riesigen Dreckflecken erkennen. Aber der Hauptgrund war die Berceuse, stimmt's? Das Notenmanuskript von Franz Liszt. Da, die codierte Nachricht von Lión an Sie. Konnten wir entschlüsseln, dafür haben wir unsere Spezialisten. ›Machen wir den Austausch auf neutralem Boden. Im Konservatorium. Noten gegen Ware.‹ Das belastet Sie schwer.«

Wie sich der Kerl wand. Eine Schlange durch und durch.

»Das ist Unsinn.« Die Schweißperlen auf seinem Gesicht redeten eine andere Sprache.

»Er hat Ihnen die Noten gegeben – was war mit Ware gemeint? Umstieg in den Drogenhandel? Sie konnten keinen Mitwisser brauchen. Also haben Sie ihn erschlagen und in seinem Jaguar abtransportiert. Den Sie verschrotten ließen. Sehr schlau.

Der Autoverschrotter konnte sich aber an Sie erinnern.« Das war gelogen. Doch der Schrotthändler würde bei einer Gegenüberstellung sicher aussagen. »Die DNS und die Fingerspuren im Container und im Lagerraum werden Sie überführen. Und jene in der Tiefkühltruhe, in der Sie Mariusz zwischengelagert haben. Ihnen muss doch klar sein, dass man diese Spuren nicht einfach mit dem Sprühfläschchen entfernen kann, Herr Dr. Breunig.«

»Und Sie als Polizist sollten wissen, dass bestimmte Sprühfläschchen jegliche DNS vernichten, falls ich das alles wirklich getan hätte. Was natürlich Nonsens ist«, zischte der Arzt.

»Irgendwelche Haare oder Hautpartikelchen finden sich immer. Vielleicht am Boden. Außerdem sind Sie auf dem Überwachungsvideo vom Lager im elften Bezirk zu sehen. Ihr leichtes Hinken verrät Sie.« War Grohsman erst auf dem zweiten Video aufgefallen. »Oder Tadeusz Olinski hängt Ihnen die Tat an. Ihn erkennt man am Video ebenfalls deutlich. Wie auch immer Sie an ihn gelangt sind. Er sitzt schon im Vernehmungsraum und redet sich die Seele aus dem Leib. Was wird er wohl erzählen? Wer hat zugeschlagen? Und wer hat Frau Witt entführt? Na, das wird sie uns persönlich mitteilen. Sobald sie vernehmungsfähig ist.«

»Sie haben sie gefunden …«, flüsterte Breunig. Er strich sich über die Augen.

Ausgerechnet jetzt platzte der Kollege herein, der die Durchsuchung leitete. »Herr Inspektor, wir haben einen Tresor gefunden.«

»Herr Breunig, schließen Sie auf. Oder muss erst die Spezialeinheit anrücken? Dabei kann natürlich der Inhalt beschädigt werden …« Das war Humbug. Aber es ging schneller, wenn der Kerl den Safe selbst aufsperrte.

Breunig schlich zum Tresor und fingerte müde daran herum. Endlich, ein Klick, und mit einem leisen Quietschen öffnete sich die Tür. Mit einer kraftlosen Handbewegung deutete er auf den Safe. Grohsman zog Handschuhe über.

Die Mappe. Dunkelbraun mit Goldlettern. FLGW4. Der erdige Geruch von Leder stieg ihm in die Nase. Er war versucht, über den Einband zu streichen, zog die Hand jedoch sofort zurück. Fingerabdrücke! Die durfte er mit seinen Handschuhen auf keinen Fall verwischen. »Kollegen, mit dem Objekt bitte ganz behutsam vorgehen.«

»Wissen wir. Wir haben eigens den gepolsterten Stahlkoffer mitgenommen.«

Einmal hineinschauen in die Mappe, überlegte Grohsman sehnsüchtig. Später. Erst das Geständnis von dem feinen Herrn Doktor.

Breunig saß erhobenen Hauptes da. Kein Funken von Schuldgefühl. Verächtlich verzog er die Mundwinkel. »Er war ein Nichtsnutz. Ein Schmarotzer«, zischte er. »Hat Dorothea wie Dreck behandelt. Meine arme Patientin. Weil er nicht aushielt, dass sie vielleicht berühmter wurde als er.«

Der Kerl log, wenn er nur den Schnabel aufriss. Kümmerte Grohsman nur wenig. »Schwachsinn. Sie selbst haben Dorothea systematisch fertiggemacht, um ihr den Mord an Mariusz anzuhängen. Ihn in ihr Auto gelegt. Das ist krank. Und das Taschentuch? Die Briefe? Gaslighting nennt man das, richtig? Wir wissen, dass Sie der Psychiater von Regina Iwitski waren. Ist ihrem vorigen Therapeuten wieder eingefallen. Herr Stettner hat Frau Witt heute angerufen.«

Breunig sprang auf. Wie ein Tiger im viel zu kleinen Käfig lief er hin und her, auf der Suche nach einem Ausweg. Es gab keinen. Er saß in der Falle. Und er wusste es. Seine Augen verengten sich. »Hypernervöses Gör! Die ist in einem Jahr weg vom Fenster! Der hilft gar nichts gegen ihre Nerven.«

»Das werden wir sehen. Vielleicht kümmert sich Frau Witt in Zukunft um sie. Wissen Sie, Frau Witt hat sich mit ihrem Kollegen beraten. Salbutin, Ritalin und Trazodon, da haben Sie ihr ja einen besonderen Cocktail verschrieben. Den Tremor künstlich erzeugt und ihre Stimmungswechsel verstärkt! Aber wir haben uns erlaubt, Frau Zauner von Ihrer Falschmedikation zu berichten. Sie hat einen Schreikrampf bekommen. Und wird Sie wahrscheinlich anzeigen.« Zugegeben, den Ausgang von Pascal Vignauds Gespräch mit Dorothea kannte Grohsman nicht.

»Die Witt. Eine elende Besserwisserin«, schnaubte Breunig.

Grohsman musterte ihn. »Diese kleinen Botschaften in meinem Auto, die Informationen an die Zeitung, das Beschatten – das waren alles Sie, oder?«

»Wer sonst? War nett, mit Ihnen zu kommunizieren. Schade, dass Sie nicht drauf reingefallen sind.« Breunig verschränkte die Arme.

»Wie ist das am 5. Oktober abgelaufen? Sie haben sich im Konservatorium verabredet? Woher wussten Sie von der Sprinkleranlage? Wenn Sie jetzt auspacken, wirkt sich das vielleicht strafmildernd aus.« Konnte Grohsman sich nicht vorstellen, außerdem entschieden das die Richter. Funktionierte aber oft.

Der Arzt lehnte sich zurück. Breitbeinig, präpotent. Doch sein rechtes Lid zuckte. »Mein Sohn hat dort öfters geprobt. Die Anlage ist losgegangen, bloß weil er eine Zigarette geraucht hat.«

Das erste »Vorkommnis«, von dem Zina Taras berichtet hatte? Doch keine Fehlfunktion? »Wir haben bei Mariusz eine E-Mail an Sie gefunden. Noten gegen Ware. Um welche Ware ging es?«

»Um Geld. Das brauchte er doch für seinen Vater. Um ihn zu retten. Der arme Kerl.« Er hatte einen milden Tonfall angeschlagen. Hoffte Breunig auf Verständnis?

Nein, nein, nein. Das klang alles falsch in Grohsmans Ohren. Dissonant. »Warum haben Sie ihn von hinten erschlagen? Sie wollten ihn nie bezahlen, richtig?«

»Es … tut mir so leid. Mariusz wollte plötzlich mehr Geld. Viel mehr. Aus heiterem Himmel. Das hatte ich nicht, also bin ich gegangen. In der Bühnengarderobe stand ein Baseballschläger, wahrscheinlich ein Requisit. Ich habe nicht nachgedacht.

Hab nur die Noten im Sinn gehabt. Ehrlich, ich wollte ihn bloß bewusstlos machen. Ich wollte ihn nicht töten.«

Breunig wischte sich tatsächlich über die Augen. Krokodilstränen, fiel Grohsman hämisch ein. Eine Laune der Natur. Sonderten die Reptilien beim Fressen ab, vermutlich, wenn sie das Maul weit aufrissen. Grohsman tat, als würde er auf das Spielchen des Doktors eingehen. »Dann haben Sie Panik bekommen und Olinski gerufen. Den Sie woher kennen?«

»Der war doch der ursprüngliche Dealer von Lión. Mariusz wollte ihn bei Bosko verpfeifen. Weil Olinski von Medikamenten auf gehaltvollere Substanzen umgestiegen war. Alles elende Heuchler. Er kam mit Lións Auto. Wir hielten es für das Beste, ihn auf diesem Weg abzutransportieren.«

»Woher wussten Sie, wo Lión nach der Probe den Schlüssel zum Konzertsaal deponierte?«

»War nicht das erste Mal, dass wir uns dort getroffen haben. Ein perfektes Plätzchen für den Warenaustausch. Olinski hat dann einen Teleskopstab mit einem benzingetränkten Fetzen umwickelt und den brennenden Fetzen zum Rauchmelder gehalten.«

»Und den Fetzen?«

»Hat er in einen Blecheimer mit Wasser geworfen. Der liegt jetzt irgendwo in der Donau.«

Ob sich diese Aussagen mit denen von Olinski deckten? War für Grohsman vorerst Nebensache. »Hat Ihnen alles nichts genützt. Als Frau Witt Sie anrief, war Ihnen klar, dass sie Ihnen auf der Spur war, zumindest, was Dorothea betraf. Sie wollten Frau Witt qualvoll ersticken lassen.«

Breunig schüttelte kraftlos den Kopf. »Wie … haben Sie sie gefunden?«

»Mit der Hilfe einer Spürnase.« Grohsman legte den Zeigefinger auf seine Nase. Stellvertretend für die seiner tüchtigen Hündin. »Kollegen, festnehmen. Frau Inspektor Kettler, lesen Sie ihm bitte seine Rechte vor.«

Grohsman trat zu dem Stahlkoffer, in dem die Kollegen die

Ledermappe deponiert hatten. Vorsichtig öffnete er die Mappe. Das Papier war stark vergilbt. Grohsman vergaß beinahe aufs Atmen. Voller Ehrfurcht blickte er auf die dynamische Handschrift von Franz Liszt.

10

Noch etwas benommen betrat Nicky die Polizeiinspektion, auf Pascals Arm gestützt. Als er sie vom Krankenhaus abgeholt hatte, war der Emotionscocktail der letzten Tage hochgekommen. Und mit ihm die Tränen. Beklemmung, Herzenswirrungen, Erschöpfung, Erleichterung. Pascal hatte sie einfach in den Arm genommen. »Alles wird gut«, hatte er sie getröstet und ihr über die Wange gestrichen. Freundschaftlich.

Am Ende wird alles gut. Und wenn noch nicht alles gut ist, ist es noch nicht das Ende, war ihr wieder einmal eingeschossen. Mit einem kleinen Stich im Herzen.

Aber, sie hatte Glück gehabt und keine Gehirnerschütterung ausgefasst. Der Schlag auf den Kopf hatte sie nicht voll erwischt. Sie war instinktiv ausgewichen, hatte sich sofort auf den Boden geworfen und sich bewusstlos gestellt. Als Breunig ihr das Tuch mit Betäubungsmittel vor die Nase gehalten hatte, hatte sie die Luft angehalten. So hatte sie das Mittel kaum eingeatmet. War trotzdem eine Weile k. o. gegangen. Und nur kurz zu sich gekommen. Sie hatte den Sack über ihrem Kopf abgeschüttelt und versucht, eine Nachricht zu tippen. Weit war sie nicht gekommen, da hatte ihr der grobe Kerl den Sack wieder übergestülpt. Und ihr die Hände gefesselt. Hatte er gehofft, sie würde ihn mit der Skimaske nicht erkennen? Der hinkende Gang; ihr war sofort klar gewesen, wem sie in die Falle gegangen war.

Pascal trug ihre riesige Schachtel Pralinen für das Kripoteam. Hatte er auf ihre Bitte hin schnell organisiert. Mmh, exquisite handgemachte Pralinen aus der Innenstadt. Der Mann hatte

Geschmack und Stil. Und beim Hunde-de-luxe-Paket für Sally
hatte er sich auch nicht lumpen lassen. Nicky lächelte.

»Felix?« Okay, ihr Hals kratzte noch höllisch.

»Nicky!« Grohsman war aufgesprungen. »Und Sie sind
Dr. Vignaud, richtig?«

»Herr Inspektor, danke, dass Sie Nicky gefunden haben. Ihr
Hund ist *fantastique*.«

Wie aufs Stichwort trabte die Hündin auf Nicky zu. »Ach,
Sally…« Nicky bückte sich. Jetzt tropfte sie auch noch das Fell
der Kleinen voll.

»Wie geht es dir?« Felix klang besorgt.

»Jetzt wieder gut.« Na, das war übertrieben. Eher erleichtert,
in Sicherheit zu sein.

»Hast uns einen Heidenschreck eingejagt! Ich hab doch gesagt, keine Alleingänge.«

»Ich weiß … aber … ich hatte Breunig nicht auf dem Schirm.
Muss ich ehrlich zugeben.«

»Nein, ich auch nicht. Im Keller von B … ich dachte natürlich an Andrzej Bosko. Gegebenenfalls an Valentin Binder.«

»An wen? Ach, egal. Jedenfalls kann ich euch gar nicht genug
danken. Darf ich euch alle auf ein Bier einladen? Pascal kommt
auch mit. Und Sonja. Und die Gräfin, äh, Frau Rettenbach hab
ich auch eingeladen. Wusstest du übrigens, dass der Sohn vom
Breunig auch Klavier spielt?«

»Ja, hat er erwähnt.«

»Frau Rettenbachs Urteil zu dem fiel ganz schön bös aus.
Sie hat mir den Unterschied zwischen Breunig junior und einer
Nähmaschine erklärt. Breunig ist flinker, aber die Nähmaschine
musikalischer.«

Grohsman lachte. Klang richtig befreit. »Also, wenn ihr kurz
wartet, schließe ich nur die Akten, und dann können wir schon
los. Die zweite Runde geht dann auf mich.«

11

Grohsman entfernte nachdenklich die Fotos vom Whiteboard. Fall gelöst. Mit dem Schwamm wischte er die Namenskürzel weg. Verweilte kurz vor »ML«. Mariusz Lión. Sein Name für immer ausgelöscht? Hoffentlich nur auf dieser Tafel.

Er verharrte in der Bewegung. Irgendetwas passte Grohsman in der ganzen Sache nicht. Wie überraschend schnell Breunig eingelenkt hatte. Sicher, das Video vom Lager, der Schrotthändler, die E-Mails auf Mariusz' Computer und vor allem Nickys Aussage, das war erdrückend. Andere Täter wanden sich dennoch wie ein Wurm am Angelhaken. Deckte Breunig jemanden?

Grohsman hatte eine Verbindung zu Bosko vermutet, hatte ihn kontaktiert. Der hatte in einem erstaunlich gedämpften und traurigen Ton geantwortet: »Herr Inspektor, haben Sie sich ehrlich nie gefragt? Ich bin Ihnen immer Rede und Antwort gestanden. Das hätte ich nicht machen müssen. Aber mir lag viel daran, dass Sie den Mörder von Mariusz finden. Hätte ich gewusst, welche Natter in meinem eigenen Haus wohnt, hätte ich Ihnen Olinski mit Freuden ausgeliefert. Aber … mit den Noten habe ich ehrlich nichts zu tun. Mariusz hatte sie mir nicht gestohlen. Wenn die Berceuse in seinem Besitz war, weiß ich nicht, wie. Dieser Breunig war früher bei mir zu Gast, so haben die beiden sich kennengelernt. Das ist aber auch schon die ganze Verschwörung.«

Grohsman fand ihn glaubwürdig. Auf dem Manuskript befanden sich außerdem keine Fingerabdrücke von Bosko. Seltsamerweise auch nicht von Mariusz.

Breunig hatte gestanden. Regina Iwitski sei ein »Therapiefehler« gewesen. Unglaublich, diese Formulierung. »Dass die auch gleich Selbstmord begeht!«, hatte sich Breunig empört. Ihre Briefe hatte er sicher verwahrt. Durch die Therapiesitzungen mit ihr wusste er von Mariusz. Hatte durch Zufall von kostbaren Noten erfahren, von denen sich Mariusz nie trennen würde. »Die sind ihm wichtiger als ich«, hatte Regina gezetert.

Nach ihrem Tod hatte Breunig einen Weg gesucht, an Mariusz heranzukommen. Weil er die Noten für seine Sammlung haben wollte. Dass Mariusz' Freundin Dorothea Breunigs Patientin wurde, war »pures Glück« gewesen. Und dann hatte er die Tat von langer Hand geplant.

Die Zeitungsmeldungen, na klar war das er gewesen. Die kleinen Nachrichten im Auto. Und die Verfolgungen. »Ich musste doch wissen, ob Sie mir auf der Spur sind.« Die Handynachrichten? Die hatte Olinski getippt. War nicht aufgefallen, dass er nicht nur nach Polen, sondern auch nach Eisgarn gefahren war. Hatte Olinski bestätigt. Der war tatsächlich nur der Handlanger gewesen. Falls man in dem Zusammenhang von »nur« sprechen konnte.

Auch das Taschentuch ging auf Breunigs Konto. Es war niemandem aufgefallen, dass er sich vor dem Konzert am Klavier zu schaffen gemacht hatte. Und nach dem Konzert hatte er Dorothea schnell gratuliert und dabei das Tuch in ihre Garderobe geschmuggelt.

Es fügte sich alles nahtlos zusammen, und trotzdem … Es wirkte, als säßen einige Puzzleteile falsch. Das Gesamtbild stimmte nicht. Breunig wollte die Berceuse für seine Notensammlung. Welche Sammlung? Außer diesem Manuskript hatten die Kollegen nichts gefunden. Und diese Zufälle … Zwei Frauen, die mit Mariusz zu tun hatten, landeten bei Breunig?

Die zweite Polybius-Liste, auf die keines der Codewörter gepasst hatte … Grohsman lief ins Teambüro. »Bevor Nicky und ich euch alle auf ein Bier einladen: Gregor, da war doch was mit einer weiteren Polybius-Liste. Zu der du das Codewort nicht gefunden hast. Versuch es mal mit ›Breunig‹.«

»Das sind zwei Buchstaben zu viel, Chef.«

»Stimmt … Warte. Wie heißt er mit Vornamen? Klaus!«

»Chef … das musst du dir ansehen. Ich drucke es aus.«

Grohsman las laut vor.

»Wer immer das Schreiben in Händen hält: Wenn ihr das lest, bin ich wahrscheinlich tot. Ich bin Klaus Breunig in die Falle gegangen.

Unsere Familie besitzt einen unsagbaren Schatz. Das Manuskriptfragment ›Glanes de Woronince 4/Berceuse‹. Welch tiefgründige Musik, welch unsäglich trauriges Schicksal. Meine Urahnin hat es von der erlauchten Fürstin Carolyne zu Sayn-Wittgenstein erhalten, in deren Diensten sie stand. Liszt wollte das Werk nicht beenden. So überließ die Fürstin das Stück meiner Urahnin Polina, als Dank für ihre treuen Dienste. Es wurde weitervererbt, bis es zu Agata kam, meiner lieben Urgroßmutter, die ich nie kennenlernen durfte. Ihr drohte die Deportation, mit den Noten erkaufte sie sich ihre Flucht. Hätte sie diese Geschichte nicht in ihr Tagebuch geschrieben, wir wüssten nicht mehr davon.

In Dittrichstein in der Nähe von Leipzig wurde bei einem Umbau eines Anwesens ein verschütteter Bunker entdeckt, der einen ungeheuren Schatz enthielt, Bilder, Schmuck und Gold. Ein Depot aus der Zeit des Nationalsozialismus. Es sollte viele Jahre dauern, bis 2004, bis es dem Anwalt Dr. Riedel gelang, die rechtmäßigen Besitzer ausfindig zu machen. Was er in Händen hielt, war ihm nicht bewusst. Auf der Mappe prangten nur die Buchstaben FLGW4 in Goldlettern. Franz Liszt, Glanes de Woronince 4, die er meiner Großmutter Agnieszka Wójcik überreichte.

Breunig war vor siebzehn Jahren nach Polen gekommen, um am Chopin-Wettbewerb teilzunehmen. Welche Entweihung. Seine allerletzte Chance zur Teilnahme, er war schon sechsundzwanzig. Er wohnte nicht direkt in Warschau, sondern eine halbe Stunde entfernt, in Zielonka, nicht weit von meinen Großeltern. Da war ich erst sieben Jahre alt. In dem Jahr habe ich die Ferien bei ihnen verbracht. Der Großvater war ein lieber Mann. Er hat immer von einer Jaguar-Limousine geträumt. Ihm zu Ehren *habe ich mir eine angeschafft. Aber er hat gesoffen. Und gespielt. Hat gegen den jungen Klaus hoch verloren und im Rausch von unserem Familienerbstück erzählt. Klaus hat eines Tages meinen Großvater besucht, mit einer Flasche Wodka. Ich versteckte mich in einem Kasten, den ich einen Spalt offen ließ. Die beiden begannen ein perfides Pokerspiel, denn Breunig spielte falsch. Mein Großvater verlor wieder. Er wollte ihm den Spieleinsatz, die Noten, nicht aushändigen. Breunig bedrohte meinen Großvater mit seiner Pistole, beim Kampf löste sich ein Schuss, der Breunig ins Knie traf. Es geschieht ihm recht, dass sein Traum von einer Pianistenkarriere ein unrühmliches Ende fand. Breunig konnte seine Pistole nicht mehr mitnehmen, auch seine Tasche hatte er liegen gelassen. Doch ihm gelang die Flucht. Mit den Noten. Mein Großvater war zu starr, um zu reagieren. Erst am nächsten Tag vergrub er Pistole und Tasche im Garten. Warum hat er nicht beides vernichtet? Ich weiß es nicht.*

Ich hatte die Geschichte verdrängt. Wusste nicht, woher meine ständige Wehmut kam. Vor fünf Jahren bin ich nach Wien gekommen, ich hatte gehofft, hier meine Ruhe zu finden. Es war Zufall, dass sich unsere Wege kreuzten. Regina Iwitski, deren Liebesschwüre ich nicht erhörte, verfolgte mich. Bis zu Andrzejs Soiree, bei der sie vor zwei Jahren als Gesellschaftsdame auftauchte. Sie hatte ihren Arzt mitgebracht. Breunig. Was ich tief im Innersten vergraben hatte, kam sofort wieder hoch. Diese Stimme hatte ich nicht vergessen. Und das Gesicht. Das Hinken verriet ihn.

Mir war immer noch nicht klar, was Breunig meiner Familie gestohlen hatte. So fragte ich meine Eltern. Sie gaben mir eine Kopie der Noten. Unter Tränen. Lass es sein, sagten sie zu mir. Flehten Andrzej an, den Anwalt Dr. Riedel zum Stillschweigen zu bewegen, ohne ihn näher einzuweihen. Er tat es, um uns zu beschützen. Doch ich konnte nicht loslassen. Franz, der große Komponist, wurde mein Vertrauter im Geiste. Wenn ich seine Musik spielte, verlor sich alles Leid der Welt.

Jenes Leid, das ich Menschen antat, als ich mit dem Dealen anfing. Ich schäme mich. Doch ich musste einen Zugang zu Breunig finden.

Jenes Leid, als ich erfuhr, dass mein geliebter Vater an einem Gehirntumor erkrankt ist. So diente das schmutzige Geld wenigstens einem heilenden Zweck.

Jenes Leid, von Dorothea zurückgewiesen zu werden. Ich liebe sie aus reinem Herzen. Doch sie hat nur Verachtung für meine unbeholfenen Versuche, ihr über die Musik meine Liebe zu erklären. O Elise.

Ich fand Trost in der Musik. Versank in der Vergangenheit. Tiefer und tiefer begrub ich mich in dieser Welt der phantastischen Instrumente, auf denen Franz und seine Zeitgenossen gespielt hatten. Sie sprachen zu mir. Dieses Verständnis mit Wolfgang. Vielleicht sind wir beide in die falsche Zeit hineingeboren worden.

Das alte Klavier wurde mir zum Verhängnis. Und meine Verbindung zu Dorothea. Auch sie wurde Breunigs Patientin. Behandelte er sie richtig? Mir schien es nicht so. Es war nicht ihre Absicht, mir zu schaden. Doch sie zeigte Breunig das Bild von mir, das mit den Noten. Er muss die Blätter sofort erkannt haben. Denn er war nicht überrascht, als ich unser Familieneigentum von ihm zurückforderte. Warum ich so lange wartete? Mein Vater braucht eine Operation. In den USA. Sonst stirbt er. Die kostet sehr viel Geld. Breunig lachte mich aus. ›Kannst es nicht beweisen, du Narr.‹ Mir fiel die Pistole ein. Und Breunigs Tasche. Ich fuhr nach Polen. Nach Zielonka. Haus und Garten sind nicht mehr bewohnt, doch Breunigs Sachen waren noch dort, wo Großvater sie damals in einer Metallkiste vergraben hatte. In der Tasche fand ich Großvaters Nachricht. ›Alles oder nichts, Breunig. Ein letztes Spiel, um meine Spielschulden

zu tilgen. Mein Einsatz ist das Liszt-Manuskript.‹ Warum
habe ich Breunig dieses Wissen ins Gesicht geschleudert?
Heute treffe ich mich mit ihm. Im Konservatorium. Er
will mir die Noten geben, im Austausch gegen Pistole und
Brief. Noten gegen Ware. Gott steh mir bei.
Wenn ihr die Noten findet: Sie gehören nicht Breunig. Sie
sind Eigentum meiner Familie. Die Berceuse hat uns jedoch
nur Leid gebracht. Wenn meine Eltern zustimmen, verfüge
ich, dass sie dem Liszt-Haus und dem Lisztzentrum in
Raiding übergeben werden, weil Hannes mich stets unter-
stützt hat. Wolfgang, führe unser Projekt zu Ende. Sei der
Erste, der der Welt diese Musik schenkt.
Mariusz«

Grohsman ließ das Blatt sinken. Selbst beim Geständnis hatte
Breunig ihm ein Lügenmeer aufgetischt. Wortlos reichte er Joe
ein Taschentuch. Auch ihn brannte es in den Augen.

Epilog

April im Jahr darauf

»Natürlich kommen wir zur Premiere nach Hamburg, Emilia. Wenn Lukas Semira mitbringen darf. Wir wollen schließlich seine Aufnahme ins Young-Science-Programm gemeinsam feiern.« Grohsman legte auf. Seine kleine Schwester. Er war mächtig stolz auf sie. Und auf seinen Neffen. Lukas besuchte weiterhin das Piaristengymnasium, durfte aber parallel dazu bereits an der Uni Wien studieren. Wo er sich bestens mit seinem Studienbuddy Raphael verstand, der den gleichen Weg beschritten hatte. Mathe, Physik, lauter Nerdkram, wie Lukas lachend sagte.

Doch jetzt war es an der Zeit, nach Raiding aufzubrechen. Zina und Grohsman waren Ehrengäste von Hannes' Galakonzert im Lisztzentrum. Zur Präsentation der Liszt-CD. Kienzle hatte auf dem Computer Aufnahmen entdeckt, die sie dem CD-Label zur Verfügung gestellt hatten. Bei der Präsentation heute spielte Wolfgang Wiesinger live auf dem historischen Instrument des Museums. Und Dorothea Zauner auf dem modernen Flügel im Konzertsaal des Lisztzentrums.

Joe hatte ebenfalls versprochen, nach Raiding zu kommen. Um in würdigem Rahmen ihren grünen Karategürtel zu feiern. Und ihre Ernennung zur Revierinspektorin. Grohsman hatte Oberstleutnant Ungerböck kräftig Feuer unterm Hintern gemacht.

Und Nicky? Sie hatte mit ihrer Analyse »dissoziative Persönlichkeitsstörung« recht behalten. Ob Breunig in die Abteilung für geistig abnorme Rechtsbrecher eingewiesen werden würde? Na, das Gerichtsurteil stand noch aus. Und der nächste Mordfall, an dem sie gemeinsam arbeiteten? Durch Nickys Hinweise standen sie haarscharf vor einer Verhaftung. Der Brückenmörder, gruseliges Kapitel … doch das war eine andere Geschichte.

Anmerkung

Bei den biografischen Angaben zu Franz Liszt habe ich mich ebenso an die Realität gehalten wie bei den Kompositionen. Nur das mysteriöse Fragment des vierten Teils der »Glanes de Woronince« ist meiner Phantasie entsprungen. Und vermutlich wäre Liszt auch nicht in der Lage gewesen, darin das Wiegenlied »Kotki dwa« zu verarbeiten. Dessen genaue Entstehungszeit lässt sich zwar, wie so oft bei Volksliedern, nicht mehr eindeutig feststellen. Aller Wahrscheinlichkeit nach ist dieses in Polen populäre Wiegenlied aber jüngeren Datums. Der Katzenbezug hat mich jedoch ebenso inspiriert wie die Vorstellung, dass Carolyne zu Sayn-Wittgenstein ihrer damals zehnjährigen Tochter Marie (die Widmungsträgerin der »Glanes«) dieses Wiegenlied vorgesungen und Liszt sie dabei belauscht haben könnte.

Die Figuren Hannes Edwards, Wolfgang Wiesinger und Bernhard Klinger sind natürlich Fiktion. Real hingegen sind das Liszt Festival in Raiding, die Sammlung alter Musikinstrumente sowie das Klavier-Atelier Hecher. Diese drei Institutionen sind wahre Tempel der Kultur und unbedingt einen Besuch wert. (Die Geschichte vom letzten Klavier Franz Liszts ist wahr. Joe Kettler hat schon recht: So was kann man nicht erfinden ...)

Ach übrigens: Der kleinste Weingarten Wiens existiert tatsächlich. Ebenso wie die Kaffeehäuser, die in dem Buch vorkommen (außer dem Seven Up, das ist erfunden). Der »überstürzte Neumann« ist eine heiße Empfehlung – im wahrsten Sinn des Wortes.

Danksagung

Alle Menschen hier aufzuzählen, die mir zur Seite standen und stehen, ist ein Ding der Unmöglichkeit. Deshalb euch allen: danke!

Besonders bedanken möchte ich mich dennoch bei:

- meinem Mann Michael.
- meiner Familie.
- meinen Freundinnen, allen voran meinem »Kleeblatt« Susi, Ulli und Tinschi; aber auch bei Katja, meiner (nicht nur) Na-NoWriMo-Mitstreiterin, und Elke, meinem »Berliner Mädel«. Bei Maria fürs Schreibasyl inklusive Leihhund. Und bei Johanna, meiner (nicht nur) Opernfreundin.
- Eduard Kutrowatz, Intendant des Liszt Festivals Raiding, durch den ich meine Leidenschaft für Franz Liszt intensiviert habe. Danke für die Beratung zu Liszt-Fragen und für viele unvergleichliche Musikabende (auch gemeinsam mit seinem Bruder Johannes).
- Gert Hecher vom Klavier-Atelier Hecher, einem Paradies für historische Flügel. Durch ihn durfte ich in diese wundervolle Welt eintauchen.
- Gerhard Lobner vom Weingut Mayer am Pfarrplatz (und danke, Alexandra, für das Detail mit dem kleinsten Weingarten!).
- Nini Haas von Haas & Haas für den genialen »Assam Golden Melange« – nicht nur Nickys Lieblingstee.
- meinen Musikfreund*innen aus Polen, allen voran Elzbieta für ihren Crashkurs in Polnisch, ihr inspirierendes Klavierspiel und ihren Löwenmut sowie Tomasz für seine berührende Musik.
- Annette aus Berlin für ihr geniales Projekt im Deutschunterricht und Fynn für sein unglaubliches Engagement.

– Aron Kampusch, Marion Popp, Wolfgang Marx, Helmut
Bärtl und Wolfgang Denk für die wertvolle Einsicht in die
Bereiche Forensische Psychologie, Klinische Psychologie,
Kriminalpsychologie, kriminalpolizeiliche Ermittlungen
und Gerichtsmedizin. (Für eventuelle, aus dramaturgischen
Gründen notwendige Abweichungen von der realen Arbeit
entschuldige ich mich gleich im Voraus …)

Das Beste kommt bekanntlich zum Schluss: danke an Stefanie
Rahnfeld, Jana Budde, Lynn Rossler, Sophie Olk und das wundervolle Team vom Emons Verlag. Ihr seid großartig! Und vor
allem danke an meine Lektorin Uta Rupprecht, die auch mein
zweites Buch mit viel Achtsamkeit, Sorgfalt, Fingerspitzen-
gefühl und Herz betreut hat. Die Zusammenarbeit mit ihr ist
unglaublich bereichernd.

Mina Albich
MEXIKOPLATZ
Broschur, 320 Seiten
ISBN 978-3-7408-1448-9

Wien, Mexikoplatz, drei Uhr morgens. Gruppeninspektor Felix
Grohsman ist irritiert: Als er am Tatort eintrifft, ist die Tote, die
die Psychologin Nicky Witt hier gefunden haben will, spurlos verschwunden. Dann wird eine Studentin aus wohlbehüteten Ver-
hältnissen als vermisst gemeldet. Grohsman begibt sich hinab
in die Untiefen der Wiener Gesellschaft und stößt dabei auf alte
Bekannte – und auf die Erkenntnis, dass nichts so ist, wie es scheint.
Rein gar nichts.

www.emons-verlag.de